U0100675

大展好書 ✕ 好書大展

大展好書 ✖ 好書大展

·校園系列·

11

看圖學英文

陳炳崑／編著

大展出版社有限公司

本書特長及用法

1.精選過去聯考常有之重要單字2000字。

本書精選過去聯考中常出現的單字，依重要性分類：
PARTⅠ——1，014字，PARTⅡ——566字，PARTⅢ——422字，分成3個階段，再加上相關語（相似，相反詞）等共有3000字以上，精讀本書，你的英文單字能力將增強不少。

2.本書單字插入有趣漫畫，能解除傳統記憶法之單調無味。

用英文或中文之圖解自然組合，畫出關連圖片，使你在有趣中，不知不覺地記住了單字，一次記住就不容易忘記。

3.附錄有便捷之接頭語、接尾語，以推察單字之意思，增強單字之記憶。

4.本書內之略語。

[他]表及物動詞，[自]表不及物動詞，[名]表名詞[形]表形容詞，*cf.* 表參考用。[複]表複數，[副]表副詞，[前]表前置詞，[接]表連接詞，請參照閱讀。

※ [他]＝[vt]
[自]＝[vi]

英文字母的寫法

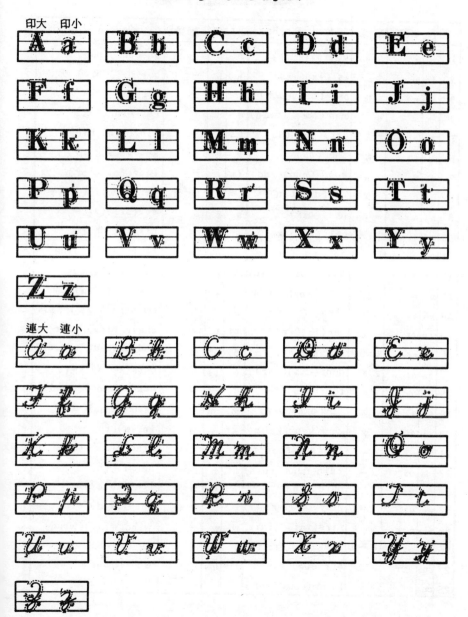

D.J.音標K.K.音標對照表

（提示：本表使你充分熟練兩種音標）

D.J.	K.K.	國音	Key Words	D.J.	K.K.	國音	Key Words
1 i:	i	ㄧ	key (ki:)(ki)	p	p	ㄆ	put(put)(pʊt)
2 i	ɪ	ㄧˋ	is (iz)(ɪz)	b	b	ㄅ	boy(bɔi)(bɔr)
3 e	ɛ	ㄝ	pen (pen)(pɛn)	t	t	ㄊ	hat(hæt)(hæt)
4 æ	æ	ㄝˉ	man (mæn)(mæn)	d	d	ㄉ	dog(dɔg)(dɑg)
5 ə:	ɝ	ㄜˋㄦ	sir (sə:)(sɝ)	k	k	ㄎ	king(kiŋ)(kɪŋ)
6 ə	ɚ	ㄜ	the (ðə)	g	g	ㄍ	got(gɔt)(gɑt)
7 u	ʊ	ㄨˊ	good (gud)(gʊd)	f	f	ㄈㄨ	four(fɔ:)(fɔr)
8 u:	u	ㄨ	do (du:)(du)	v	v	ㄇㄈㄨ	very('veri)('vɛrɪ)
9 ʌ	ʌ	ㄚ	bus (bʌs)	s	s	ㄙ	see(si:)(si)
10 ɑ:	ɑ(ɑr)	ㄚ(ㄦ)	car (kɑ:)(kɑr)	z	z		his(hiz)(hɪz)
11 ɔ	ɑ	ㄛˋ(Y)	hot (hɔt)(hɑt)	θ	θ	ㄙ	think(θiŋk)(θrŋk)
12 ɔ:	ɔ	ㄛ	ball (bɔ:l)(bɔl)	ð	ð	ㄗ	they(ðei)(ðe)
13 o	o	ㄡ	obey(o'bei)(o'be)	ʃ	ʃ	ㄕ	fish(fiʃ)(frʃ)
14 ei	e	ㄝ	they(ðei)(ðe)	ʒ	ʒ	ㄖㄧ	measure('meʒə)('mɛʒə)
15 iə	ɪr	ㄧˉㄦ	ear(iə)(ɪr)	tʃ	tʃ	ㄑㄩ	chair(tʃɛə)(tʃɛr)
16 ɛə	ɛr	ㄝˉㄦ	air(ɛə)(ɛr)	dʒ	dʒ	ㄐㄧ	judge(dʒʌdʒ)(dʒʌdʒ)
17 ɔə	ɔr	ㄛˋㄦ	door(dɔə)(dɔr)	ts	ts	ㄘ	cats(kæts)(kæts)
18 uə	ur	ㄨˋㄦ	tour(tuə)(tur)	dz	dz	ㄗ	hands(hænd)(hænd)
19 ai	ɑr	ㄞ	buy(bai)(bɑr)	m	m	ㄇ	hame(neim)(nem)
20 au	aʊ	ㄠˋ	cow(kau)(kaʊ)	n	n	ㄋ	in(in)(ɪn)
21 ɔi	ɔɪ	ㄛˋㄧ	boy(bɔi)(bɔɪ)	ŋ	ŋ	ㄥ	sing(siŋ)(srŋ)
22 ui	ʊr	ㄨˋㄧ	ruin(ruin)(rʊrn)	h	h	ㄏ	he(hi:)(hi)
23 ou	o	ㄡ	oh(ou)(o)	l	l	ㄌ	like(laik)(lɑrk)
24 eiə	er	ㄝˉㄧㄦ	player(pleiə)(pler)	r	r	ㄖㄨ	read(ri:d)(rid)
25 aiə	ɑrr	ㄞˉㄧㄦ	fire(faiə)(farr)	w	w	ㄨ	wind(wind)(wɪnd)
26 ɔiə	ɔrr	ㄛˋㄧㄦ	royal(rɔiəl)(rɔrrl)	j	j	ㄧ	yes(jes)(jɛs)
27 auə	aʊr	ㄠˋㄨㄦ	our(auə)(aur)	hw	hw	ㄏㄨ	what(hwɑt)
28 ouə	or	ㄡˋㄦ	lower(l'ouə)(lor)				

目　錄

便捷之重要接頭語

意思	接頭語	單　　語　　例
否定	dis-	appear 出現 →disappear 消失
	ig-	noble 高貴 →ignoble 下賤
	il-	legal 合法 →illegal 不合格
	im-	possible 可能 →impossible 不可能
	in-	credible 可信用 →incredible 不可信的
	ir-	regular 規則 →irregular 無規則
	non-	fiction 小說→nonfiction 非小說的
	un-	fortunate 幸運的→unfortunate 不幸的
反對	anti-	social 社會的→antisocial 反社會的
	contra-	dict〈dictate 命令 →contradict 反駁
	counter-	attack攻擊→counterattack 逆擊
向前・預先	ex-	ex-president 前總統
	fore-	head 頭→forehead 前面，前額
		see(用眼)看→foresee 予測
	pre-	position 位置→preposition 前置詞
		prejudice 先入觀 (給予)[jud=judge]
	pro-	motion運動→promotion 提升
		prophesy 預言[phesy=speak]
向後・於後	after-	taste 味→aftertaste 回味
	post-	war戰爭→postwar 戰後 (反 prewar 戰前)
	re-	pay 付 (錢)→repay 還 (錢)
		remain剩下[main=stay]
	retro-	retrospect 回顧[spect=stay]
	with-	draw 拉 →withdraw 拉下
向上方・	ex-	excess 過度，超過 [cess=go]
	over-	overhead 頭上　oversea 海外　overflow 溢出
	super-	superman 超人　superior 優越的
	sur-	surface(sur＋face) 表面　surpass(sur＋pass) 超越

超越	sur-	realism現實主義→surrealism 超現實主義
	ultra-	short短的→ultrashort 超短波的
	up-	upstairs 樓 上　upward 上方
下方	de-	press 按 →depress　按下
	sub-	way道路→subway 地下道，(美)地下鐵
	under-	ground土地→underground 地下的
裏・內部	em-	embrace　緊 抱　embark　乘 船
	en-	close　關 →enclose 包 圍
	im-	port港口→import 輸 入　（反 export 輸 出）
	in-	include(裏) 包住 [clude＝close]
	inter-	internal 內部の　interrupt 阻礙
	intro-	introduce 介 紹、導 入　[duce＝lead]
向外	e-	educate 教 育 [duc＝lead]
	ex-	exhibit 展 示　[hibit＝hold]
	out-	outcome 結果　outlook 展望
極端	extr-	extreme 極端的
	extra-	ordinary 普通的→extraordinary 異常的
分離	ab-	absence不 在　abnormal 異常的
	de-	depart 出發　　deprive 奪 取
	dis-	dissolve溶 解　　dismiss 解 散
	se-	seclude 拉 離
共同・一起	co-	education教育→coeducation男女共校
	col-	collaborate 共同製作　　collect 收 集
	com-	combine 結 合　　companion 伙伴
	con-	conform 一 致　　contemporary 同時代的人
	cor-	respond 回答→correspond 使一致，通信
	sym-	sympathy 同情，共感 symmetry 對稱
	syn-	synonym同義語　synthesis 合 成
善良・	bene-	benefit 利益[fit＝do]
	well-	come 來 →welcome 歡 迎
	mal-	treat 對 待　→maltreat 虐待、冷遇

7

錯誤	mis-	fortune 運命 →misfortune 不幸
		take 思考 →mistake 搞錯
副	sub-	title 標題 →subtitle 副題
	vice-	principal 校長→vice-principal 副校長
自動	auto-	mobile 運動→automobile (美) 汽車
自己		biography 傳記→autobiography 自傳
遠距離	tele-	scope 範圍 →telescope 望遠鏡
再次	re-	form 造形 →reform 改良
側旁	by-	play 演技→byplay 配角之演技
副		product 製品 →by-product 副產品
完全	per-	perfect 完成 [fect = do]
橫過	trans-	transport 輸送 [port = carry]
變形		form 形態→transform 使變形
大・小	magni-	magnify 擴大 magnitude 大
	micro-	microscope 顯微鏡
	maxi-	maximum 最大
	mini-	minimum 最小 miniature 小型(的)
多	multi-	multitude 多數
半	hemi-	sphere 球→hemisphere 半球
	semi-	monthly 每月一次→semimonthly 半月一次
單一	mono-	tonous(tone 調子)→monotonous 單調的
	uni-	form 形態→uniform 同一的，制服
二	bi-	cycle(wheel 車輪)→bicycle 自行車
	twi-	twice 二次 twin 雙胞胎
三	tri-	triangle 三角形 trio 三人幫 triple 三倍(重)的
形成他動詞	be-	besiege(be + siege 包圍) 包圍
	em-	embody(em + body 物體) 具體化
	en-	enable(en + able 使能夠) 使～成可能
	im-	impress(im + press 壓迫) 給予印象，蓋(印)
	in-	inflame(in + flame 焰) 使燃燒
	out-	outrun(out + run 賽跑) 比～更快地跑

便捷之重要接尾語

意思	接尾語	單　　語　　例
形成抽象名詞	-al	approve 確證　→approval 確證
	-ance	forbear　忍耐　→forbearance 忍耐
	-ancy	vacant　空的→vacancy 空虛
	-dom	free自由的→freedom 自由
	-ence	indulge　使〜 任性 →indulgence 任性
	-ency	consist 組成，一致　　　　→consistency 一致
	-hood	false虛偽的→falsehood 虛偽
	-ice	just　剛好，正義的→justice 正義
	-ion	relate　關係 →relation 關係
	-ism	feudal　封建的→feudalism 封建制度
	-ity	curious　奇妙的，富於好奇心 →curiosity 好奇心
	-ment	develop　發展 →development 發展
	-ness	kind　親切的　→kindness 親切
	-ship	fellow伙伴(的)→fellowship 友情
	-sion	apprehend　理解→apprehension 理解
	-th	grow　成長 →growth 成長
	-tion	civilize 文明化 →civilization 文明
	-ty	safe安全的→safety 安全
	-(r)y	discover　發現 →discovery 發現
形成表人之名詞	-(i)an	comedy喜劇→comedian　丑角
	-ant	assist 幫忙→assistant 助手
	-ar	beg懇請，乞求　　　→beggar 乞丐
	-(e)er	voluntary 自願的 →volunteer 志願者
	-ist	essay 隨筆→essayist 隨筆家
	-or	conduct　指導 →conductor 指揮者
	-man	state (狀態，國家的)→statesmam 政治家
	-ess	actor(男) 演員→actress 女演員
	-ine	hero英雄，主人翁→heroine 女傑，女主人翁

形成形容詞	-able	reason 理由，理性→reasonable 合理的
	-al	experiment 實驗→experimental 實驗的
	-ant	ignore 無視→ignorant 無知的
	-ar	family 家族→familiar 親蜜的
	-ary	element 要素，基本→elementary 基本的
	-ate	delicacy 微妙→delicate 微妙的
	-ed	naked 赤裸的 rugged 凹凸不平的
	-ent	intelligence 理性→intelligent 理性的
	-full	skill 熟練→skil(l)full 熟練的
	-ial	finance 財政→financial 財政上的
	-ible	credit 信用→credible 能信任的
	-ic	history 歷史→historic 歷史上有名的
	-ical	historical 歷史上的
	-ing	press 壓→pressing 壓迫的
	-ish	boy 少年→boyish 少年的，稚氣的
	-ive	attract 迷惑→attractive 迷人的
	-less	〔否定形〕ruthless 無慈悲的 hopeless 無望的
	-like	child 小孩→childlike 稚氣的
	-ly	friend 友人→friendly 友情，好意的
	-ous	luxury 奢侈→luxurious 奢侈的
	-some	trouble 擔憂→troublesome 麻煩的
	-y	risk 危險→risky 危險的
形成動詞	-ate	stimulus 刺激→stimulate 刺激
	-en	threat 脅迫→threaten 脅迫
	-er	chat 雜談→chatter 嘮叨、喋喋不休
	-ify	intensity 激烈→intensify 使激烈
	-ish	cherish 栽培
	-ize	apology 陪罪→apologize 陪罪
形成副詞	-ly	strict 嚴格→strictly 嚴密地
	-ways	side 側，橫→sideways 橫地，斜地
	-wise	other 其他的→otherwise 否則、不然

PART I 重要單字征服階梯 Ⓐ

affection [əfékʃən]

名愛情　形affćctionate 情深的

名詞
noun

importance [impɔ́ːtəns]

⑧重要(性) 彤impórtant 重要的

---

conscience [kɔ́nʃəns]

⑧良心 彤consciéntious良心的，誠實的

ability [əbíliti]

⑧能力，本事，(複) 才能 彤áble 有才能的

---

capacity [kəpǽsiti]

⑧包容力，才能，資格

tension [ténʃən]

⑧緊張 彤tense 緊張的

---

revolution [revəlúːʃən]

⑧革命，廻轉 彤revolútionary 革命的
囪彤revólve 廻轉 (使廻轉)

advantage [ədváːntidʒ]

⑧利益，優勢 彤advantágeous 有利的
(反) *disadvántage*不利

author [ɔ́ːθə]

⒜作者　創始者

hatred [héitridl]

⒜憎恨 ⒣hate 厭惡　　　⒤háteful
可憎的

interest [íntərist]

⒜興趣，關心，利息　⒣使發生興趣
使發生關係

effort [éfət]

⒜努力

impulse [ímpʌls]

⒜刺激，衝動

knowledge [nɔ́lidʒ]

⒜知識，理解，學識 ⒡ignorance 無知

case [keis]

⒜箱子，場合，狀況，患者

function [fʌ́ŋkʃən]

⒜機能，作用 ⒤起作用

13

compromise [kɔ́mprəmaiz]

[名][自][他] 妥協，使知解

affair [əfέə]

[名]事務，業務，工作 *foreign affairs* 外交

labo(u)r [léibə]

[名]勞動 [自]工作 [形]labórious 費勁的
[名]lábo(u)rer 勞動者 (反) *cápital* 資本

perseverance [pəːsivíərəns]

[名]忍耐 [自]persevére 忍耐，忍受

convention [kənvénʃən]

[名]習慣，集會 [形]convéntional 慣例的

system [sístim]

[名]組織，系統 [形]systemátic 有組織的
[他]sýstematize 組織化

ambition [æmbíʃən]

[名]野心，熱望 [形]ambítious 有野心的

luxury [lʌ́kʃəri]

[名]奢侈 [形]luxúrious 奢侈的

discipline [dísiplin]

②他訓練，教養

scorn [skɔ:n]

②他輕視　　　形scornful 輕視的

ideal [aidí:əl]

②理想，典型 形理想的 他idéalize理想化

nature [néitʃə]

禁止入內

②自然，天然，本性 形nátural 自然的

example [igzá:mpl]

整形外科

②實例，模範，樣本

source [sɔ:s]

②水源，來源，出處，典據

fatigue [fətí:g]

考試完了　好累…　不行了

②他疲勞（使疲勞）

convenience [kənví:njəns]

嘻

②方便，便利 形convénient 方便的
(反) inconvénience 不便

15

audience [ɔ́:diəns]

⒜聽衆，觀衆，收聽者

attitude [ǽtitʃu:d]

⒜態度，姿勢

process [próuses]

⒜過程，方法 ⒢procéed 進行，繼續下去

desire [dizáiə]

⒜願望，慾望 ⒨想要

envy [énvi]

⒜嫉妒 ⒨嫉妒 ⒡énvious 嫉妒的

misery [mízəri]

⒜悲慘，不幸 ⒡míserable 悲慘的

invalid [ínvəli:d]

⒜病人 ⒡虛弱的 ⒡[invǽlid] 無用的，無價值的

distance [dístəns]

⒜距離，相隔 ⒡dístant 距離的

16

individual [indivídjuəl]

名個人 形個人的 （反.géneral 一般的） 名individuálity 個人的個性

influence [ínfluəns]

名 影響，感化 動影響，感化 形influéntial 有力的

proportion [prəpɔ́:ʃən]

名比例，比率，均衡 動使成比率，使相稱 形propórtional 比例的，相稱的

notice [nóutis]

名注意，通告，預告 動自注意 形nóticeable 引人注目的

worship [wə́:ʃip]

名動自禮拜　　wórship(p)er 禮拜者

century [séntʃuri]

名世紀，一百年

fame [feim]

名聲望 形fámous 有名的 反.infamous 惡名昭彰的）

patriotism [pǽtriətizm]

名愛國心 形patriótic 愛國的

17

sympathy [símpəθi]

⊛同情，同感 ⓥsýmpathize 同情
sympathétic 同情的

soul [soul]

⊛靈魂，生命，氣魄　　(反) bódy 身體

mercy [mə́:si]

⊛仁慈 ⓐmérciful 仁慈的 (反.mérciless
不仁慈的

significance [signífikəns]

⊛意義，重大 ⓐsigníficant意味深長的
，重要的ⓥⓥsígnify意味，有重大的意義

empire [émpaiə]

⊛帝國 (反)repúblic共和國 cf.émperor 皇
帝，天皇 émpress 皇后，女皇

progress [próugres]

⊛前進，進步 ⓥ[prəgrés] 前進 ⓐpr-
ogréssive 進步的

glacier [glǽsjə]

⊛冰河 ⓐglácial 冰河的

difficulty [dífikəlti]

⊛困難 ⓐdifficult 困難的

matter [mǽtə]

[名]事情，問題，物質 [自] 重要性

resource [risɔ́:s]

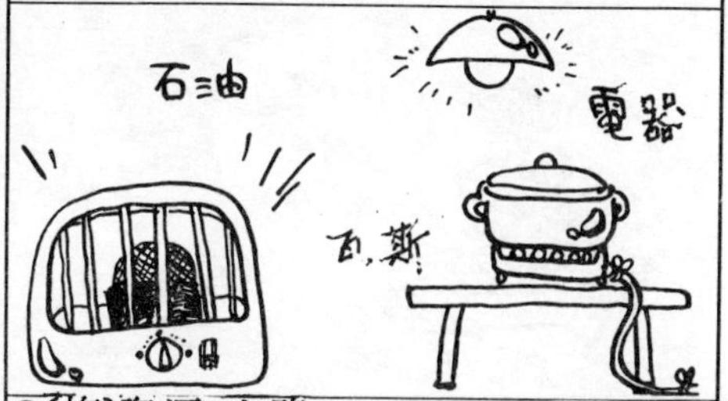

[名](複)資源，才略 [形]resóurceful 富於機智的，有資源的

property [prɔ́pəti]

[名]財產，所有權，特性 *cf.próper*適當的固有的 *propríety*適當，妥當

decrease [dí:kri:s]

[名]減少 [自][他][dikrí:s] 減少 (反)*increase* 增加

solitude [sɔ́litju:d]

[名]獨居，孤獨 [形]sólitary 孤獨的，寂寞的

doctrine [dɔ́ktrin]

[名]學說，主義

judge [dʒʌdʒ]

[名]判官，審判官 [他][自] 審判，判斷
[名]júdg(e)ment 審判，判斷

glory [glɔ́:ri]

[名]光榮 [他]glórify 讚美，讚仰
[形]glórious 光輝的

culture [kʌ́ltʃə]

⊛文化,教養,栽培 ⊛cúltural 文化的,
栽培的

population [pɔpjuléiʃən]

⊛人口 ⊛pópulous 人口多的

harmony [há:məni]

⊛融洽,調和 ⊛harmónious 調和的
⊛⊛hármonize 使調和

hypocrisy [hipɔ́krisi]

⊛偽善 ⊛hypocrítical 偽善的

legend [lédʒənd]

⊛傳說 ⊛légendary 傳說的

exercise [éksəsaiz]

⊛⊛⊛練習(使練習),運動(使運
動)

responsibility [rispɔnsibíliti]

⊛責任 ⊛respónsible 有責任的

emotion [imóuʃən]

⊛情緒,感情 ⊛emótional 感情上的

commerce [kɔ́mə:s]

⑧商業 ㊒㊚commércial 商業的，廣告（節目）

term [tə:m]

⑧期限，專門用語，(複) 條件，關係

tongue [tʌŋ]

⑧舌，語言 *one's mother tongue* 本國語

activity [æktíviti]

⑧活動，活躍 ㊒áctive 活動的

atmosphere [ǽtməsfiə]

令人討厭的氣氛…

⑧大氣，四周的氣氛，環境

contempt [kəntémpt]

⑧輕視，侮辱 ㊒contémptible 卑鄙的
㊒contémptuous 輕蔑的

study [stʌ́di]

ENGLISH

⑧㊧㊢用功，研究，書房，勤學
cf.stúrdy 強健的

company [kʌ́mpəni]

⑧交往，夥伴，公司

environment [inváiərənmənt]

⊛環境

trouble [trʌbl]

⊛煩惱，辛苦 ⊕使苦惱 ⊜ 添麻煩
⊛tróublesome 麻煩的，討厭的

flood [flʌd]

⊛⊕⊜洪水，氾濫，擁到

pleasure [pléʒə]

⊛愉快 ⊕please 使高興 ⊛pléasant
愉快的

signature [sígnətʃə]

⊛簽名 ⊛⊕sign 記號，信號，徵兆，
簽字，招牌

psychology [saikɔ́lədʒi]

⊛心理 (學) ⊛psychológical 心理學的

privilege [prívilidʒ]

⊛特權 ⊕給與特權

chance [tʃɑːns]

⊛偶然，希望，良機 ⊜偶然發生

authority [ɔ:θɔ́riti]

②權威(者) (複 *authórities*)官方，當局
他áuthorize 授權，認可

civilization [sivilaizéiʃən]

②文明，開化 他cívilize 文明化，敎化

situation [sitjuéiʃən]

②位置，情勢 形sítuated 位於

education [edjukéiʃən]

②敎育 他éducate 敎育 形educátional
敎育的

quantity [kwɔ́ntiti]

②數量 形quántitative份量上的
(反)*quálity*性質

figure [fígə]

②姿勢，人物 他自想像，計算
形fígurative 比喻的

quality [kwɔ́liti]

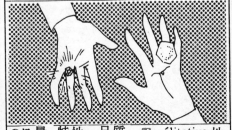

②份量，特性，品質 形quálitative 性
質上的(反) *quántity* 份量

eloquence [éləkwəns]

②雄辯(術)形éloquent 雄辯的

23

insight [ínsait]

[名]洞察力

society [səsáiəti]

[名]社會，交際，協會，群居，社交界 [形] sócial 社會的，社交的

intellect [íntilekt]

[名]智能 [形]intelléctual 智力的

institution [institjú:ʃən]

[名]制度，學會 [他][名]ínstitute 設立，學會 [形]institútional 制度(上)的

coward [káuəd]

[名]懦夫 [形]cówardly 膽小的 [名]cówardice 怯懦

victim [víktim]

[名]犧牲者，受害者

height [hait]

[名]高度，在高潮 [形]high 高的

antipathy [æntípəθi]

[名]反感，嫌惡 (反) *sýmpathy* 同情

citizen [sítizn]

Dark Monday

[名]市民，公民

phenomenon [finɔ́minən]

[名]現象(複 *phenómena*), *phenomena of nature*自然現象，異常事件(複 *phenómenons*)

religion [rilídʒən]

[名]宗教 [形]relígious 宗教的，虔敬的

philosophy [filɔ́səfi]

[名]哲學 [名]philósopher 哲學家

criticism [krítisizm]

老師！
讚賞吧！

[名]批評，評論 [形]crítical 批判的
[名]crític 批評家，評論家

factor [fǽktə]

factor

[名]要素，要因

theory [θíːəri]

△X建設

[名]理論 [形]theorétical 理論上的(反) *práctice* 實行

adult [ədʌ́lt]

adult
child

[名] 成人 [形]成人的 (反) *child* 小孩

disguise [disgáiz]

名他假裝，變裝，僞裝

character [kǽriktə]

名特徵，性格，人物　形名cha-racterístic 特有的，特性的

library [láibrəri]

名圖書館，書房，藏書

mankind [mænkáind]

名人類，人　[mǽnkaind] 男性

poetry [póuitri]

名 詩歌　　　名póem 詩　名póet詩人

habit [hǽbit]

名習慣　　　形habítual 習慣的

behavio(u)r [bihéivjə]

名行動，行爲，舉止　自beháve 舉止

rest [rest]

名休息 (the rest)殘餘 自他休息，使休息，舒暢

26

loser [lúːzə]

Ⓝ失敗者(反 *winner* 勝利者)損失者

species [spíːʃiːz]

Ⓝ種，種類

vanity [vǽniti]

Ⓝ虛榮心，自誇　　　　Ⓐvain 徒然的

history [hístəri]

Ⓝ歷史，種類　Ⓐhistórical 歷史上的

literature [lítərətʃə]

Ⓝ文學，文獻 *English literature* 英國文學
Ⓐlíterary 文學的

conception [kənsépʃən]

Ⓝ觀念，概念　Ⓥ他concéive抱有（思想）
Ⓝcóncept 概念

might [mait]

Ⓝ力，能力　Ⓐmíghty 強力的　Ⓐalmíghty
全能的

appetite [ǽpitait]

Ⓝ食慾，慾望

threat [θret]

[名]恐嚇，脅迫 [他][自]thréaten 脅迫

practice [prǽktis]

[名]練習，實行，營業[他][自]練習 [形]práctical 實用的 (反)*théory* 理論

miser [máizə]

[名]吝嗇鬼，守錢奴 [形]míserly 吝嗇的

aspect [ǽspekt]

[名]樣子，情勢，臉相

strain [strein]

[名]緊張，拉緊，過份使用而損傷 [自][他]緊張，(將線或繩子，拉緊)

invention [invénʃən]

[名]發明(物)[他]invént 發明

defect [difékt]

[名]缺點，短處 [形]deféctive 有缺點的 (反)*mérit* 長處

disgust [disgʌ́st]

[名]厭惡 [他] 使厭煩

nation [néiʃən]

名國民，民族 形nátional國民（國家）的

object [ɔ́bdʒikt]

名物體，對象，目標 自他[əbdʒékt]反對
形objéctive 客觀的 名objéction 反對

method [méθəd]

名方法 形methódical 有組織的

ground [graund]

名土地，運動場，根據，原因 他予以根據
使擱淺 *cf.grand* 雄大的

gratitude [grǽtitju:d]

名感謝 他grátify 使滿足，使喜悅
形gráteful 感謝的 *(thánkful)*

conceit [kənsí:t]

名自滿 形concéited 自滿的 (反)
módesty 謙遜

purpose [pə́:pəs]

名目的，意圖 他想，打算 副
púrposely 故意地

pastime [pá:staim]

名消遣，娛樂，遣懷

faculty [fǽkəlti]

图才能，機能，大學的（學院）

day [dei]

图日，白天，一日，紀念日，生涯，全盛時代（複）時代

dignity [dígniti]

图威嚴，品格 働dígnify 增威嚴　圈dígnified 高貴的

experiment [ikspérimənt]

图實驗 働[ikspériment] 實驗　圈experiméntal 實驗的，根據實驗的

material [mətíəriəl]

图物質，原料 圈物質的 (反.spíritual 精神的，本質的

frustration [frʌstréiʃən]

图挫折，慾求不滿 働frústrate 使挫折

result [rizʎlt]

图結果 働result from 由～發生　result in終歸

element [élimənt]

H　Li　Na　K
氫　鋰　鈉　鉀

Be　Mg　Ca
鈹　鎂　鈣

图要素，元素（複）自然力，暴風雨 圈eleméntary 基本的，初步的

opportunity [ɔpətjúːniti]

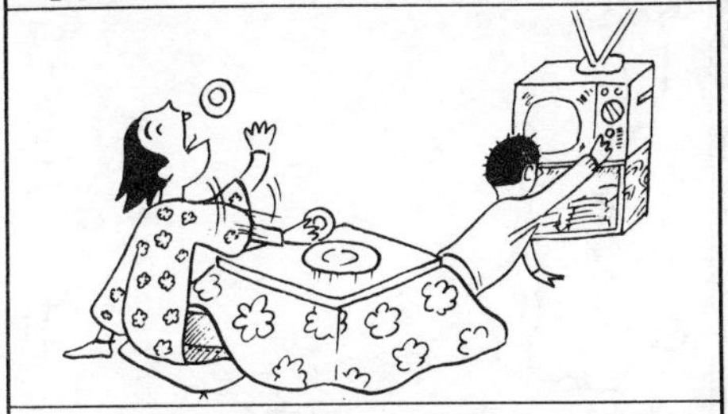

[名]機會，好時機

ancestor [ǽnsistə]

[名]祖先 (反) *descéndant* 子孫

experience [ikspíəriəns]

[名][他]經驗，體驗　[形]expérienced 有經驗的

wealth [welθ]

[名]財富，財產 [形]wéalthy 富有的

trade [treid]

[名]商業，貿易[自][他]交易，交換　[名] trádesman ([複].-men) 零售商，貿易業者

emphasis [émfəsis]

[名]強調，重點 [他]émphasize 強調 [形]emphátic 語調強的

struggle [strʌ́gl]

[名][自] 掙扎，奮鬪，努力

talent [tǽlənt]

[名]才能，天分，人材，影劇人材

disease [dizíːz]

名疾病(*illness*)

truth [truːθ]

名眞相,事實 形true 眞實的 副trúly 眞實地

circumstance [sə́ːkəmstəns]

名狀況,事情,環境

famine [fǽmin]

名飢餓 他自fámish 飢餓

sin [sin]

名(宗教上之)過失 自犯罪 形sínful 罪深的 名sínner 罪人

share [ʃɛə]

名分擔,分配 他自 分配,共有,共用

subject [sʌ́bdʒikt]

名主題,國民 形受支配的 他[səbdʒékt]使服從 名subjéction 服從

superstition [sjuːpəstíʃən]

名迷信 形superstítious 迷信深的

triumph [tráiəmf]

㊟勝利 (*victory*) ㊀耀武揚威 ㊌triúmph-ant 得意揚揚的

surface [sə́:fis]

㊟表面，外表 ㊌表面的

area [éəriə]

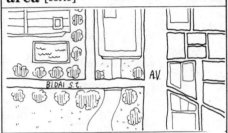

㊟地域，面積

consequence [kɔ́nsikwəns]

㊟結果 (*result*)，重要性 (*impórtance*) ㊁cónsequently 因而，所以

prejudice [prédʒudis]

㊟先入觀念，偏見 ㊀使抱偏見

proof [pru:f]

㊟證明，證據，試驗 ㊌耐得住的 ㊀㊁prove 證明

industry [índəstri]

㊟工業，企業，勤奮 ㊌indústrial 工業的 ㊌indústrious 勤勉的

destiny [déstini]

㊟命運 ㊀déstine 註定命運 ㊟destinát-ion 目的地

attraction [ətrǽkʃən]

图吸引，魅力 動attráct 引誘 形attr-áctive有魅力的

astronomy [əstrɔ́nəmi]

图天文學 形astronómical 天文學的 图as-trónomer天文學家cf.ástronaut 太空人

minority [mainɔ́riti]

图少數，少數派，未成年形mínor少數的，較小的 (反) majórity多數

problem [prɔ́bləm]

图問題，難題

science [sáiəns]

图科學，學問 形scientífic 科學的 cf. scíentist科學家

crisis [kráisis]

图危機,重要關頭(病情的)危期

tradition [trədíʃən]

图傳統,傳說 形tradítional 傳統的，傳說上的

school [sku:l]

图學校,上課,派別,一群漁等 動教育，訓練

34

change [tʃeindʒ]

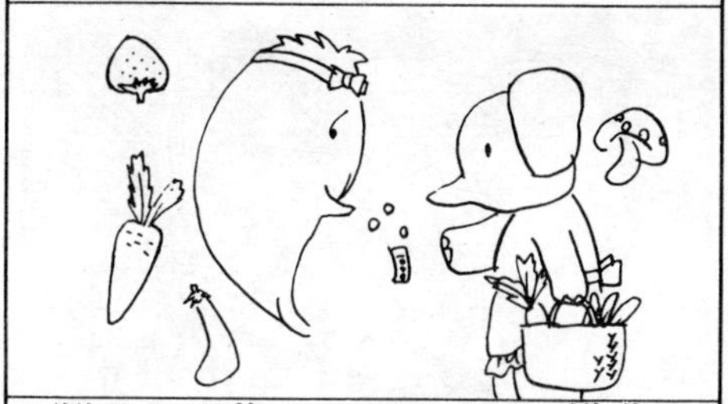

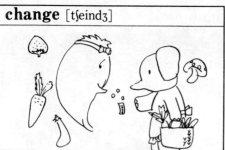

[名]變化，交換， 零錢 [他][自] 變化，兌換

policy [pɔ́lisi]

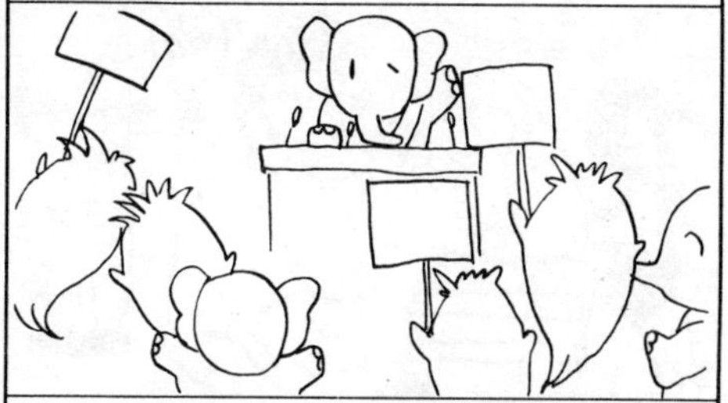

[名]政策，方針，保險證券

discovery [diskʌ́vəri]

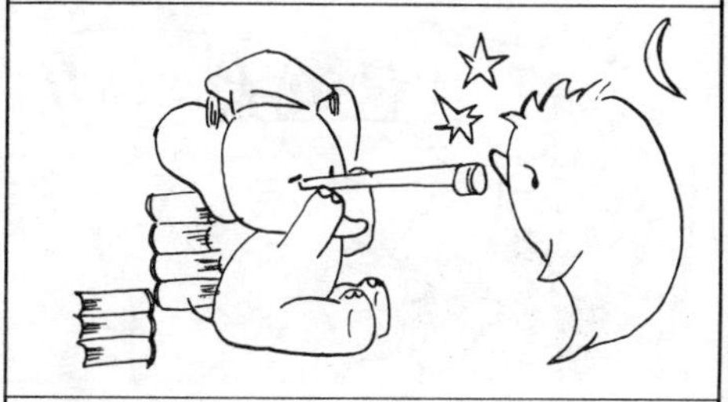

[名]發現 [他]discóver 發現

principle [prínsipl]

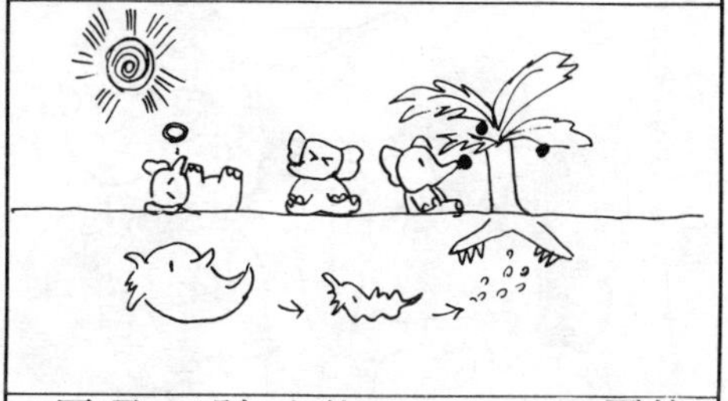

[名]原理，原則，主義 *cf.principal* 主要的

prosperity [prɔspériti]

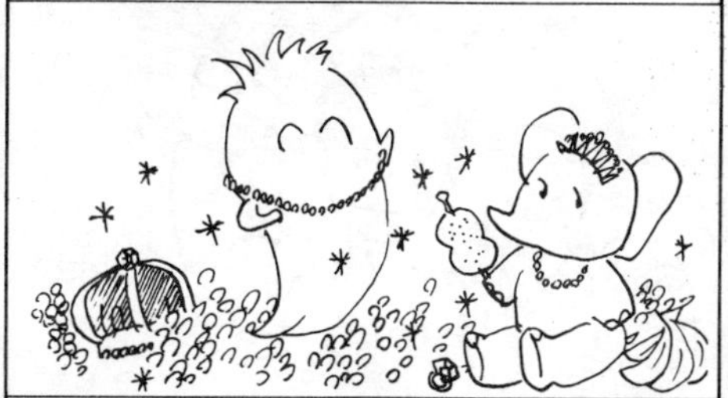

[名]繁盛 [自]prósper 繁榮 [形]prósperous 繁榮

medium [mí:diəm]

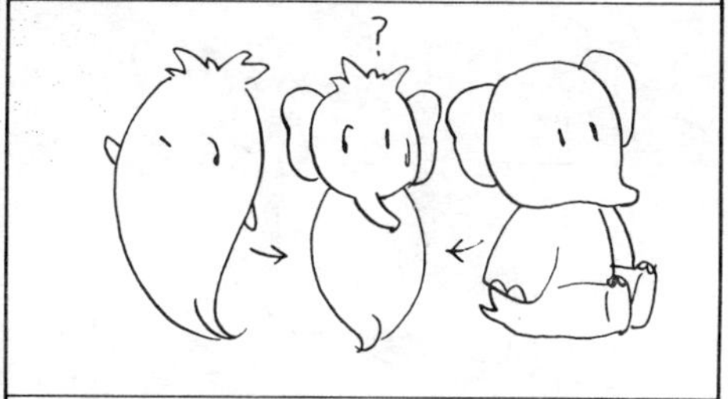

[名]中間，媒介物[形]中間的，普通的

measure [méʒə]

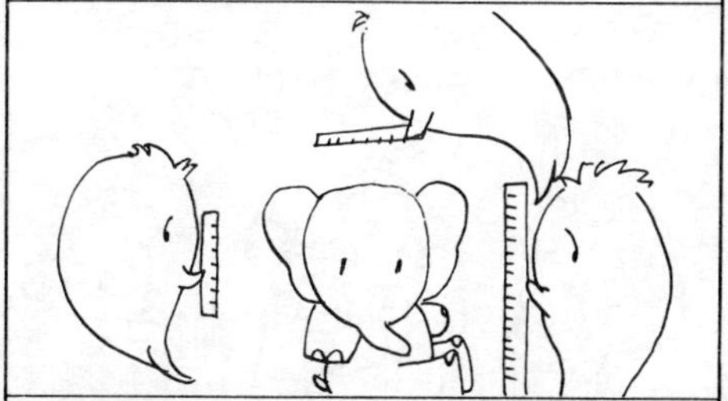

[名]測量，尺，手段 [他][自]測量

order [ɔ́:də]

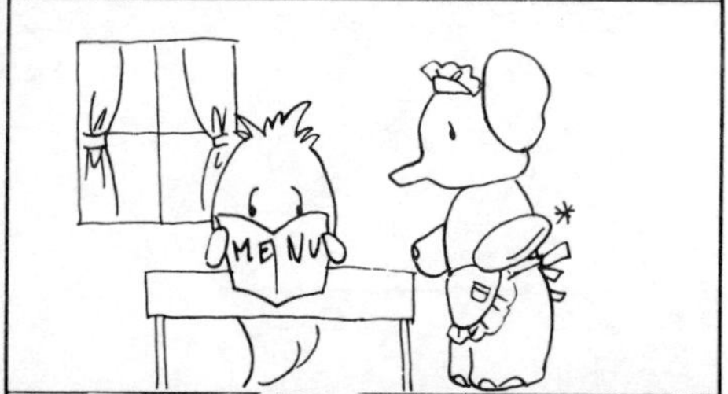

[名][他]訂貨，整頓，命令，秩序，勳章

strength [streŋθ]

名力量，強度 形strong 強的 他自stréngth-
en 強力，變強大

ball [bɔ:l]

名球，舞會

attention [əténʃən]

名注意，照料 形atténtive 深深注意的

calling [kɔ́:liŋ]

名呼叫，職業（occupátion）

event [ivént]

名大事件，事件，結果 形evéntful 變故
多的

virtue [vɔ́:tʃu:]

名美德，長處 形vírtuous 高潔
(反)vice 不道德

degree [digrí:]

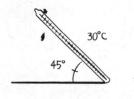

30°C

45°

名程度，角(濕)度，學位by slow degrees
慢慢的

vice [vais]

錢！錢

名不道德 形vícious 不道德的 (反) vírtue 美
德

strife [straif]

㊂闘爭 ㊉strive 奮鬥，努力

jealousy [dʒéləsi]

㊂妒忌　㊍jéalous 妒忌的

impression [impréʃən]

㊂印象，銘感 ㊌impréss 使獲得印象，
蓋印 ㊂[ímpres] 蓋印，記號

government [gʌ́vənmənt]

㊂政府，政治 ㊌㊉góvern 統治
㊍governméntal政治上的，政府的

monotony [mənɔ́təni]

㊂單調 ㊍monótonous 單調的

cause [kɔːz]

㊂原因，大義　㊌成爲…的原因
(反)efféct 結果

hostility [hɔstíliti]

㊂敵意 ㊍hóstile 敵對的

opinion [əpínjən]

㊂意見，評價，判斷

curiosity [kjuəriɔ́siti]

图好奇心 圈cúrious 好奇心的 (反.*indifferent* 無關心的)

piety [páiəti]

图虔誠，信仰 圈píous 篤信的，虔誠的(反. *impious* 不虔誠的)

evidence [évidəns]

图證據(*proof*) 圈évident 明顯的

evolution [evəlú:ʃən]

图(生物的)進化，發展 圓他evólve 進化，發展

crime [kraim]

图犯罪 圈图críminal 犯罪的，犯人

custom [kʌ́stəm]

图習慣，(複)關稅(*the Customs*)海關 图cústomer 顧客，主顧

pity [píti]

图他可憐，遺憾 圈pítiful 可憐的 píteous 遺憾的 pítiless 無慈悲的

agriculture [ǽgrikʌltʃə]

图農業 圈agricúltural 農業的

38

sight [sait]

[名]視力，視界 (*glance*),景色, (*the sights*)名勝

sacrifice [sǽkrifais]

[名][他]犧牲，祭品，獻祭

conduct [kɔ́ndəkt]

[名]行爲，指導 [他][kəndʌ́kt]指揮，引導 [名]condúctor嚮導者，指揮者，車掌

imagination [imædʒinéiʃən]

[名]想像(力) [形]imáginable 可想像的 [他]imágine 想像

scholar [skɔ́lə]

[名]學者 [形]schólarly學者氣派的，博學的 *cf.schólarship* 獎學金，學識

technology [teknɔ́lədʒi]

[名]科學技術 [形]technológical 科學技術的

instinct [ínstiŋkt]

[名]本能 [形]instínctive 本能的

appearance [əpíərəns]

[名]出現，外表 [自]appéar 露出 [形]appárent 明白的

tax [tæks]

名稅 他課稅 图taxátion 課稅 *cf.*
income tax 所得稅

board [bɔ:d]

名板,甲板,餐桌,會議 他自 供膳
宿,飼養,寄宿

marvel [má:vəl]

名驚異(的事物) 自驚嘆

symptom [símptəm]

> I may have caught a cold.

名徵兆(sign),(疾病的)自覺症狀

peril [péril]

BRURURU!

名危險 dánger) 图périlous 危險的

finance [fainǽns]

家計 簿

名財政(學)他供給資金 图fináncial 財政上的

organization [ɔ:gənaizéiʃən]

農協 請大家排好!

名組織,機構,團體他órganize 組織

courtesy [ká:tisi]

名禮節,慇懃 图cóurteous 有禮貌的
(反)discóurtesy 無禮

40

vocation [voukéiʃən]

名天職，職業 形vocátional 職業的
cf.vacátion 休假

prophecy [prɔ́fisi]

名預言(prediction) 自他próphesy 預言
名próphet 預言家

foundation [faundéiʃən]

名地基，基礎，創立他found 設立 設
立

violence [váiələns]

名暴力，猛烈 形víolent暴力的，猛烈的

remedy [rémidi]

名醫療(法)，救濟對策他矯正(治療)，救
濟

shame [ʃeim]

名羞恥，恥辱(disgrace)(反)hóno(u)r 名譽 形
shámeful 恥辱的

interval [íntəvəl]

名間隔，時間的間隔 at intervals 常常

biology [baiɔ́lədʒi]

名生物學 形biológical 生物學的 名biólo-
gist 生物學家

41

profit [prɔ́fit]

名利益 自他得利益 形prófitable有利益的，賺錢的

treaty [trí:ti]

名條約 *peace treaty* 和平條約

enthusiasm [inθjú:ziæzm]

名熱狂(zeal) 形enthusiástic 熱狂的

reaction [riǽkʃən]

名反應，反動力 形reáctionary 反動的，反動主義者 自reáct 反應，(反抗)

analysis [ənǽlisis]

名分析，分解 他ánalyze 分析(分解)，解剖

weapon [wépən]

名武器，兵器 *nuclear weapons* 核子武器

male [meil]

名男性，雄 形男性的，雄的 (反) fémale 雌，女性的

generosity [dʒenərɔ́siti]

名寬大，雅量 形génerous寬大的，有雅量的

posterity [pɔstériti]

名子孫 (反) áncestry 祖先

symmetry [símitri]

名左右相稱，調和，勻稱形symmétric(al) 勻稱的

offspring [ɔ́:spriŋ]

名子孫(postérity)

structure [strʌ́ktʃə]

名結構，建築(物)形strúctural 結構的

range [reindʒ]

SAFETY
DANGER
Bow Wow

名範圍，列，並排，爐灶，射程
動自並列，達到……射程

air [ɛə]

DŌ DŌ
MOJI MOJI

名空氣，態度，模樣動通風，吹噓

presence [prézns]

名存在，出席 (反) ábsence 不在

article [á:tikl]

an BANG!
apple

名物品，記事，條款 (文法)冠詞

indignation [indìgnéiʃən]

⊗憤怒，義憤 ⊞indígnant 憤怒的

vocabulary [vəkǽbjuləri]

⊗單字，語彙

mathematics [mæθimǽtiks]

⊗數學

purchase [pə́:tʃəs]

⊗購買，買進 ⊕購買 *purchasing power* 購買力

occasion [əkéiʒən]

⊗理由，時機，場合 ⊕引起

reign [rein]

⊗⊕統治，君臨，主權，支配

medicine [médisin]

⊗醫藥，醫學 ⊞médical 醫學的

enterprise [éntəpraiz]

⊗(冒險性的)事業，企業，進取的氣質 ⊞énterprising 有進取心的

growth [grouθ]

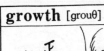

⊗成長，發育，成長 圓grow 成長

orbit [ɔ́:bit]

⊗軌道　⊕圓繞軌道廻轉

chaos [kéiɔs]

⊗渾沌，無秩序　嘭chaótic 渾沌的
(反) cósmos 秩序

suffrage [sʌ́fridʒ]

⊗選舉權，參考權woman suffrage 婦人
參考權

role [roul]

⊗角色，任務

genius [dʒí:niəs]

⊗ 天才，天賦

menace [ménəs]

⊗⊕恐嚇，脅迫

poverty [pɔ́vəti]

⊗貧窮，缺乏 嘭poor 貧窮的 (反) wealth
富有

45

infancy [ínfənsi]

㉝幼年時代(發育之)初期 圈㉝ínfant幼兒（的），未發達的

folly [fɔ́li]

㉝愚蠢，愚笨的行爲 (反) wisdom 賢明 圈fóolish 愚蠢的 cf. fool 笨人，呆子

extent [ikstént]

㉝範圍，寬度，程度 圗囹exténd延長，伸長

slang [slæŋ]

㉝俚語，隱語，通用語

photograph [fóutəgrɑːf]

㉝圗圗照片，照像 cf.photógrapher攝影師

picture [píktʃə]

bald patch on right side bald patch on left

㉝畫，照片，畫像 圗描寫，想像

organism [ɔ́ːgənizm]

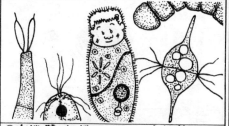

㉝有機體，組織 圈orgánic 有機的 cf.órgan 器官，機關，風琴

economy [ikɔ́nəmi]

一站30元，不能坐呀！

㉝經濟，節省 圈económic經濟(學)上的 económical 經濟的，節省

gravity [grǽviti]

[名]重力，引力，重大性，嚴謹 [名]gravitátion 引力作用

exploit [éksplɔit]

[名]勳績，功績
[他][iksplɔ́it]開拓

folk [fouk]

[名]民族(*péople*)，(複)家族，親戚

symbol [símbəl]

[名]象徵，記號，符號[形]symbólic(al) 象徵的 [他]sýmbolize象徵，代表

bribe [braib]

[名][他]賄賂，收買 [名]bríbery 賄賂行為，行賄

notion [nóuʃən]

[名]觀念，想法，見解

letter [létə]

[名]信，文字，(複)文學，字義

pioneer [paiəníə]

[名]開拓者，先驅 [自][他]開拓，率先

sake [seik]

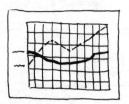

㉒緣故，利益，目的 *for the sake of~* 爲了

crop [krɔp]

㉒農作物，收穫物 ⑩㉑剪，種植

response [rispɔ́ns]

㉒回答，應答 ㊀respónd 回答，反應

welfare [wélfɛə]

㉒福祉*(well-being)*，幸福 *welfare work* 福祉事業

confidence [kɔ́nfidəns]

㉒信用，自信 ㊀㊁confíde 吐露說，信賴 ㊝cónfident 有自信的

dialect [dáiəlekt]

㉒方言

succession [səkséʃən]

㉒連續，接連，繼承㊝succéssive 連續的 ㊧succéssor 繼承者，後繼者

pollution [pəlúːʃən]

㉒污染，公害 ㊀pollúte 污染 *enviro-nmental pollution* 環境污染

liberty [líbəti]

图自由，解散　　形líberal 自由的，
大方的　　(反)slávery 奴隸制度

sound [saund]

图聲音自動發出聲音，發出號聲以表示
，探詢形健全的，堅固的

account [əkáunt]

图說明，計算，理由自account for 說明，
成為　理由

income [ínkʌm]

图收入，所得(反)expénse 支出

ruin [rú:in]

图毀滅，(複)廢墟　　他使毀滅
形rúinous 毀滅的

analogy [ənǽlədʒi]

图類推，類似 形análogous 類似的

insect [ínsekt]

图昆蟲

lot [lɔt]

图許多，一組，一份，籤，命運

49

favo(u)r [féivə]

⊛名⊛動表示好意，贊成　⊛形favo-
(u)rable 好意的

sum [sʌm]

⊛名總計，金額，(複)計算⊛動sum up 合計，扼要化

planet [plǽnit]

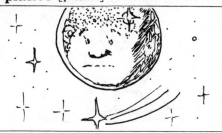

⊛名行星，遊星⊛形plánetary 行星的

mechanism [mékənizm]

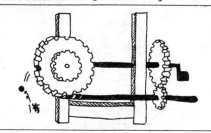

⊛名機械結構，機械裝置

statement [stéitmənt]

FIASH!

I'm going to retire!

⊛名聲明(書)，陳述⊛名⊛形⊛動state 情況，國家(的)陳述

bill [bil]

⊛名帳單，票據，(美)鈔票　⊛動送帳單

substance [sʌ́bstəns]

出去！
你這輕身的東西……

⊛名物質(mátter)，本體，要旨　⊛形substántial 實質的

quarter [kwɔ́:tə]

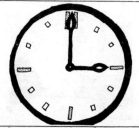

⊛名四分之一，一刻，方塊，地域(複)宿舍

heir [ɛə]

⑧男性繼承人，後嗣 cf. héiress 女性繼
承人

region [ríːdʒən]

⑧地方，地域，(複)地帶 ㊫régional地方的

enemy [énimi]

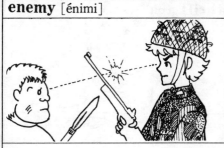

⑧敵人 (反) friend 朋友

sentence [séntəns]

Other than
death penalty
I know nothing

⑧句，判決　　⑩宣判，判決

mine [main]

⑧礦山 ⑩採礦　　 ⑧míner 礦工
⑧㊫míneral 礦物性的

wonder [wʌ́ndə]

⑧驚奇，驚異，不可思議　⑥⑩驚異，
覺得奇怪，懷疑

fury [fjúəri]

⑧激怒(rage)，猛烈 ㊫fúrious　猛烈的，
狂暴的

vigo(u)r [vígə]

⑧活力，元氣 ㊫vígorous 精力旺盛的

51

routine [ru:tí:n]

图例行公事，日常工作　　围決定的

heaven [hévn]

图天堂，(Héaven)神　围héavenly 天的
heavenly body 天體

prospect [próspekt]

图眺望，料想，希望
預料得到的，將來的　　围prospéctive

thrift [θrift]

图節約，儉約 围thrífty 儉約的

fortune [fó:tʃən]

图運，幸運，財產 围fórtunate 幸運的
(反)*misfórtune* 不幸的，倒霉的

ridicule [rídikju:l]

图嘲笑，訕笑　　働訕笑，嘲笑
围ridículous 可笑的，滑稽的

origin [óridʒin]

图起源(*source*)，出身　围oríginal 最初的
，獨創的图originálity 獨創性

rage [reidʒ]

图憤怒(*fúry*)　圓働憤怒，狂暴

novelty [nɔ́vəlti]

图新奇，新鮮，新出品 圈图nóvel 新奇的，小說

wheel [hwi:l]

图車輪 動 轉動　　*at the wheel* 把舵

bravery [bréivəri]

图勇氣 圈brave 勇敢的 圖brávely 勇敢地 (反)*cówardice, timídity* 膽小

silence [sáiləns]

图沈默，靜寂 圈sílent 沈默的，安靜的

tyranny [tírəni]

图專制統治，暴政 圈tyránnical 專制的，殘酷的 图týrant 暴君，壓制者

soldier [sóuldʒə]

图士兵 *cf. ófficer* 軍官

epidemic [epidémik]

图傳染病 圈流行的

slavery [sléivəri]

图奴隸制度 图回slave 奴隸（像奴隸似的工作者）

53

nightmare [náitmɛə]

图 惡夢

emergency [imə́:dʒənsi]

图 危急，緊要關頭

rumo(u)r [rú:mə]

图他 謠言

efficiency [ifíʃənsi]

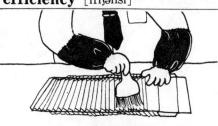

图能率，效率 形efficient能率的，有效的
(反. inefficient 無效的)

faith [feiθ]

图信仰(belief)，信任 形faithful 忠實的

biography [baiɔ́grəfi]

图傳記 形biográphical 傳記的 图autobi-
ógraphy 自傳

architecture [á:kitektʃə]

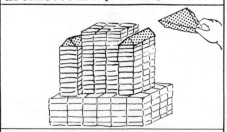

图建築(學)cf. árchitect 建築家

temperature [témpərətʃə]

图氣溫，體溫，溫暖

hell [hel]

密地獄 形héllish（像）地獄的　（反）héaven 天國

behalf [bihá:f]

密爲了利益　on(in) behalf of~爲了～

temper [témpə]

密性情，心情，暴躁働調和，鍛錬
形témperament 氣質，性質

courage [káridʒ]

密勇氣 形courágeous 勇敢的 働encóurage 鼓以勇氣（反. discóurage 使喪失勇氣）

traffic [trǽfik]

密交通量　traffic jam 交通阻塞

party [pá:ti]

密黨，一行，會，夥伴，當事人，晚會

minute [mínit]

密分，傾刻 形[mainjú:t]細小的，詳細的

defeat [difí:t]

密打敗，敗北 働使挫折(beat)

skyscraper [skáiskreipə]

[名]摩天大廈，超高的建築物

oblivion [əblíviən]

[名]忘却 [形]oblívious 健忘的

propaganda [prɔpəgǽndə]

[名]宣傳（機關團體） [自][他]própagate 宣傳，普及，增植

trait [trei]

[名]特性*(characteristic)*，特色

square [skwɛə]

[名]正方形，正四角廣場 [形]四角的，公正的 [他]使成四角，使平坦，清算

research [risə́:tʃ]

[名]研究，調查

heredity [hiréditi]

[名]遺傳 [形]heréditary 遺傳的，世襲的

thirst [θə:st]

[名]口渴，渴望 [自]渴望 [形]thírsty 口渴的，渴望的

vision [víʒən]

[名]視力，觀察力，未來像[形]vísual視覺的可見的 *(vísible)*

promise [prɔ́mis]

[名][他][自]約定，有～的機會

feature [fíːtʃə]

[名]特徵，(複) 容貌　[他]描寫～特徵

sweat [swet]

[名]汗　[自][他]流汗

profession [prəféʃən]

[名]職業，聲明，表白　[形][名]proféssional 專門的，職業的(選手)

spirit [spírit]

[名]精神，精力，幽靈，(複) 酒(飲料)　[他]使精神飽滿 [形]spíritual 精神的

division [divíʒən]

[名]分割，分割，境界[他][自]divíde 分割，撕開

praise [preiz]

[名][他]讚賞　[形]práiseworthy值得稱讚的

electricity [ilektrísiti]

名電 形eléctric 電的

capital [kǽpitəl]

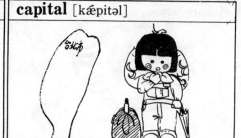

名首都,資本 形主要的 图cápitalism資本
主義 *capital letter* 大寫

stomach [stʌ́mək]

名胃,腹*(bélly)* 他忍受 *cf. stómach-*
ache 胃痛

wisdom [wízdəm]

名智慧,聰明 形wise 聰明的

fault [fɔ:lt]

名過失,缺點*(deféct)*,過錯

vacuum [vǽkjuəm]

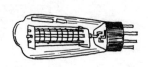

名眞空,空白

flight [flait]

名飛行,逃亡,一羣(隊)

horizon [həráizn]

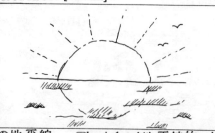

名地平線 形horizóntal地平線的,水
平的(反. vértical, perpendícular垂直的

excitement [iksáitmənt]

㊣刺激，興奮 ㊞excite 使興奮

reputation [repjutéiʃən]

㊣評判，名望 ㊞repúte 評判

phrase [freiz]

㊣片語，慣用的，名言 (反. *clause*文法
節)

suit [sjuːt]

㊣一套衣服，訴訟　㊞㊀合適
㊟súitable 適當的，相配的

benefit [bénifit]

㊣利益，恩惠 ㊞㊀對…有利，享受利益㊟
benefícial 有益的

side [said]

㊣側面，邊緣，(敵我的)邊，黨 ㊞ 偏袒
(take part)　㊟側面的，橫的

detail [díːteil]

㊣詳細 ㊞[ditéil] 詳述　㊟detáiled 詳
細的

continent [kɔ́ntinənt]

㊣大陸 ㊟continéntal 大陸的

instrument [ínstrumənt]

图儀器，手段

mischief [místʃif]

图惡作劇，危害 圈míschievous惡作劇的

landscape [lǽndskeip]

图景色 (scénery)，眺望(view)

barrier [bǽriə]

图柵，障壁

plow [plau]

图犂　　動自 耕

fancy [fǽnsi]

图幻想，嗜好動　　　圈裝飾的

home [houm]

图圈家(的)，本國(的) 副深切的，衷心地，朝向祖國，朝向家

universe [júːnivəːs]

图宇宙，全世界圈univérsal 宇宙的，全世界的，普遍的

tumult [tjúːmʌlt]

名喧囂，騷動 形tumúltuous 騷動的，混亂的

optimist [ɔ́ptimist]

名樂天派 形optimístic 樂觀的 名óptimism 樂天主義 (反)péssimist 厭世者

passion [pǽʃən]

名激烈，熱情 形pássionate 熱情的

expedition [ekspidíʃən]

名探險隊

exception [iksépʃən]

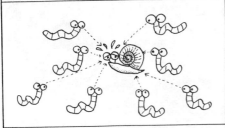

名例外，不服 形excéptional 例外的

lecture [léktʃə]

名自他講義，講演，教諭

reliance [riláiəns]

名信賴 自rely on~ 倚靠 形relíable 能信賴的

hono(u)r [ɔ́nə]

名名譽 他尊敬 形hóno(u)rable 高貴的

61

synthesis [sínθisis]

㊋綜合，合成 (反) *análysis* 分析

physics [fíziks]

㊋物理　㊇phýsicist 物理學家 *cf. physíc-ian* 內科醫生

peasant [pézənt]

㊋農夫　㊇the péasantry 農民 *cf. fármer* 農場主人

harm [hɑ:m]

㊋㊌傷害　　　㊐hármful 有害的
cf. hármless 無言的

burden [bə́:dn]

㊋重荷，負擔㊌負擔重荷

trial [tráiəl]

㊋嘗試，試驗，審判㊉㊌try 試行
㊐trýing 艱苦的，辛苦的

voyage [vɔ́iidʒ]

㊋航海 ㊉航海

treasure [tréʒə]

㊋寶貝，財寶㊌珍重，秘藏
cf. tréasurer 會計

brow [brau]

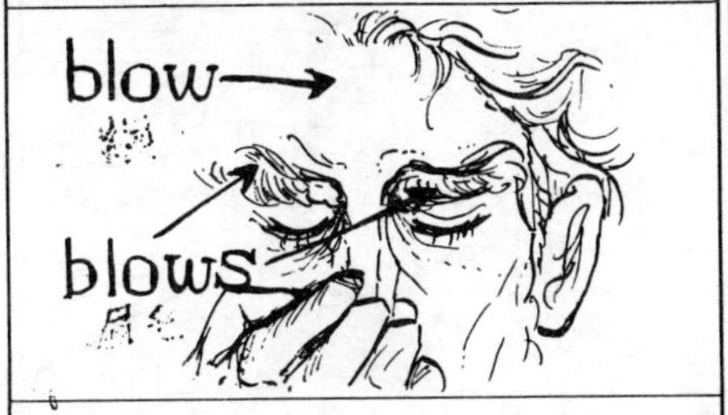

blow→
blows

[名]額 (fōrehead), 眉毛

thermometer [θəmɔ́mitə]

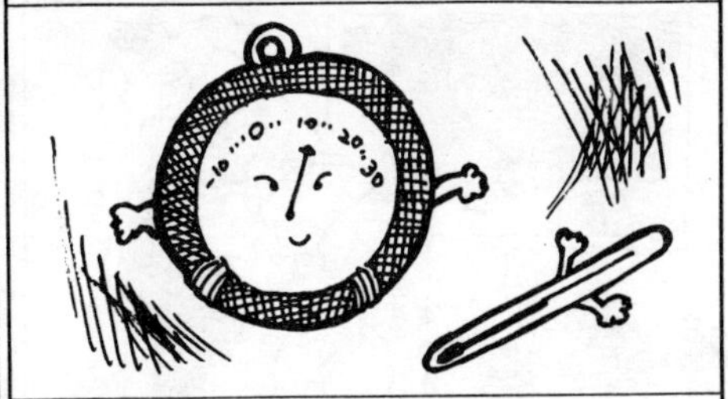

[名]溫度計

quarrel [kwɔ́rəl]

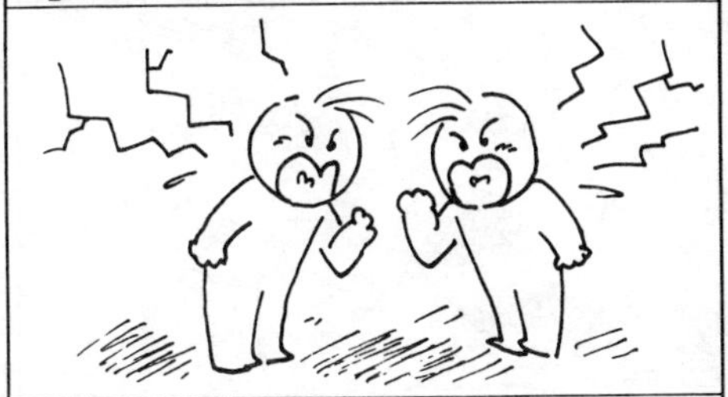

[名][自]爭吵，吵架

shelter [ʃéltə]

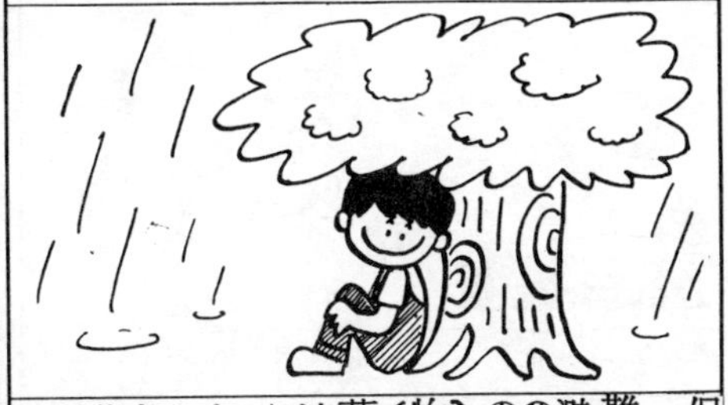

[名]隱藏處(réfuge)，遮蔽(物) [自][他]避難，保護

unity [jú:niti]

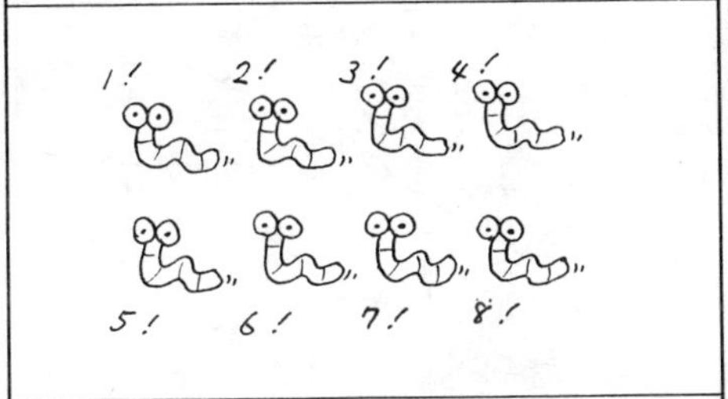

1!
2!
3!
4!
5!
6!
7!
8!

[名]統一 [他]únify 統一

proverb [prɔ́və:b]

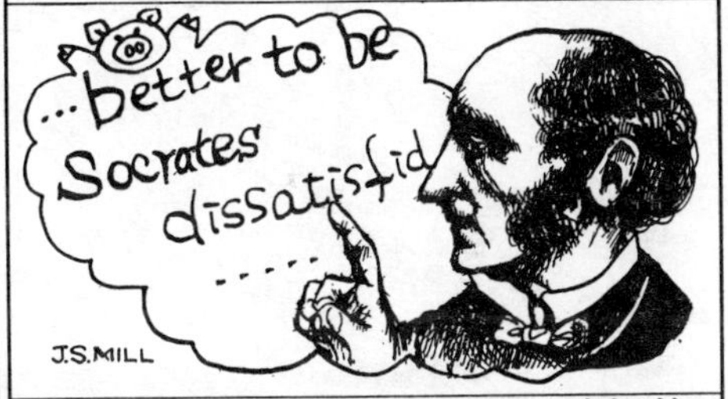

...better to be Socrates dissatisfid ......
J.S.MILL

[名]諺語，格言 [形]provérbial 諺語的

carriage [kǽridʒ]

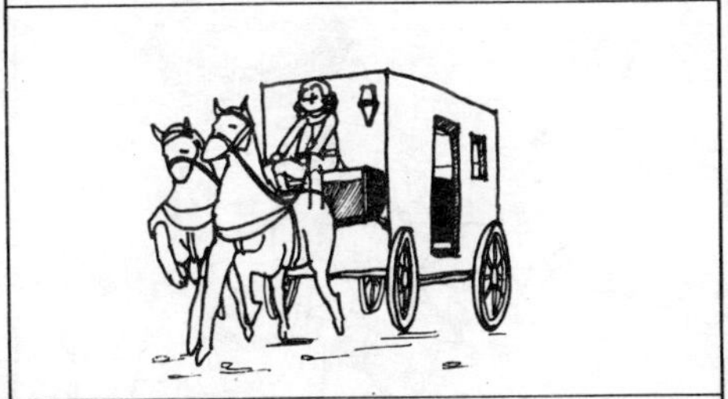

[名]客車，馬車，搬運

applause [əplɔ́:z]

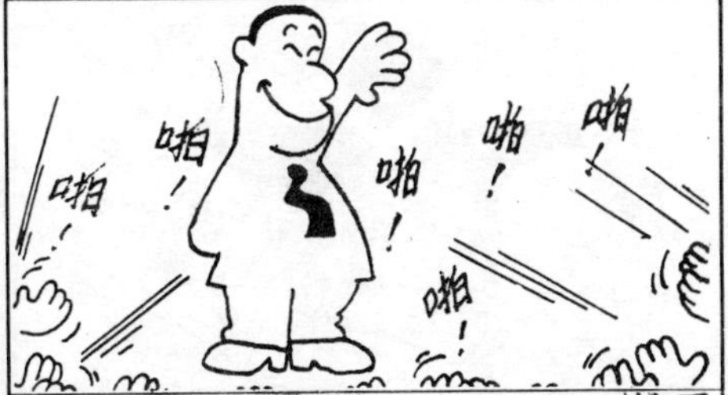

啪!
啪!
啪!
啪!
啪!
啪!

[名]拍手喝采，讚賞 [自][他]appláud 拍手喝采

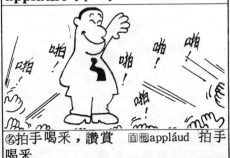

instruction [instrʌ́kʃən]

ⓒ教授，指示 ⓖinstrúct 教授，指示
ⓐinstrúctivc 教育性的，有益的

project [prɔ́dʒekt]

ⓒ計劃，設計 ⓖ[prədʒékt] 計劃，發射

reason [rí:zn]

ⓒ理由，理智 ⓑⓖ下判斷，思考
ⓐréasonable 合理的，懂道理的

algebra [ǽldʒibrə]

ⓒ代數 ⓐalgebráic 代數的

focus [fóukəs]

ⓒ焦點 ⓖ集中 *(cóncentrate)*

sword [sɔ:d]

ⓒ劍 *the sword* 武力

anarchy [ǽnəki]

ⓒ無政府 ⓓánarchism 無政府主義
ⓓánarchist 無政府主義者

ornament [ɔ́:nəmənt]

ⓒ裝飾品 ⓖ[ɔ́:nəment] 裝飾 ⓐor-
naméntal 裝飾的

spur [spə:]

图働刺激，加以刺激，鼓勵

relief [rilíːf]

图解除，救助 働relíeve 減輕（苦痛，擔憂），救助

deceit [disíːt]

图詐欺，瞞騙 働decéive 詐欺
图decéption 瞞騙

justice [dʒʌ́stis]

图正義 court of justice 法院

rate [reit]

图比例，速度，費用 働圓估價，評價

note [nout]

图註釋，鈔票，著名，備忘錄 働記下，注目
图nóted 有名的

intelligence [intélidʒəns]

图理智，聰明，情報 图intélligent 理智的

pronunciation [prənʌnsiéiʃən]

图發音 働圓pronóunce 發音

ray [rei]

⊛光線，放射線，閃爍

wage [weidʒ]

⊛工資　働從事（戰爭等）

theme [θi:m]

⊛主題，題目

geometry [dʒiɔ́mitri]

⊛幾何　彫geométric(al) 幾何學的

conflict [kɔ́nflikt]

⊛闘爭(strúggle)　⾃[kənflíkt]闘爭

opponent [əpóunənt]

⊛敵人，對手 働oppóse 反對，（對抗）
彫ópposite 反對的，對面的

endeavo(u)r [indévə]

⊛努力(earnest effort)　⾃盡力

match [mætʃ]

⊛對手，敵手，比賽　働 匹敵，使競
爭，使調和

reward [riwɔ́:d]

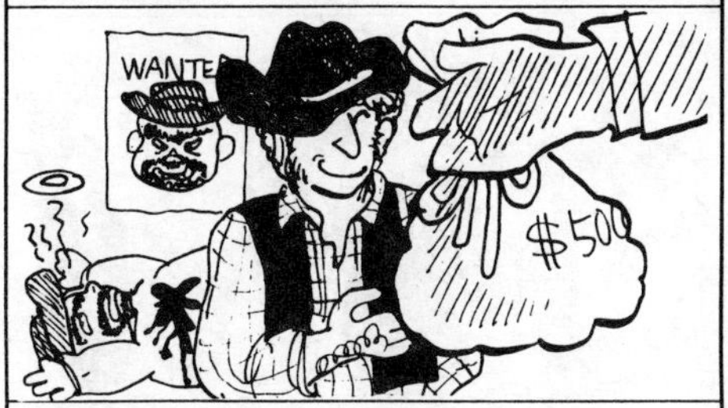

[名]報酬 [他]酬報，獎賞

usage [jú:zidʒ]

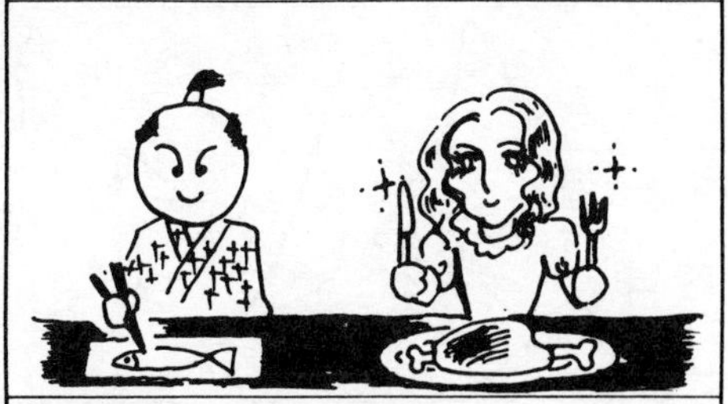

[名]習慣，語法，慣用法

status [stéitəs]

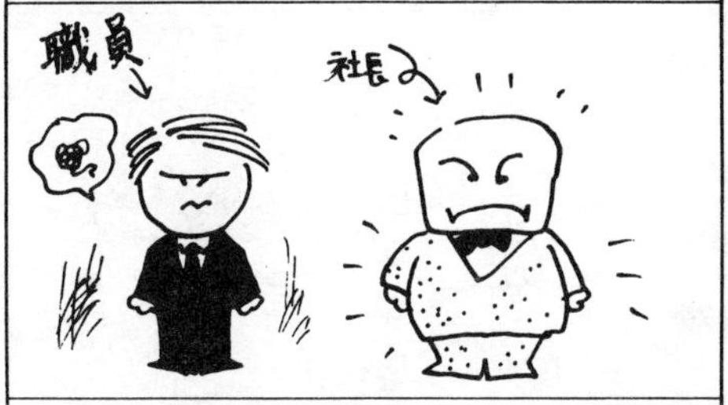

[名]身份，地位，狀態

disaster [dizá:stə]

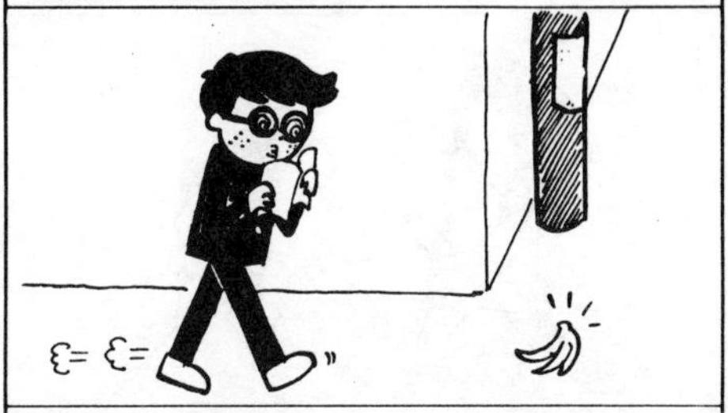

[名]天災，大災害[形]disástrous 悲慘的

utility [ju:tíliti]

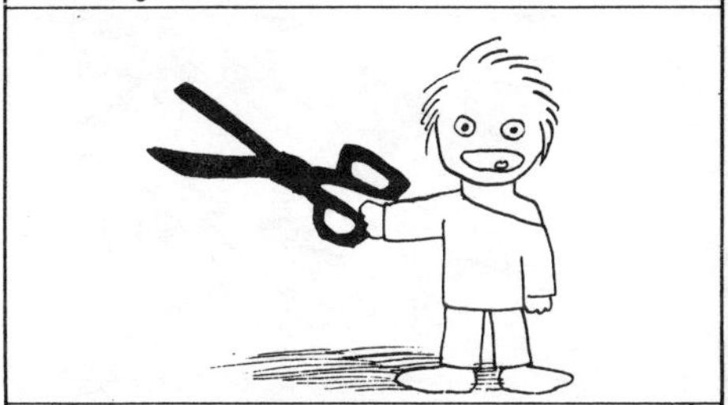

[名]有用性，有益，實利 [他]útilize 利用

blood [blʌd]

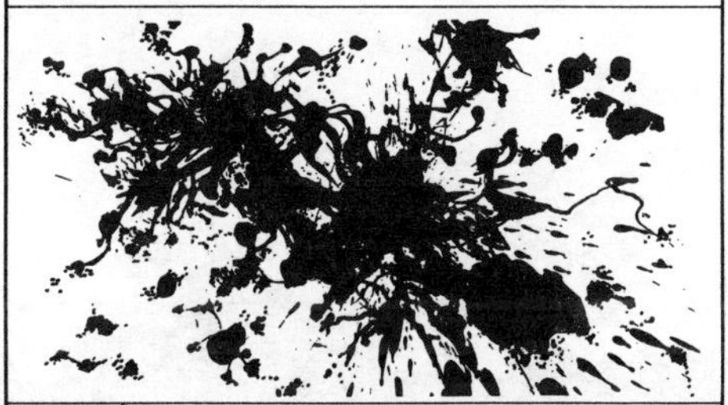

[名]血液 [自]bleed 出血 [形]blóody 流血的

court [kɔ:t]

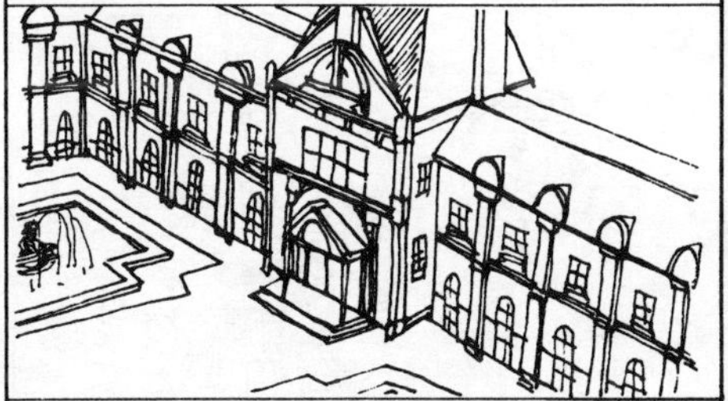

[名]宮庭，法院，院子[他]求婚

oracle [ɔ́rəkl]

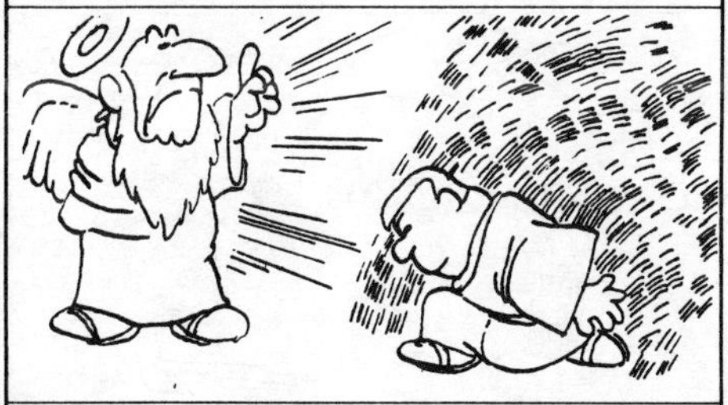

[名]神諭，神的宣告

realm [relm]

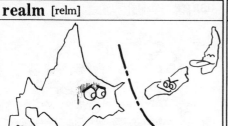

Ⓐ王國，國土

tribe [traib]

Ⓐ種族，部落 Ⓕtríbal 種族的

battle [bǽtl]

Ⓐ交戰 Ⓥ戰爭 Ⓕbáttlefield 戰場

illusion [iljúːʒən]

Ⓐ幻影，幻覺

dawn [dɔːn]

Ⓐ黎明，開端 Ⓥ破曉

scope [skoup]

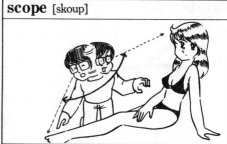

Ⓐ範圍，領域

rent [rent]

Ⓐ地租，使用租費 Ⓥ租借
ⒶⒻréntal 地租，地租收入，租借的

satellite [sǽtilait]

Ⓐ衛星 *artificial satellite* 人工衛星

68

diplomacy [diplóuməsi]

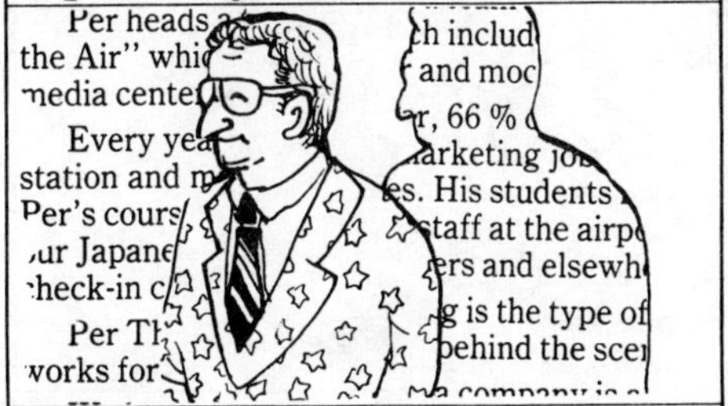

Per heads a
the Air" whi
media cente
Every yea
station and m
Per's cours
our Japane
check-in c
Per Th
works for
h includ
and moc
r, 66 %
arketing jo
s. His students
staff at the airp
ers and elsewh
g is the type of
behind the sce

[名]外交 [形]diplomátic 外交的 [名]díplomat 外交官

victory [víktəri]

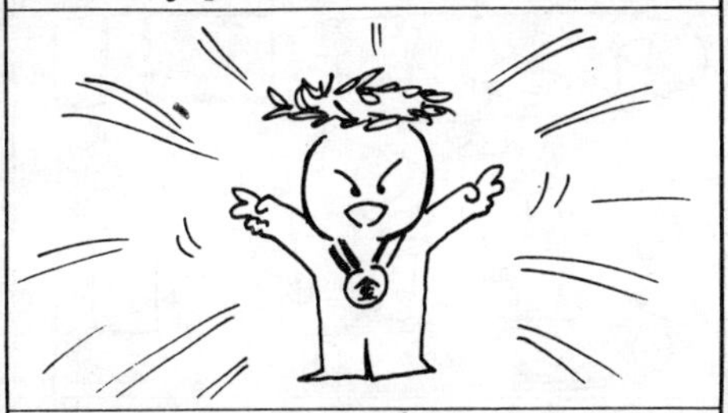

金

[名]勝利 [形]victórious 凱旋的 [名]víctor 勝利者

ceremony [sériməni]

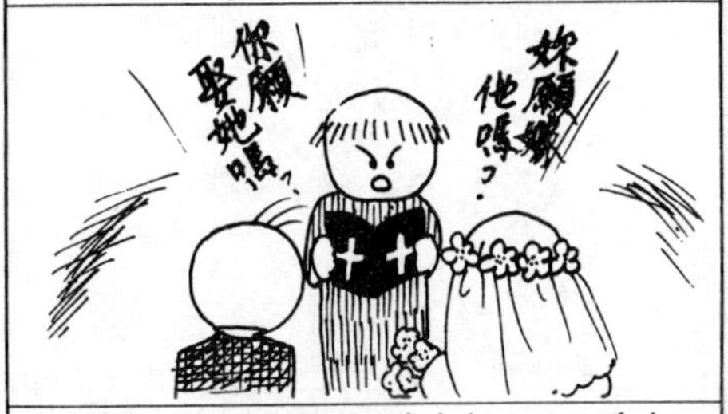

你願娶她嗎？
妳願嫁他嗎？

[名]典禮，禮節 [形]ceremónial, ceremónious 儀式的

trousers [tráuzəz]

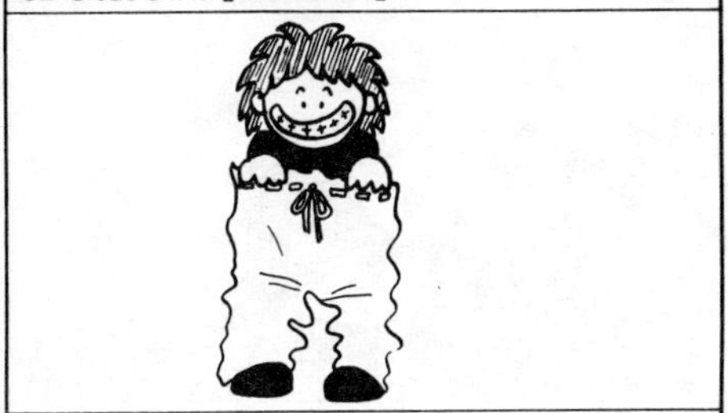

[名]褲子

expectation [ekspektéiʃən]

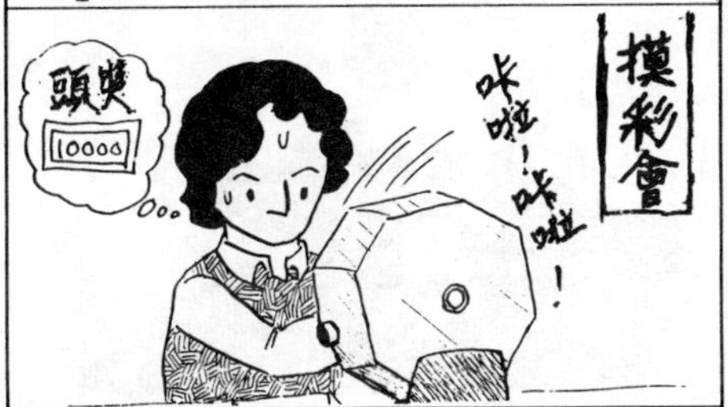

頭獎
10000
摸彩會
咔啦！咔啦！

[名]預期，指望 [他]expéct 期待，預期

fiction [fíkʃən]

Анна Каренина
Лев Н. Толстой
中國
Ellery Queen

[名]小說，虛構 (反) *nonfíction* 非空想的讀物

device [diváis]

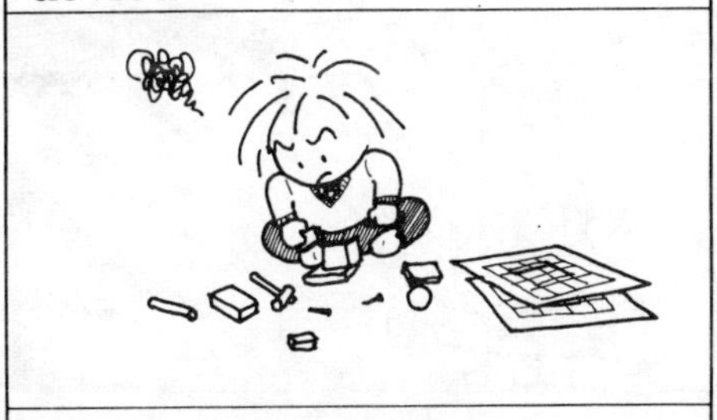

[名]設計，計劃 [他]devíse 設計，發明

trust [trʌst]

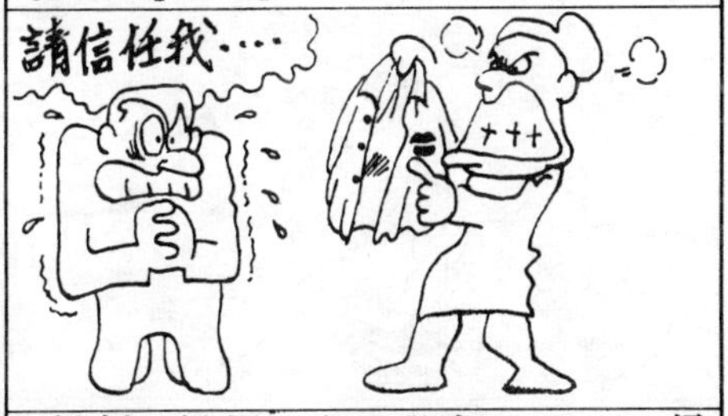

請信任我….

[名]信任，信用，企業聯合 [他]信用，委託

plant [plɑ:nt]

图植物，草木，工廠，設施動種植，播，飼養

tragedy [trǽdʒidi]

图悲劇 形trágic 悲劇的 (反) cómedy 喜劇

monopoly [mənɔ́pəli]

图壟斷販賣，專賣權 動monópolize 獨占

aristocracy [æristɔ́krəsi]

图貴族政治 形aristocrátic 貴族政治的 (反) demócracy 民生政治

frame [freim]

图組織體 構造，框子動組織，裝框子

twilight [twáilait]

图黃昏，傍晚

category [kǽtigəri]

图範疇，種類

tomb [tu:m]

图墓(grave) 图tómbstone墓石(grávestone)

decade [dékəd]

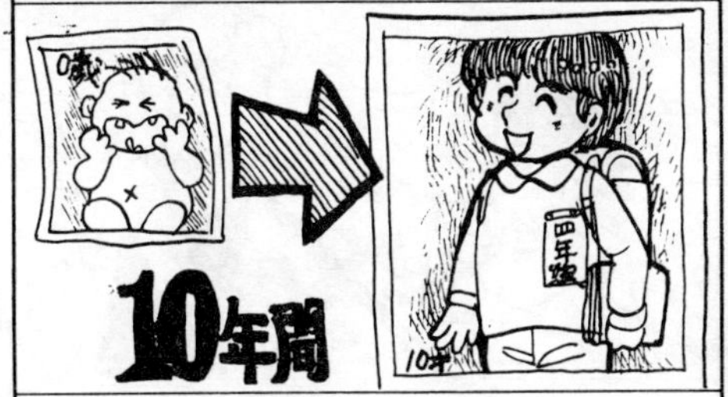

[名]十年 *(ten years)*

risk [risk]

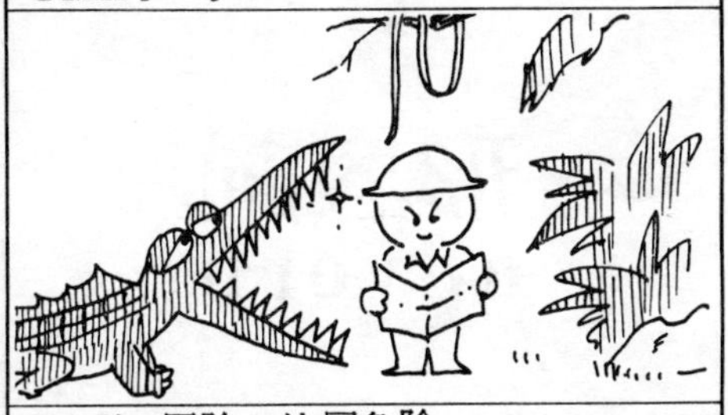

[名]危險，冒險 [他]使冒危險*run(take) the risk* 冒著危險

budget [bʌ́dʒit]

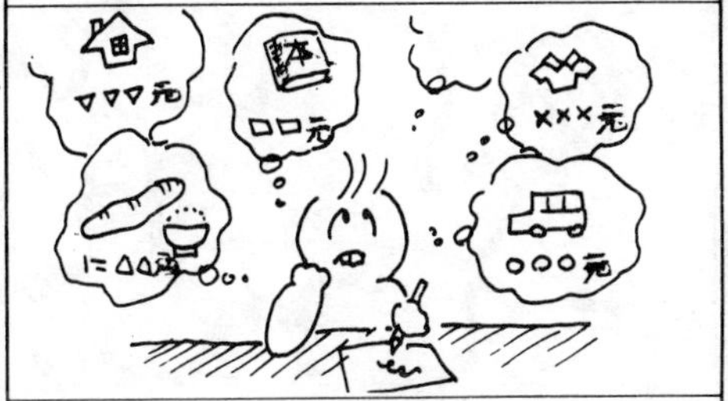

[名]預算　[自]編入預算

bosom [búzəm]

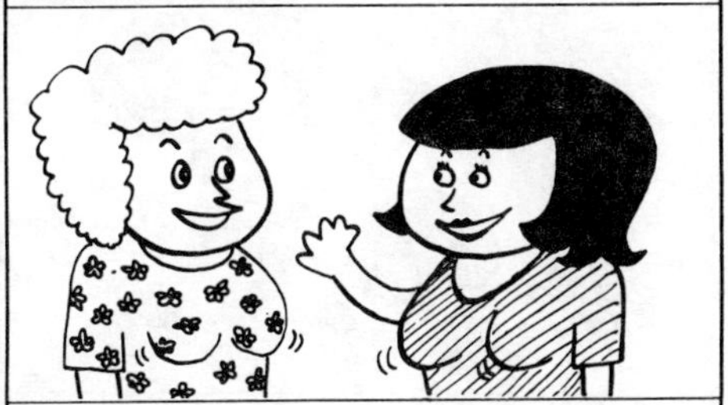

[名]胸部

snobbery [snɔ́bəri]

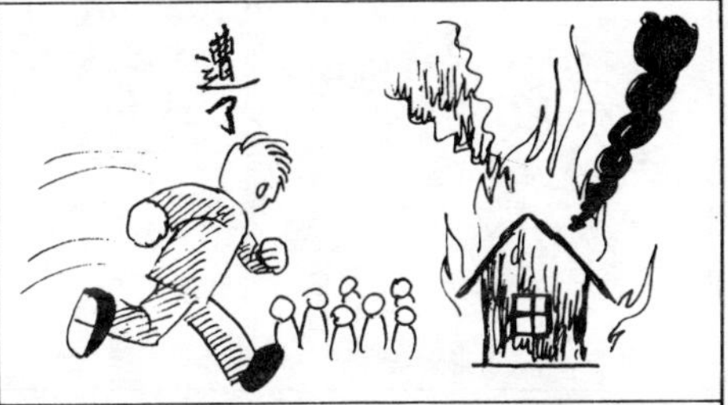

[名]充紳士氣派，俗不可耐的性格 [形]snóbbish 俗不可耐的　[名]snob 假紳士

equator [ikwéitə]

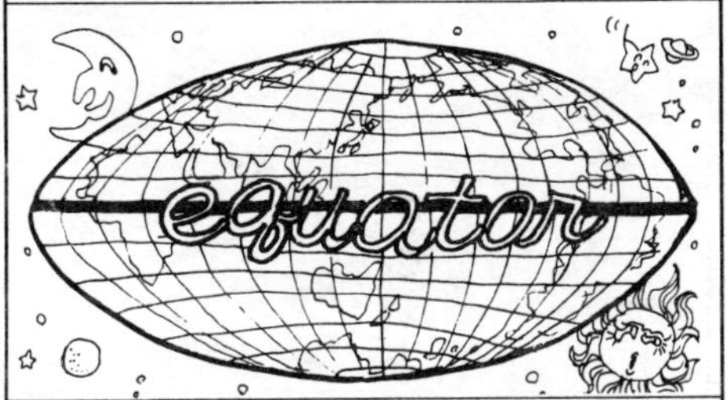

[名][the…]赤道

ache [eik]

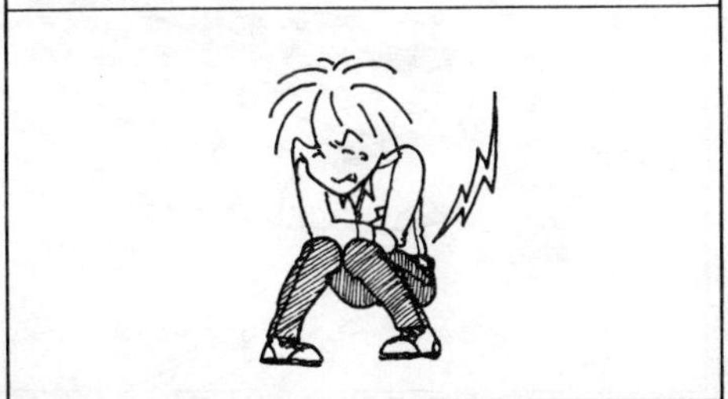

[名]疼痛 [自]疼痛 *cf. tóothache* 齒痛 *héartache* 心痛

prose [prouz]

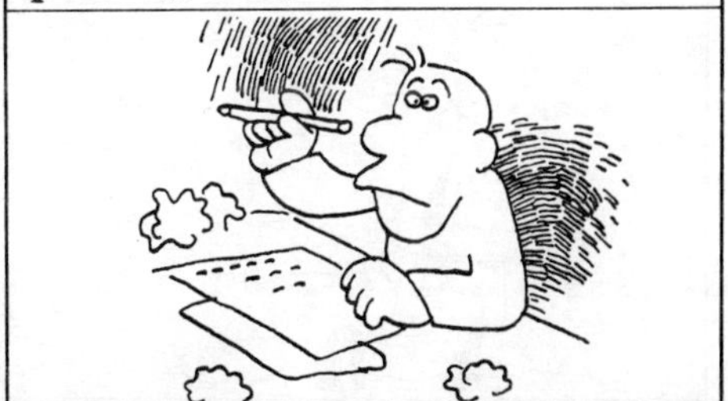

[名]散文，單調 [形]prosáic散文的，平凡的 [反] *verse* 韻文

形容詞
adverb

genuine [dʒénjuin]

㊒純粋的(pure)，眞正的，誠實的

---

obscure [əbskjúə]

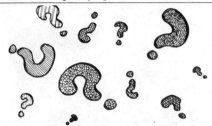

㊒曖昧的,不明瞭的,微暗的㊇obscúri-ty 不分明

---

conscious [kɔ́nʃəs]

㊒意識的，自覺的　*be conscious of*~ 意識到　㊇cónsciousness 意識

---

neutral [njú:trəl]

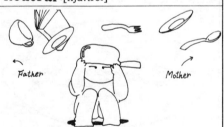

Father　　　　　Mother

㊒中立的㊇中立國㊇neutrálity 中立

---

foreign [fɔ́rin]

㊒外國的，舶來的

---

contemporary [kəntémpərəri]

㊒㊇同時代的（人），現代的（人）

---

fast [fɑːst]

㊒快的,堅固的㊄迅速地，　緊張地　㊇㊀斷食

various [vέəriəs]

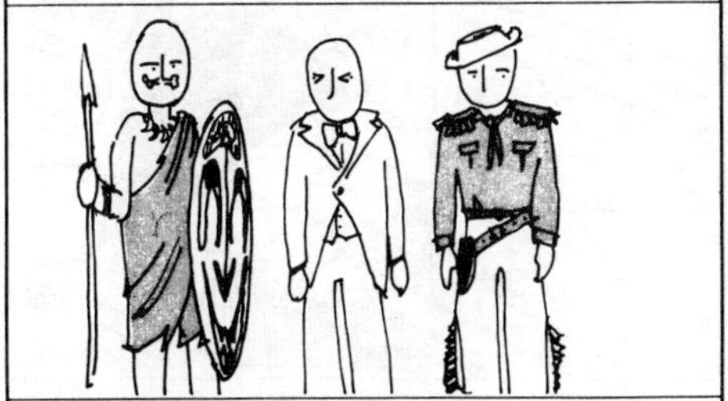

[形]種種的，富變化的 [自][他]váry 變化 [名]variátion 變化

technical [téknikəl]

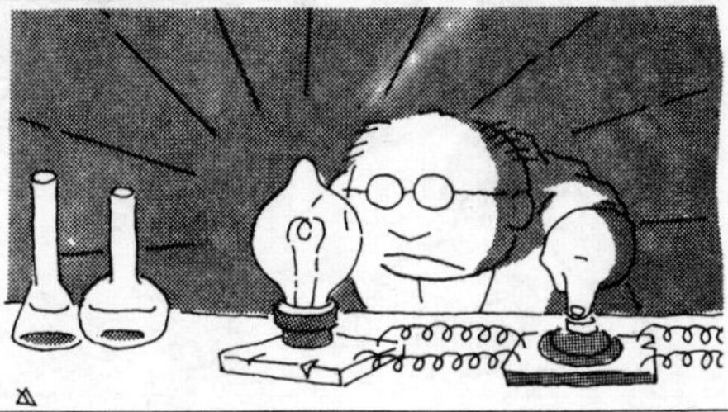

[形]徹底的， [名]techníque 技術

rational [rǽʃənəl]

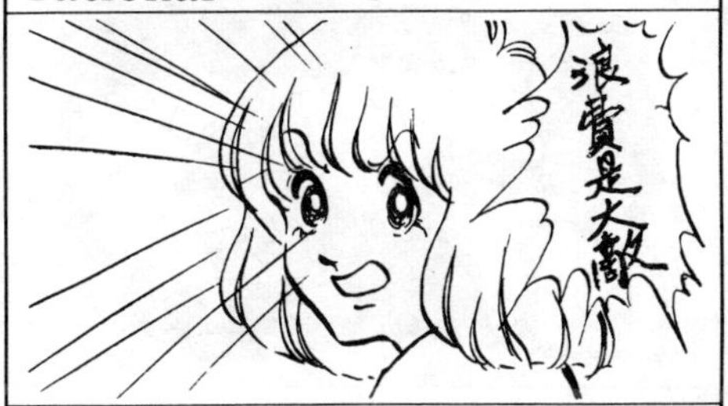

[形]合理的 ，理性的 (反)irrátional 不合理的

thorough [θʌ́rə]

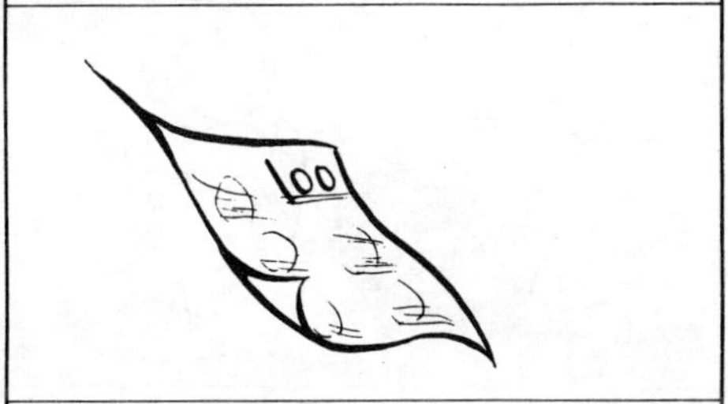

[形]徹底的，完全的 [副]thóroughly 徹底地

evident [évidənt]

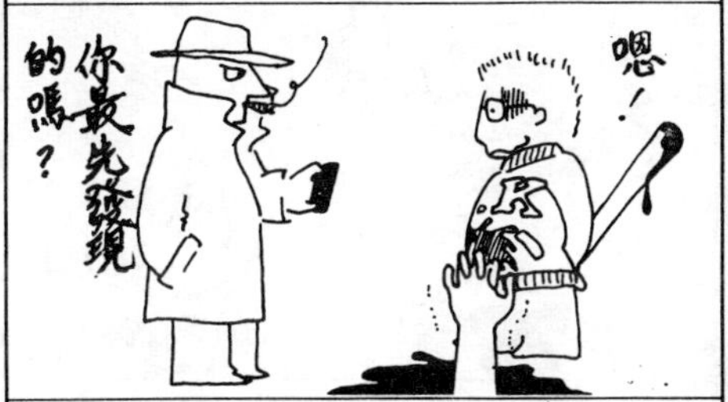

[形]明白的(*clear*)，明確的 [名]évidence 證據

worth [wə:θ]

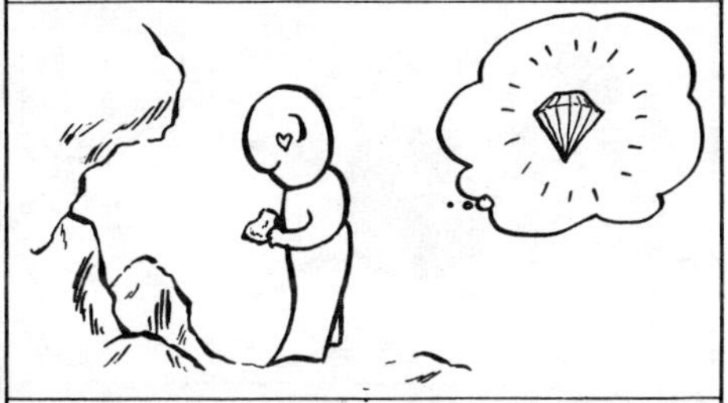

[形]有價值的 [名]價值(*válue*) *cf.wórthy*有價值的*wórthless* 無價值的

good [gud]

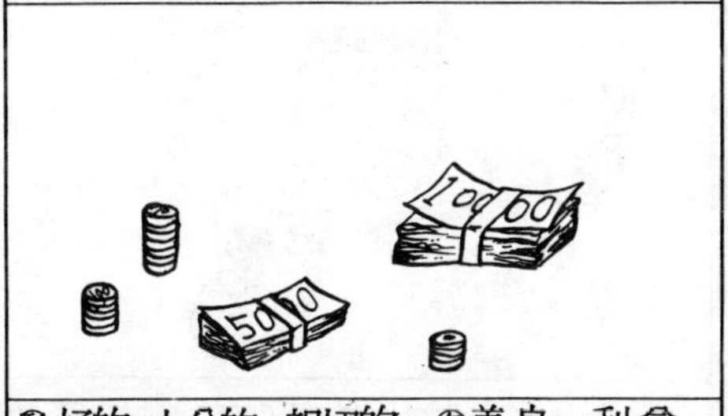

[形]好的，十分的，親切的 [名]善良，利益，(複)東西

bright [brait]

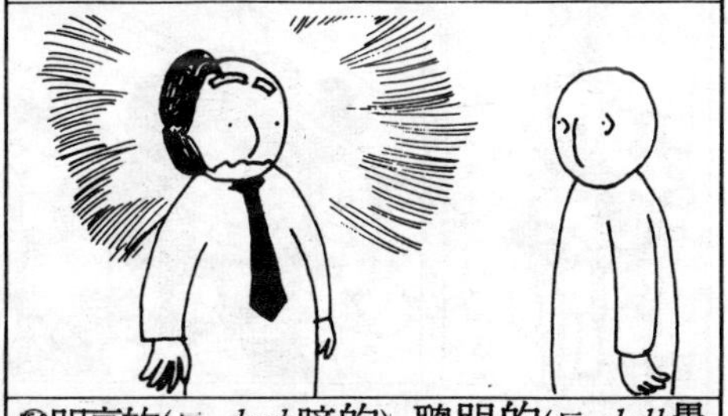

[形]明亮的(反. *dark*暗的)，聰明的(反. *dull*愚笨的)

timid [tímid]

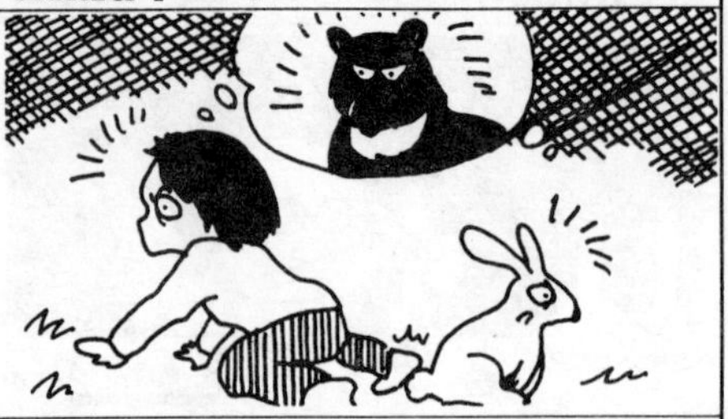

[形]膽小的，羞怯的[名]timídity 膽小
(反) bold 大膽

extreme [ikstríːm]

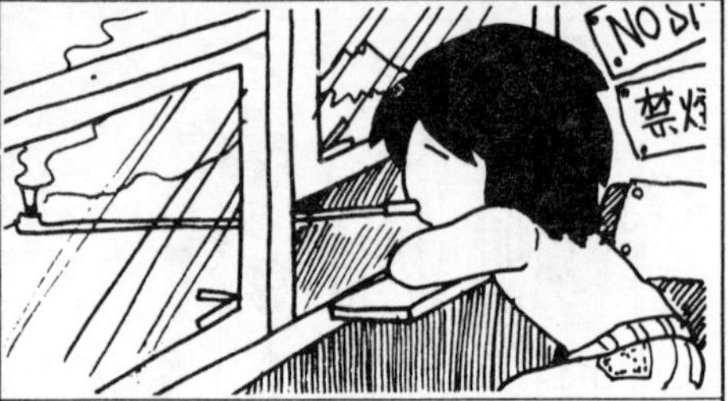

[形][名]極端的

content [kəntént]

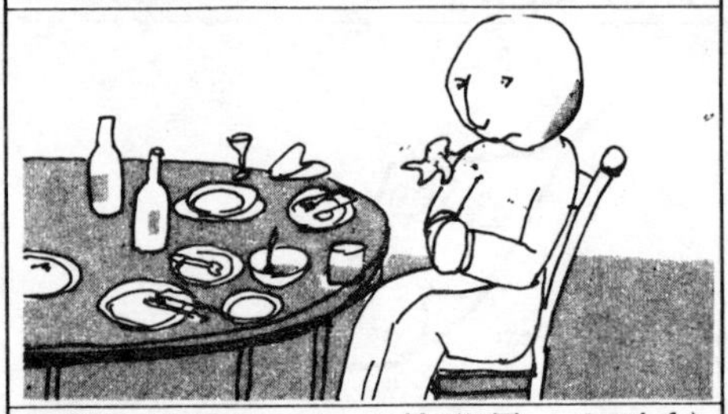

[形]滿足的[with~] [他]使滿足 (sátisfy)
[名]滿足 cf. cóntent 容量，(複)目次

main [mein]

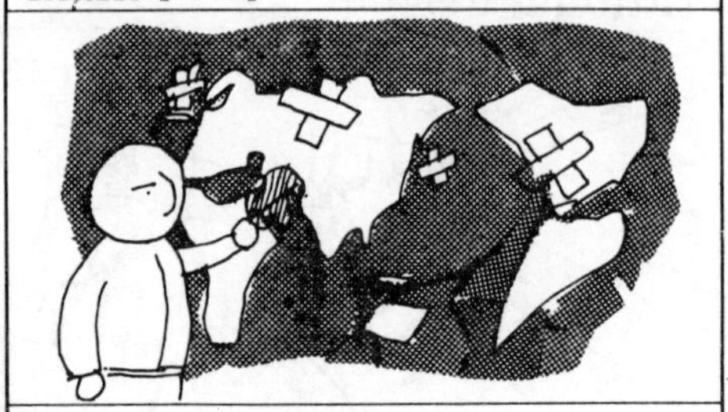

[形]主要的，有力的 [副]máinly 主要地

sufficient [səfíʃənt]

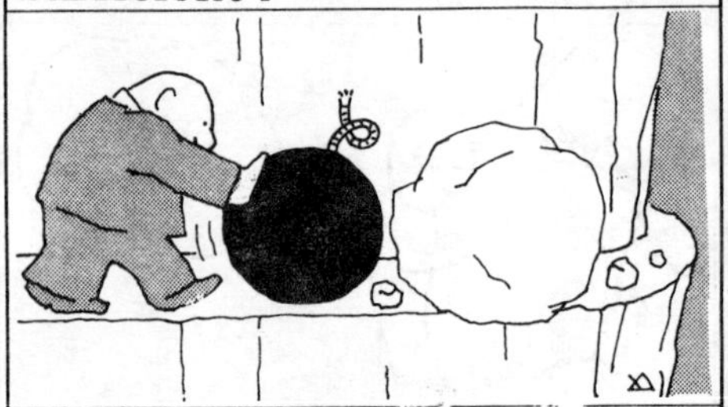

[形]十分的(enóugh) [自][他]suffíce 十分，使滿足 (反) insuffícient 不十分的

apparent [əpǽrənt]

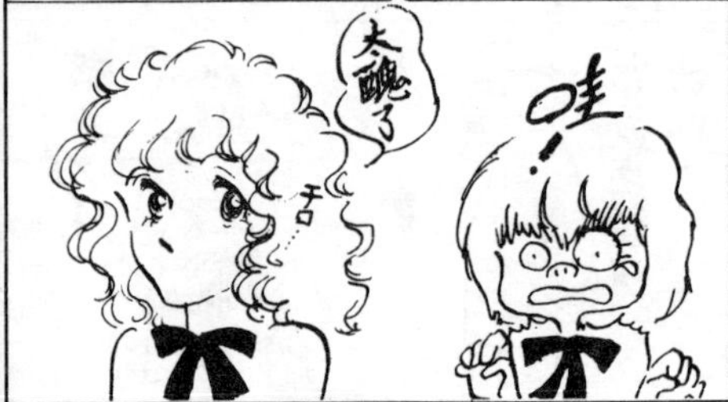

[形]明白的(óbvious)，外觀上的

public [pʌ́blik]

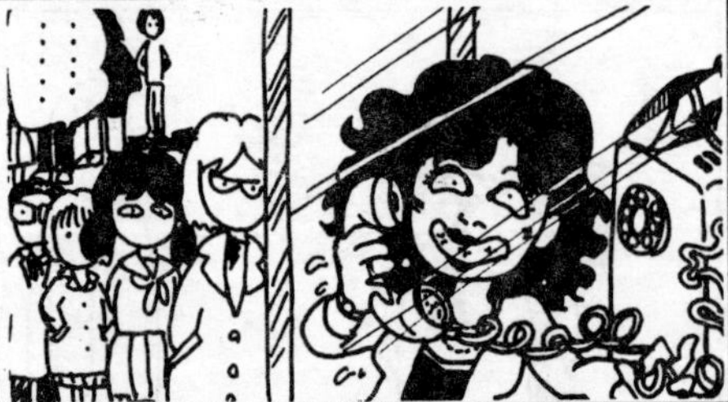

[形]公共的[名]the public 民衆，社會
(反) prívate 私人的

fundamental [fʌndəméntəl]

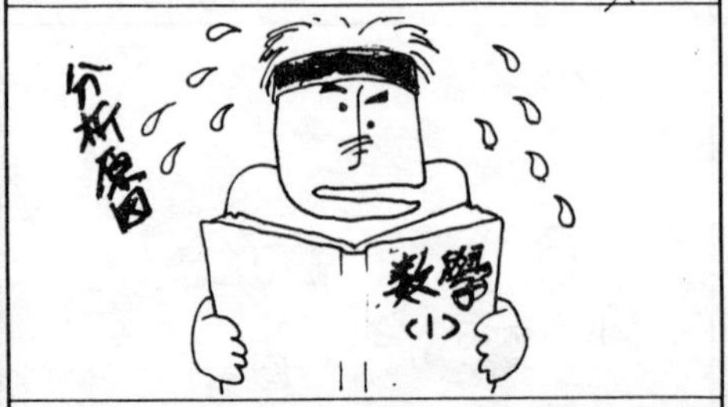

[形]根本上的，基本的[名](複)基本，基礎

arrogant [ǽrəgənt]

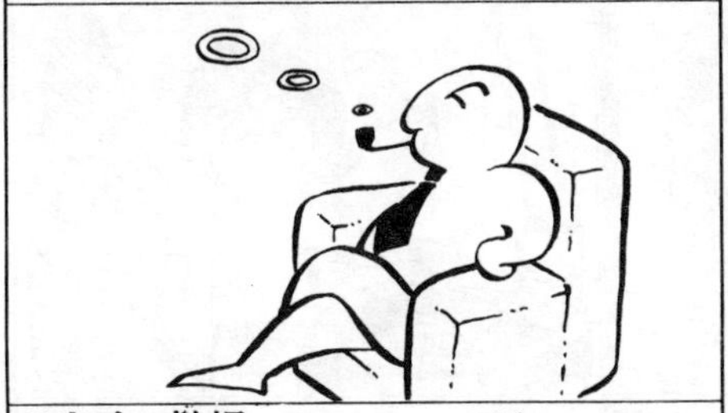

[形]自大,傲慢　　[名]árrogance 自大的

ordinary [ɔ́ːdinəri]

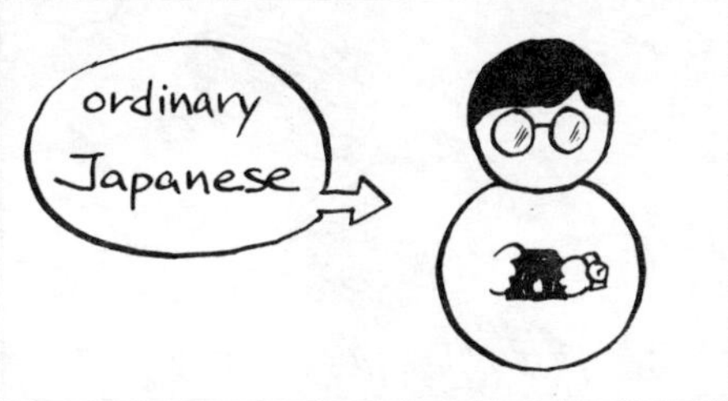
ordinary
Japanese

[形]普通的,平凡的

frank [fræŋk]

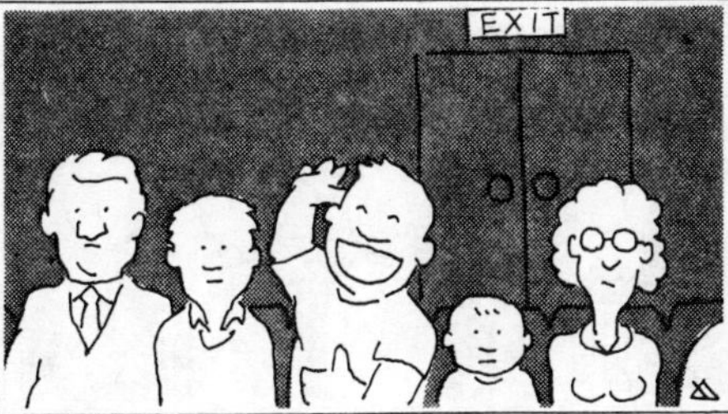
EXIT

[形]坦白的,率直的　　[副]fránkly率直地

supreme [sjupríːm]

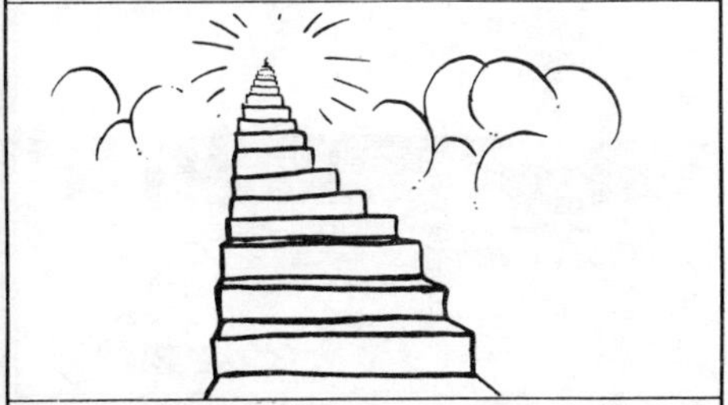

[形]最高的,無上的 [名]suprémacy 主權,霸權,優位

free [friː]

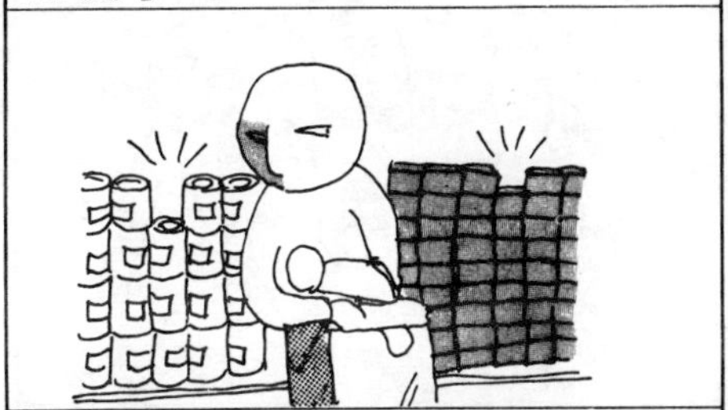

[形]自由的,有空的,免費的 [他] 自由,解放　[副]免費地[名]fréedom 自由

moral [mɔ́rəl]

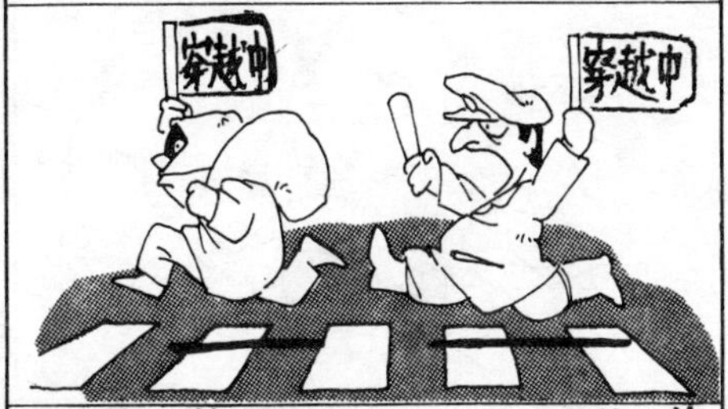
穿越中
穿越中

[形]道德上的[名]教訓 [名]morálity道德,倫理 [副]mórally 道德上地

obvious [ɔ́bviəs]

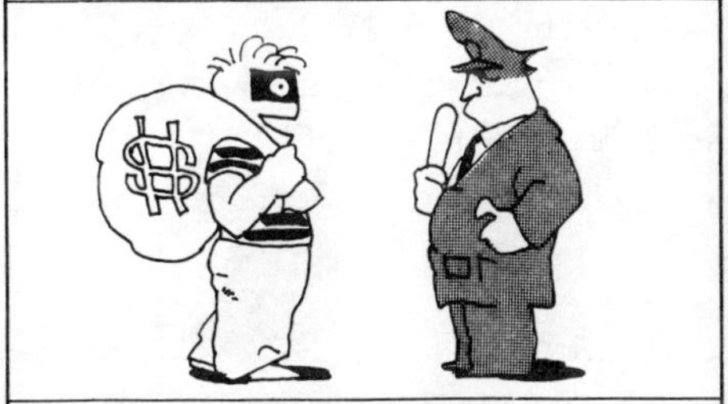

[形]明白的 (反) *obscúre* 曖昧的

severe [sivíə]

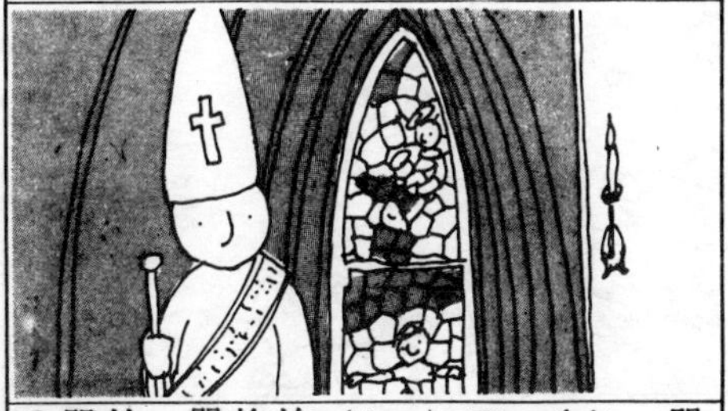

[形]嚴的,嚴格的 *(stern)* [名]sevérity 嚴厲,嚴格

pressing [présiŋ]

圈緊迫的，緊急的(urgent)

profound [prəfáund]

圈深遠的(deep) 图profúndity 深遠，奧妙

sole [soul]

圈唯一的 图腳底 働裝上鞋底
副sólely 單獨地

similar [símilə]

圈類似的 图similárity 類似(點)
副símilarly 同樣的

precise [prisáis]

圈正確的 副precísely 正確地

human [hjú:mən]

圈人類的，人性的 图humánity 人性

primitive [prímitiv]

圈原始的

anxious [ǽŋkʃəs]

圈擔心的 [about~]，渴望的 [for~]
图anxíety 擔心，渴望

ancient [éinʃənt]

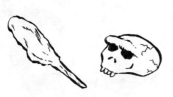

形古代的 (反) módern 現代的

subtle [sʌtl]

形微妙的，敏銳的 名súbtlety 微妙，銳敏

smooth [smu:ð]

形平坦的　　動平坦

evil [í:vl]

形名邪思(的)，不吉的(反)正當(的)

aloof [əlú:f]

副離開，遠離

general [dʒénərəl]

形一般的 名generálity 一般，普通
(反) particular 特別的

pious [páiəs]

形虔敬的，篤信的　名píety 虔敬

due [dju:]

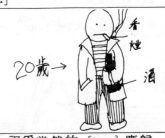

形正當的，視爲當然的，[to~] 應歸
名應當接受的東西　副dúly 的確

77

superior [sjupíəriə]

形名優秀的(人) 出眾的(人)反*infêrior* 低劣(者)，下等的(人)

conservative [kənsə́:vətiv]

形保守的 名conservátion 保守 名consérvatism 保守主義

mutual [mjú:tjuəl]

形相互的

ambiguous [æmbígjuəs]

形曖昧的 名ambigúity 曖昧 (反)*distinct* 清楚的

ultimate [Áltimit]

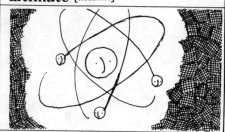

形終極的，最遠的，根本的

savage [sǽvidʒ]

形野蠻的，未開化的 名未開化的人

likely [láikli]

形似有的，似真的 副可能

comfortable [kÁmfətəbl]

形舒適的，舒服的名動cómfort 安慰，使舒適

vulgar [vʌ́lgə]

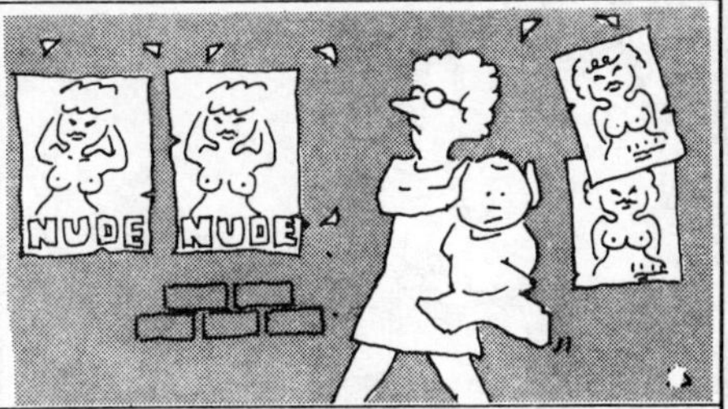

[形]卑俗的，庶民的，低級的[名]vulgárity 卑俗，低級

usual [júːʒuəl]

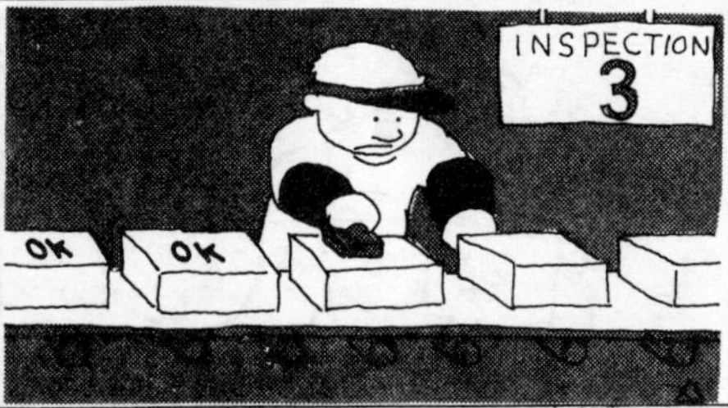

[形]通常的，通例的 [副]úsually 普通 (反) *unúsual* 異常的

serious [síəriəs]

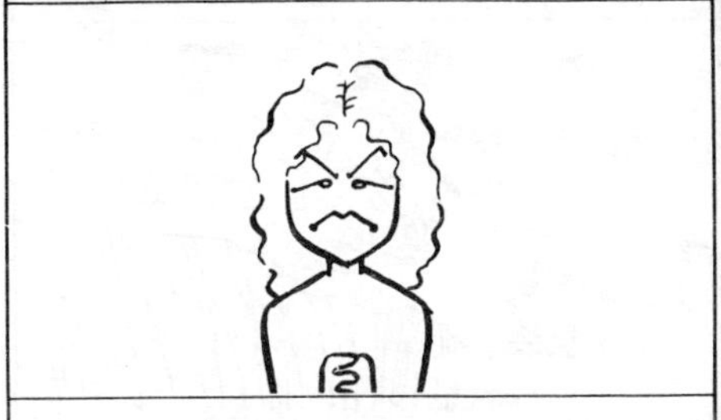

[形]嚴肅的，認眞的 *(sincére)*, 重大的*(grave)*

absolute [ǽbsəluːt]

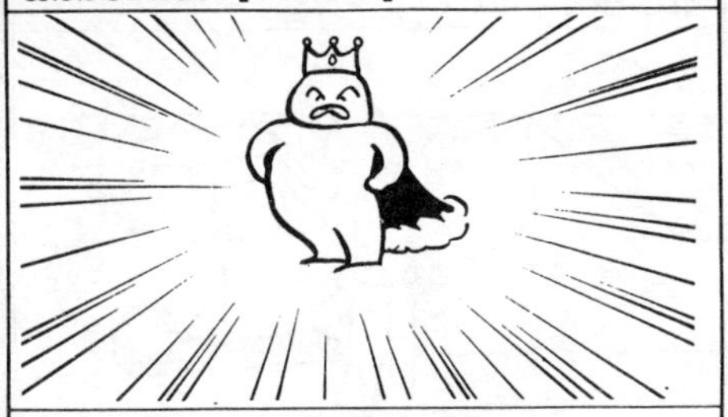

[形]絕對的 (反) *rélative* 相對的

normal [nɔ́ːməl]

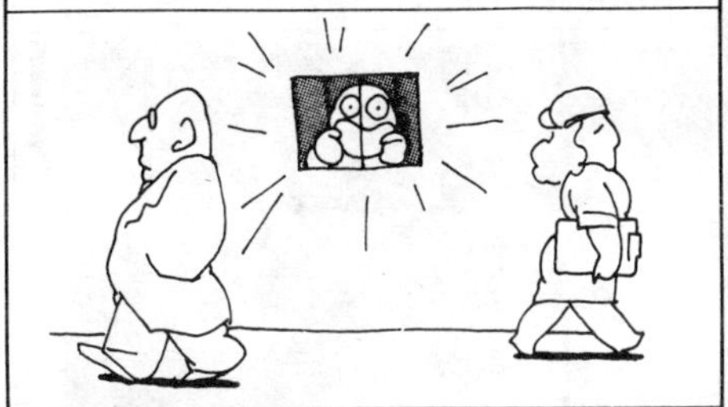

[形]正常的(反. *abnórmal* 異常的), 正規的 [名]普通

adequate [ǽdikwit]

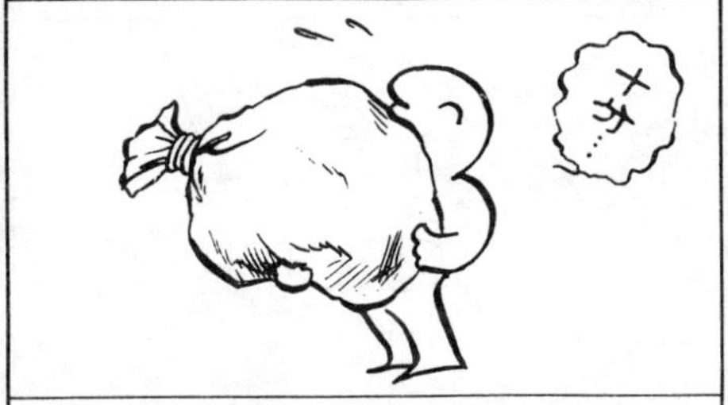

[形]十分的，適當的(反) *inádequate* 不十分的

trivial [tríviəl]

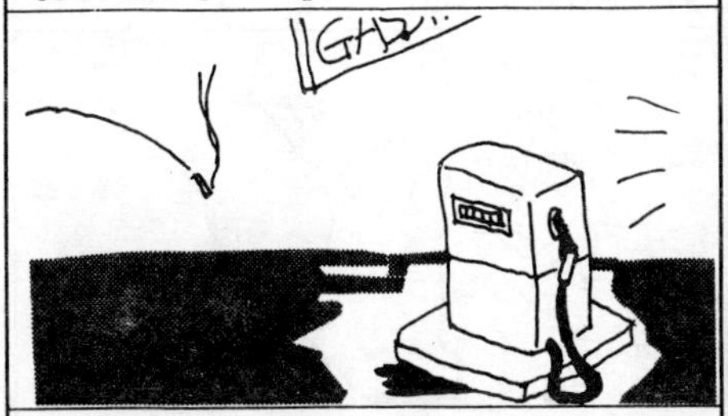

[形]瑣細的*(trífling)*, 不足道的

grand [grænd]

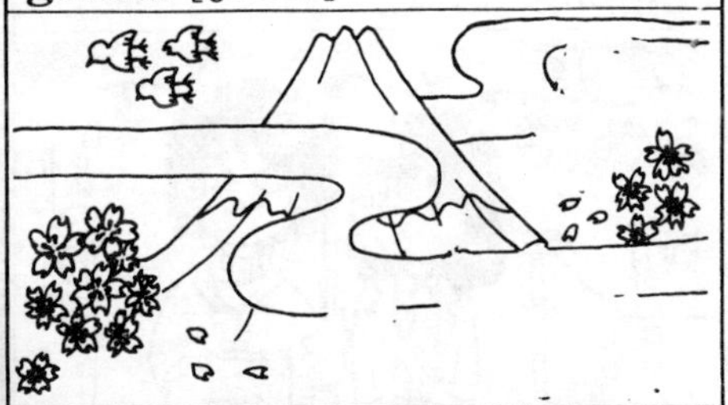

[形]雄大的，重要的[名]grándeur 雄大 *cf.ground* 土地

possible [pɔ́sibl]

圈可能的　　　　名possibílity 可能性
副póssibly 或許，大概

earnest [ɔ́:nist]

圈熱心的，一本正經的　名認眞，正
經　*in earnest* 認眞

direct [dirékt]

圈直接的　　　　他指導　副dir-
éctly 直接地　名diréction 方向，指揮

vague [veig]

圈不明白的　　(反) *clear* 清楚的
cf. vogue 流行

barren [bǽrən]

圈不毛的(stérile)，不結果的　(反)fértile 肥
沃的，多產的

opposite [ɔ́pəzit]

圈反對的，對面的　名反對　前　在
對面　他oppóse 對抗

common [kɔ́mən]

圈普通的，平凡的　*common sense* 常識

shrewd [ʃruːd]

圈敏捷的　　(反) *dull* 愚鈍的 *cf. shred*
[ʃred] 破片

ethical [éθikəl]

圈道德的，倫理（學）的圈éthics 倫理學

tender [téndə]

圈仁慈的，柔和的　柔弱的　（反）tough
強硬的

punctual [pʌ́ŋktjuəl]

圈守時的　　圈punctuálity 守時　副
púnctually 按時地

radical [rǽdikəl]

圈根本的 (fundaméntal)，急進的

major [méidʒə]

圈多數的，主要的，大的圈主修科目圈
majórity 大多數　（反）mínor 少數的

sublime [səbláim]

圈崇高的(lófty)　圈sublímity 崇高

special [spéʃəl]

圈特別的，專門的動名spécialize 專門化，
專攻

superficial [sju:pəfíʃəl]

圈表面的，膚淺的　（反）profóund 深遠的

political [pəlítikəl]

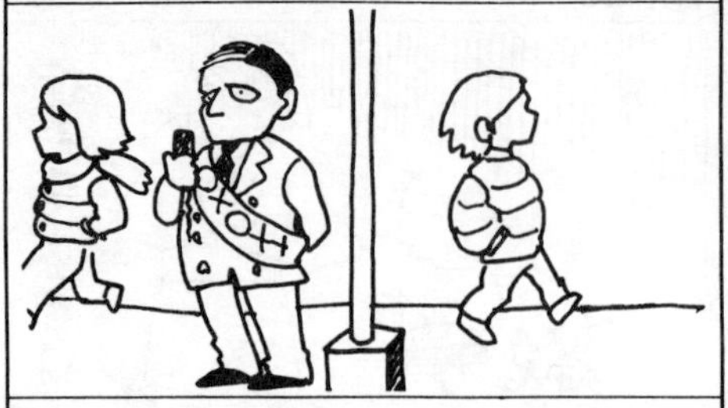

[形]政治上的[名]pólitics 政治(學)

polite [pəláit]

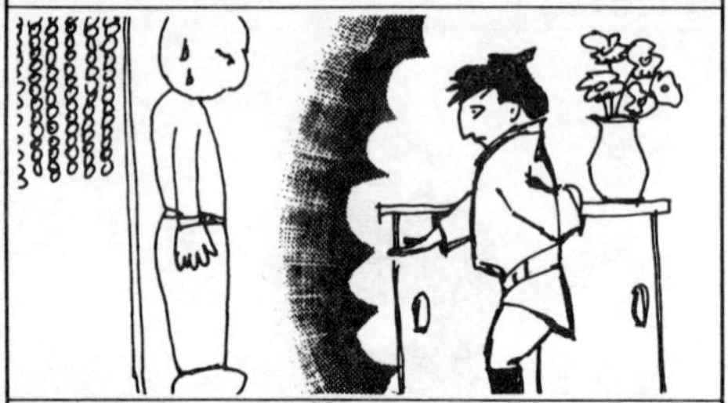

[形]有禮的，文雅的　[副]polítely 慇懃地　(反)impolíte 無禮的

unable [ʌnéibl]

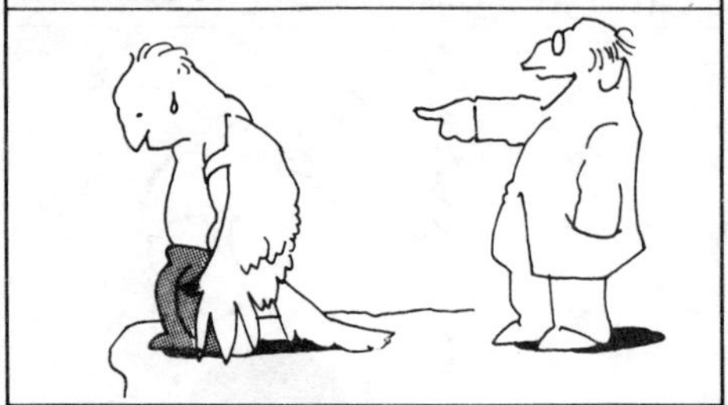

[形]不能的　*cf.inability* 無能力，不能

complex [kɔ́mpleks]

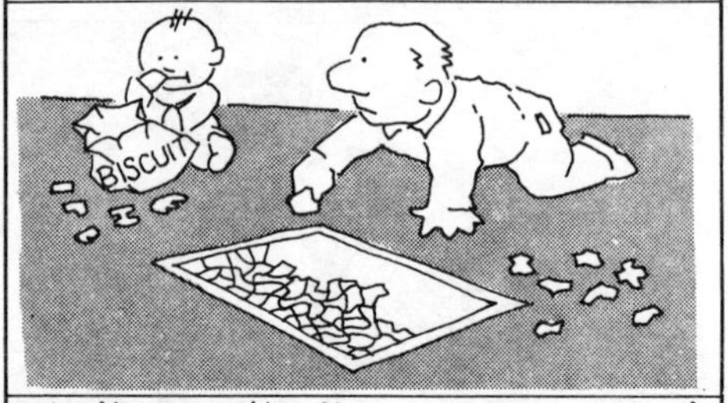

[形]複雜的 [名]合成物 *inferiority complex* 劣等感 *superiority complex* 優越感

sane [sein]

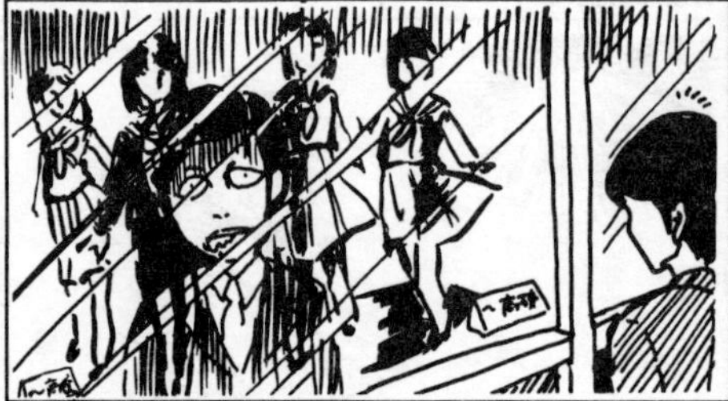

[形]理智的，穩健的[名]sánity 健全　(反)*insáne* 發狂的

mature [mətjúə]

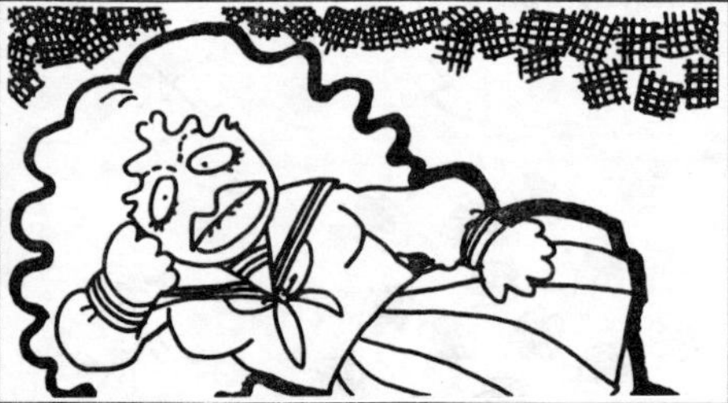

[形]熟練的　[自][他]成熟　[名]matúrity 成熟　(反)*immatúre*未成熟的

original [ərídʒinəl]

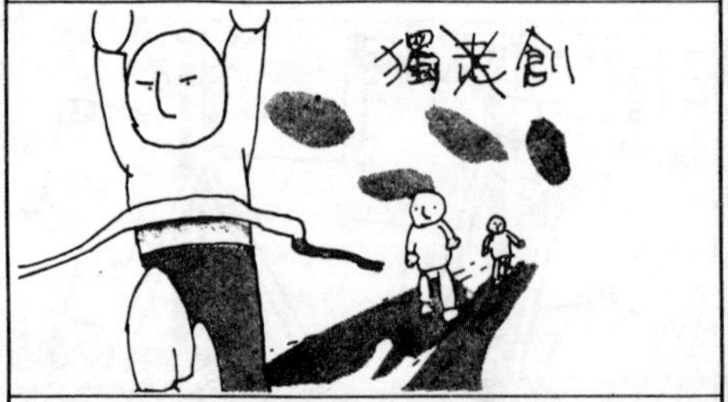

[形]最初的，獨創的　[名]originálity 獨創性

secret [síːkrit]

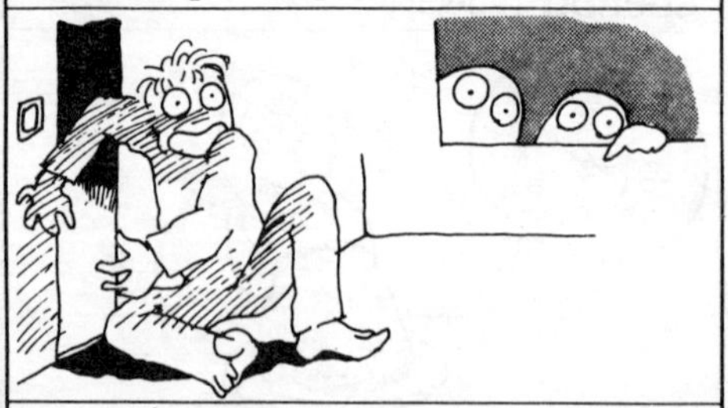

[形][名]秘密(的)

absurd [əbsə́:d]

圈荒唐的 *(fóolish)*, 不合理的 图absúrdity
不合理

conspicuous [kənspíkjuəs]

圈顯眼的，顯著的　　　(反) *inconspicuous*
不顯眼的

native [néitiv]

圈本國的(反. *fóreign* 外國的), 生來的 图
土者

bold [bould]

圈大膽的*(féarless)*, 厚臉皮的
(反) *cówardly* 膽小的

whole [houl]

從這端
到那端
全部

圈全體的，完全的图全體 圖whólly完全地

proper [prɔ́pə]

圈固有的，適當的圖próperly 適當地 图
propríety 適當，妥當　*cf.próperty* 財產

distinct [distíŋkt]

馬　　　鹿

圈明白的，明確的圖distínctly 明白的，
明確地 图distinctíon差別，區別

level [lévl]

圈平的，同等的　图平面，水準圗平坦

rude [ru:d]

圏無禮的，野蠻的 图rúdeness 無理，未開
化

pure [pjuə]

圏純的，純粹的，純潔的
图púrity 純粹

aware [əwéə]

圏知道，注意　　*be aware of ~ 注意*

physical [fízikəl]

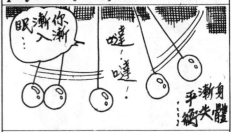

圏物理學上的，肉體的图phýsics 物理學

mortal [mɔ́:təl]

圏會死的，人類的，致命的 (反)immór-
tal 不死的

independent [indipéndənt]

圏獨立的(反. depéndent 依賴的)
图 indepéndence 獨立

merely [míəli]

圗單單 圏mere 單單的

necessary [nésisəri]

圏必要的，必然的图necéssity 必要

84

legitimate [lidʒítimit]

高級餐廳 謝々！ 請再光臨…

㊙合法的，正當的

deliberate [dilíbərit]

I must be deliberate

㊙慎重的 ㊙⾃[dilíbəreit]慎思

particular [pətíkjulə]

㊙特別的，特殊的，講究的　㊔項
目，(複)詳細

accurate [ǽkjurit]

○○高中

㊙正確的(exáct)　㊔áccuracy 正確
(反)ináccurate不正確的

essential [isénʃəl]

㊙本質的,不可欠的to~　㊔éssence 本
質，精華

obstinate [ɔ́bstinit]

500元　2000元

㊙頑固的 (stúbborn)　㊔óbstinacy 頑固

strict [strikt]

㊙嚴格的(sevére)，嚴密的

solemn [sɔ́ləm]

㊙嚴肅的，莊嚴的　㊔solémnity 嚴肅

85

subjective [səbdʒéktiv]

[形]主觀的　(反) *objéctive* 客觀的

familiar [fəmíljə]

[形]熟悉的，親近的　[名]familiárity 熟悉，親密

recently [rí:sntli]

[副]最近(*lātely*)　[形]récent 最近的

noble [nóubl]

[形]高貴的，高尚的[名]nobílity高貴，高尚 (反) *ignōble* 下等的，低級的

inevitable [inévitəbl]

[形]必然的，難以避免的[副]inévitably 必然的

temporary [témpərəri]

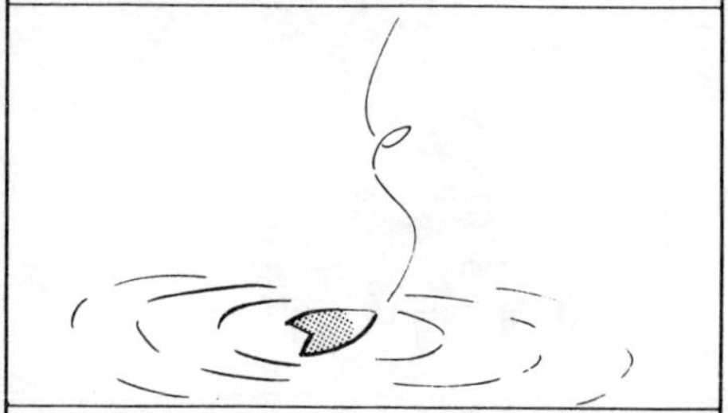

[形]一時的，無常的，暫時的

frequently [frí:kwəntli]

[副]常常　[形]fréquent 時常的

resolute [rézəlu:t]

[形]堅決的，毅然的　[自][他]resólve 決心，分解

magnificent [mægnífisənt]

圏壯麗的，豪華的圀magníficence 壯大

unusual [ʌnjúːʒuəl]

圏異常的，稀有的(反)úsual 通例的，通常的

false [fɔːls]

圏虛僞的，錯誤的(mistáken) 圀fálsehood 虛僞，說謊

unlike [ʌnláik]

圏不相像的，不同的　圊不像
圖unlíkely 未必有的

stable [stéibl]

圏安定的(stéady)圀馬廐　圀stabílity 安定，固定

sovereign [sóvrin]

圏至高無上的，具有主權的圀君主 統治者
圀sóvereignty 主權

gradual [grǽdjuəl]

圏慢慢的圖grádually 慢慢地

stately [stéitli]

圏有威嚴的

brief [bri:f]

形短的，簡潔的 名brévity 簡潔 *to be brief* 簡而言之

desperate [déspərit]

形絕望的，必死的 名自despáir 絕望 [of~] 名desperátion 自暴自棄

rough [rʌf]

形粗糙的，粗野的 副róughly 粗糙地，崎嶇不平地，粗魯地

sacred [séikrid]

形神聖的(*hóly*)

former [fɔ́:mə]

形以前的 副fórmerly 以前 *the former* ~*the latter* 前者～後者

seldom [séldəm]

副很少，難得

fit [fit]

形合適的[for~](*súitable*)，強健的 他自調和 名合適 (病) 發作

rare [rɛə]

形稀罕的，珍奇的，逸品的 副rárely 稀少地(*séldom*)

disinterested [disíntəristid]

圏無私心的，公平的

stern [stə:n]

圏嚴格的，嚴厲的(sevêre) 图船尾

current [kʌ́rənt]

圏現在的，流行的 图潮流 图cúrrency 流通，通貨

angry [ǽŋgri]

圏生氣的 图ánger 生氣

apart [əpá:t]

副離開地 apart from 除～之外

correct [kərékt]

圏正確的 働訂正 副corréctly正確地

previous [prí:viəs]

圏以前的 (反)fóllowing 接着

enormous [inɔ́:məs]

圏龐大的，非常大的，巨大的

89

wretched [rétʃid]

[形]悲慘的，非常倒霉的

idle [áidl]

[形]懶惰的(反. *diligent* 勤勉的) [自][他]閒混
cf. idol[áidəl]偶像

alive [əláiv]

[形]活著 (*living*) (反)*dead* 死了

eternal [itə́:nəl]

[形]永遠的 [名]etérnity 永遠

terrible [téribl]

[形]可怕的，恐怖的 [副]térribly 恐怖地
[名]térror 恐怖 [他]térrify 恐怖

tranquil [trǽŋkwil]

[形]寂靜的(*qúiet*) [名]tranquílity 平靜

superfluous [sjupə́:fluəs]

[形]多餘的，額外的 [名]superflúity 多餘的東西

unanimous [ju:nǽniməs]

[形]全場一致的[名]unanímity全場一致的

dull [dʌl]

㊗鈍的，無聊的，無活氣的

exact [igzǽkt]

㊗正確的，嚴密的㊙強求　㊐exáctly
正確地　㊂exáctness＝exáctitude　正確

audible [ɔ́:dibl]

㊗聽得見的　　cf. vísible 看得見的

nearly [níəli]

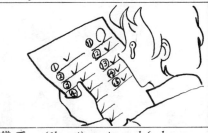

㊐幾乎　(álmost)　not nearly(= by no
means)遠不及

decent [dí:sənt]

㊗高尚的，有禮貌的　㊂décency 高尚

divine [diváin]

㊗神聖的(sácred, hóly)，神的　㊙預言
㊂divínity 神格

immense [iméns]

㊗巨大的，廣大的(反)minúte 微小的

commonplace [kɔ́mənpleis]

㊗平凡的㊂陳腐的

infinite [ínfinit]

形無限的(反. *finite* 有限的)　名infínity 無限

proficient [prəfíʃənt]

形熟練的，精通的　　名profíciency 熟練

nervous [nə́:vəs]

形神經質的名nerve 神經

formal [fɔ́:məl]

形正式的(反. *informal* 非公式的)　名formá-tion形成，組織　名動form形成，型

contrary [kɔ́ntrəri]

形名相反的

precious [préʃəs]

形貴重的，高價的

safe [seif]

形安全的名金庫　名sáfety 安全

stubborn [stʌ́bən]

形倔強的(*óbstinate*)，不屈的

trustworthy [trʌ́stwəːði]

形能信賴的(reliable)

artificial [ɑːtifiʃəl]

形人工的，人造的　(反) nátural 自然的

logical [lɔ́dʒikəl]

形邏輯的　名 lógic 邏輯學　(反) illógical
不合邏輯的

specific [spisífik]

形特定的，特有的，特效的 名特效藥
他 spécify 明確敍述

remote [rimóut]

形遠的，偏僻的(反) near 近的
remote control 遙遠控制

eminent [éminənt]

形著名的，優秀的(distinguished)　名 émine-
nce 著名，顯眼處

empty [émpti]

形空的 (反 . full of~滿的)　自他 使空

willing [wíliŋ]

形樂意，自願
，決意　　　　　　名他 will 意志

93

dependent [dipéndənt]

圏依賴的　園depénd[on, upon~] 依靠
图depéndence 依靠，從屬

tropical [trópikəl]

圏熱帶的　　图trópic 回歸線

primary [práiməri]

圏原始的，最先的，初步的，主要的 cf. sécondary 第二的

welcome [wélkəm]

圏歡迎　　图働歡迎

fair [fɛə]

圏公平的，晴朗的，相當的，金髮的图定期的市集，博覽會

intense [inténs]

圏強烈的 图inténsity 激烈

thick [θik]

圏厚的，濃的 (反) thin 薄的

secure [sikjúə]

圏安全的 (safe)，確實的 働保障　　图secúrity 安全

antarctic [æntá:ktik]

圈南極的

moderate [módərit]

圈適中的，適度的 圓働[mídəreit]使穩定
图moderátion 適度，中庸

arctic [á:ktik]

圈北極的

fertile [fá:tail]

圈肥沃的，多產的 (反)stérile 不毛的

firm [fə:m]

圈堅固的，穩固的　　　图公司（商社）
(反)infírm 虛弱的

legal [lí:gəl]

圈法律上的,合法的(反.illégal 不合法的)

staple [stéipl]

圈主要的(principal) 图(某一地方的)主
要產物

partly [pá:tli]

働一部分，部份的，幾份

feudal [fjú:dəl]

圈封建的　图féudalism封建制度

numerous [njú:mərəs]

圈多數的

plain [plein]

圈鮮明的,平易的，樸素的 副清楚地
图平原

manifest [mǽnifest]

圈明白的(évident)　他明白　图ma-
nifestátion明示，表明

valuable [vǽljuəbl]

圈貴重的 图他válue 價值，評價

entire [intáiə]

圈完全的,全部的　副entírely完全的

voluntary [vɔ́ləntəri]

圈自願的，隨意的　图voluntéer 志願者

actual [ǽktjuəl]

圈現實的(réal)　副áctually現實地,實際地
(反)idéal 理想的

innocent [ínəsənt]

形無罪的(反. *guilty* 有罪的)，天眞的
名 ínnocence 無罪，天眞

reckless [réklis]

形毫不介意的，魯莽的 (反) *cáutious* 謹愼
的

intimate [íntimit]

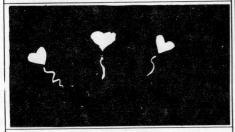

形親密的 名 íntimacy 親密

permanent [pə́:mənənt]

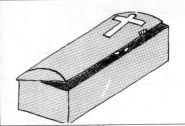

形永存的，永久的 (反) *témporary* 一時
的

rapid [ræpid]

形迅速的，急的名(複)急流名 rapídity 迅速

military [mílitəri]

形陸軍的，軍隊的 (反) *cívil* 市民的
名 mílitarism 軍國主義

flat [flæt]

形平的，單調的，無時的　　　名 共
同住宅(公寓)

immediately [imí:djətli]

副立刻的 形 immédiate 直接的，立刻的

own [oun]

形自己的，獨自的 他自擁有，自白
名ówner 擁有者

beyond [bijɔ́nd]

介在那邊，越過　　　　副 在那
邊

vast [vɑ:st]

形巨大的，廣大的

positive [pɔ́zitiv]

形決定的，明確的,積極的 (反. négative
消極的)

urban [ə́:bən]

形都市的　　(反) rúral 鄉村的

proud [praud]

形驕傲的，誇耀的　名príde 自尊心

sensitive [sénsitiv]

形敏感的,易感知的 cf.sénsible 感覺的，
可覺知的

parallel [pǽrəlel]

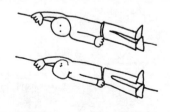

形平行的,類似的名平行線　他 匹敵，
平行

tidy [táidi]

形整齊的，整潔的

ripe [raip]

形成熟的　　　　　自他rípen 成熟
(反) raw 未熟的

splendid [spléndid]

形壯麗的，卓越的　名spléndo(u)r 壯麗

sullen [sʌ́lən]

形悶悶不樂的，不高興的

gigantic [dʒaigǽntik]

形巨大的，巨人般的　　名gíant 巨人

modest [mɔ́dist]

形謙遜的 (húmble)，害羞的　名módesty
謙遜

sage [seidʒ]

形賢明的(wise)賢人，哲人

inferior [infíəriə]

形 劣等的　[to~]　名下級的人名infe-
riórity下級, 劣等 (反) supérior 優秀的

動 詞
v e r b

distinguish [distíŋgwiʃ]

他自區別，使顯著
形distínguished 著名的

occur [əkə́:]

自發生，想起
發生，（事件的）發生，事故　　　名occúrrence

torment [tɔ:mént]

他苦惱 (annóy)，拷問　　　名[tɔ́:me-
nt]苦痛，拷問

involve [invɔ́lv]

他包含(inclúde)，捲入（陰謀，不幸等）
[～in～]

warn [wɔ:n]

他警告，使留心　　　形名wárning 警告
（的）

compare [kəmpέə]

他比較　　自匹敵　　形cómparable 比
較的　　名compárison 比較，類似

require [rikwáiə]

他自需要　　(need)，要求　　(demánd)
名requírement 要求，要件

100

forsake [fəséik]

⑩捨棄　(desért)，放棄　(give up)

estimate [éstimeit]

⑩⑩估計，評價　　　⑧[éstimit]預算單，評價⑧estimátion 估量，評價

speculate [spékjuleit]

⑩思索　[on, upon, about~]，投機
[in~]　⑧speculátion 思索，投機

reveal [riví:l]

⑩顯現 (displáy)，透露　　　⑧re-
velátion 發覺，啓示　(反) concéal 隱藏

dispose [dispóuz]

⑩⑩處置　[~of~]，配置　　⑧dispó-
sal 處置　⑧disposítion 配置，性質

observe [əbzə́:v]

⑩⑩觀察　(⑧observátion 觀察)，根據
(⑧obsérvance 遵守)，遵從

acquire [əkwáiə]

⑩獲得，學得　　　⑧acquírement 學
得(複) 才能

approve [əprú:v]

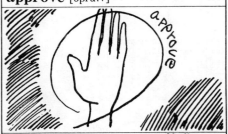

⑩承認　[of~]　⑧appróval 核准　(反)
disappróve 不答應

survive [səváiv]

他自 殘存　　　名survíval 生存

consider [kənsídə]

他自考慮，想想　　　名considerátion
考慮　　　形consíderate 熟慮的

condemn [kəndém]

他 判罪，譴責　　　名condem-
nátion 責備，宣告有罪

calculate [kǽlkjuleit]

他 計算　　自 預測　　[on, upon~]
名calculátion計算，預測

add [æd]

他 增加　　自附加，　　　*add to*增加
名addítion附加物

restrain [ristréin]

他 抑制，拘束　　　名restráint 抑制，
監禁

belong [bilɔ́ŋ]

自 屬於 [to~]

challenge [tʃǽlindʒ]

他名 挑戰，要求

launch [lɔ:ntʃ]

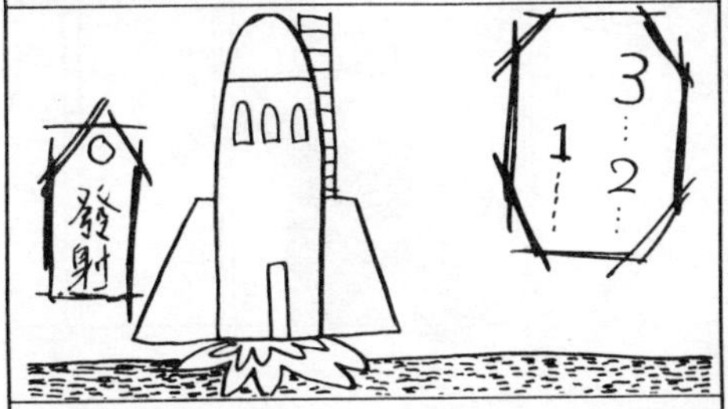

[他][自]進水，發財，開始　*cf.lunch*午餐

persuade [pəswéid]

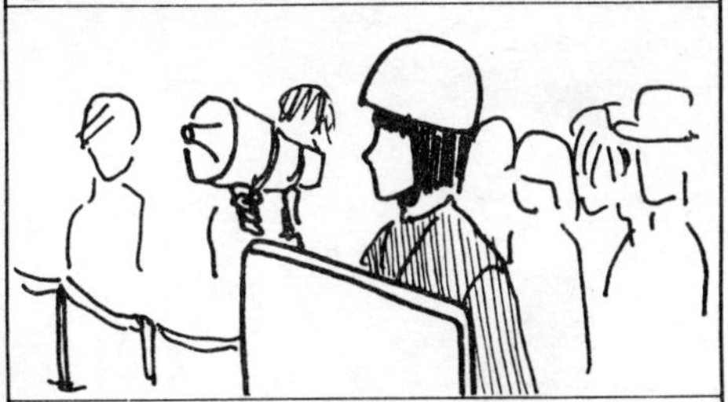

[他]說服　[名]persuásion 說服

recover [rikʌ́və]

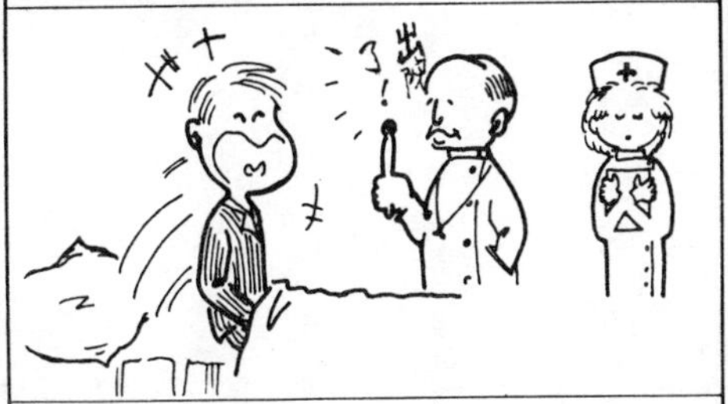

[他]恢復，收回　[名]recóvery 恢復

prove [pru:v]

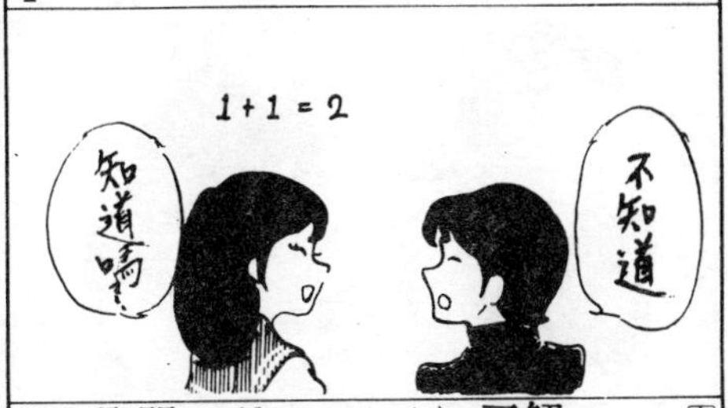

[他][自]證明　*(démonstrate)*，了解　[名]proof 證明，證據

exhaust [igzɔ́:st]

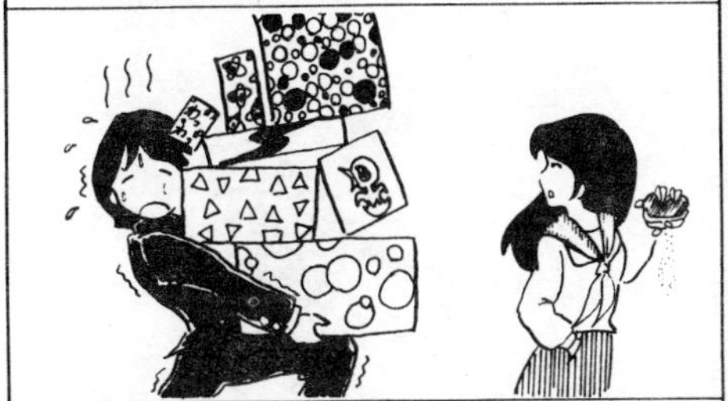

[他]消耗，使疲勞　[名]exháustion 消耗(反. *inexhaustibility* 無窮盡的)

approach [əpróutʃ]

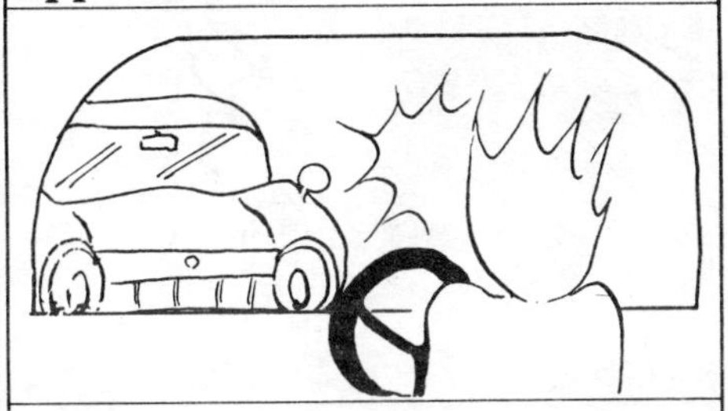

[他][自]接近　[名]接近，接近門路(入口)

separate [sépəreit]

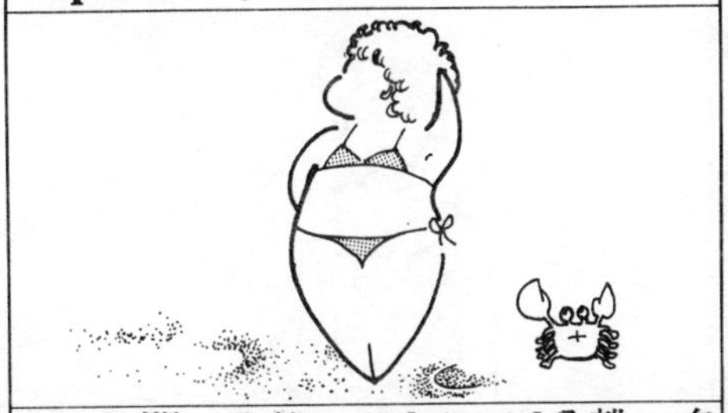

[他][自]分開，分離　[形][sépərit]分離，各別　[名]separátion 分離，(夫婦之)分居

worry [wʌ́ri]

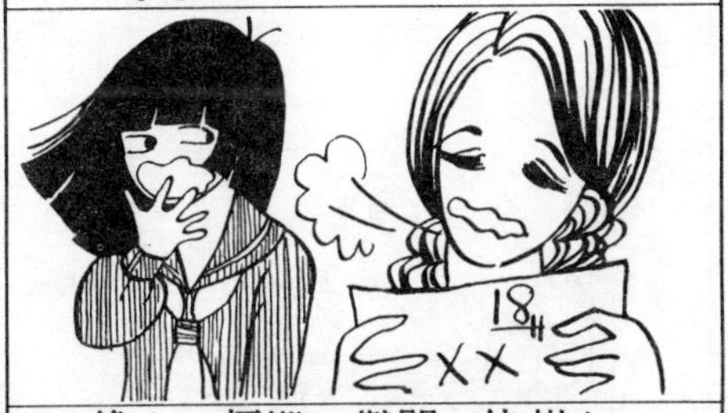

[自][他]擔心，煩惱，鬱悶，使掛心　[名]辛苦，令人煩惱之事

accept [əksépt]  ⑩接受，認可　　(反) *rejéct* 拒絕	**intrude** [intrú:d]  ⑩入侵，多管閒事　　图intrúsion 侵入 图intrúder 入侵者
provide [prəváid]  ⑩⑩供給，[~with~]　準備 图provísion 準備	**help** [help]  ⑩⑩幫助，救濟，逃避 图助力
forgive [fəgív]  ⑩原諒(*párdon*)　(反) *púnish* 處罰	**admit** [ədmít]  ⑩⑩讓···進入，許可，承認图admíssion 入場(許可)，承認
display [displéi]  ⑩展覽，陳列　*(exhíbit)*　图陳列	**qualify** [kwɔ́lifai]  ⑩資格，限制　　图qualificátion 資格，執照 *cf.entítle* 給與資格

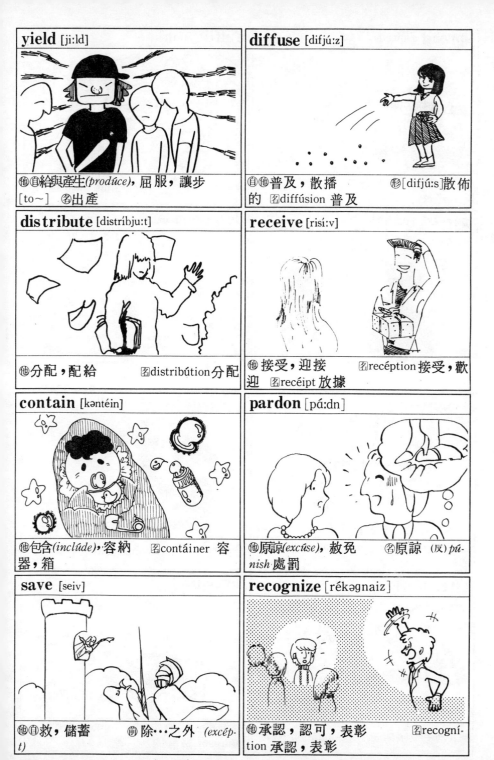

yield [jiːld]

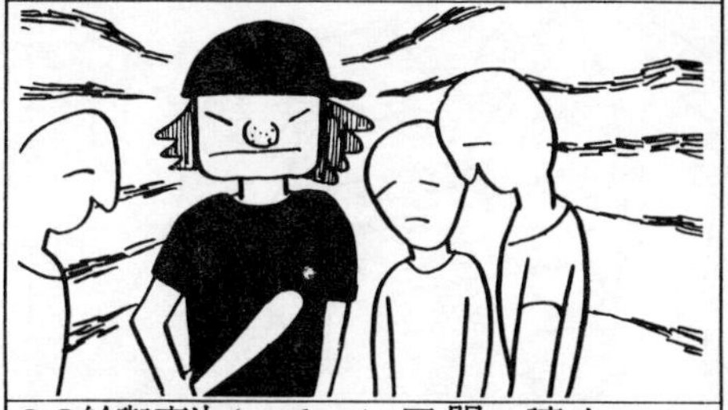

[他][自]給與產生(*prodúce*)，屈服，讓步 [to～] [名]出產

diffuse [difjúːz]

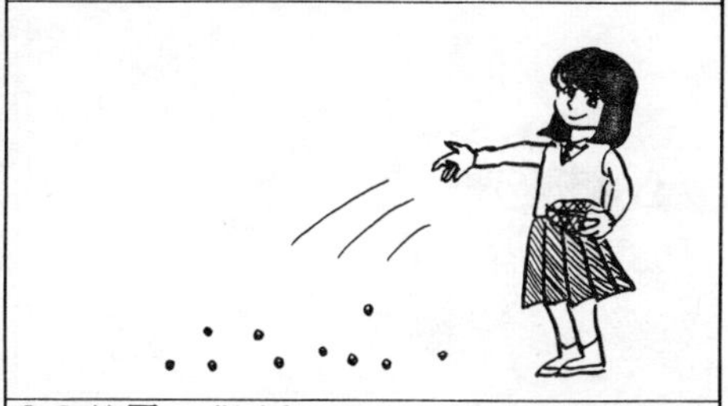

[自][他]普及，散播 [形][difjúːs]散佈的 [名]diffúsion 普及

distribute [distríbjuːt]

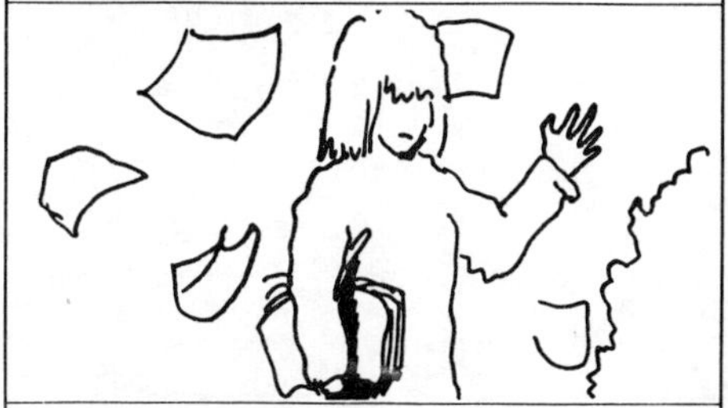

[他]分配，配給 [名]distribútion分配

receive [risíːv]

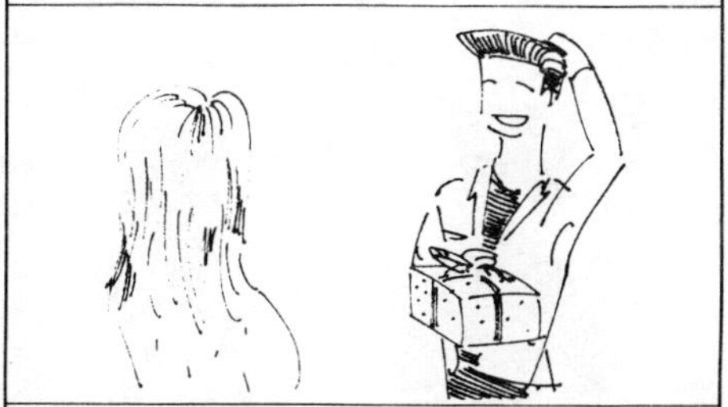

[他]接受，迎接 [名]recéption 接受，歡迎 [名]recéipt 放據

contain [kəntéin]

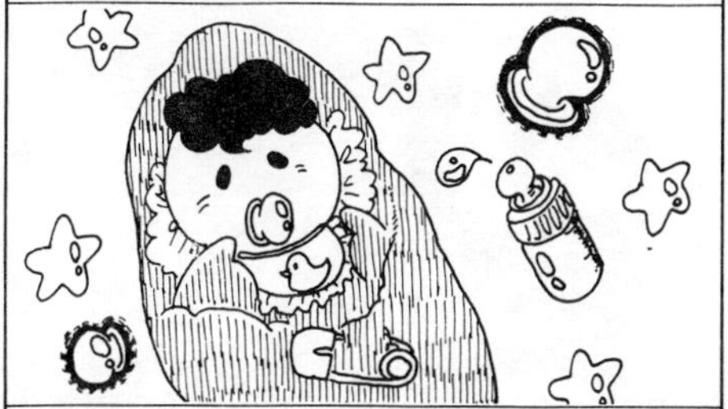

[他]包含(*inclúde*)，容納 [名]contáiner 容器，箱

pardon [páːdn]

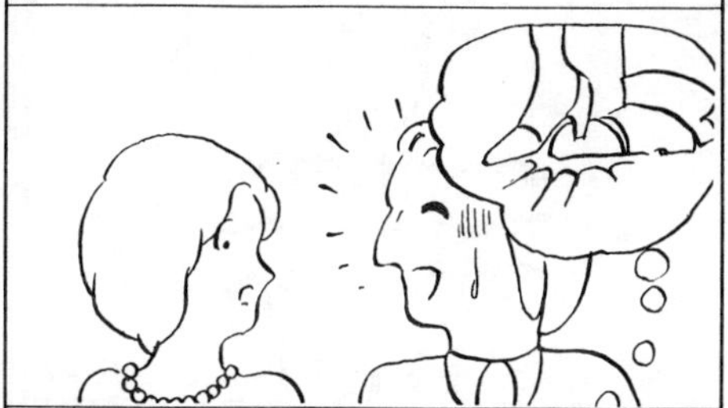

[他]原諒(*excúse*)，赦免 [名]原諒 (反) *púnish* 處罰

save [seiv]

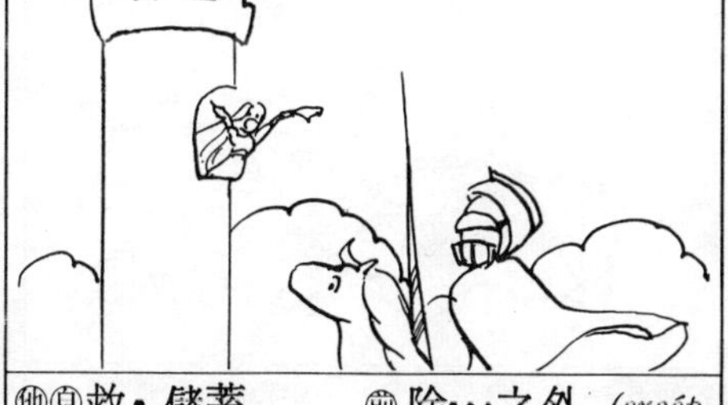

[他][自]救，儲蓄 [前]除…之外 (*excépt*)

recognize [rékəgnaiz]

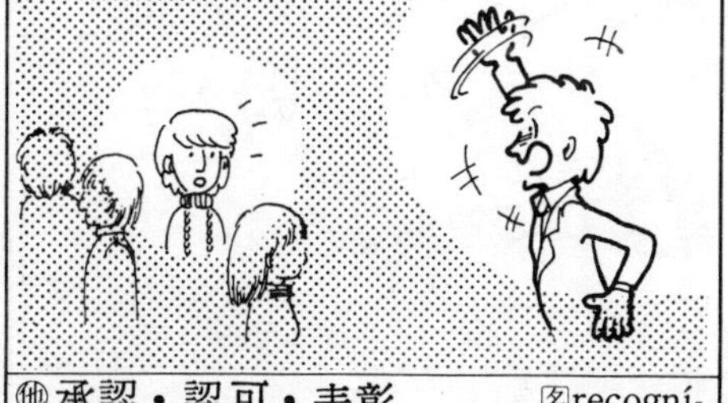

[他]承認，認可，表彰 [名]recogníton 承認，表彰

spread [spred]

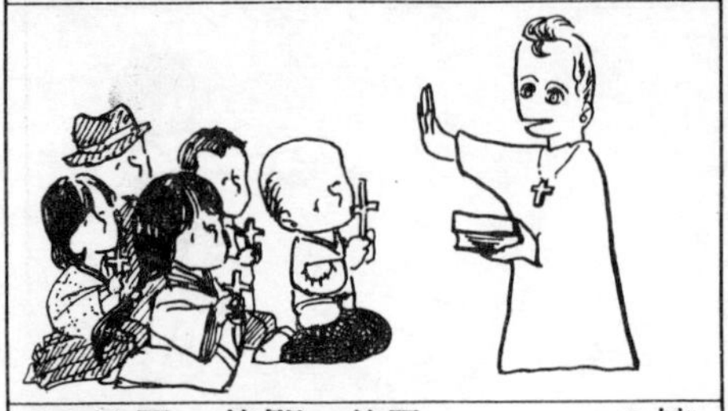

[他][自]擴展，傳開，普及　[名]擴展，普及

fulfil [fulfíl]

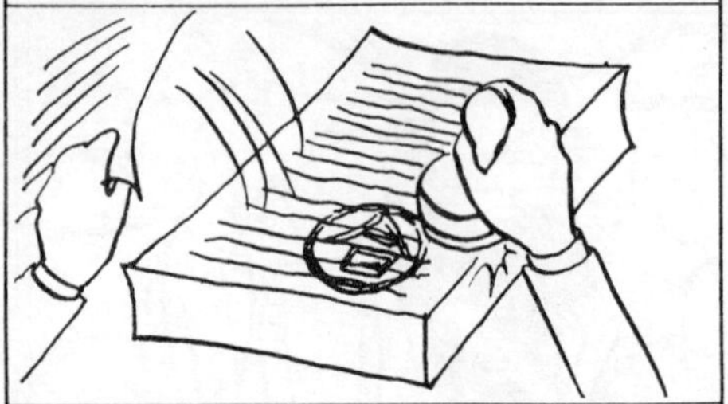

[他]履行　*(carry out)*　[名]fulfílment 履行

persist [pəsíst]

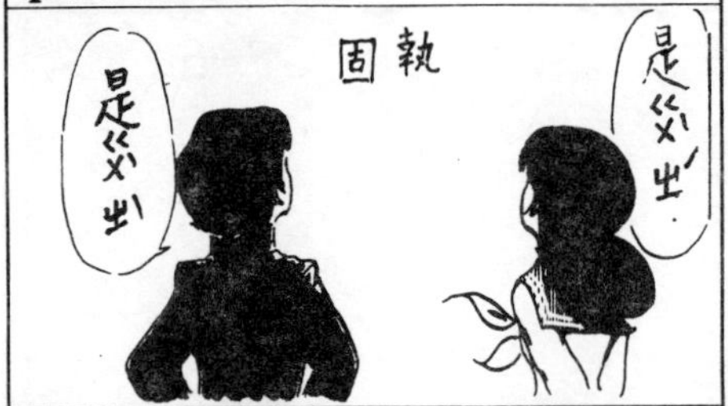

[自]固執，堅持　[in~]，持續　[形]persístent 堅持，不屈的，持續

despise [dispáiz]

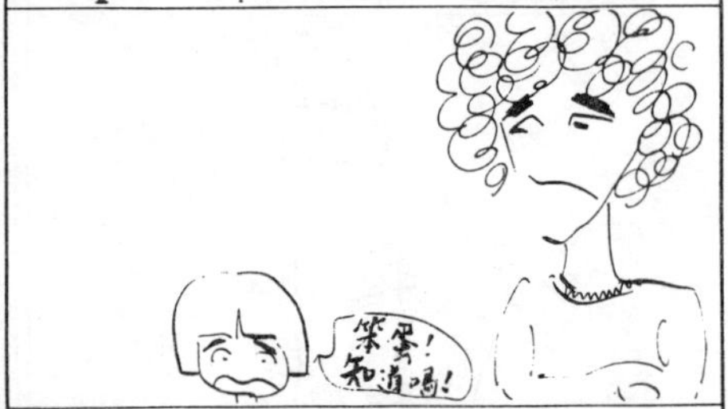

[他]輕視　*(look down upon)*　(反) *respéct* 尊敬

bend [bend]

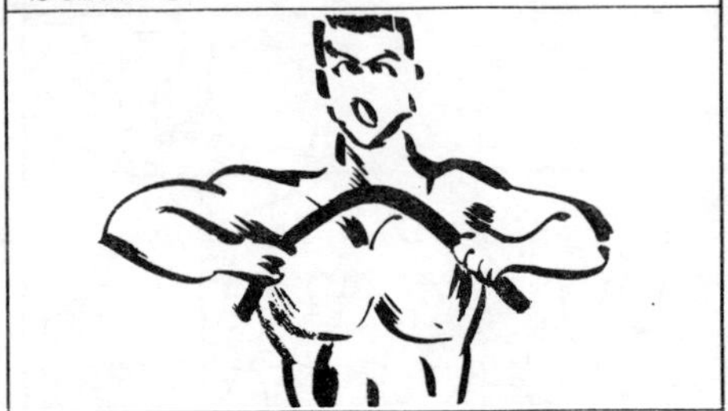

[他][自]彎曲，傾斜　[形][名]bent 彎曲，嗜好

recommend [rekəménd]

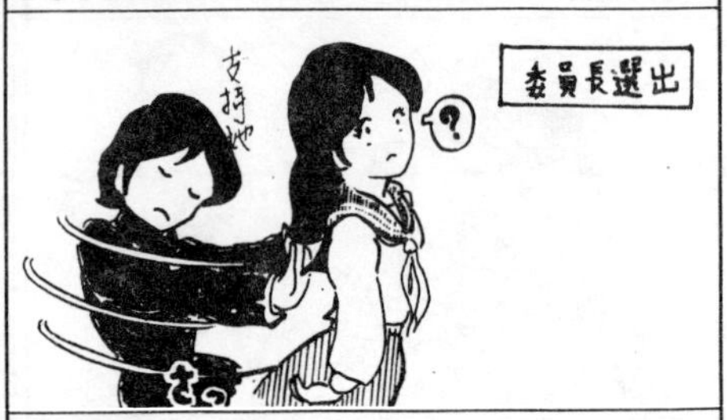

[他]推薦　[名]recommendátion 推薦

alter [ɔ́:ltə]

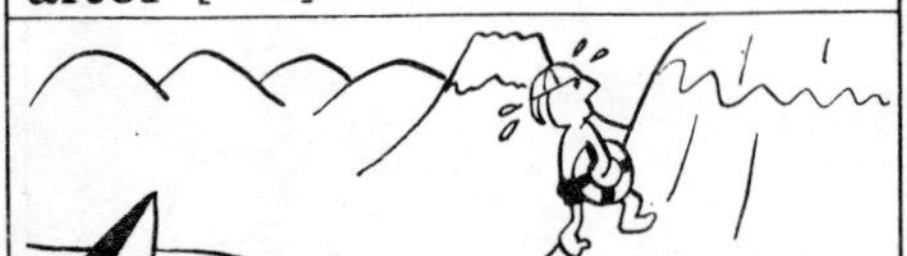

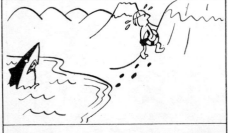

[他][自]改變　*(change)*　[名]alterátion 變更

urge [ə:dʒ]

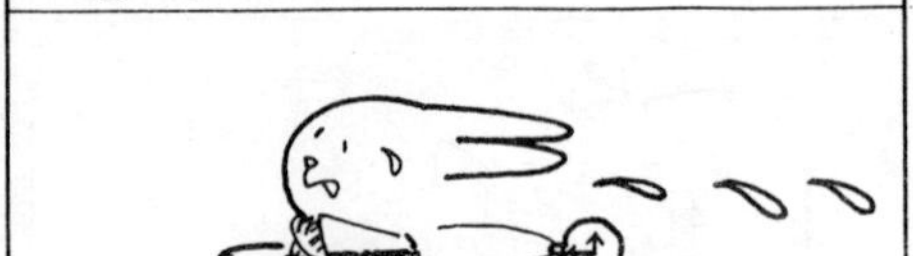

[他]推進，緊急　[名]úrgency 緊急
[形]úrgent 緊急的

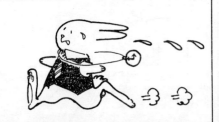

compensate [kómpenseit]

他自補償 [~for~]*(make up for)* 图compensátion補償，報酬

submit [səbmít]

自服從 [to~]*(yield)* 图submíssion 服從

consume [kənsjú:m]

他自消耗 图consúmption 消費 图consúmer消費者(反.prodúcer生產者)

reply [riplái]

自图回答 *reply card* 往復明信片

prefer [prifə́:]

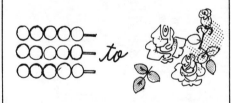

他較喜歡 图préference 嗜好，選擇

maintain [meintéin]

他維持，支持 图máintenance維持，主張

yearn [jə:n]

自想念，戀慕 [for,after~] 图yéarning 羨慕

affect [əfékt]

他影響，使感動，假裝 图affectátion 裝模作樣

export [ekspɔ́:t]

⑩輸出　㊁[ékspɔːt]輸出　(反) *import*
輸入

exist [igzíst]

㊀存在，生存　　　㊁exístence 存在，
生存

fail [feil]

㊀⑩失敗　(力量等) 變弱，辜負
㊁fáilure 失敗　(反) *succéed* 成功

relate [riléit]

⑩㊀敍述，使發生關係[to, with～]　㊁relá-
tion 關係　㊌rélative 有關係的

substitute [sʌ́bstitjuːt]

⑩㊀[substitute A for B] A 代理 B
代理　　　㊁代用品

destroy [distrɔ́i]

⑩破壞　　　㊌destrúctive 破壞的　㊁d-
estrúction 破壞　(反) *constrúct* 裝配

increase [inkríːs]

㊀⑩增加(反. *decréase* 減少　　)　㊁[ínkriːs]
增加

tear [tɛə]

⑩㊀撕裂，破裂　㊁裂縫　*cf.tear*[tiə] 眼淚

108

contribute [kəntríbju:t]

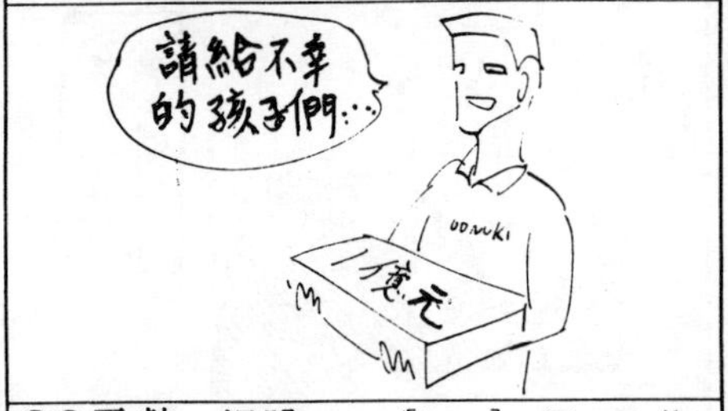

[他][自]貢獻，捐贈　　[to～]　[名]contribútion 貢獻，捐贈（物）

assume [əsjú:m]

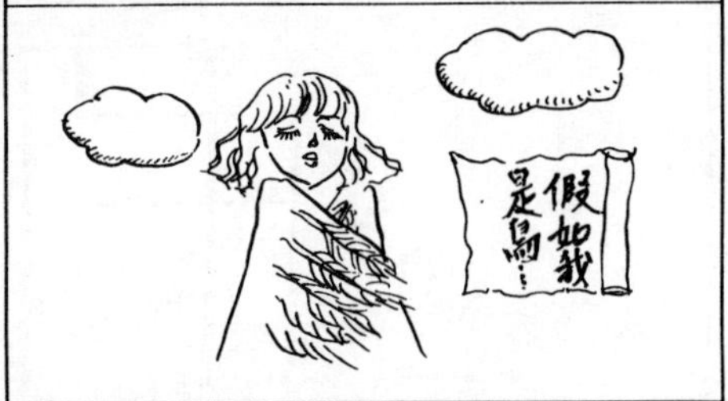

[他]假定，負起，裝作…樣子
[名]assúmption 假定

pursue [pəsjú:]

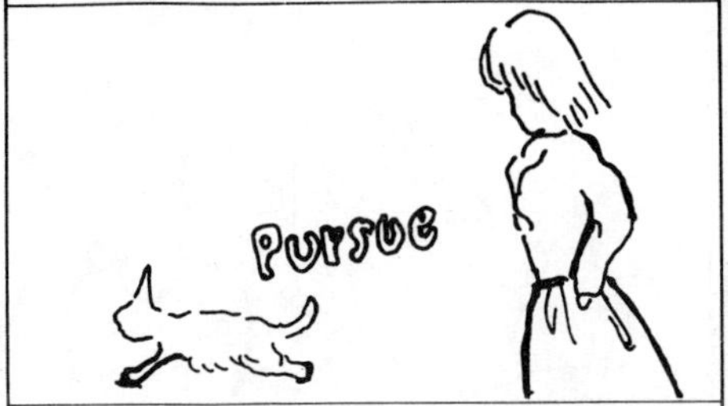

[他]追求，從事　　[名]pursúit 追求

advance [ədvá:ns]

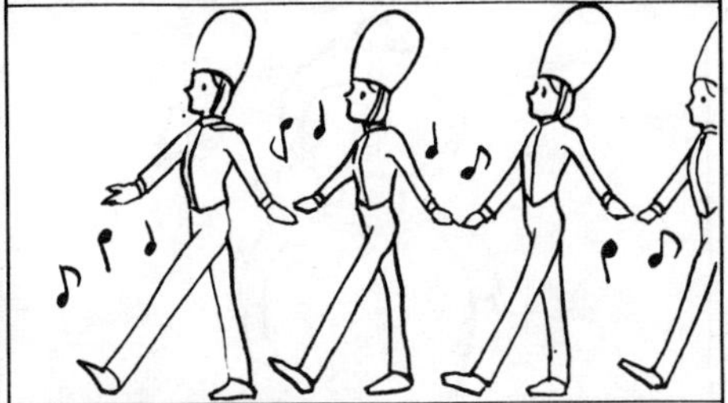

[他][自][名]前進，昇進　　[名]adváncement 進步，前進，昇進

express [ikspré s]

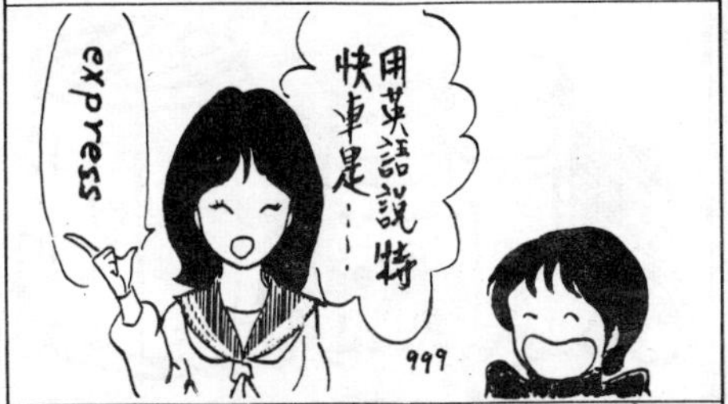

[他]表現　　[形]明白的，特別的[名]快車，限時專送 [名]expréssion 表現，表情

invade [invéid]

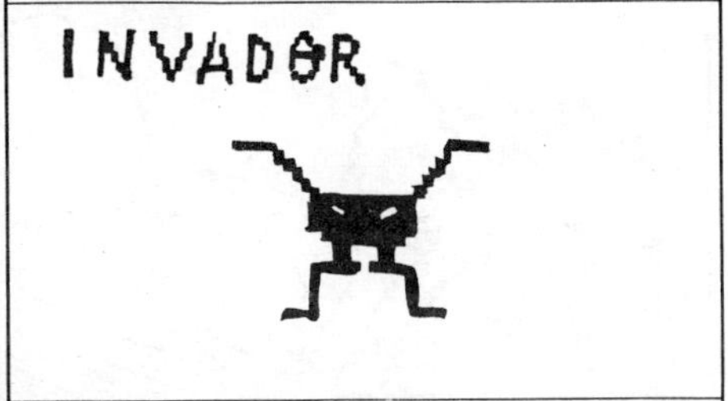

[他]（敵軍）浸入，襲擊　[名]invásion 侵入　[名]inváder 侵入者

acknowledge [əknɔ́lidʒ]

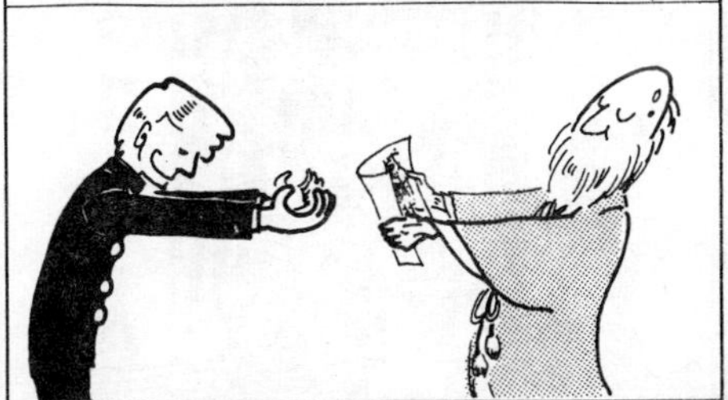

[他]承認，感謝　　[名]acknówledg(e)ment 承認

avoid [əvɔ́id]

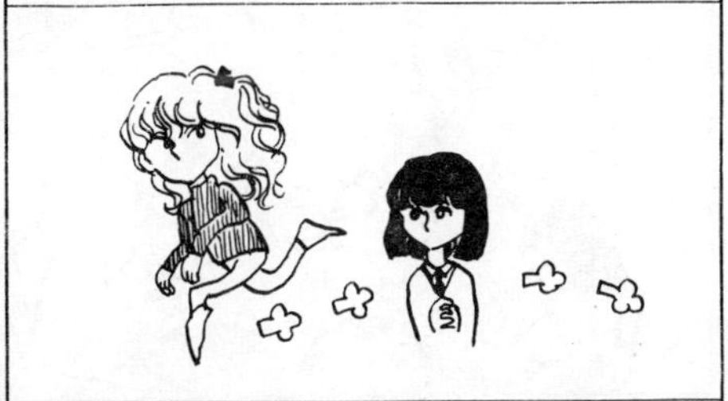

[他]避免 *(keep away from)*　[名]avóidance 回避

raise [reiz]

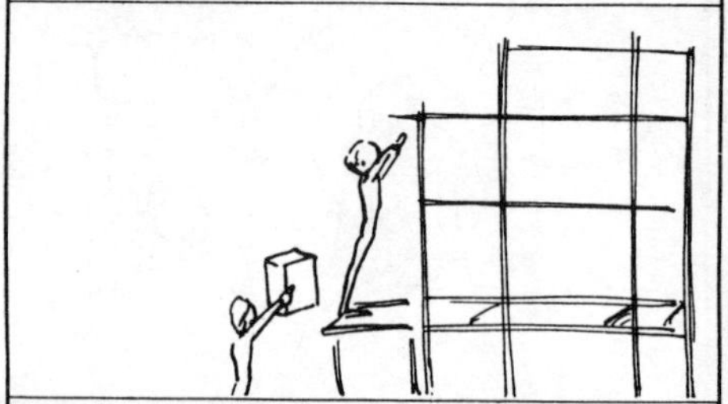

[他]舉起，建造，召集，飼養

strive [straiv]

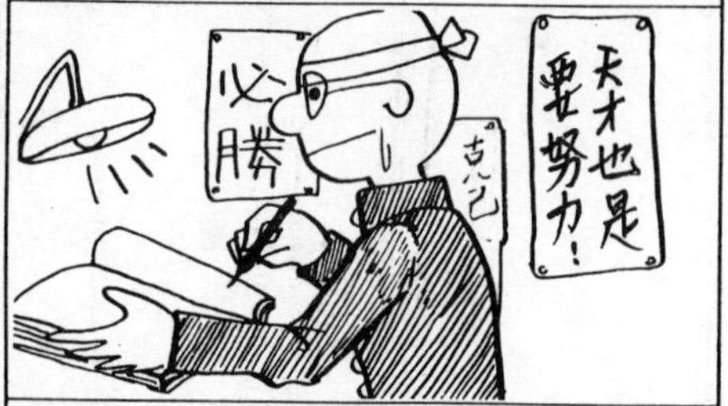

[自]奮鬪，努力，爭鬪 [名]strife 鬪爭

breathe [bri:ð]

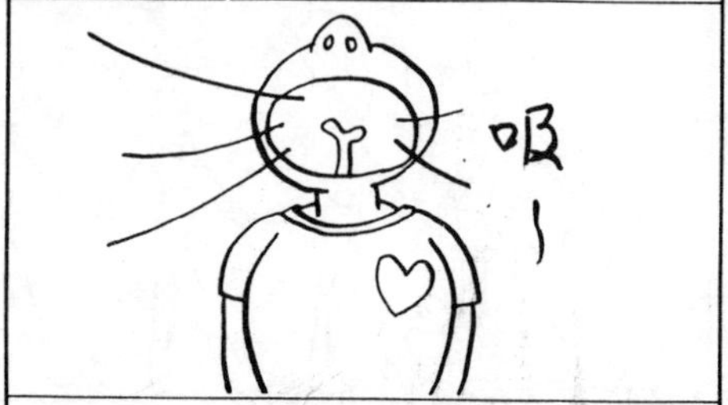

[自][他]呼吸　[名]breath 呼吸

ignore [ignɔ́ə]

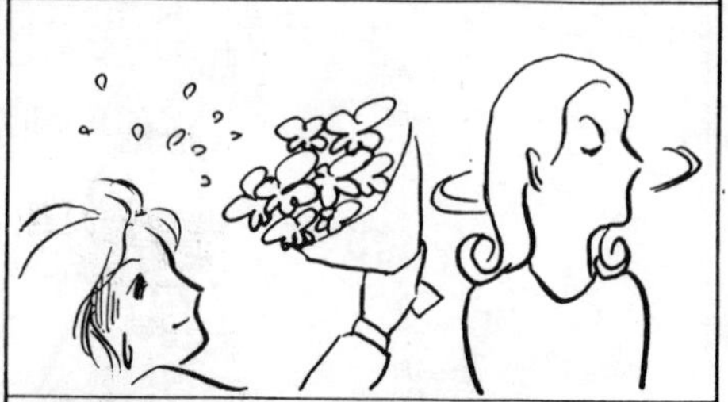

[他]裝不知 *(disregárd)* [名]ígnorance 無知，不學無術 [形]ígnorant 無知的

embody [imbɔ́di]

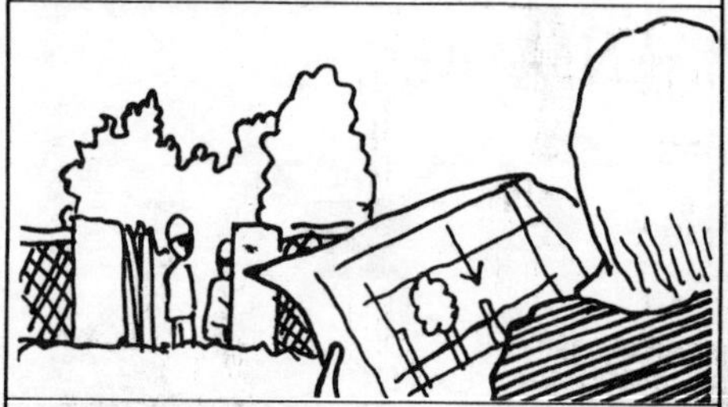

[他]具體化，具體表現

conserve [kənsə́:v]

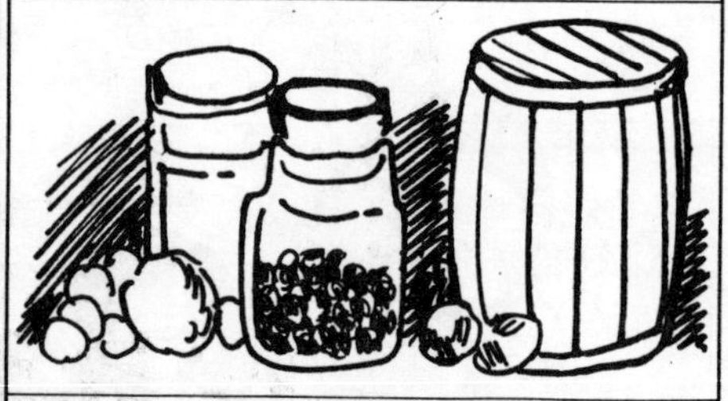

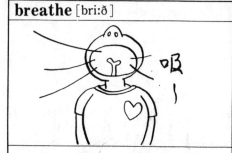

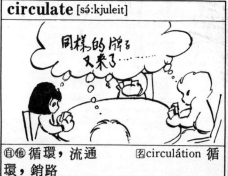

[他]保存　[名]conservátion 保存 [形]consé-rvative 保守的

circulate [sə́:kjuleit]

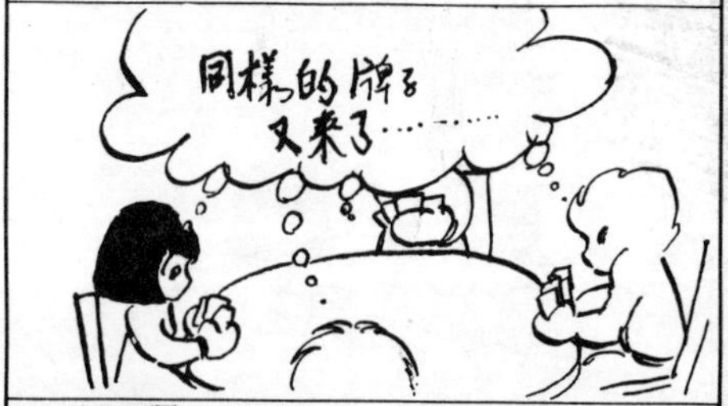

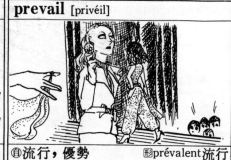

[自][他]循環，流通　[名]circulátion 循環，銷路

prevail [privéil]

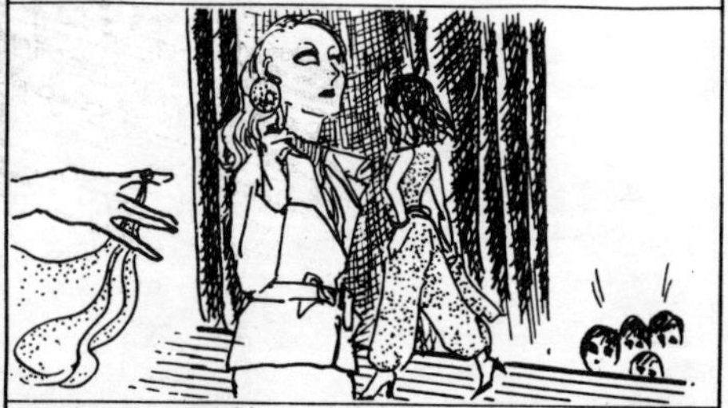

[自]流行，優勢　[形]prévalent 流行的——，一般的

regard [rigá:d]

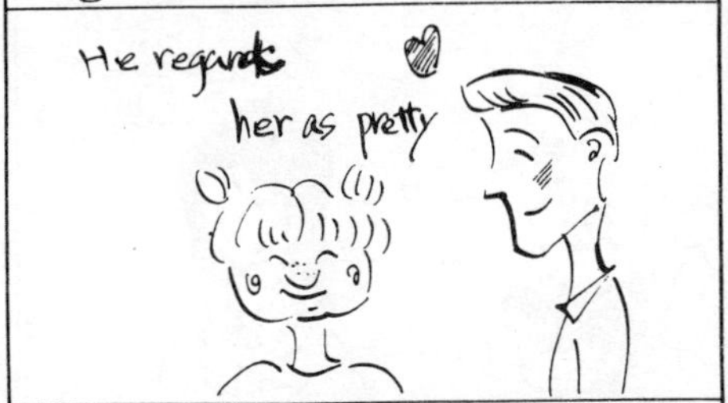

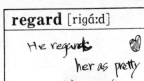

[他][regard A as B]認為A是B [名]關心,敬意,關係[前]regárding 與~有關

lay [lei]

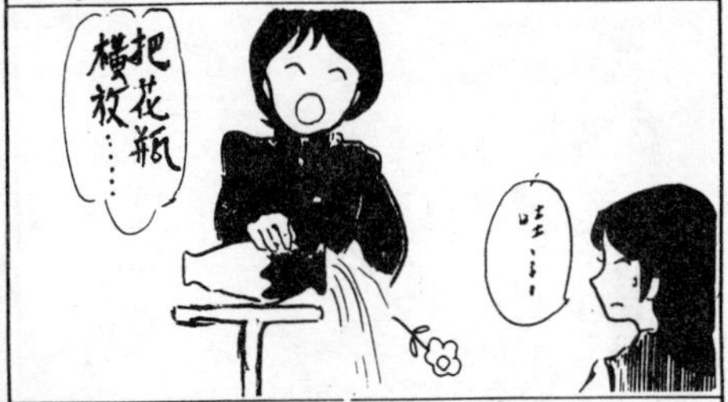

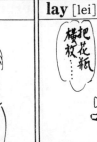

[他]橫置,置放 *lay eggs* 生蛋
[形]俗人的,門外漢的

prevent [privént]

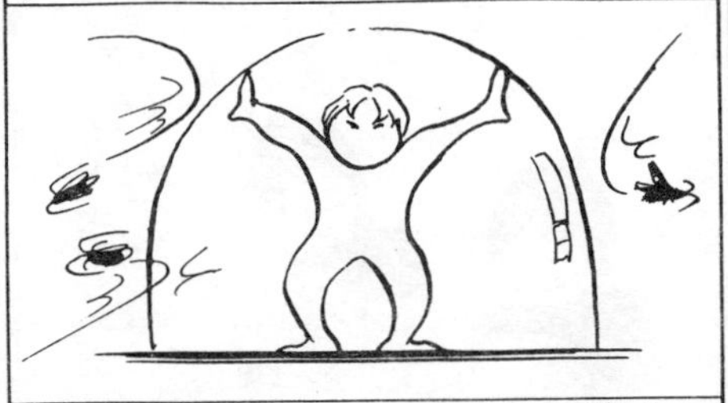

[他]妨礙,預防 [名]*prevéntion* 防止,預防

deal [di:l]

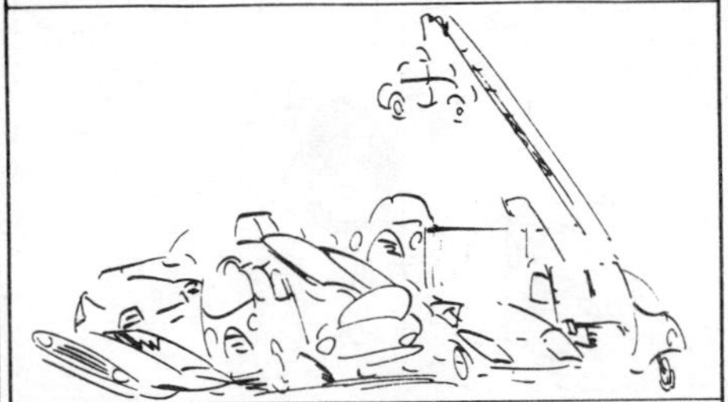

[自]處理 [with~],交易[in~] [他]分配
[名]déaler 商人

succeed [səksí:d]

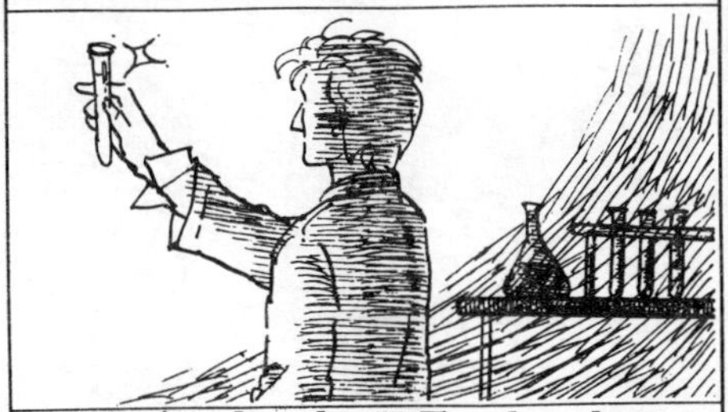

[自][他]成功 [in~],繼承 [to~] [名]su-ccéss成功(者) [名]succéssion連續,繼承

inspect [inspékt]

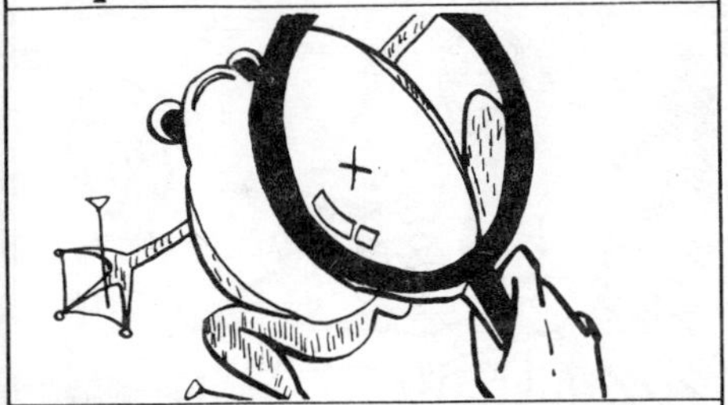

[他]檢查,視察 [名]inspéction檢查,視察

describe [diskráib]

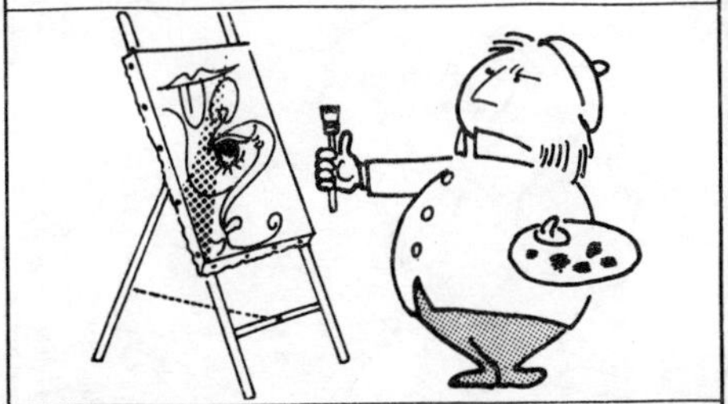

[他]描寫 *(give an account of)* [名]descríp-tion 描寫

possess [pəzés]

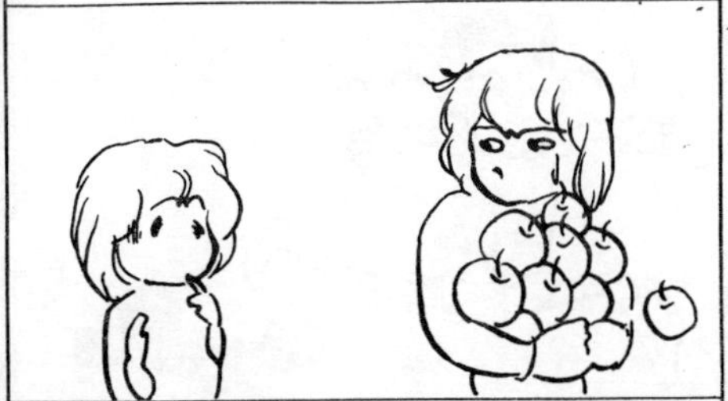

[他]所有,支配 [名]posséssion所有,財產

create [kriéit]

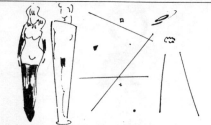

⑩創造　　㊒creátive 有創造力的
㊝creátion 創造　㊝creátor 創造者

prohibit [prəhíbit]

⑩禁止（法律上的）

preserve [prizə́:v]

⑩保存，保持　　㊝preservátion 保
存

forbid [fəbíd]

⑩㊀禁止

impose [impóuz]

⑩課稅，徵收

doubt [daut]

⑩㊝疑惑　　㊒dóubtful 可疑的

release [rilí:s]

⑩㊝解脫　(set free)，解開　　(反)
bind 束縛

refuse [rifjú:z]

⑩㊀拒絕　　㊝refúsal 拒絕　cf.refuse[r-
éfju:s] 殘渣，廢物

112

seek [si:k]

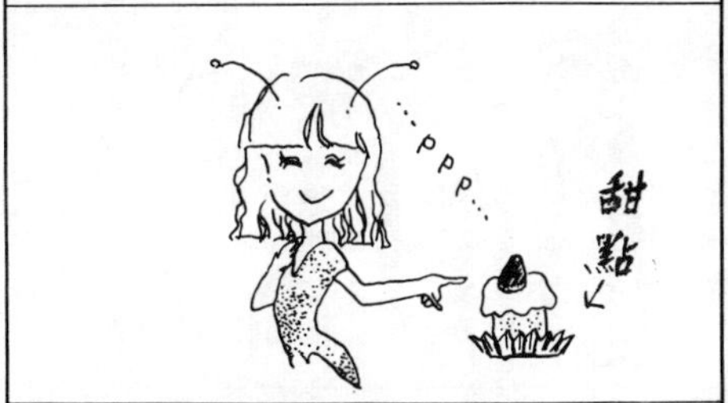

[他]企求，想辦法從事於 [to do～]
[自]尋求 [after～]，尋求 [for～]

absorb [əbsɔ́:b]

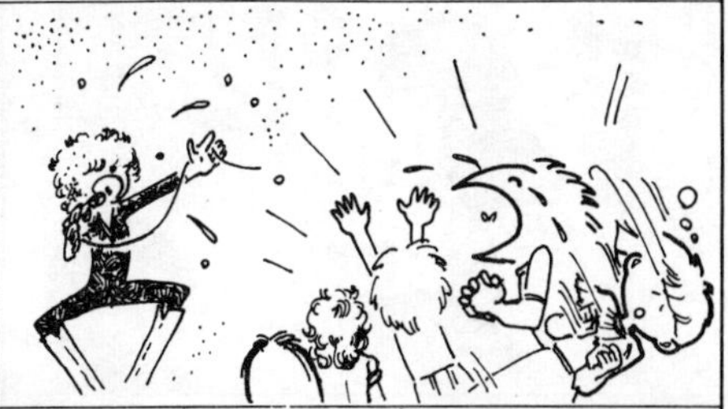

[他]吸收，熱中 [名]absórption 吸收，熱中 *be absorbed in* 熱中於

isolate [áisouleit]

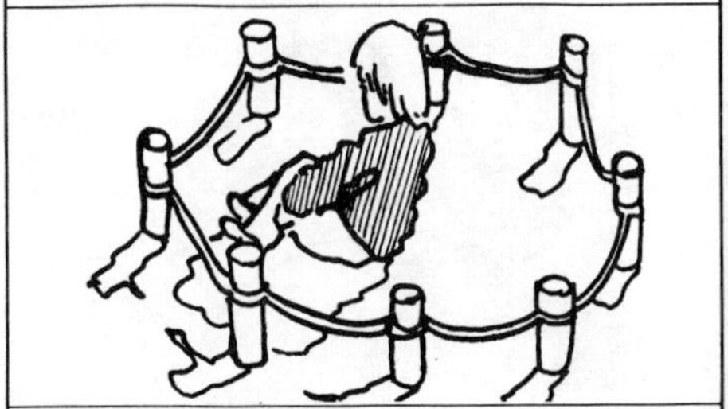

[他]使孤立，隔離 [名]isolátion 孤立

utilize [jú:tilaiz]

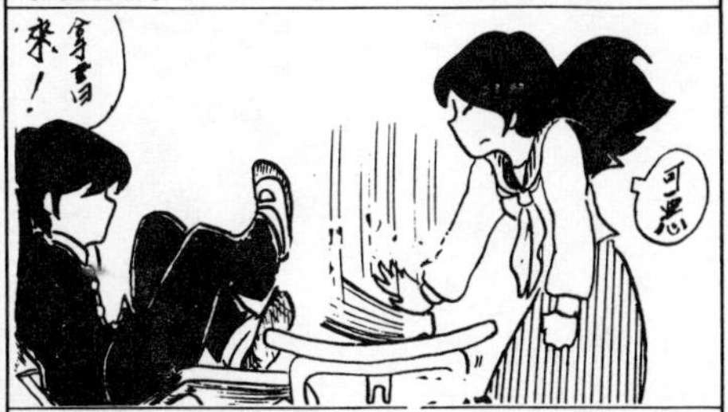

[他]利用，使有用 [名]utílity 效用，有益

refer [rifə́:]

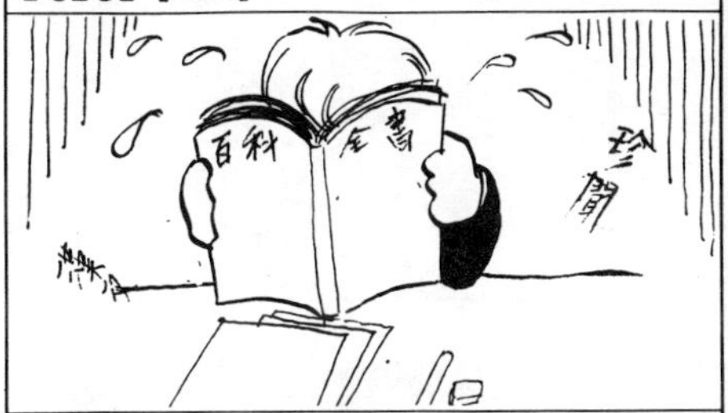

[自][他]談及，參照，委託 [to～]
[名]réference 談及，參照，委託，參考書

satisfy [sǽtisfai]

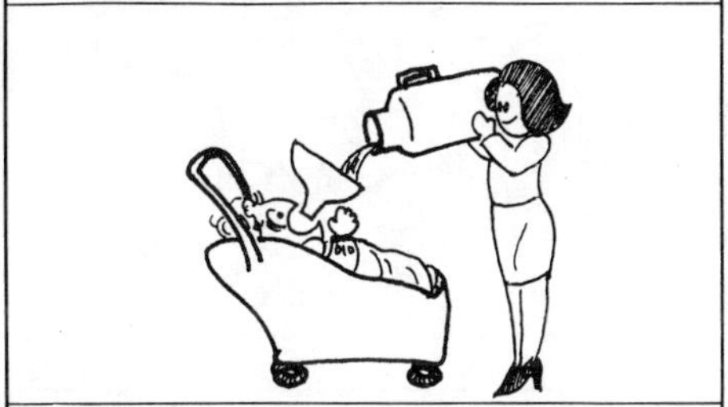

[他]使滿足 [名]satisfáction 滿意 [形]satisfáctory 滿意的

soothe [su:ð]

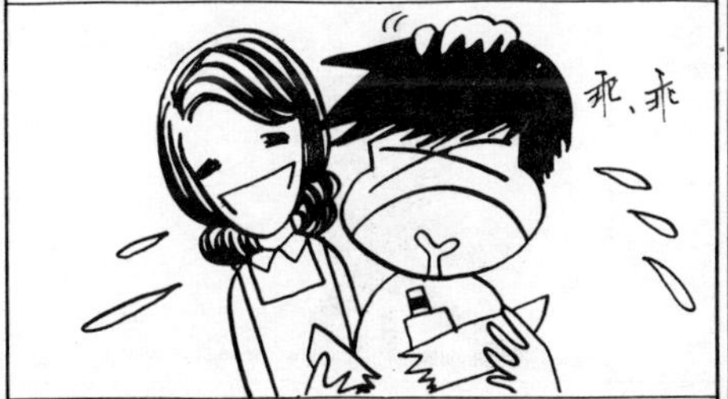

[他]安慰，使安靜 *(calm down)*

accomplish [əkɔ́mpliʃ]

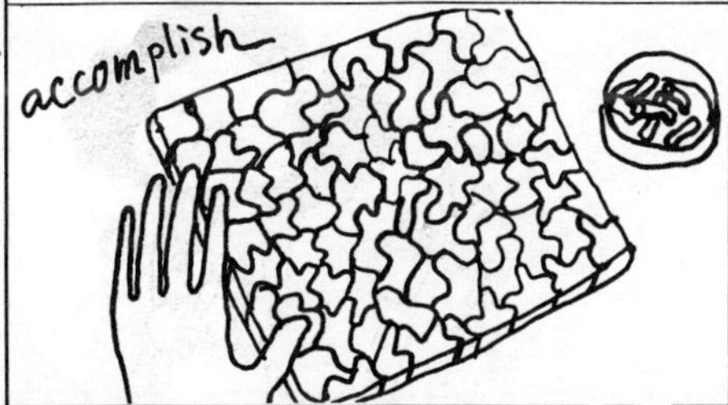

[他]完成 [名]accómplishment 完成，[複]才藝

reform [rifɔ́:m]

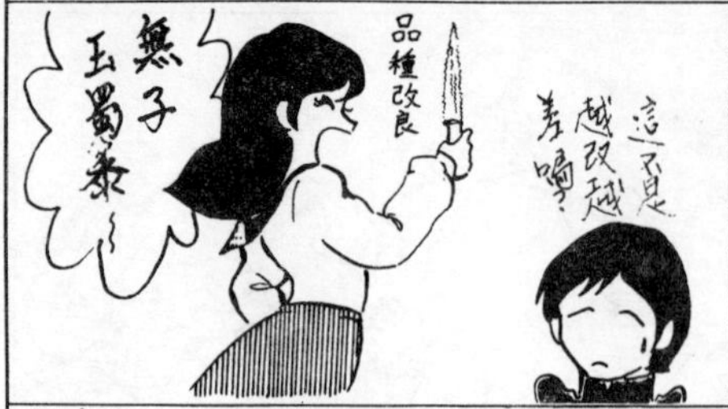

[他]改良 [名]reformátion 改革 *(the Reformation)* 宗教改革

devote [divóut]

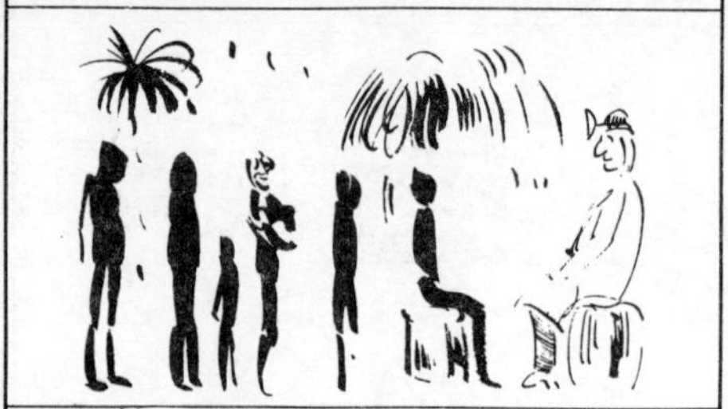

[他]供獻，獻身 [名]devótion 獻身

suspect [səspékt]

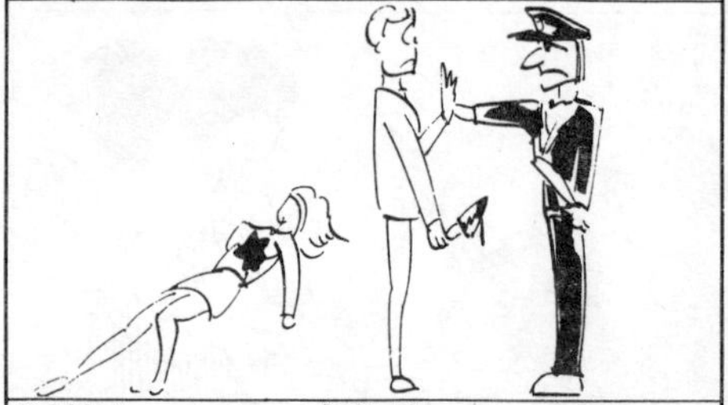

[他]懷疑 [~of~]，感覺到 [名]suspíci-on 可疑 [形]suspícious 懷疑的

offer [ɔ́fə]

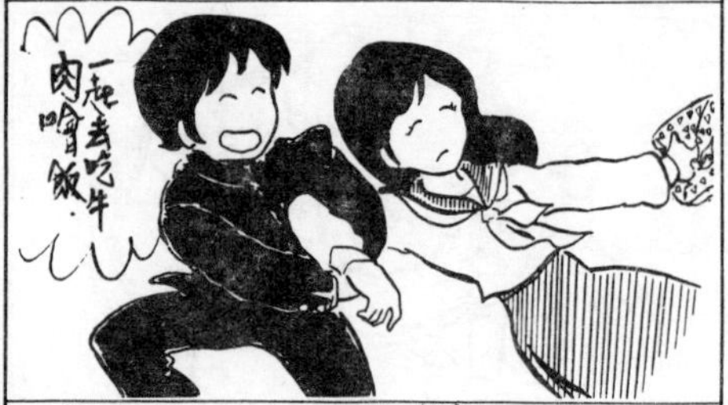

[他]提出 [to~] [名]提供 *make an offer* 提供

congratulate [kəngrǽtjuleit]

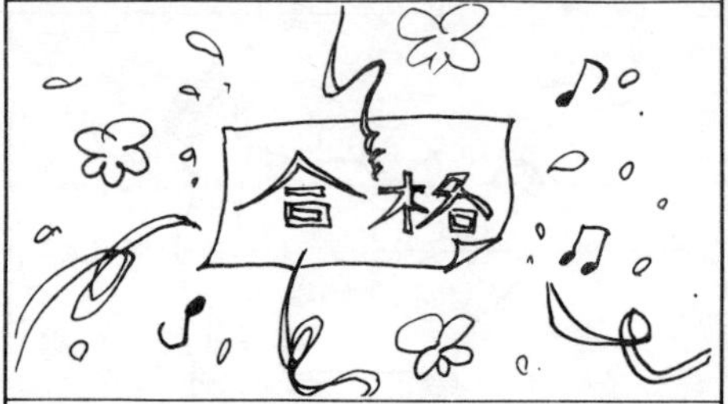

[他]祝賀[~on~] [名]congratulátion 祝福

endure [indjúə]

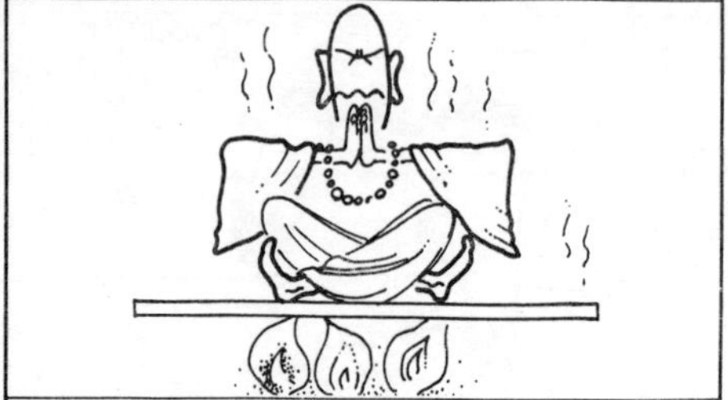

[自][他]忍耐 *(bear)* [名]endúrance 忍耐

indulge [indʌ́ldʒ]

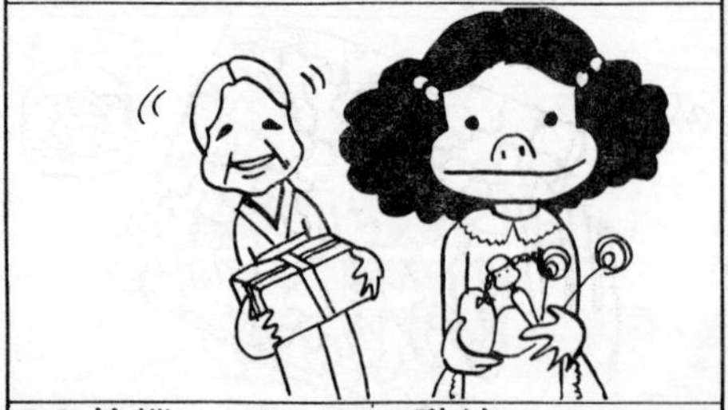

[自][他]放縱 [in~]，耽迷 [名]indúlg-ence 放縱

conceal [kənsí:l]

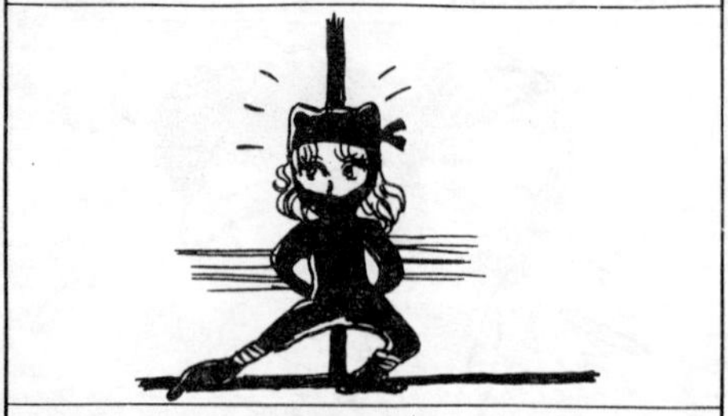

[他]隱藏*(hide)*，隱蔽

lack [læk]

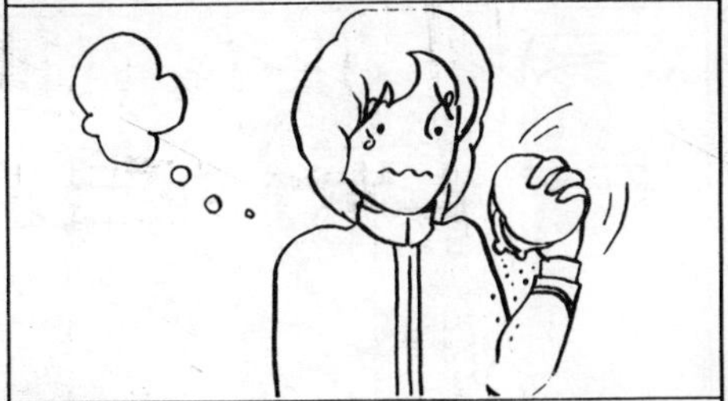

[他][名]欠缺　　*be lacking in*欠缺

unify [jú:nifai]

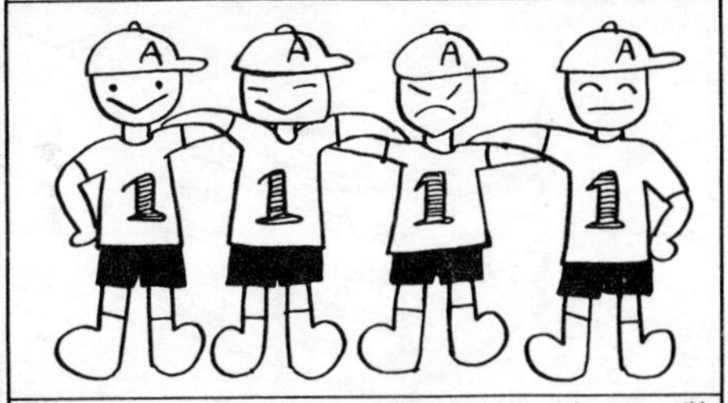

[他]統一　*(uníte)*　[名]unificátion統一，聯合

respect [rispékt]

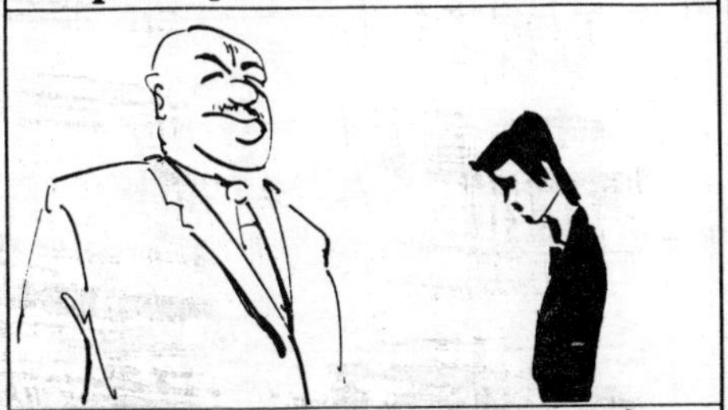

[他]尊敬，尊重　　[名]尊敬，注意，關心

supply [səplái]

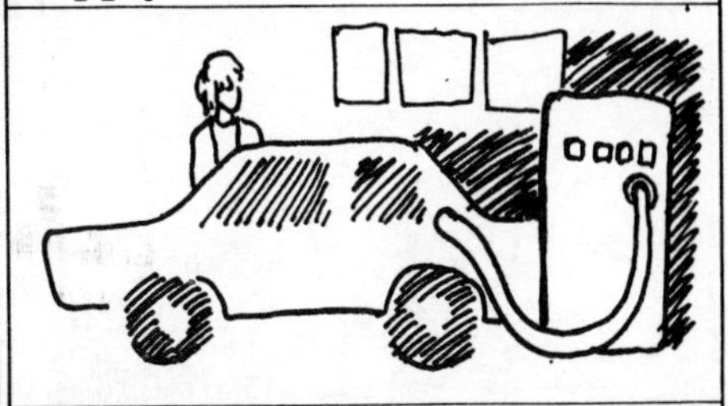

[他]供給，補給　[名]供給　(反)*demánd* 要求

lose [lu:z]

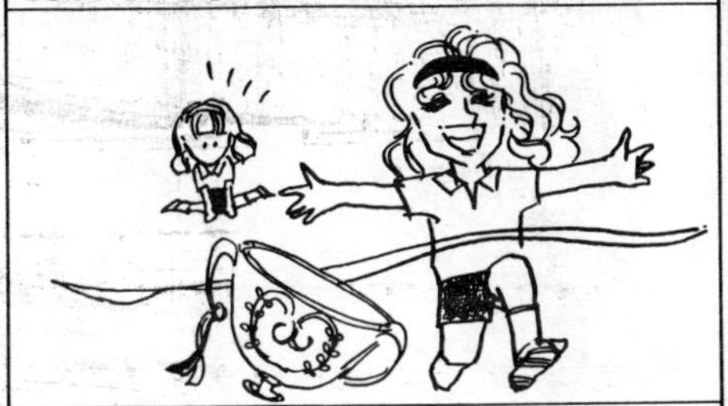

[他][自]失去，失敗，誤點　[名]loss 損失

enable [inéibl]

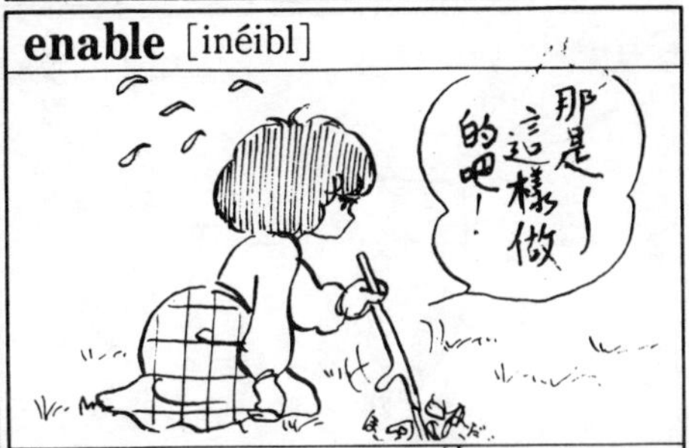

[他]使能夠　[形]áble 能夠的　*be able to~* 能夠

flatter [flǽtə]

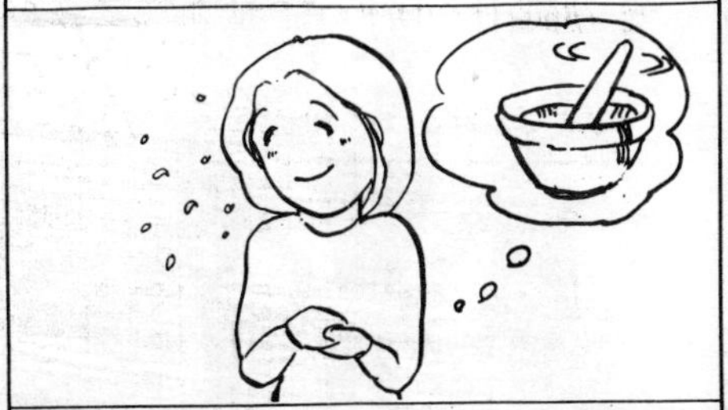

[他]諂媚，阿諛　　[名]fláttery 阿諛

dispute [dispjú:t]

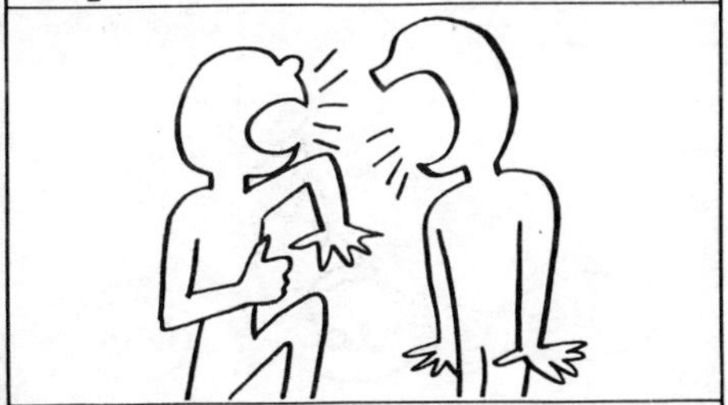

[他][自][名]爭論

issue [íʃuː]

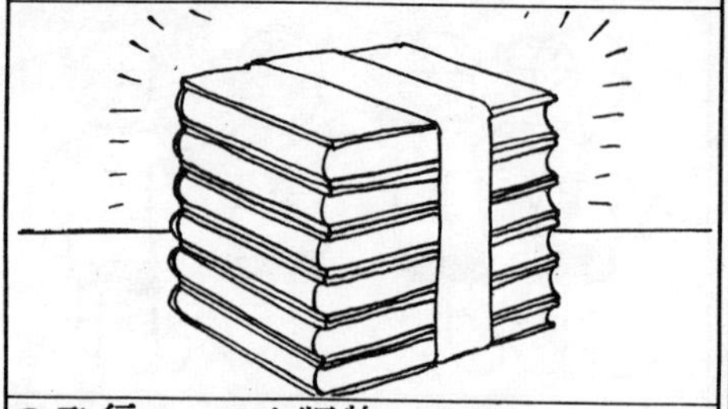

[他]發行　[名]出版物，問題　*political issue* 政治問題

concentrate [kɔ́nsentreit]

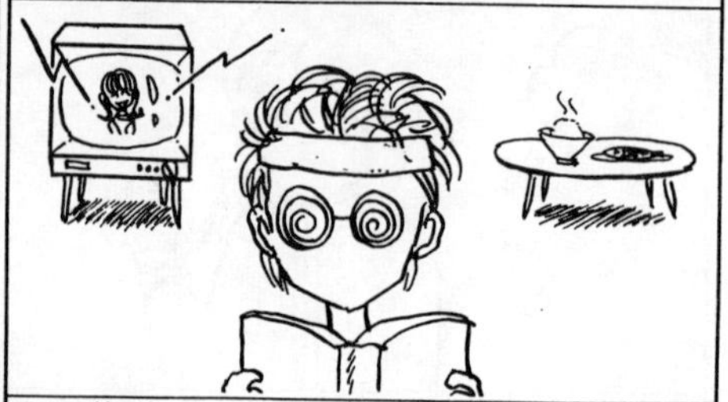

[他][自]集中　[～on～]　[名]concentrátion 集中

support [səpɔ́ːt]

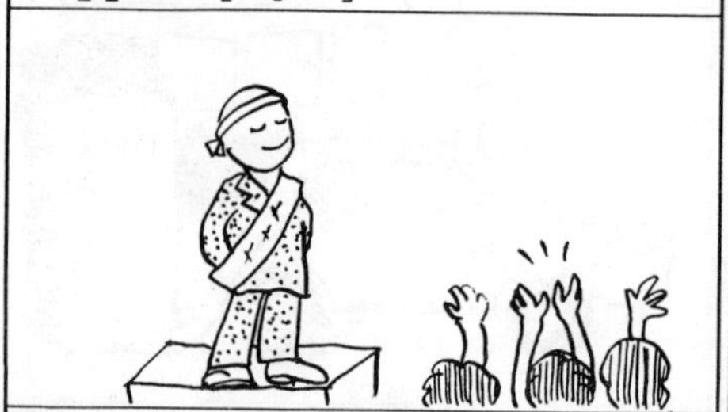

[他][名]支撐，支持，扶養
support oneself 自得生計

transport [trænspɔ́ːt]

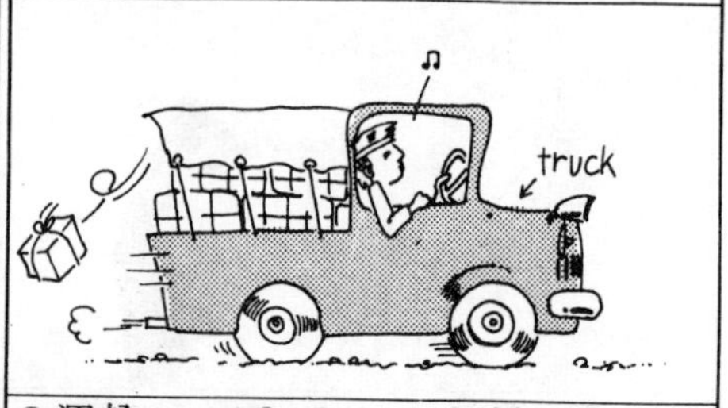

[他]運輸　[名][trǽnspɔːt]輸送　[名]transportátion 輸送

appeal [əpíːl]

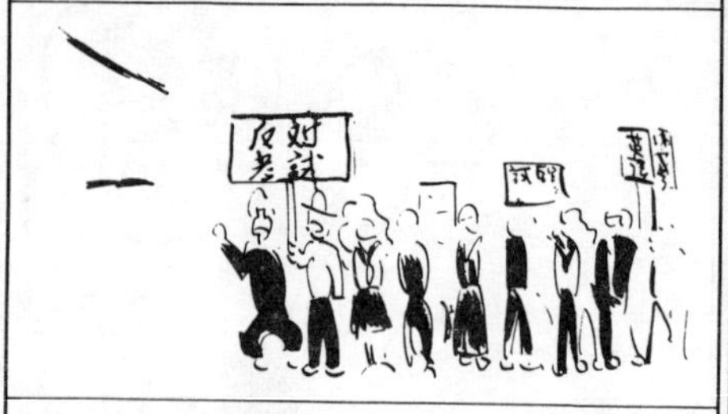

[自][名]請求，訴請

insist [insíst]

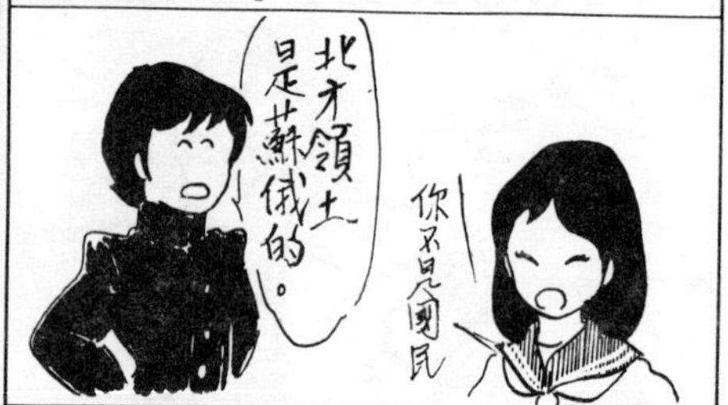

[自][他]主張，固執　[on,upon～]　[名]insístence 主張

exclude [iksklúːd]

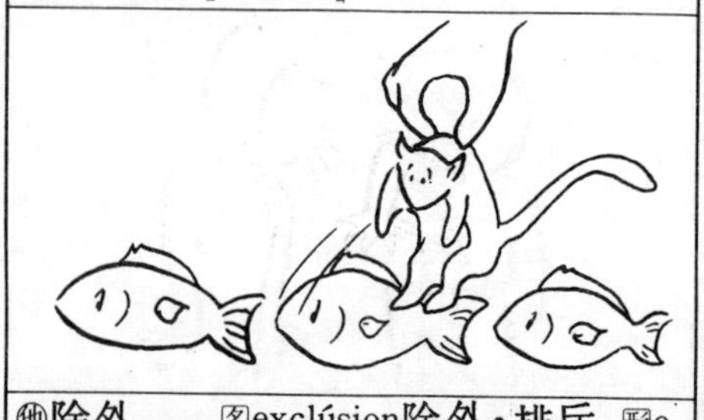

[他]除外　[名]exclúsion除外，排斥　[形]exclúsive 排斥的　[反]*inclúde* 包含

reconcile [rékənsail]

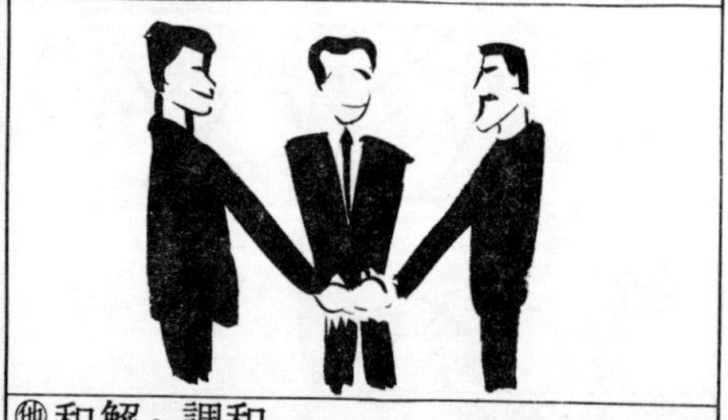

[他]和解，調和
[名]reconciliátion 和解，調停

discourage [diskʌ́ridʒ]

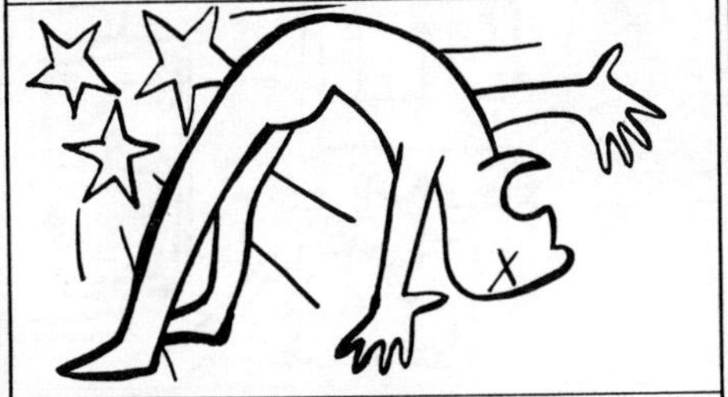

[他]使沮喪，使喪失勇氣　(反) *encóurage* 鼓起勇氣

develop [divéləp]

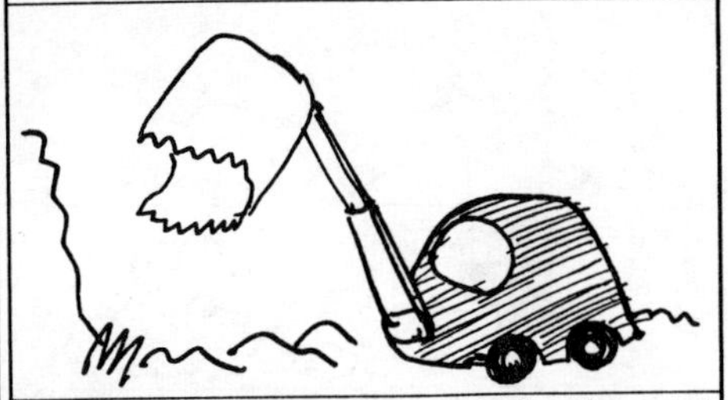

[自][他]發達，開發　[名]devélopment 發達

confuse [kənfjúːz]

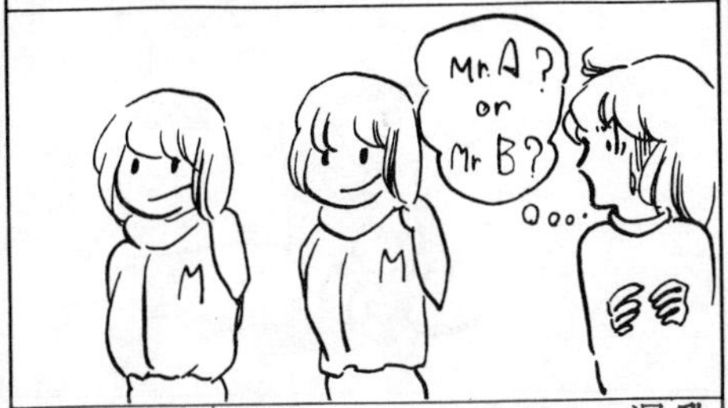

[他]使混亂，弄亂　[名]confúsion 混亂，混惑

suggest [sədʒést]

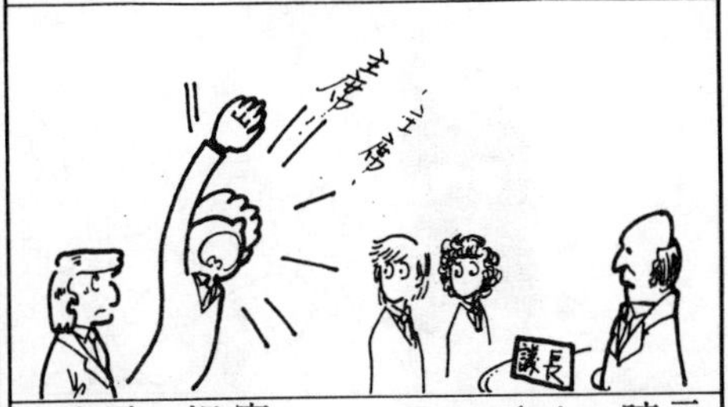

[他]暗示，提案　[名]suggéstion 暗示，提案

perish [périʃ]

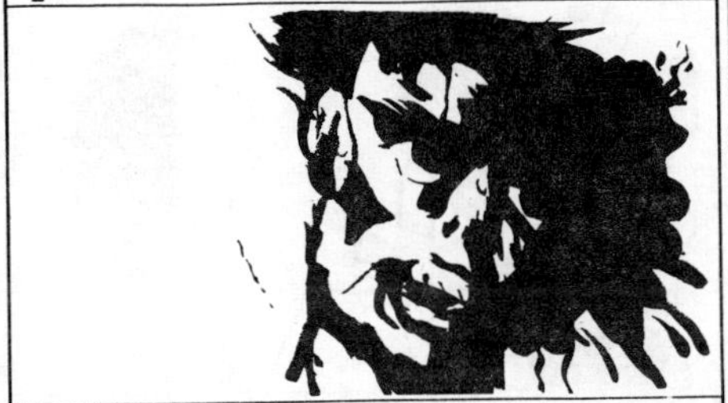

[自][他]死，滅亡

agree [əgríː]

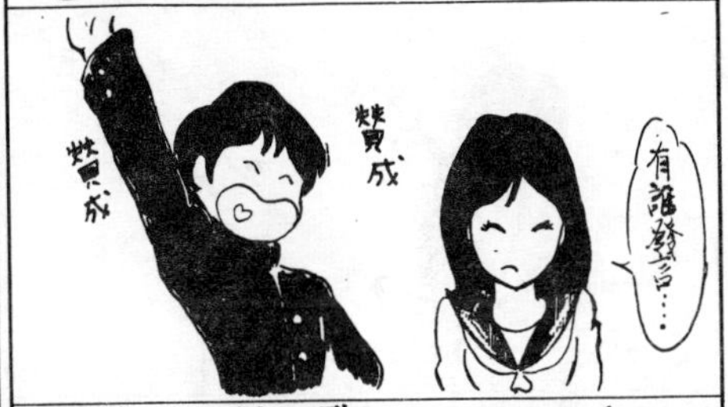

[自]同意，意見一致　[名]agréement 同意，一致

establish [istǽbliʃ]

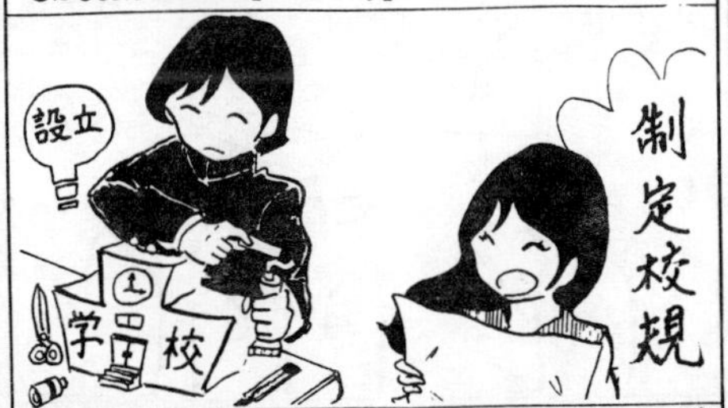

[他]確立，設立　[名]estáblishment 確立　(反) *abólish* 廢止

tend [tend]

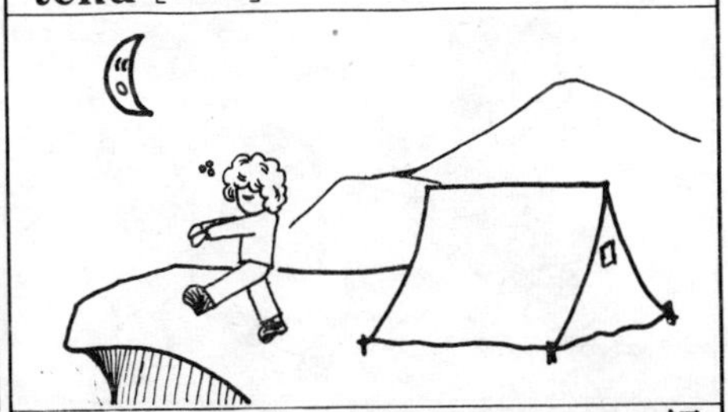

[自]有　傾向　[*to*～]　[名]téndency 傾向，趨勢

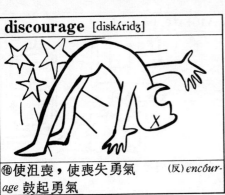

waste [weist]

㊅浪費　㊫徒耗的　㊂浪費，消耗
㊫wásteful 浪費的

violate [váiəleit]

㊅破壞，侵害　㊂violátion
違背

bury [béri]

㊅埋，埋葬　㊂búrial 埋葬，葬禮

manage [mǽnidʒ]

㊅管理，經營　[to~] ㊂mán-
agement 管理 ㊂mánager 經理，經營者

start [stɑːt]

㊀㊅出發，開始，吃驚　㊂
出發，吃驚

discuss [diskʌ́s]

㊅討論　㊂discússion 議論

betray [bitréi]

㊅背叛，（秘密等）暴露　㊂betrá-
yal 背叛行爲

apply [əplái]

㊅適用　㊀貼，申請　[for~]
㊂applicátion 適用，志願

118

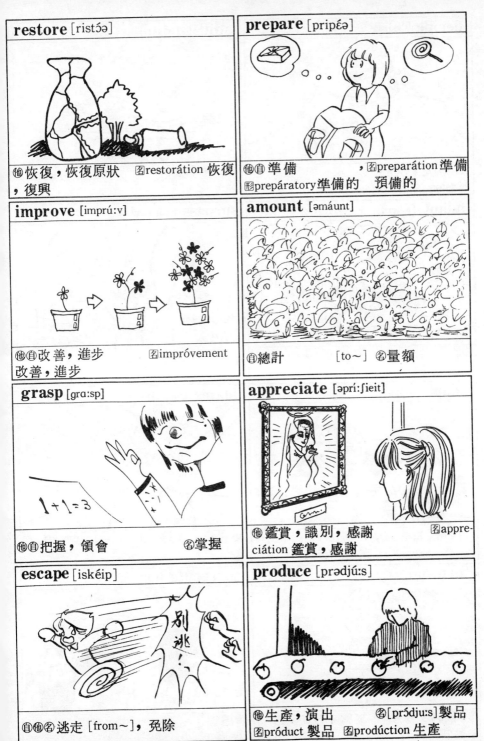

restore [ristɔ́ə]

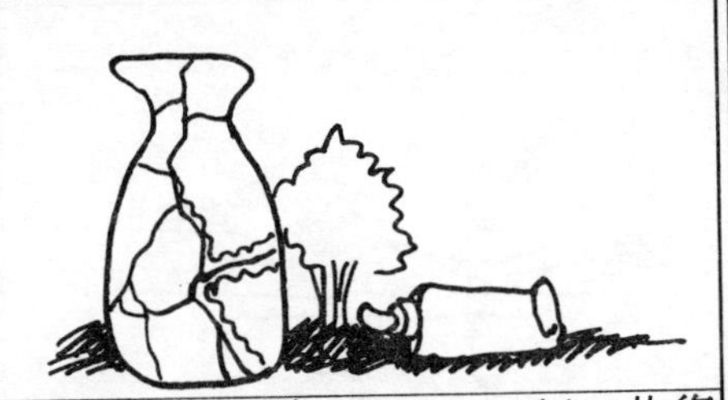

[他]恢復，恢復原狀　[名]restorátion 恢復，復興

prepare [pripɛ́ə]

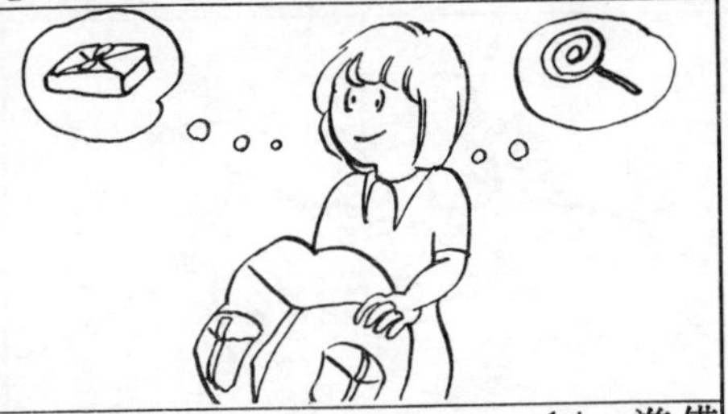

[他][自]準備　，[名]preparátion 準備
[形]prepáratory 準備的　預備的

improve [imprúːv]

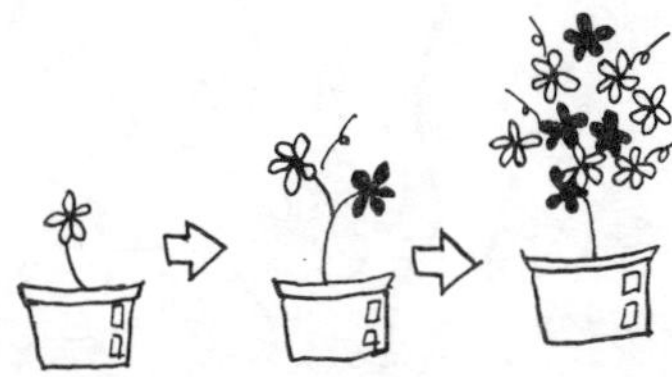

[他][自]改善，進步　[名]impróvement 改善，進步

amount [əmáunt]

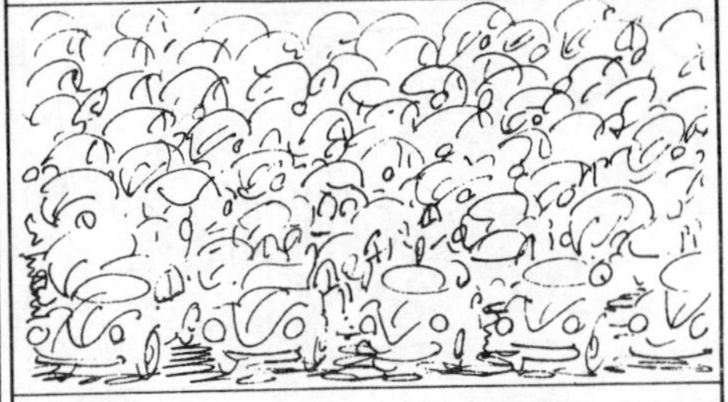

[自]總計　[to～]　[名]量額

grasp [grɑːsp]

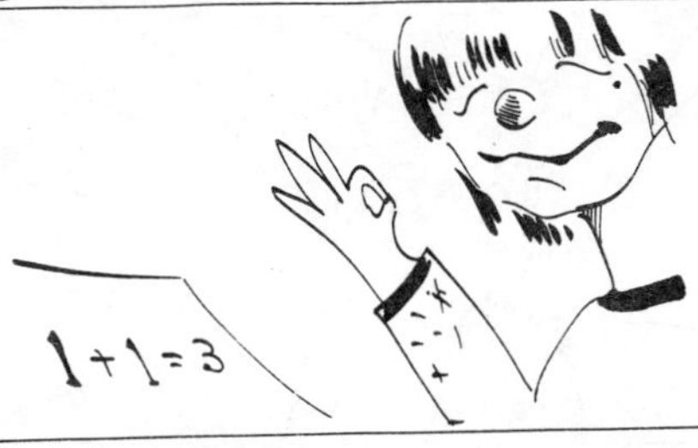

[他][自]把握，領會　[名]掌握

appreciate [əpríːʃieit]

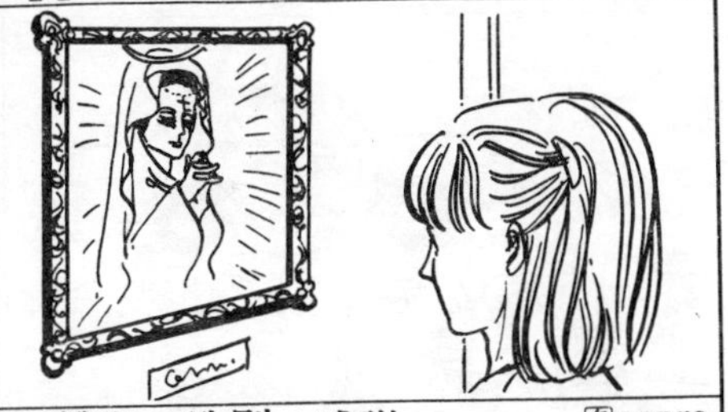

[他]鑑賞，識別，感謝　[名]appreciátion 鑑賞，感謝

escape [iskéip]

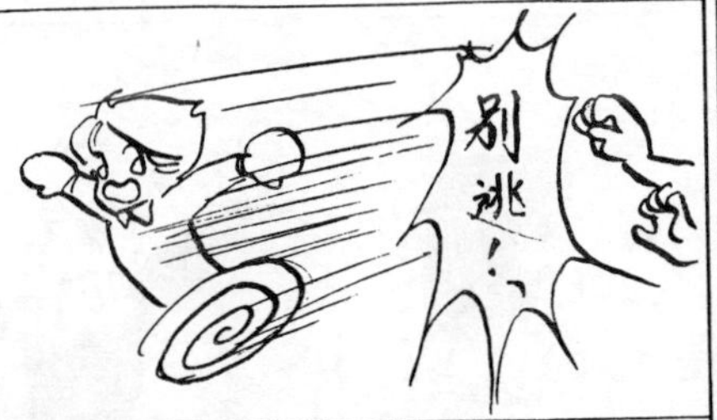

[自][他][名]逃走 [from～]，免除

produce [prədjúːs]

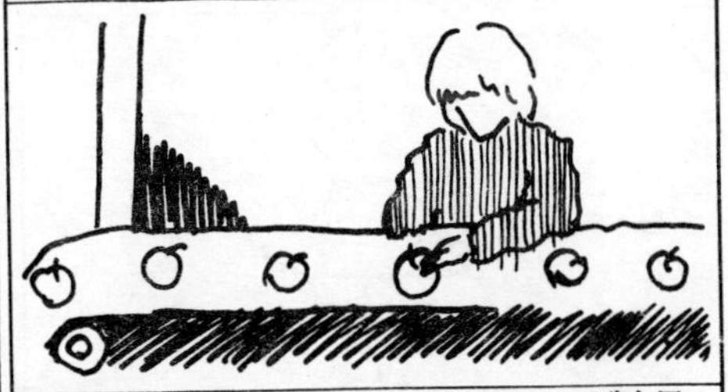

[他]生產，演出　[名][prɔ́djuːs]製品
[名]próduct 製品　[名]prodúction 生產

decide [disáid]

⾃他決定，決心　　　　　　　图
decísion 決定

adjust [ədʒʌ́st]

他調整，適應　　　　(fit)　图adjústment
調整

adapt [ədǽpt]

他適合　　　[~to~](fit)，改編　　[~for
~]　图adaptátion 適應，改編

surpass [səpɑ́:s]

他優於，凌駕，勝過

adopt [ədɔ́pt]

他採用(新的方法，想法)，養子
图adóption 採用，收養

blame [bleim]

他責備，責難　　[~for~]　图責備，責
難

turn [tə:n]

他⾃旋轉，轉動　图旋轉，輪流，口吻
，性質

persecute [pə́:sikju:t]

他迫害　　　图persecútion 迫害(反)protéct
保護

forbear [fɔəbέə]

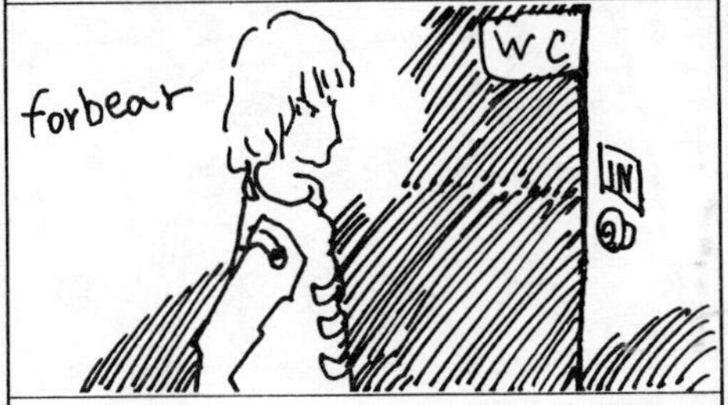

[他][自]忍耐　(*endúre*) [名]forbéarance 忍耐

hesitate [héziteit]

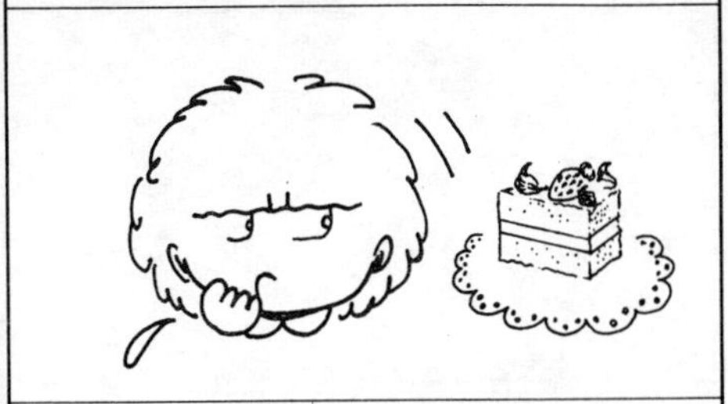

[自]躊躇　[名]hesitátion 躊躇

remain [riméin]

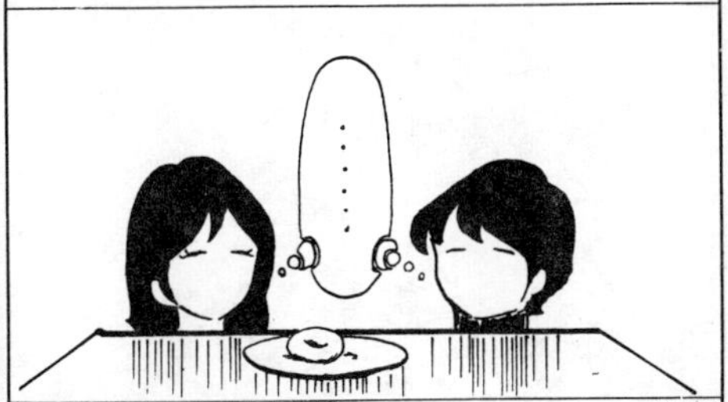

[自]殘留，保持原狀　[名](複)遺體，遺跡

achieve [ətʃíːv]

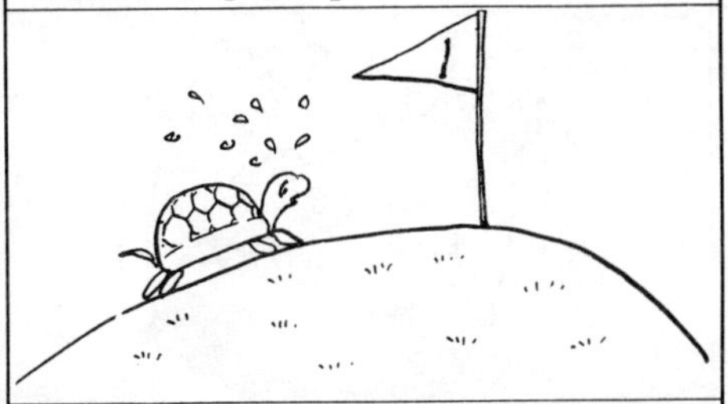

[他]完成　(*attáin*)　[名]achíevement 達成，偉業

starve [stɑːv]

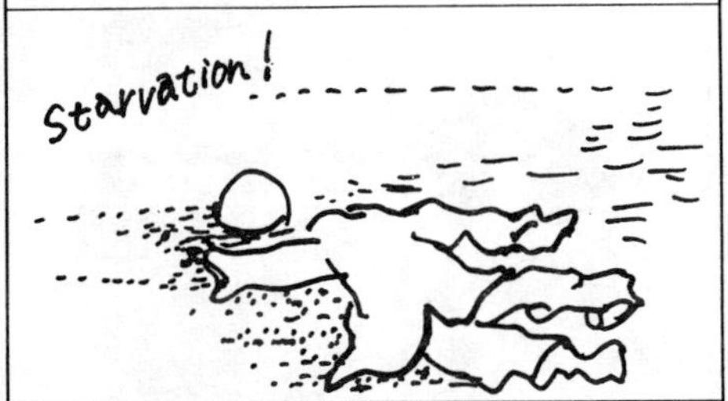

[他][自]餓死，渴望　[for～]
[名]starvátion 餓死

declare [diklέə]

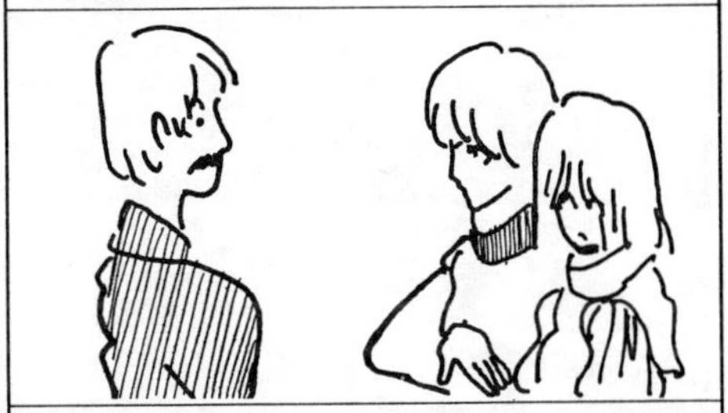

[自][他]宣言　[名]declarátion 宣言

concern [kənsə́ːn]

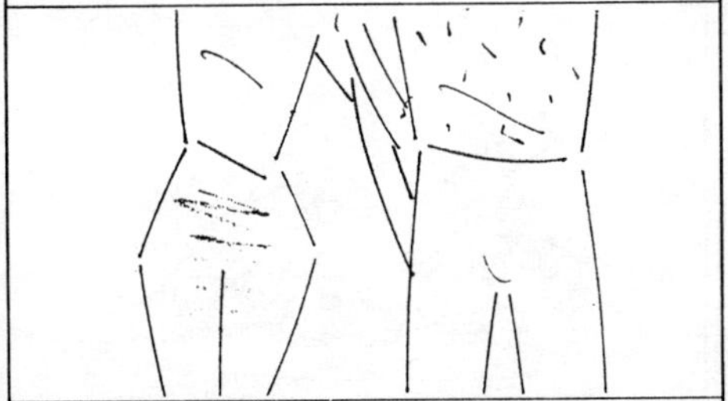

[他]對…有關係，關於[名]關係，關心

encourage [inkʌ́ridʒ]

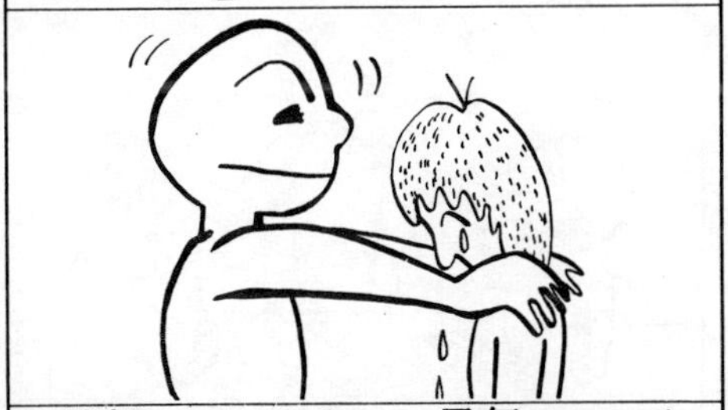

[他]鼓舞　[名]cóurage 勇氣　[形]courágeous 勇敢的 (反) *discóurage* 失去勇氣

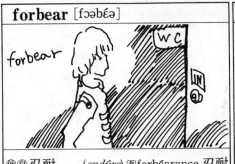

attempt [ətémpt]	**investigate** [invéstigeit]
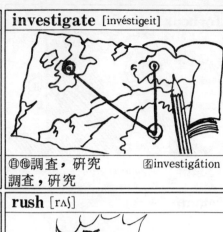	
働⊗嘗試，企圖	倒働調查，研究　　⊗investigátion 調查，研究

comprehend [kɔmprihénd]	**rush** [rʌʃ]

働理解 *(understánd)*，包含　⊗com- prehénsion理解 ⊗comprehénsive 包括的	倒働⊗突進　　*(dash)*，蜂擁而至

gain [gein]	**suppose** [səpóuz]
働獲得　　(反.*lose*遺失) ⊗利益(反.*loss* 損 失)	働假定，推測　　⊗suppósed　想像 上的

debate [dibéit]	**suffer** [sʌfə]

働倒議論　　⊗討論，爭論	倒遭受痛苦[from～] 働受～之苦 ⊗súffering 苦難，痛苦……

cease [si:s]

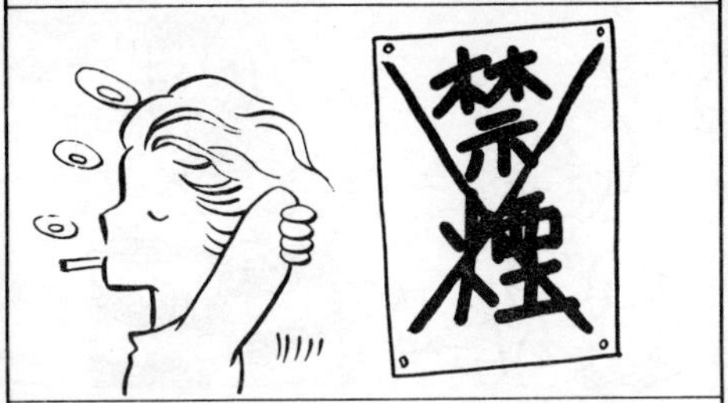

[自][他]停止，中止 [to~] [名]中止

heal [hi:l]

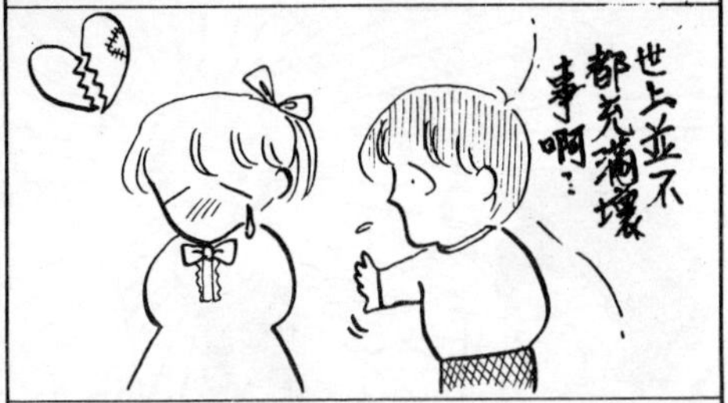

[他][自]治癒，復原

steal [sti:l]

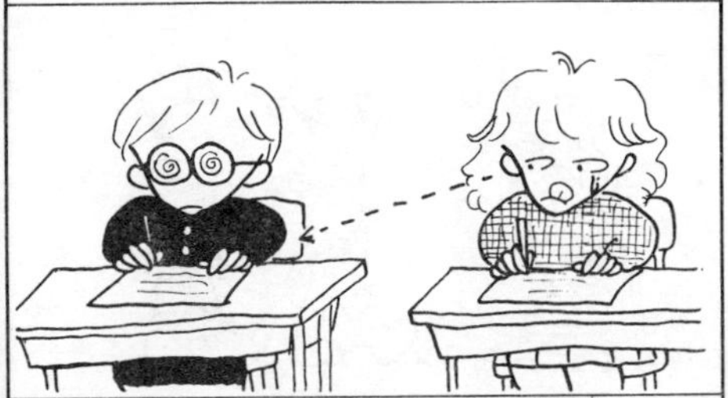

[他][自]偷盜，偷偷摸摸，暗暗溜進

owe [ou]

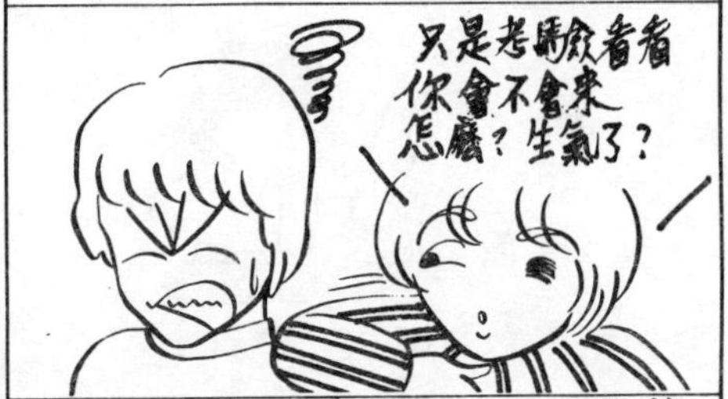

[他][自]有盡…的義務 [~to~]，借債
[owe A to B] A受B之託福

bestow [bistóu]

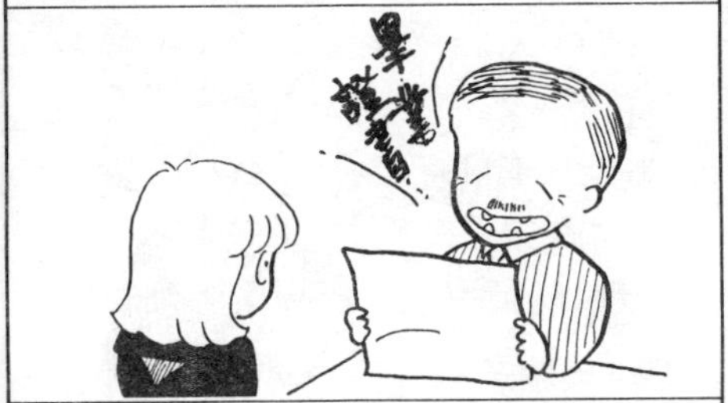

[他]給與，授與 [~on~, ~upon~]

mention [ménʃən]

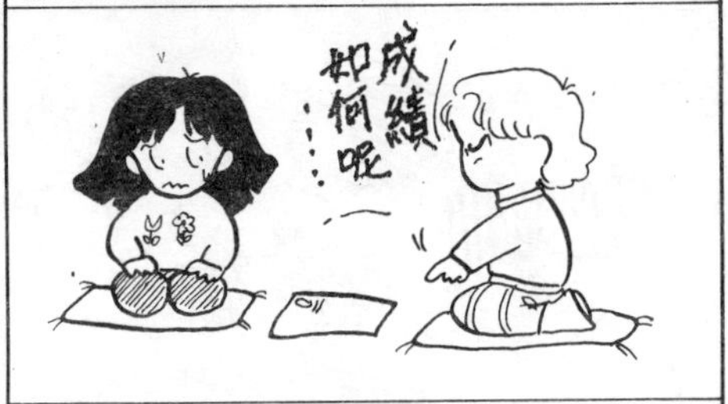

[他][名]提及 *(refer to~)*

argue [ɑ́:gju:]

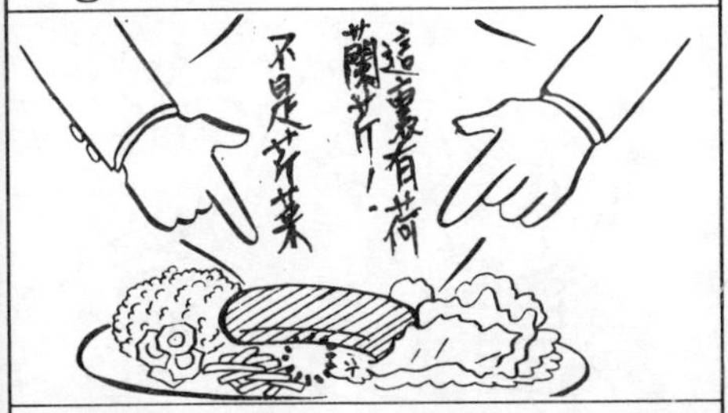

[自][他]辯論，主張 [名]árgument 辯論

overlook [ouvəlúk]

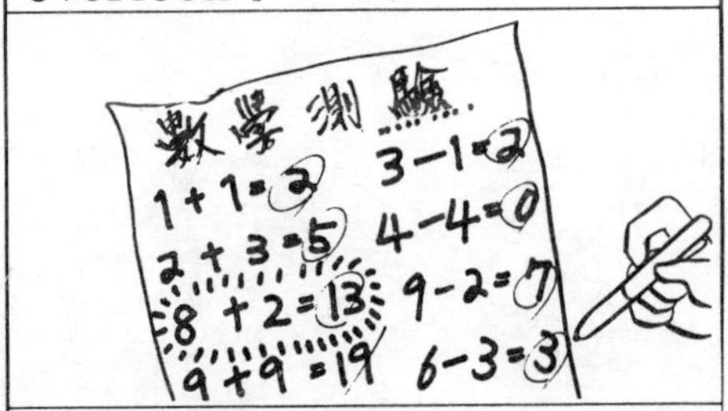

[他]散漏，遠眺，俯視

reflect [riflékt]

⑩⑩反射，反映，思慮
图refléction 反射，思考，思慮

cherish [tʃériʃ]

⑩珍愛　　　*(take care of)*，懷念

indicate [índikeit]

⑩指示，顯示　　图indicátion指示，徵兆

accompany [əkámpəni]

⑩陪伴，伴奏

regret [rigrét]

⑩图後悔，令人惋惜　　图regrétful
後悔的　图regréttable 惋惜的

predict [pridíkt]

⑩預言　　　图predíction預言（報）

replace [ripléis]

⑩取代，放回原處

meet [mi:t]

⑩⑩會見，迎接，應　要求
图méeting 會合，集會……

promote [prəmóut]

他促進，昇進　　图promótion 促
進，昇進

bewilder [biwíldə]

他迷惑　　(perpléx)　图bewílderment 困
惑

intend [inténd]

他想，意圖　　　　　　［~to~］
图inténtion 目的，意圖

co-operate [kouópəreit]

自合作　　　［with~］图co-operátion
協力　　　　　图co-óperative 合作的

complain [kəmpléin]

自發牢騷，訴苦　　　　［of~］图
compláint 抱怨

hurt [hə:t]

他自傷害，使疼痛　图傷

resign [rizáin]

他自辭職，放棄　　图resignátion 辭
職，斷念　　　　　職，斷念

vary [véəri]

自他變化，改變　　　　图varíety 變
化，多種，多樣 图várious 種種的

125

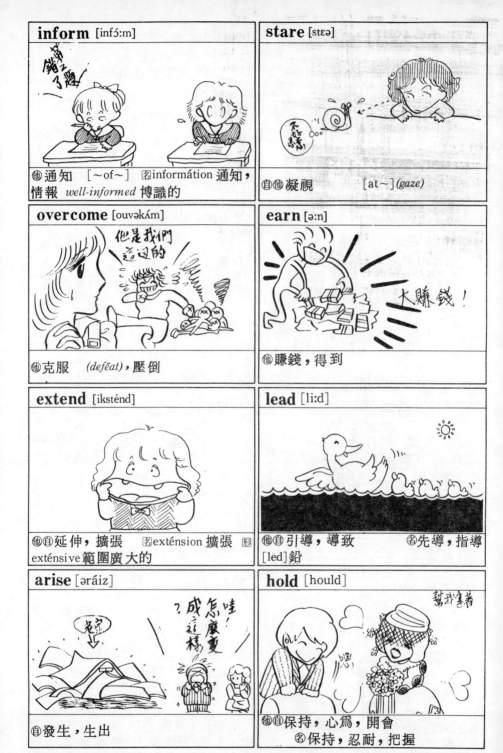

inform [infɔ́:m]

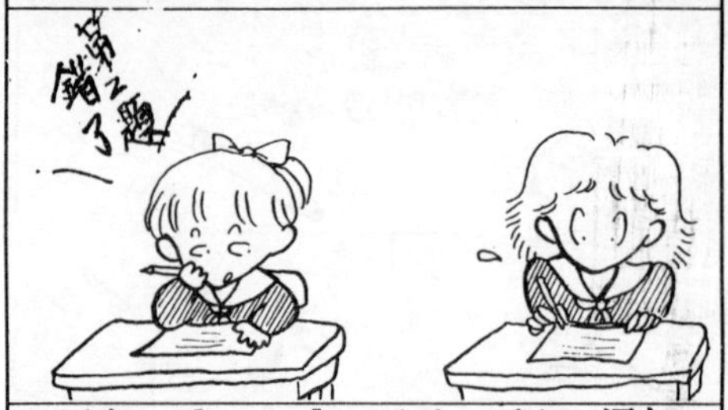

[他]通知　[~of~]　[名]informátion 通知，情報 *well-informed* 博識的

stare [stɛə]

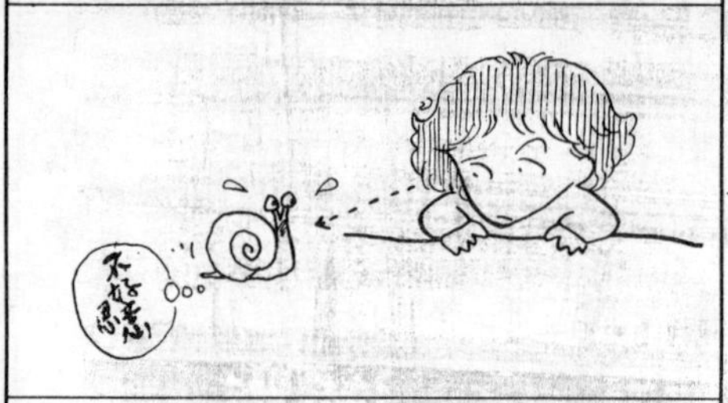

[自][他]凝視　[at~] *(gaze)*

overcome [ouvəkʌ́m]

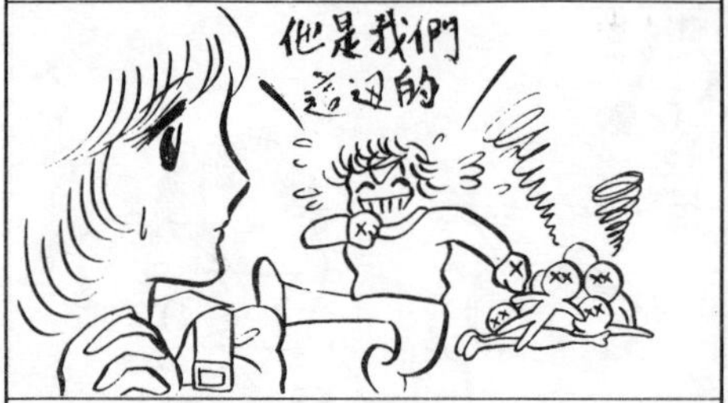

[他]克服　*(deféat)*，壓倒

earn [ə:n]

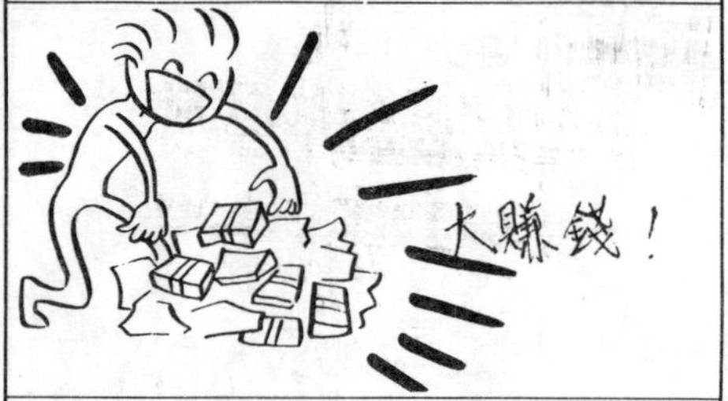

[他]賺錢，得到

extend [iksténd]

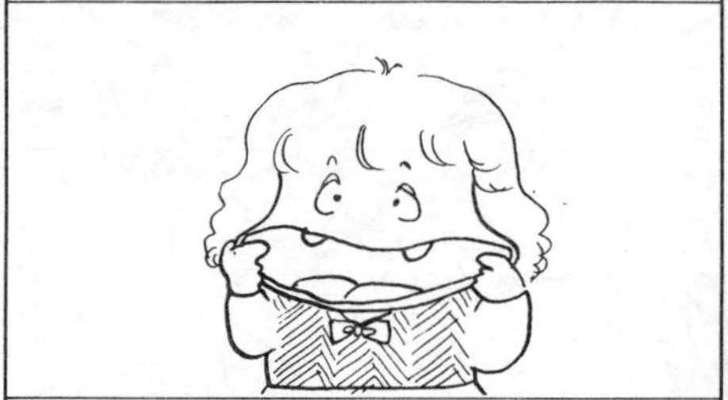

[他][自]延伸，擴張　[名]exténsion 擴張　[形]exténsive 範圍廣大的

lead [li:d]

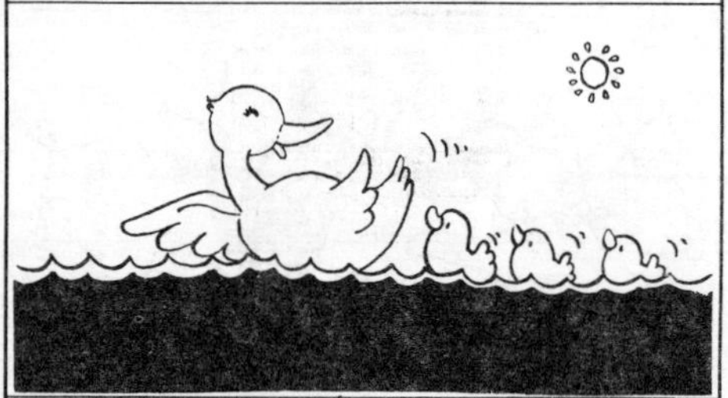

[他][自]引導，導致　[名]先導，指導　[led]鉛

arise [əráiz]

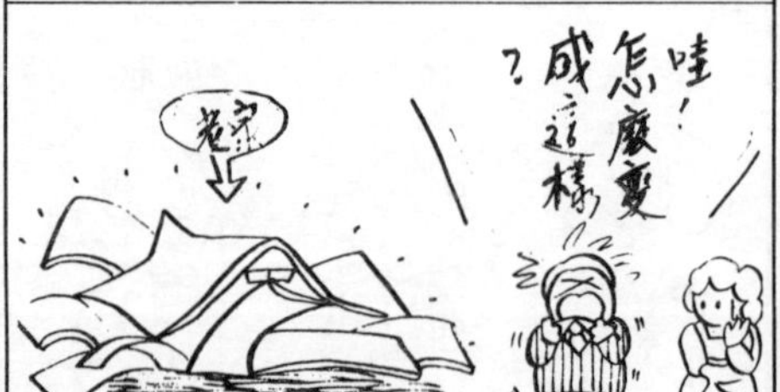

[自]發生，生出

hold [hould]

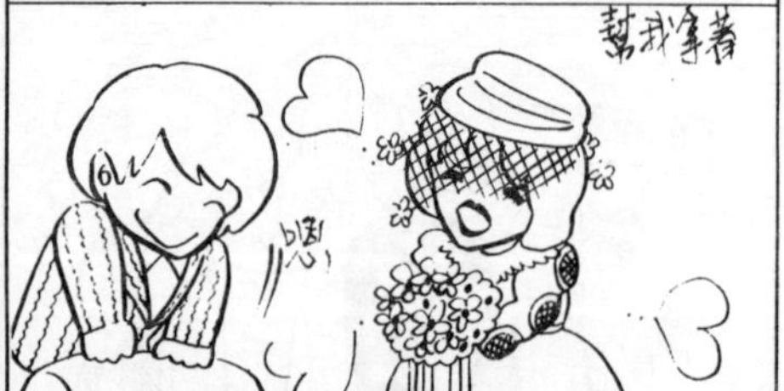

[他][自]保持，心爲，開會
[名]保持，忍耐，把握

imply [implái]

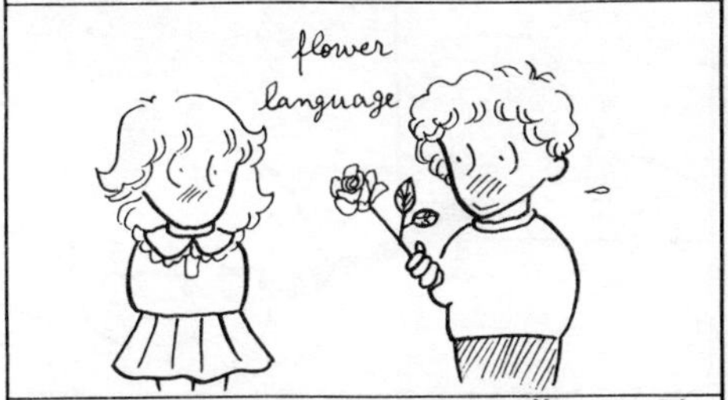

[他]暗指 *(mean, signify)*，含蓄，暗示

neglect [niglékt]

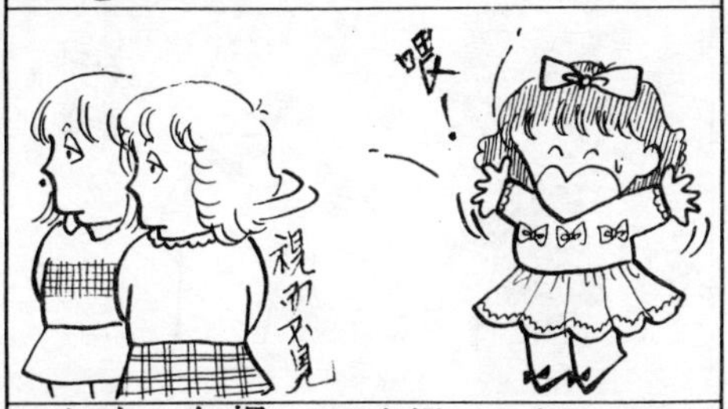

[他]忽略，怠慢 [名]怠慢 [名]négligence
不小心，怠慢

examine [igzǽmin]

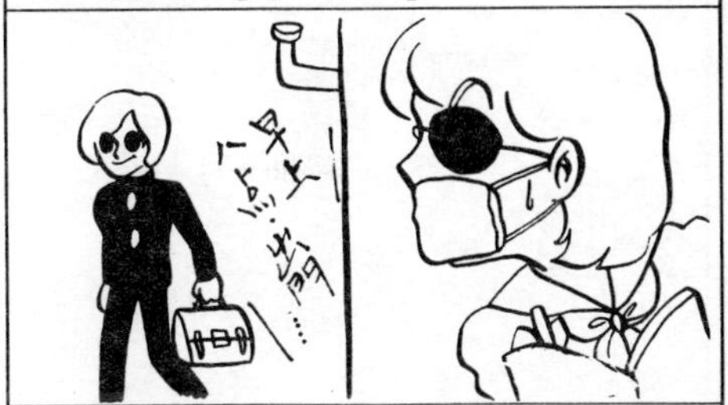

[他]考試，調查 [名]examinátion 考試
，調查

meditate [méditeit]

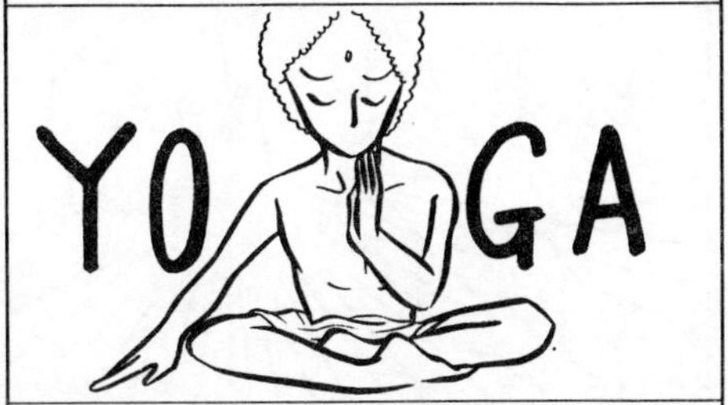

[自]默想，熟慮 [名]meditátion 默想
[形]méditative 耽於默想的

convince [kənvíns]

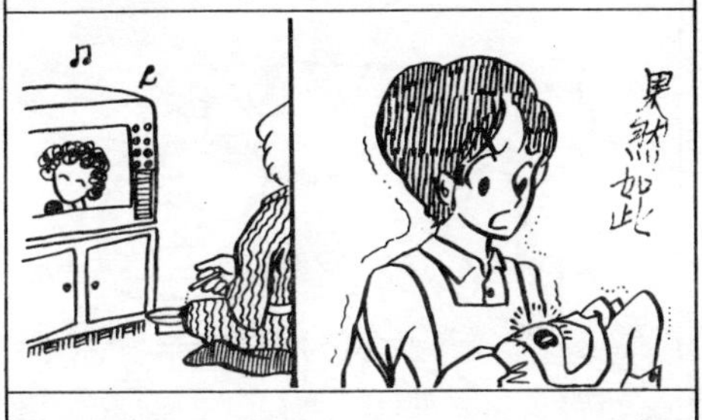

[他]使確信 [~of~] [名]convíction 確信

charge [tʃɑːdʒ]

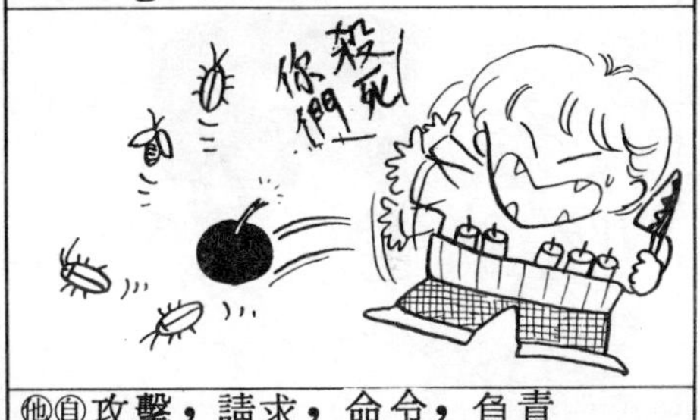

[他][自]攻擊，請求，命令，負責
[名]攻擊，負債，責任，控訴

inherit [inhérit]

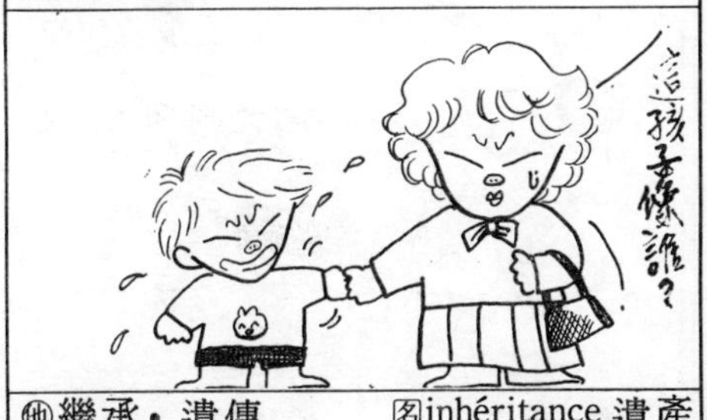

[他]繼承，遺傳 [名]inhéritance 遺產
，遺傳

broadcast [brɔ́ːdkɑːst]

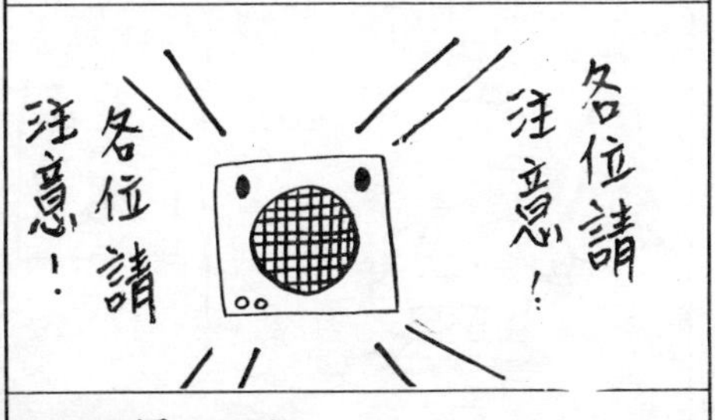

[他][名]廣播，散佈

justify [dʒʌ́stifai]

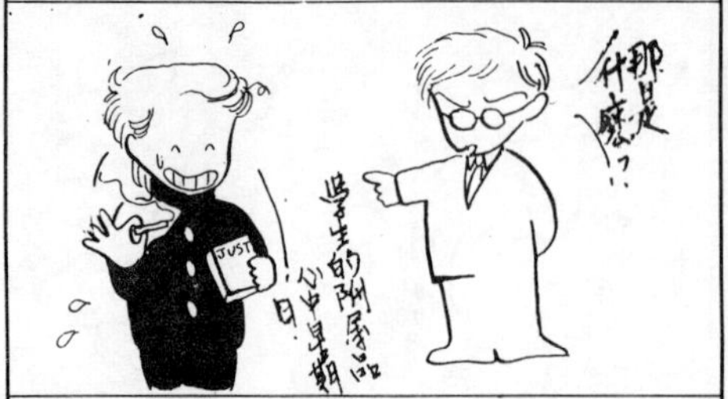

[他]使正當化，辯明　[名]justificátion 正當化，辯明

contemplate [kɔ́ntempleit]

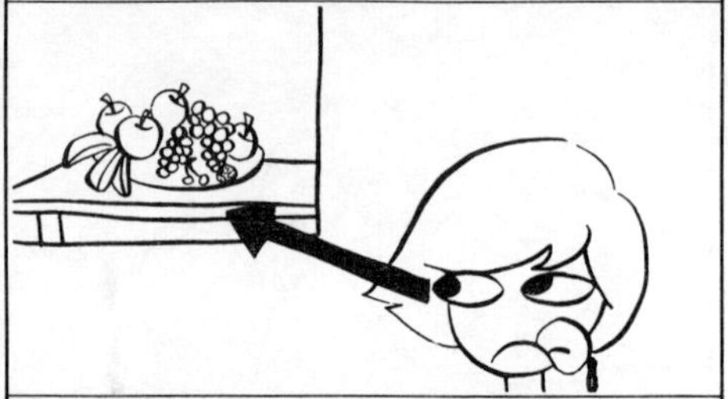

[他][自]沈思　(think about)，凝視 [名]contemplátion 沈思，瞑想，凝視

witness [wítnis]

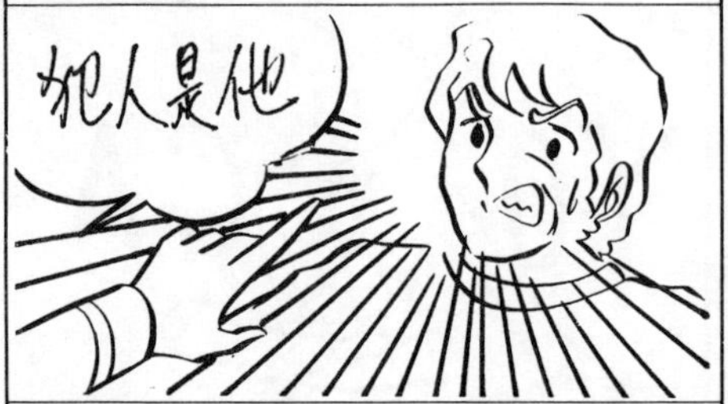

[自][他]證言，目擊　[名]證據，證人，目擊者

drown [draun]

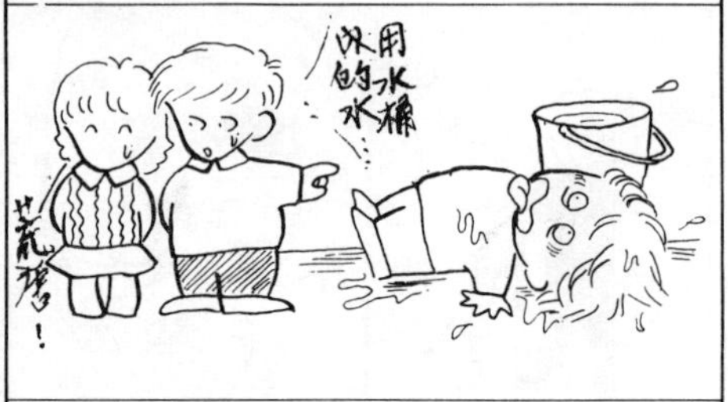

[自][他]使溺死

pretend [priténd]

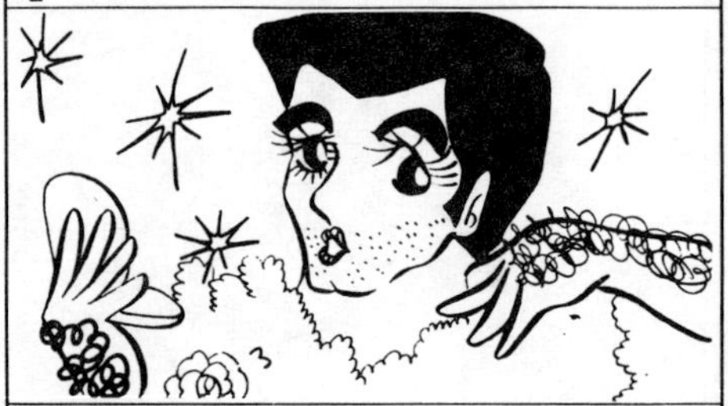

[他][自]假裝　[名]preténse(ce) 假裝

demand [dimɑ́:nd]

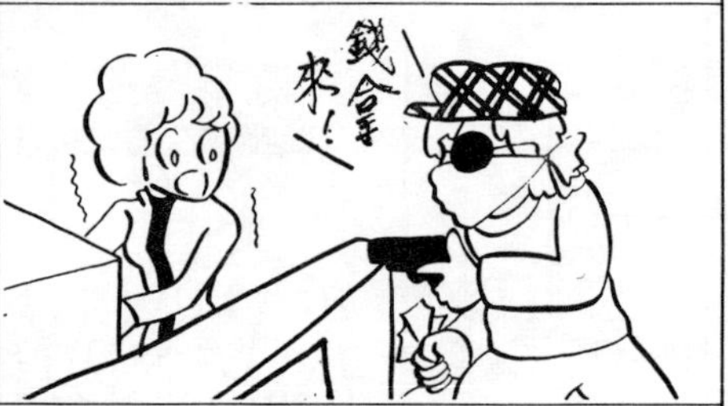

[他]要求　[名]要求，需要 (反) *supplý* 供給

postpone [poustpóun]

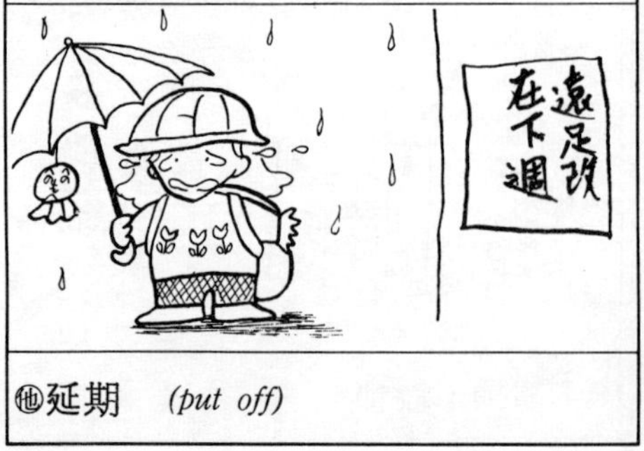

[他]延期　*(put off)*

associate [əsóuʃieit]

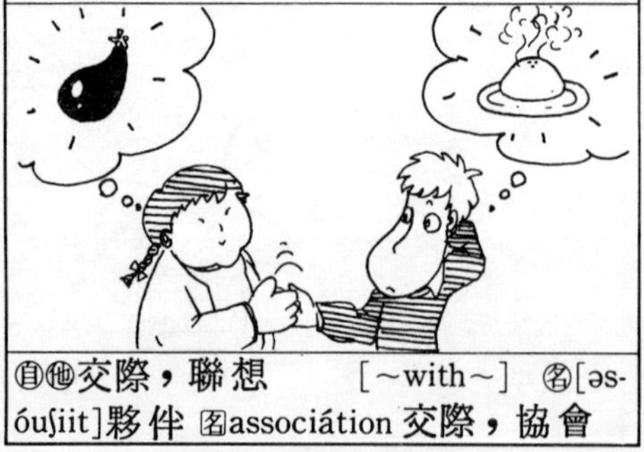

[自][他]交際，聯想　[~with~]　[名][əsóuʃiit]夥伴 [名]associátion 交際，協會

wake [weik]

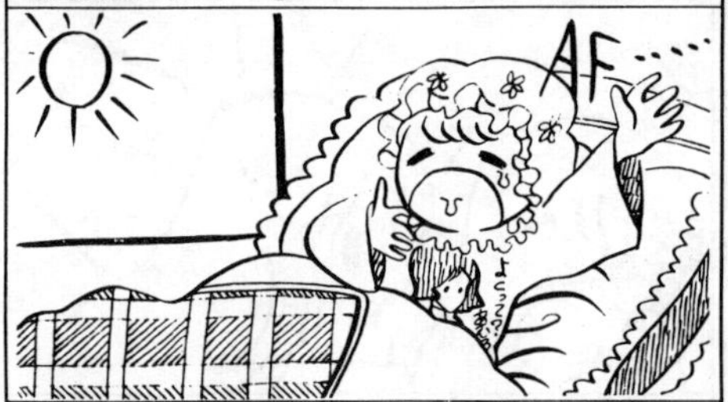

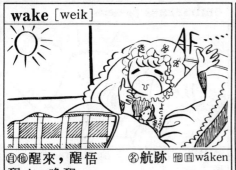

[自][他]醒來，醒悟　[名]航跡　[他][自]wáken 醒來，喚醒

include [inklú:d]

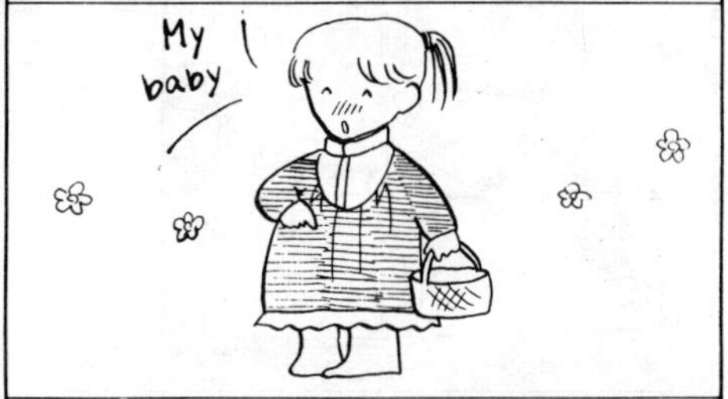

[他]包含*(contáin)*　[名]inclúsion 含有　[形]inclúsive 含有的　[反]*exclúde* 除外

demonstrate [démənstreit]

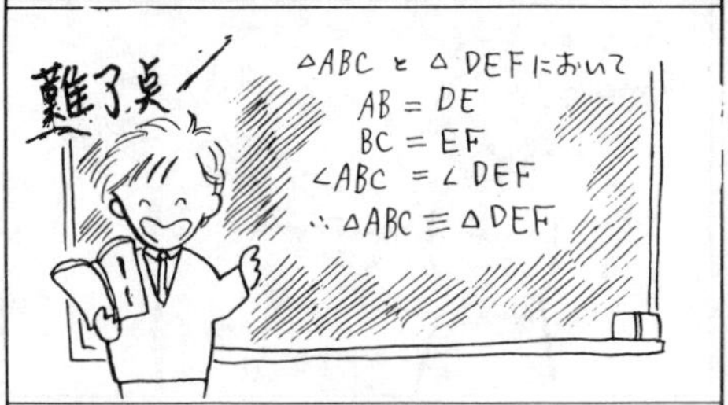

[他]證明　[自]示威運動　[名]demonstrátion 證明，示威運動

treat [tri:t]

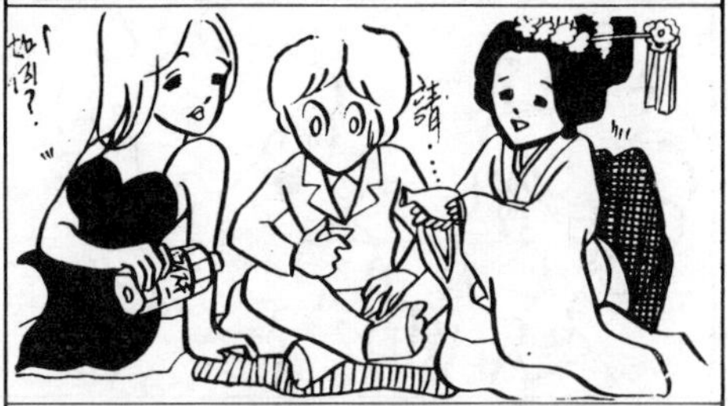

[他][自]待遇，應付，款待，論述
[名]tréatment 待遇，治療

boast [boust]

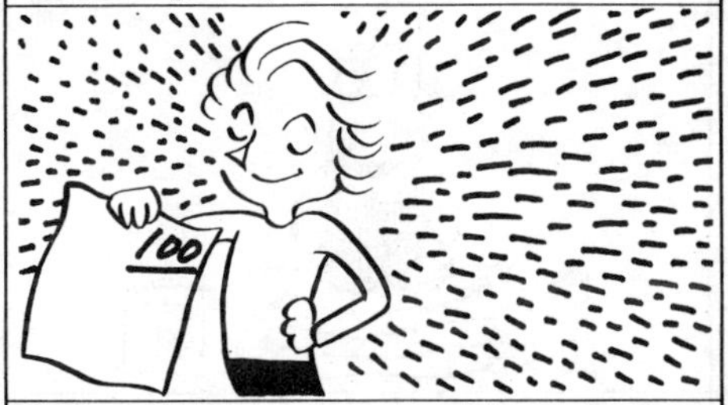

[自][他][名]自誇　[of～]

occupy [ɔ́kjupai]

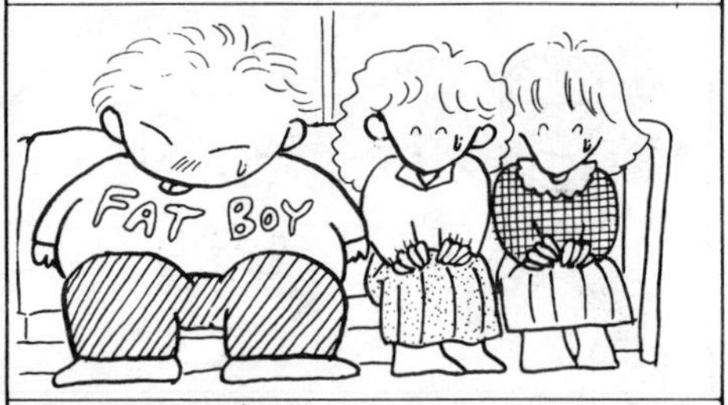

[他]占據，占領　*be occupied in～* 從事　[名]occupátion 占有，職業

reproach [ripróutʃ]

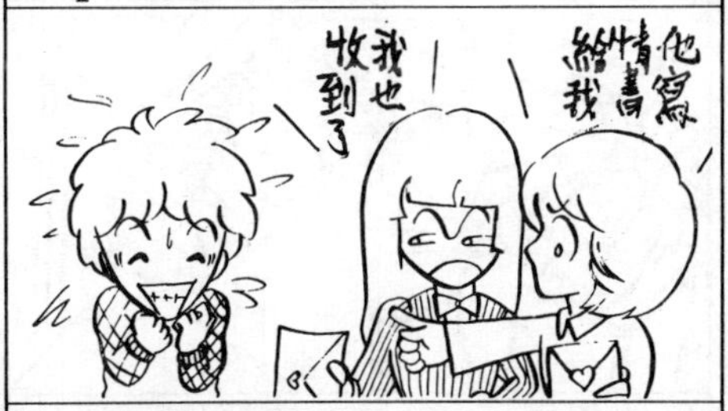

[他][名]責難，叱責　*(blame)*

mourn [mɔ:n]

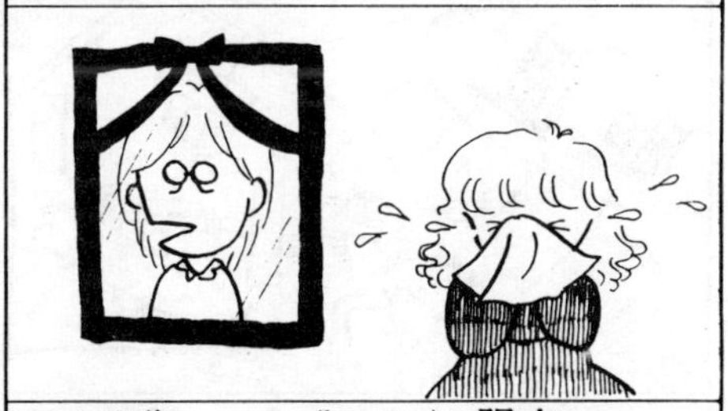

[他][自]悲傷　*(lamént)*，服喪
[形]móurnful 悲慟的

flow [flou]

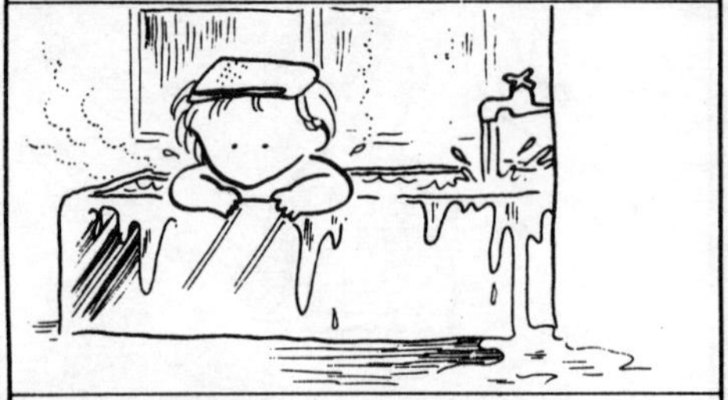

[自]流出，充滿　　[名]流出

embarrass [imbǽrəs]

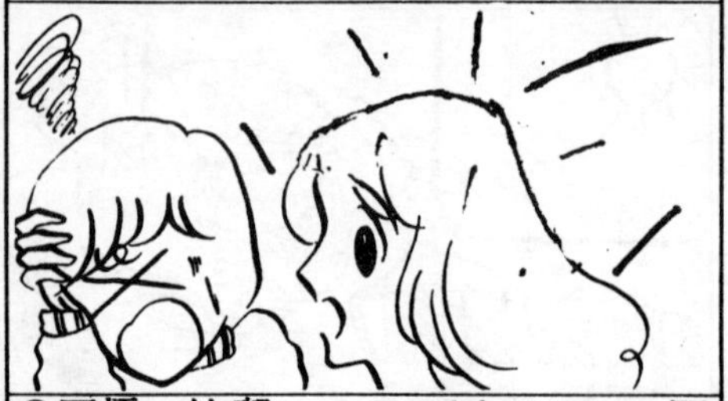

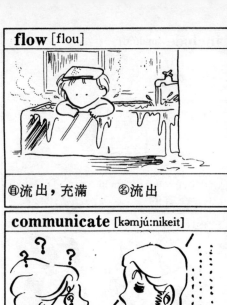

[他]困擾，妨礙　　[名]embárrassment 困擾

communicate [kəmjú:nikeit]

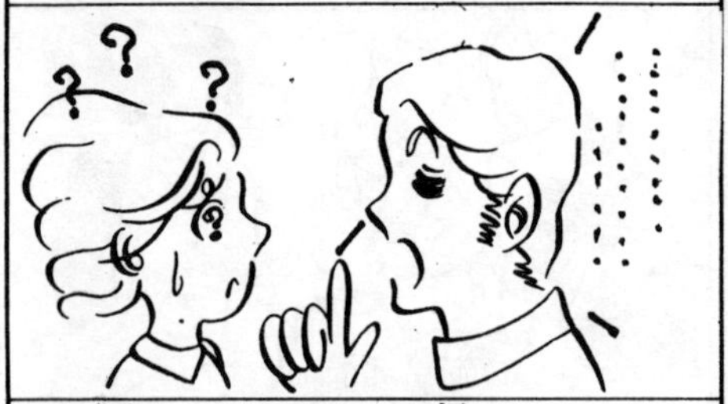

[他][自]傳達　*(impárt)*，通信
[名]communicátion 通信，交通

introduce [intrədjú:s]

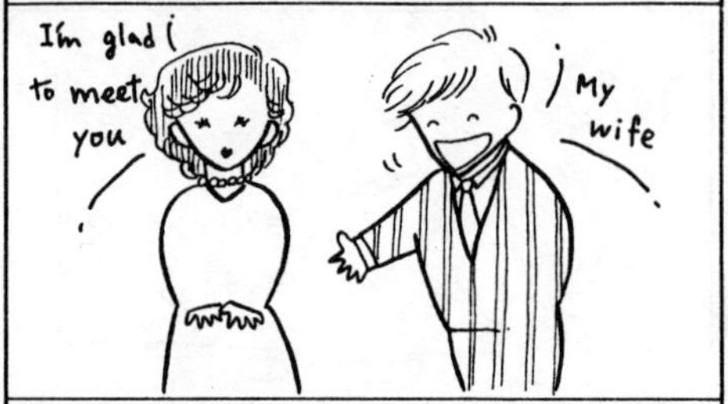
I'm glad to meet you
My wife

[他]介紹，引導　　[名]introdúction 介紹，引導，序論

operate [ɔ́pəreit]

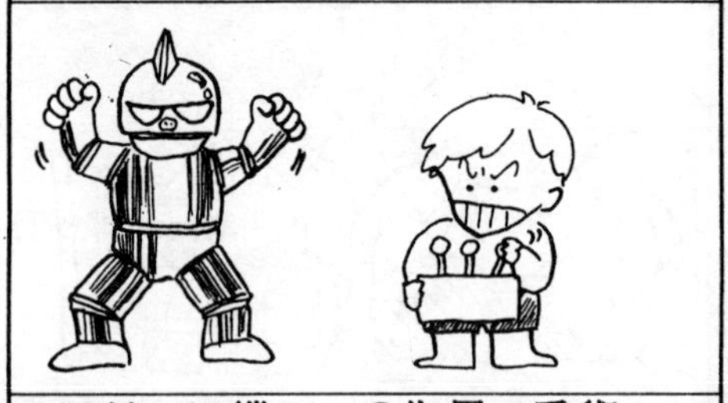

[他]運轉，操縱　　[自]作用，手術
[on, upon～]　[名]operátion 作用，操作，手術

esteem [istí:m]

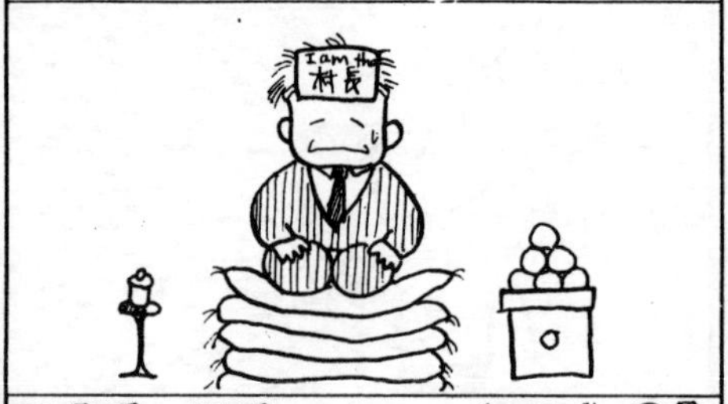
I am the 村長

[他]尊重，認為　*(regárd)*　[名]尊敬

reinforce [ri:infɔ́:s]

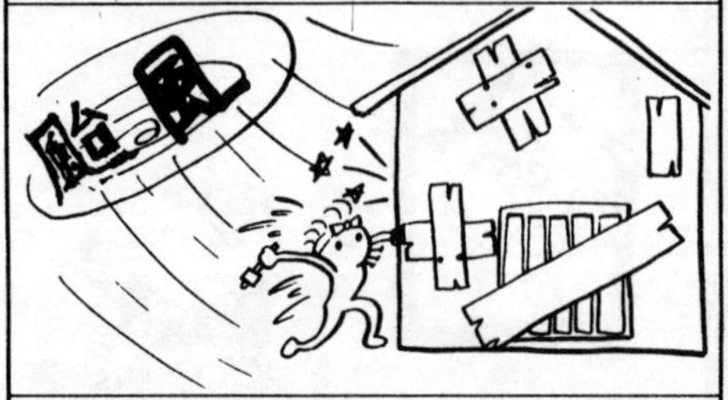
颱風

[他]補充，增強

vex [veks]

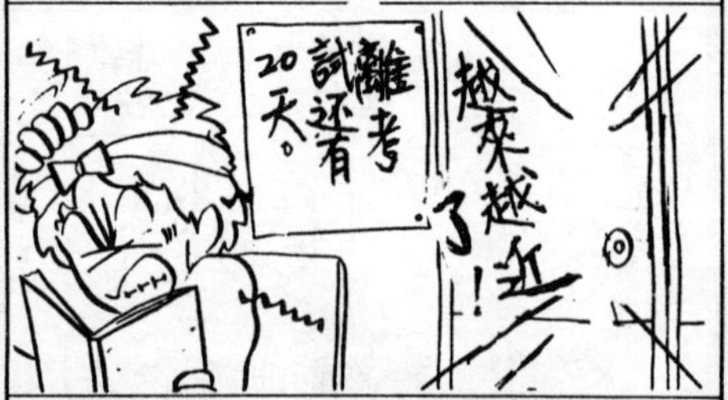
離考試还有20天。
越來越近了!

[他]使焦急　*(irritate)*，使發急 *(annóy)*
[名]vexátion 叫人發急的

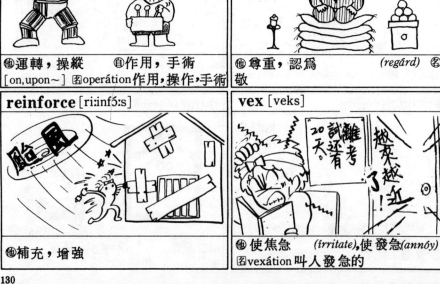

cope [koup]

㊂應付　　　　　　　[with~]

abolish [əbɔ́liʃ]

㊉廢止　(do away with)　㊝abolítion廢止

obtain [əbtéin]

㊉獲得　(get)　(反)lose 失去

revive [riváiv]

㊂復興，復活　　　　　㊝revíval 復活

reduce [ridjú:s]

㊉減輕，縮小　　㊝redúction減少，縮小

pour [pɔə]

㊂㊉倒入(flow)，　流出，傾盆而降
㊝流出，(雨雪)下大cf.poor 貧窮的

revenge [rivéndʒ]

㊉㊝報復，痛恨，復仇

flourish [flʌ́riʃ]

㊂繁榮

131

perform [pəfɔ́ːm]

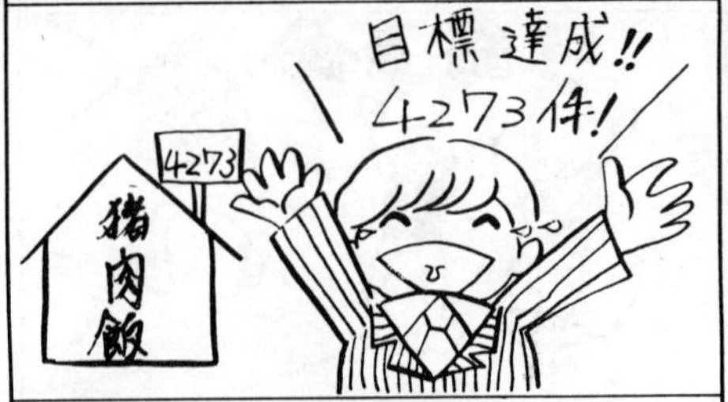

[他][自]履行　*(accŏmplish, fulfíl)*, 上演
[名]perfórmance 實行，演藝

interfere [intəfíə]

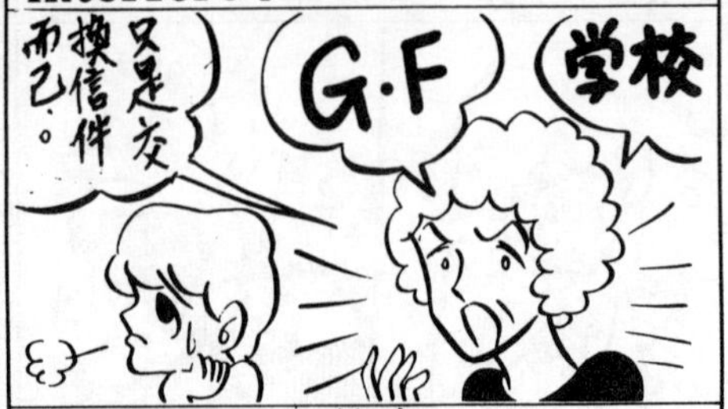

[自]干涉　[in～]，妨害　[with～]
[名]interférence 干涉

show [ʃou]

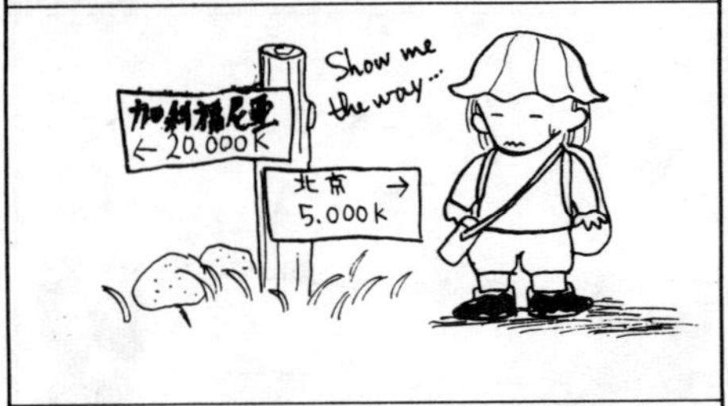

[他][自]出示，引導，給人看　[名]陳列物，展覽會，外貌，表示

protect [prətékt]

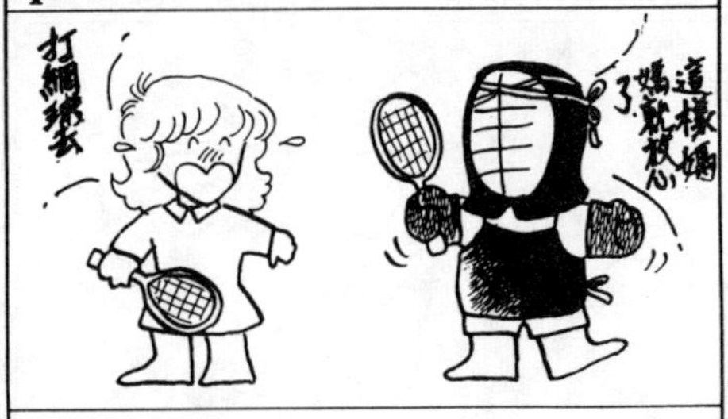

[他] 保護，袒護　[名]protéction 保護

join [dʒɔin]

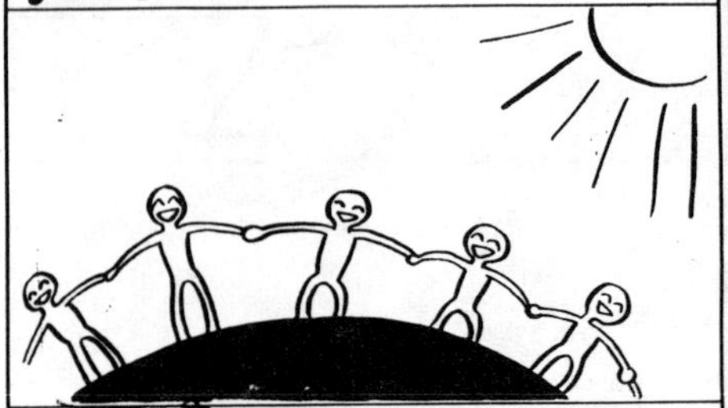

[他][自]結合，參加　(反)*part* 分離
[名]joint 接縫，關節

invest [invést]

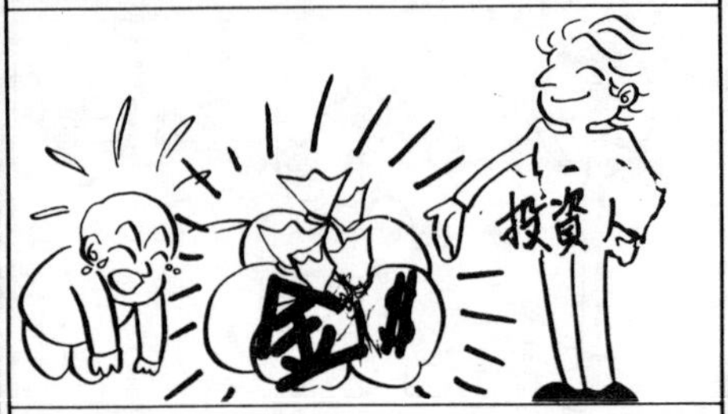

[他][自]投資　[名]invéstment 投資(額)

address [ədrés]

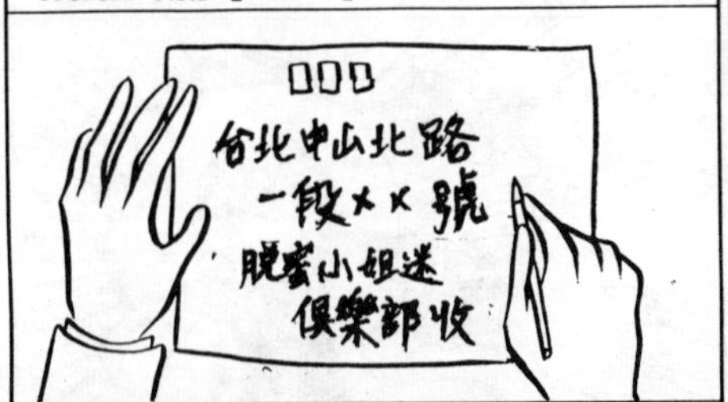

[他]寫姓名地址[～to～]，演說　[名]住址，演說，致辭，(複)求婚

want [wɔnt]

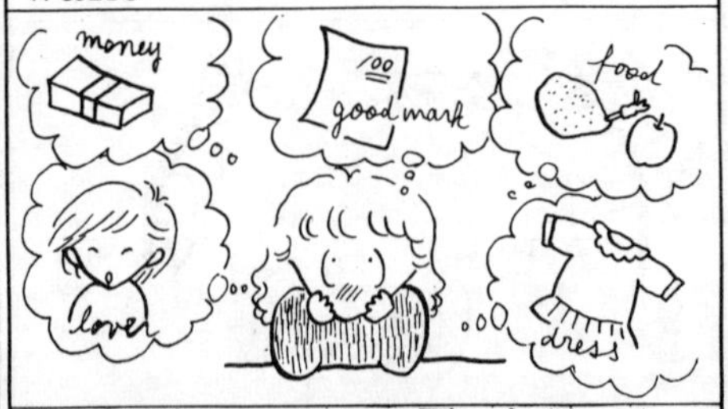

[他][自]想要 *(long for)*, 必要，欠缺
[名]欠缺，不足，必要，想要，貧困

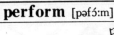

grant [grɑːnt]

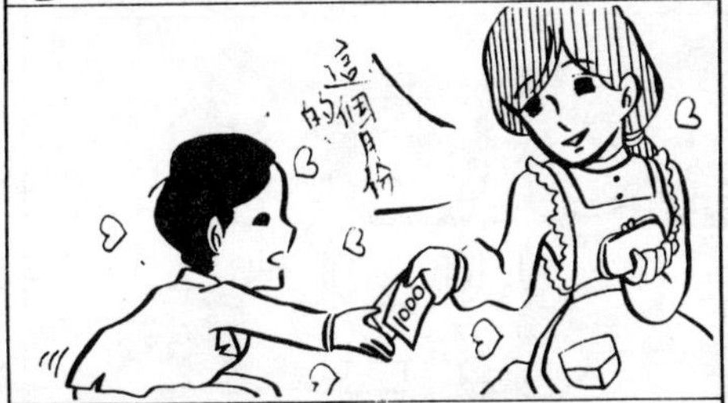

[他]允許，給與，認爲　*take~for granted* 認爲是理所當然(反) *refúse* 拒絕

seize [siːz]

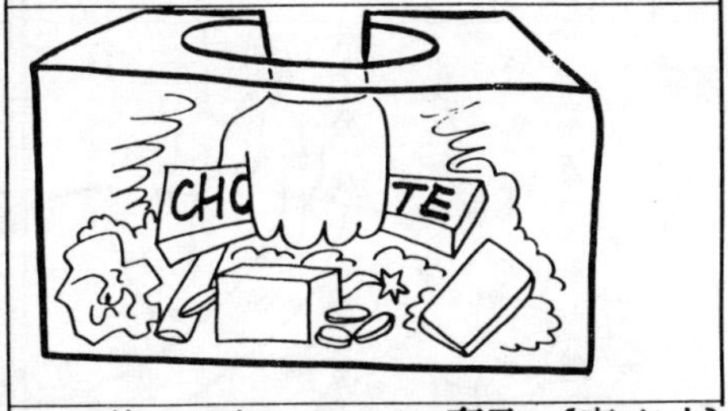

[他]捉住，捕捉 *(grasp)*，奪取，(疾病之)侵襲[名]séizure 捕獲，(疾病之)發作

annoy [ənɔ́i]

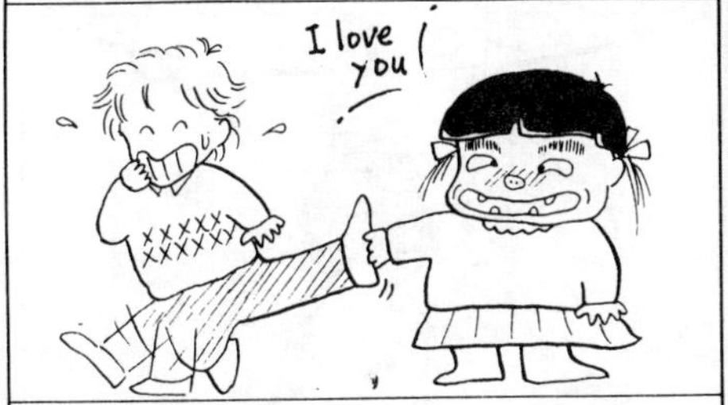

[他]使困惑，煩惱　[名]annóyance 困惑

emerge [imə́ːdʒ]

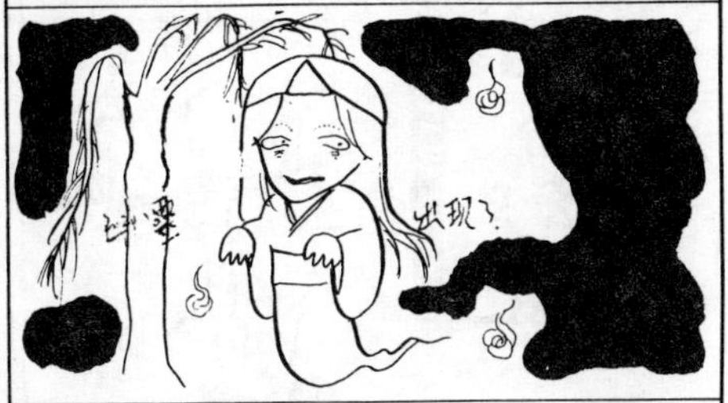

[自]出現　*(appéar)*　[名]emérgence 出現 *cf. emérgency* 危急，緊急

stand [stænd]

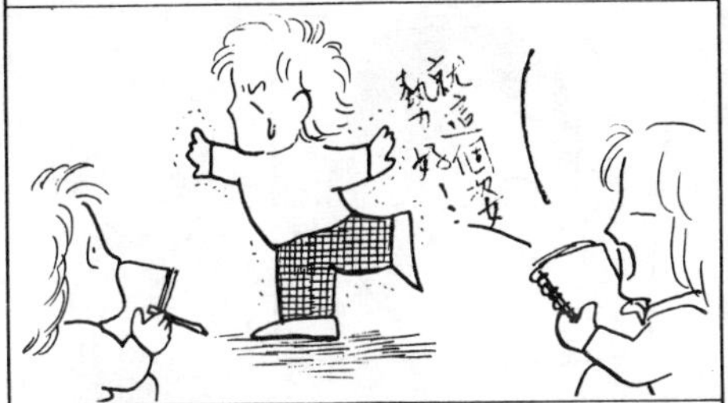

[自][他]站立，位在，忍耐　[名]停止，主張，小攤　*cf.stãnding* 地位

permit [pəmít]

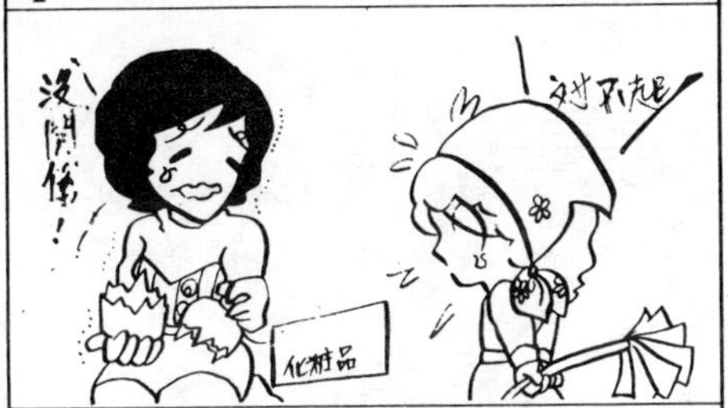

[他][自]允許*(allów)*　[名]permíssion 許可

sojourn [sɔ́dʒən]

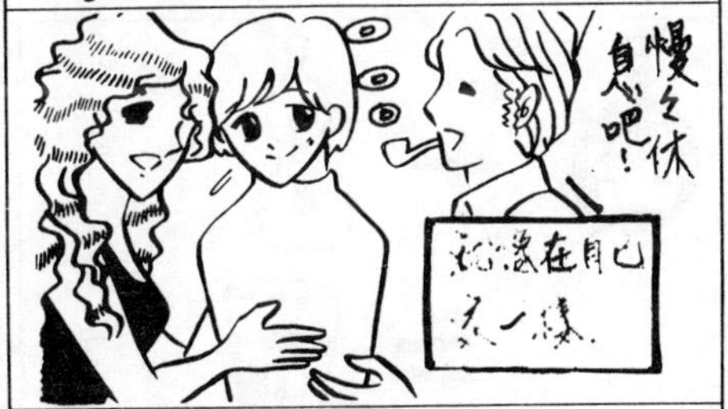

[自][名](一時的)逗留

rid [rid]

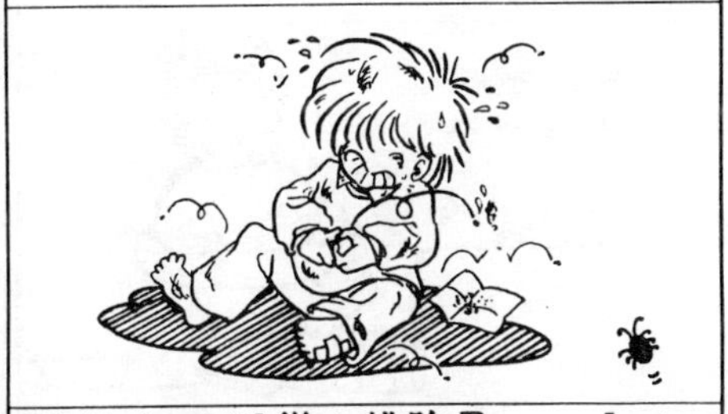

[他][rid A of B]從A排除B　[get rid of~]除去

repeat [ripíːt]

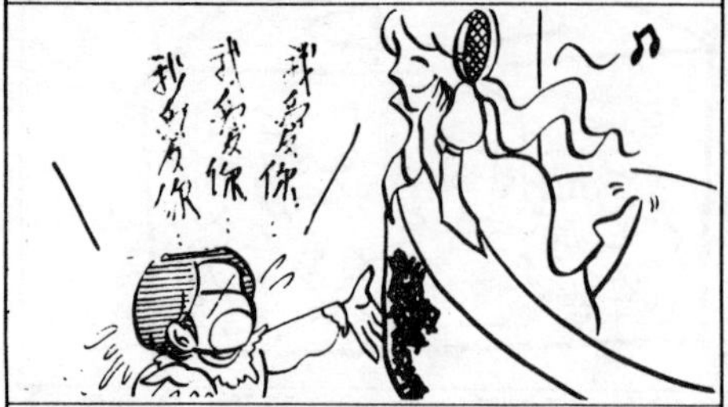

[他]重覆　　[名]repetítion 反覆　[形]repéat-ed 時常的

perplex [pəpléks]

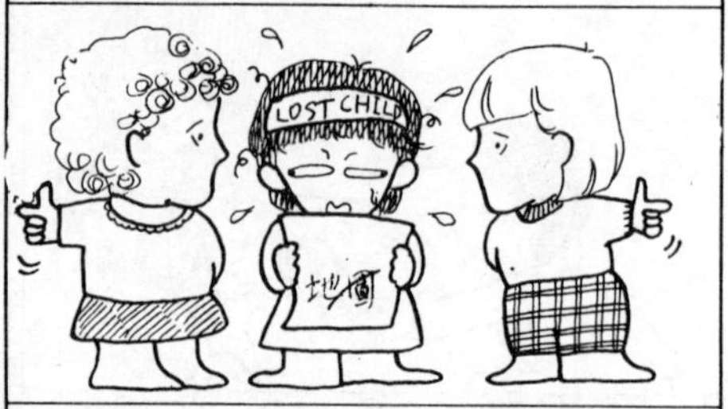

[他]使迷惑　　[名]perpléxity 迷惑

admire [ədmáiə]

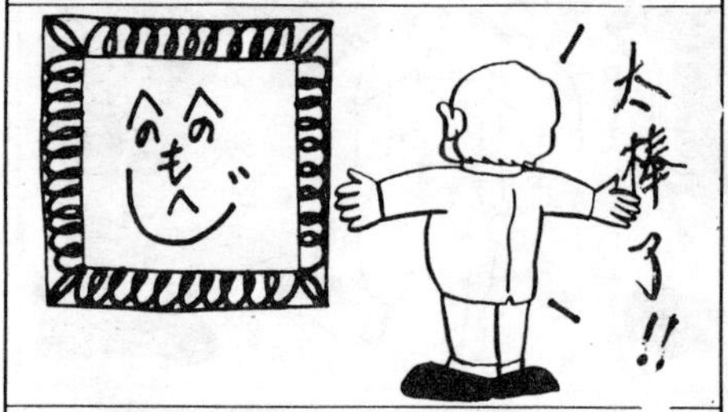

[他]讚賞　　[名]admirátion 讚賞

suspend [səspénd]

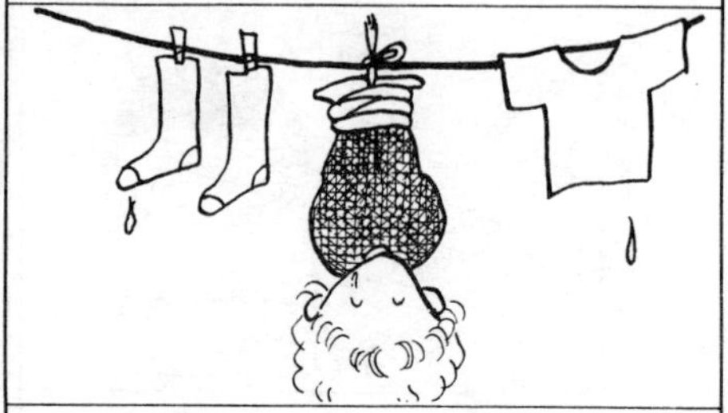

[他]吊掛 *(hang up)*，中止，保留

assert [əsə́ːt]

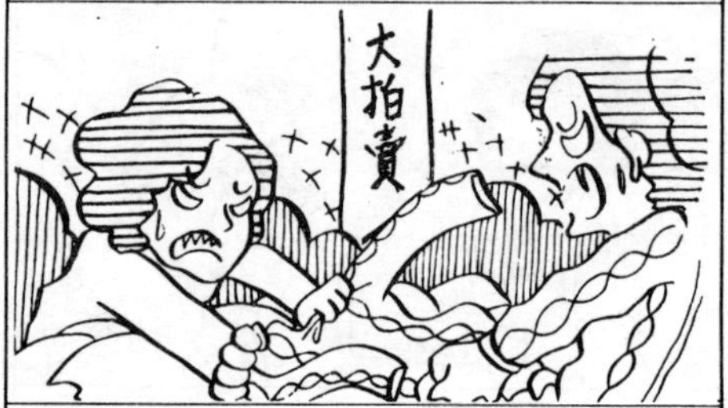

[他]主張，斷言　　[名]assértion 主張

arrange [əréindʒ]

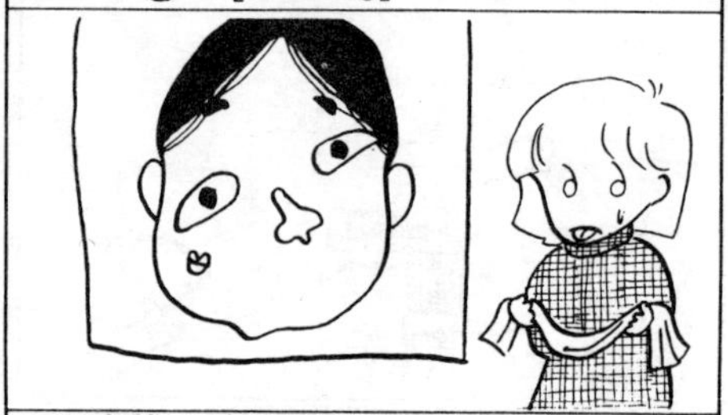

[他][自]安排，整理，協定
[名]arrángement 整理，排列

equip [ikwíp]

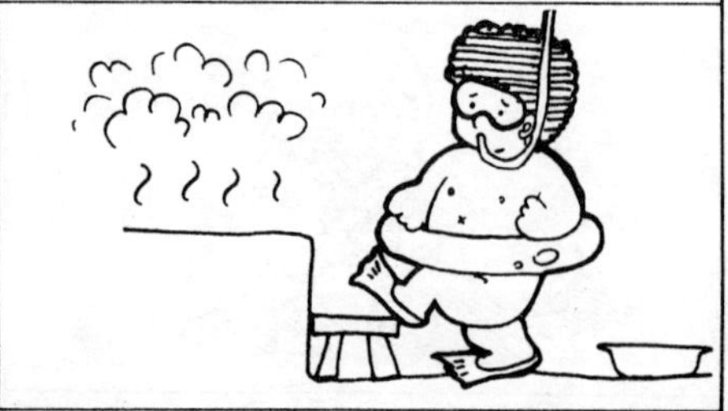

[他]裝備　　[～with～]　[名]eq-uípment 裝備(品)

consist [kənsíst]

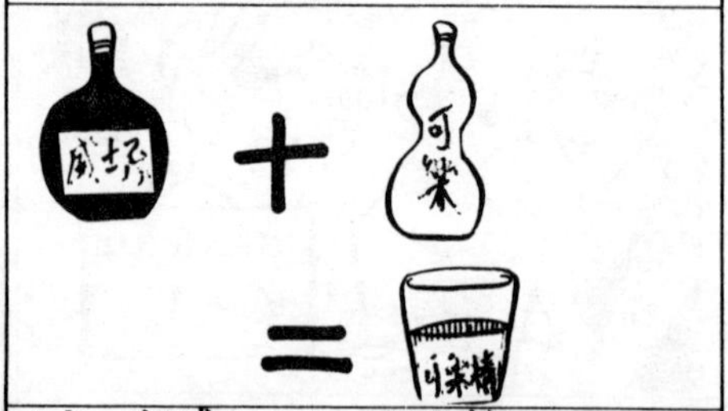

[自]由‥組成[of～]，存在於[in～]，一致[with～]　[形]consístent 一致的

delight [diláit]

自他 大為喜悅 [in~]，高興 名大喜
形delíghtful 快樂的

feed [fi:d]

他自 餵食，餵草　　　名飼料

comment [kɔ́ment]

自名 評論，注釋

remind [rimáind]

他[remind A of B]因 A 而想起 B

bless [bles]

他祝福，賜惠（反.curse 詛咒）名bléssing 天惠 形bléssed 享福的

survey [səvéi]

他眺望 (look over)，概觀，測量
名[sə́:vei]概觀，實地調查

count [kaunt]

他自計算，[on, upon~]指望，
[~as~]以為，重要　　　名計算

inquire [inkwáiə]

他自詢問 [~of~]，問安　　[after~]，
調查　[into~]　名inquíry照會，調查

135

disappear [disəpíə]

㉠消失，看不見　　　(反)appéar 出現

attribute [ətríbjuːt]

㉣歸因於，基因於　　　　　[~
to~]　㉡[ǽtribjuːt]特質

fix [fiks]

㉣㉠固定，安置，修理

move [muːv]

㉣㉠移動，搖動，搬家，使感動，提
議㉡移動，搖動㉡móvement動，運行

reject [ridʒékt]

㉣拒絕　(refúse)，不受理　㉡rejéction
拒絕　(反)recéive 接受

interpret [intə́ːprit]

㉣翻譯，解釋　　　　㉡interpretátion 翻
釋，解釋㉡intérpreter 說明者，翻譯者

graduate [grǽdjueit]

㉠㉣畢業　[from~]　㉡[grǽdjuit]畢業
生

participate [pɑːtísipeit]

㉠參加　[in~](take part in)

136

undertake [ʌndətéik]

㊉承擔，負責，企圖

remark [rimá:k]

㊉㊀注意，觀察，發言 ㊋注目
，發言 ㊐remárkable 注目的

collect [kəlékt]

㊉㊀收集，募捐 ㊋colléction 收集，

define [difáin]

㊉定義，明示，定界限
㊋definítion 定義 ㊐définite 明確的

cure [kjuə]

㊉治療，治癒 [~of~] ㊋治療(法)

afford [əfɔ́:d]

㊉給與 *can afford* 能

repent [ripént]

㊉㊀後悔 *(regrét)* ㊋repéntance 後悔

attain [ətéin]

㊉㊀達成 *(achíeve)*，到達
㊋attáinment 達成

publish [pʌ́bliʃ]

働出版，發表　　图publicátion出版，
發表 图públisher 出版者，發行人

mean [miːn]

働意思是，意指　　　图卑賤的
，中間的 图中間，中庸，方法，手段

restrict [ristríkt]

働限制　(limit, confine)，束縛
图restríction 限制

irritate [íriteit]

働急躁　　　　图irritátion 激怒

surrender [səréndə]

働自引渡　(hand over)，投降　[to~]
图投降

represent [reprizént]

働代表，表現　　　图图represéntative
描寫，代表，代表者，衆院議員

prolong [prəlɔ́ŋ]

働延長　(léngthen)

deny [dinái]

働否定，拒絕　　　　(refúse)

PART II 重要單字征服階梯 Ⓑ

zeal [ziːl]

Ⓝ熱心，熱誠Ⓕzéalous熱心的，狂熱的
(árdent)

名 詞
n o u n

statesman [stéitsmən]

名政治家(複. státesmen)

item [áitem]

名項目，品目

laboratory [ləbɔ́rətəri]

名實驗室，研究室

tendency [téndənsi]

名傾向，性向，趨勢 回tend to～　　有…
傾向

refuge [réfju:dʒ]

名避難(所)名refugée 難民，流亡者

germ [dʒə:m]

名細菌

sculpture [skʌ́lptʃə]

名他彫刻　　　名scúlptor 彫刻家

doom [du:m]

⑧命運　　　　⑩決定命運

intercourse [íntəkɔ:s]

⑧交際，交通

passage [pǽsidʒ]

⑧通路，通行，渡航，（待文之）一節

canal [kənǽl]

⑧運河　⑩cánalize 開運河

manufacture [mǽnjufǽktʃə]

⑧（大規模的）製造，製品　⑩大規模製造
⑧manufácturer 製造業者

heritage [héritidʒ]

⑧（精神，文化的）遺產，傳統

grief [gri:f]

⑧深深悲痛的　圓⑩grieve 悲傷，悲嘆

nuisance [njú:səns]

⑧攪擾別人的行為，妨礙公安，麻煩的事
public nuisance 公害

141

skill [skil]

(名)熟練 (形)skíl(l)ful 熟練的，技巧的

unemployment [ʌnimplɔ́imənt]

(名)失業 (形)unemplóyed 失業的，空閒的

bottom [bɔ́təm]

(名)底部，水底，(山)麓，根本 (反) top
頂上

muscle [mʌ́sl]

(名)肌肉 (形)múscular 肌肉的

ease [i:z]

(名)安樂，容易 (動)緩和　　(形)éasy 容易的

tale [teil]

(名)話，故事，捏造的話，謊話 fairy tale
童話

caution [kɔ́:ʃən]

(名)(動)注意，警告　　　　(形)cáutious
留意的　cf. precáution 預防方法

furniture [fə́:nitʃə]

(名)家俱，設備品　　(動)fúrnish 具備，
供給

excess [iksés]

㊂過度，過分 ㊗excéssive 過度的，格外的
㊙excéed 超越

motive [móutiv]

㊂動機 ㊗原動力的　㊙動機
(mótivate)

territory [téritəri]

㊂領土，疆域　㊗territórial 領土的

congress [kóŋgres]

㊂會議

scrutiny [skrú:tini]

㊂細查，凝視　㊙scrútinize 詳細檢
查，凝視

companion [kəmpǽnjən]

㊂同伴，受雇的伙伴，旅伴

grade [greid]

㊂等級，學年 ㊙分級

mystery [místəri]

㊂神秘 ㊗mystérious 神秘的

143

armament [ɑ́:məmənt]

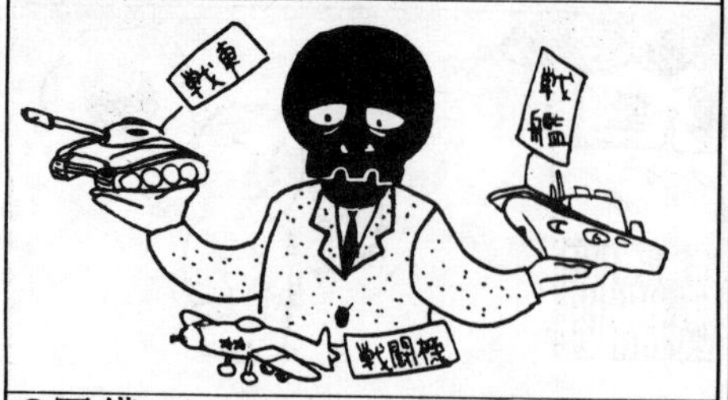

[名]軍備 *cf.disármament* 縮減軍備 *reárm-ament* 重整軍備

prey [prei]

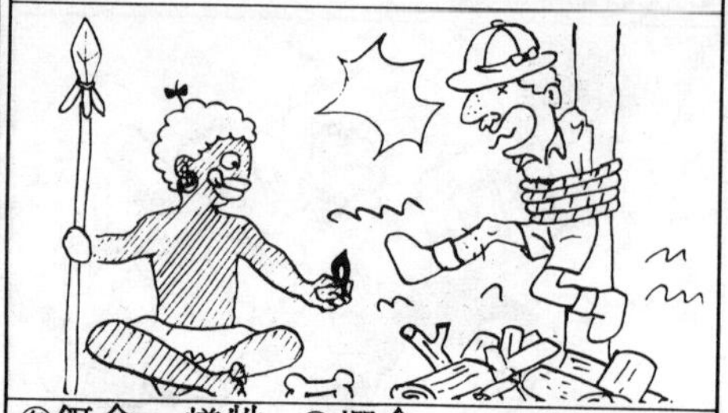

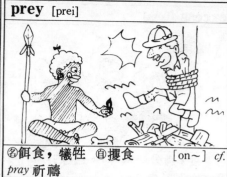

[名]餌食，犧牲 [自]攫食 [on～] *cf. pray* 祈禱

fever [fí:və]

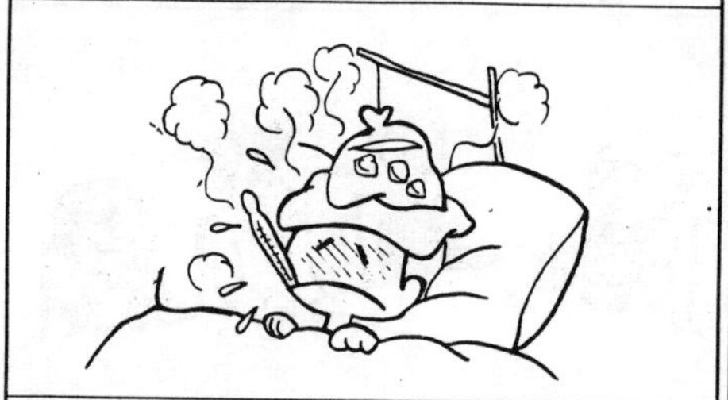

[名]發燒，狂熱 [形]féverish發燒的，狂熱的

lung [lʌŋ]

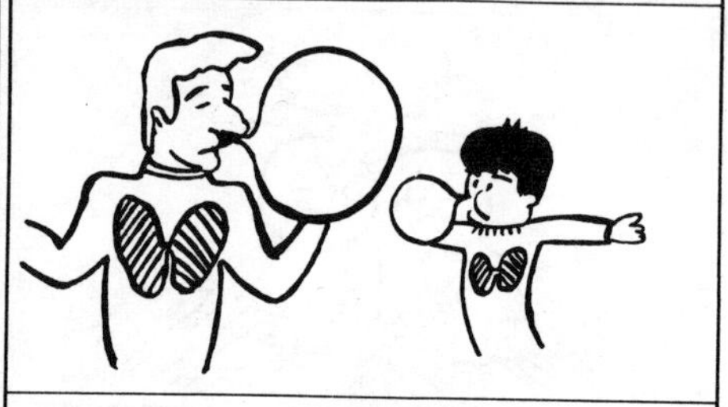

[名]肺 *cf.ấqualung* 水中呼吸器(潛水用)

flour [fláuə]

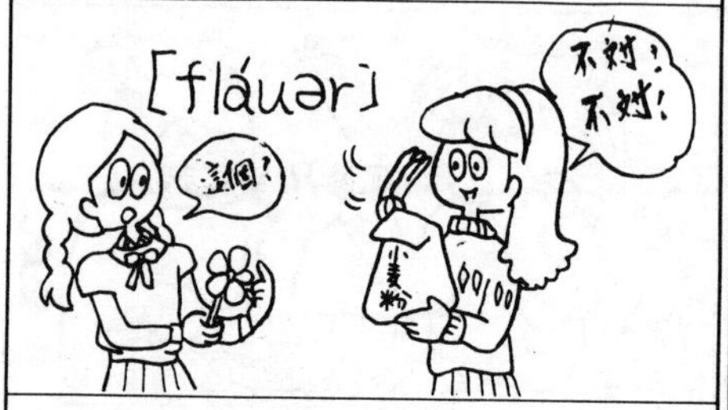

[名]小麥粉，粉 [他]磨粉 *cf.flốwer* 花

popularity [pɔpjulǽriti]

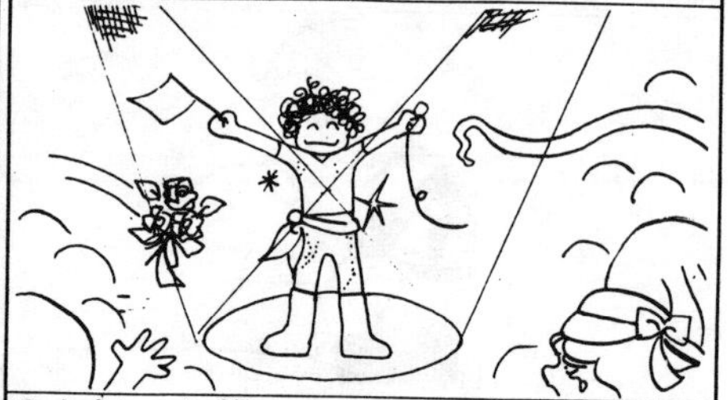

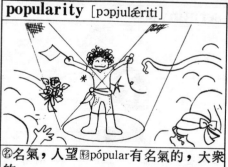

[名]名氣，人望 [形]pópular有名氣的，大衆的

election [ilékʃən]

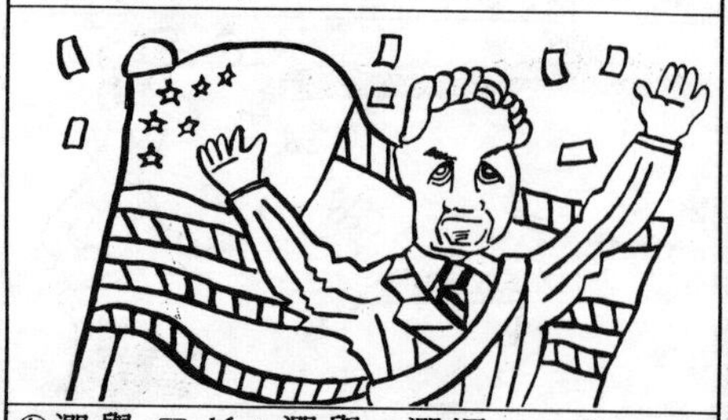

[名]選舉 [他]eléct 選舉，選擇 *cf.eréct* 直立

facility [fəsíliti]

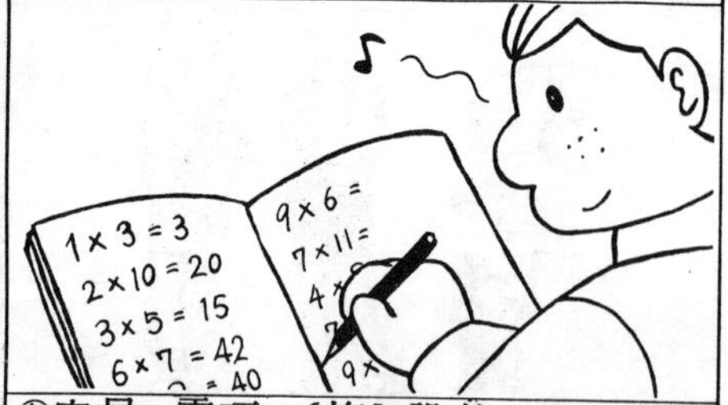

[名]容易，靈巧，(複)設施 [形]fácile容易的 [他]facílitate 容易

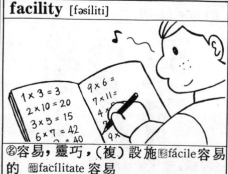

navigation [nævigéiʃən]

⊛航海(術)，航空　⑩圓návigate 航行

poison [pɔ́izn]

⊛毒藥 ⑩毒殺　　㊟póisonous 有毒的

skin [skin]

皮

⊛皮膚　㊟skínny 消瘦的

obstacle [ɔ́bstəkl]

⊛障礙(物)obstacle race 障礙競賽

manuscript [mǽnjuskrɪpt]

⊛原稿，抄本(反.print印刷)　㊟手抄的

energy [énədʒi]

⊛精力，能量　　㊟energétic 精力的，活力的

debt [det]

⊛借款，負債，恩義　cf.débtor 債務人
(反.créditor 債權人)

peer [piə]

⊛同輩，貴族圓凝視　　the peerage 貴族階級

spectacle [spéktəkl]

图光景，景象，（複）眼鏡 图spectátor
觀衆　　圈spectácular壯觀的

cruelty [krúəlti]

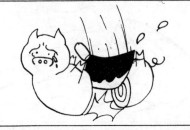

图残酷 圈crúel 残忍的 圖crúelly 残酷的

shade [ʃeid]

图蔭影，昏暗，些微的差異
働隱蔽　　cf. shádow 影子

thumb [θʌm]

图拇指 働用拇指翻書，弄髒，翹起拇
指，指示方向，以求搭便車

standpoint [stændpɔint]

图立場,見解(point of view)

hardship [há:dʃip]

图苦難

emigrant [émigrənt]

图(向外國去的)移民圈移民的
圓émigrate 移往（國外）

resort [rizɔ́:t]

图遊園地，依靠 　　　圓人們常去
的地方，依靠 　　　　[to～]

obligation [ɔbligéiʃən]

㊝義務，恩惠㊓oblíge 不得不，強迫

thief [θi:f]

㊝小偷，盜賊　　　㊐theft 偷，
行竊

valley [vǽli]

㊝谷，流域

minister [mínistə]

㊝部長，牧師㊓服務，盡力
cf.mínistry部長　牧師之職，內閣，部

sigh [sai]

㊝㊐㊓嘆息

sensation [senséiʃən]

㊝轟動社會，感動㊐sensátional　投人所好
的，出名的

distress [distrés]

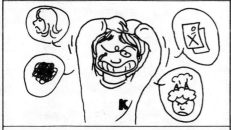

㊝苦惱，悲嘆㊓苦惱

trace [treis]

㊝足跡，去向，些許 ㊓追踪　(fóllow)，
寫（繪）

147

link [liŋk]

(名)環，輪，繩孔　(他)(自)連結

contact [kɔ́ntækt]

(名)接觸，交際(他)聯絡

effect [ifékt]

(名)結果，效果，意旨(他)達成目的
(形)efféctive 有效的

torture [tɔ́:tʃə]

(名)(他)拷問，苦悶

solution [səlú:ʃən]

(名)解決，解答，溶解(他)solve 解決，解答（問題等）

reverence [révərəns]

(名)(他)崇拜，尊敬　(形)réverent 虔誠的

immigrant [ímigrənt]

(名)移民（自他國遷入）
(自)(他)ímmigrate 遷移

misfortune [misfɔ́:tʃən]

(名)倒霉的(反) *fórtune* 幸運

hunger [ˈhʌŋgə]

②肚子餓，飢餓 ⑥⑭肚空 ㊒húngry 飢餓的

bliss [blis]

②極幸福，極樂 ㊒blíssful 極幸福的

bone [boun]

②骨頭，(複)屍體 ㊒bóny 瘦的

era [ˈíərə]

②時代，紀元

melancholy [ˈmélənkəli]

②㊒憂鬱(的)

package [ˈpǽkidʒ]

②包裝，包紮 ②⑭⑥pack 包裝，一組，一群，打包

flock [flɔk]

②⑥群，成群

personality [ˈpə:sənǽliti]

②個性，名士 ㊒pérsonal 個人的，直接的 ㊐pérsonally 直接地，個人地

149

navy [néivi]

②海軍　　形nával 海軍的 *cf.ármy* 陸軍

context [kɔ́ntekst]

②(文章) 前後關係，文脈

cell [sel]

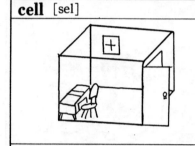

②小屋，細胞

intuition [intjuíʃən]

②直感，直覺

miracle [mírəkl]

②奇跡　形miráculous 奇跡的

riddle [rídl]

②動解謎，薢分

channel [tʃǽnəl]

②海峽，頻道　　　動開水道

scheme [ski:m]

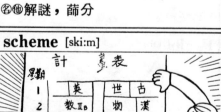

②計劃(*plan*)，計策 動定計劃

majesty [mǽdʒisti]

⑧威嚴 His Majesty 皇帝陛下⑯majéstic 威嚴的

awe [ɔː]

⑧畏懼 ⑩使敬畏 ⑯áwful 可怕的，厲害的 ⑩áwfully 可怕地

density [dénsiti]

⑧濃度，密度⑯dense 濃的，密的

fare [fɛə]

⑧運費，食物⑩過日子，吃

scent [sent]

⑧氣味，線索 ⑩嗅出

billion [bíljən]

⑧一兆(英)10億(美) cf. míllion 百萬

minimum [míniməm]

⑧最小 ⑯最低限度 (反) máximum 最大限度

absence [ǽbsəns]

⑧缺席，不在⑯absent[ǽbsant] 不在的 ⑩absent[æbsént] 缺席 [oneself～]

151

score [skɔə]

[名]得分，二十(個)，理由，[複]多數 [他][自] 得分，記錄

aim [eim]

[名]目標 [自][他]瞄準 [at~]

vehicle [ví:ikl]

[名]交通工具，車，傳達手段

venture [véntʃə]

[名]冒險，投機 [他]冒…的危險，大膽地說 *cf. advénture* 冒險

shortage [ʃɔ́:tidʒ]

[名]缺乏，不足

surgeon [sə́:dʒən]

[名]外科醫生 [名]súrgery 外科(手術) *cf. physícian* 內科醫生

honesty [ɔ́nisti]

[名]誠實 [形]hónest 誠實的(反. *dishónest* 不誠實的)

communism [kɔ́mjunizm]

[名]共產主義 [名]*cómmunist* 共產黨員

murder [mə́:də]

名他謀殺　　*múrderer* 殺人犯

district [dístrikt]

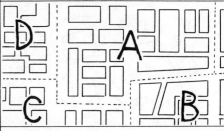

名地區，地方

republic [ripʌ́blik]

名共和國　形repúblican 共和的

nutrition [njuːtríʃən]

名營養，食物 形nutrítious 有營養的　*cf.*
nóurish 給與營養物

prison [prízn]

名監獄　　prísoner 犯人

freight [freit]

名貨物運輸，貨船運費 他輸送

haste [heist]

名急速 形hásty 急速的 副hástily 急速地
(in haste) 他自hásten 趕忙

parliament [pá:ləmənt]

名國會，議會 形parliaméntary 議會的

predecessor [príːdisesə]

@先輩，前任者(反) *succéssor* 後輩，後繼者

controversy [kóntrəvəːsi]

@爭論，議論 *(discússion)*

expense [ikspéns]

@開支，犧牲，(複)費用形expénsive 花
錢的，高價的　動expénd 消費

seed [siːd]

@種子動播種(競賽，使某些隊伍或選手成
為)種子隊

trick [trik]

@策略，惡作劇，戲法動詐騙 *(cheat)*

telescope [téliskoup]

@望遠鏡

oath [ouθ]

@誓約，詛咒 *make an oath* 立誓

colony [kóləni]

@殖民地　形colónial 殖民地的

revenue [révinju:]

名 歲入，收入 *(income)* (反) *expénditure* 歲出

departure [dipá:tʃə]

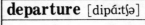
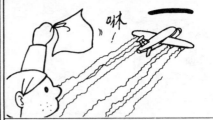

名 出發 自 depárt 出發 *(start)*
(反) *arríval* 到達

patience [péiʃəns]

名 忍耐力 形名 pátient 能忍耐的，病
人 (反) *impátience* 無耐性

diameter [daiǽmitə]

名 直徑 *cf. rádius* 半徑

life [laif]

名 生命，生活，生物，實物，傳記 *cf. lifeti-
me* 一生

flesh [fleʃ]

名 肉體 *cf. fresh* 新鮮的

sphere [sfiə]

名 球體，領域，天體 *cf. hémisphere* （地球
的）半球

wilderness [wíldənis]

名 荒野，荒地

boredom [bɔ́ədəm]

[名]無聊　[他]bore 使無聊

agony [ǽgəni]

[名]苦惱，苦悶　[他][自]ágonize 煩悶

privacy [práivəsi]

[名]秘密，私事　[形]prívate 私人的(反. *públic* 公衆的)

contract [kɔ́ntrækt]

[名]契約　[他][自][kəntrǽkt]契約，收縮

warfare [wɔ́ːfɛə]

[名]戰爭　*guerrilla warfare* 游擊戰　[形]wárlike 好戰的，軍事上的

aviation [eiviéiʃən]

[名]飛行(術)

apparatus [æpəréitəs]

[名]器具，裝置，器械

beast [biːst]

[名]獸　[形]béastly 獸性的

secretary [sékritəri]

图秘書，書記，(英)部長，(美)國務卿

clue [klu:]

图線索，暗示

impact [ímpækt]

图衝擊，影響他[impǽkt]衝擊

taste [teist]

图味覺，味道，趣味 他自試嘗

preface [préfis]

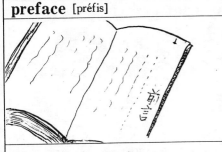

图序文，前言 他寫序

union [jú:njən]

图結合，同盟，組合*cf.réúnion* 再結合，懇親會，會合

disillusion [disilú:ʒən]

图他覺醒　　　　(反)*illúsion* 幻影

globe [gloub]

图球體，[the‥‥]地球 形glóbal 地球上的，世界的

merchandise [mə́:tʃəndaiz]

图商品 图mérchant商人 cf.cómmerce商業

neighbo(u)r [néibə]

图鄰舍 图néighbo(u)ring 鄰近的
图néighbo(u)rhood 鄰近地方

request [rikwést]

图要求，需要 他需要

nationality [næʃənǽliti]

图民族性，國籍图nátional國民(國家)的
图nátionalism 民族主義

tide [taid]

图潮流，趨勢 他tide over~ 順利渡過
图tídal像潮水的

incident [ínsidənt]

图意外事件，偶發事件 图incidéntal 偶然的
副incidéntally 偶發的

conspiracy [kənspírəsi]

图陰謀，共謀 图conspíre 共謀

information [infəméiʃən]

图通知，情報，知識 他infórm通知

pressure [préʃə]

图壓力，苦痛囮自press 壓，壓迫
圈préssing 壓迫的

load [loud]

图負荷，重擔囮裝（貨物），苦惱
(反)*unload* 卸貨

riot [ráiət]

图自暴動，騷亂

flavo(u)r [fléivə]

图味道，情趣　　囮加味道

campaign [kæmpéin]

图（選舉等）運動，軍事行動自運動，
從軍

horror [hɔ́rə]

图恐怖　圈hórrible 恐怖的　囮hórrify
使恐怖

throat [θrout]

图喉嚨 *clear one's throat* 清清嗓子

explanation [eksplənéiʃən]

图說明　囮expláin 說明

athlete [ǽθliːt]

名運動選手 形athlétic 競賽的

cancer [kǽnsə]

名癌症

curse [kəːs]

名咒罵　他自呪罵，惡罵　形cursed
[káːsid]被詛呪的

shower [ʃáuə]

名驟雨　　　　　他自降驟雨

fuel [fjúəl]

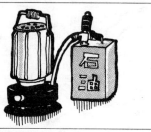

名他自燃料

legislation [ledʒisléiʃən]

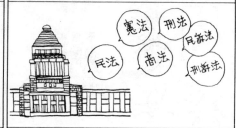

名立法　形législative 立法的　自他législate
制定法律

proposition [prɔpəzíʃən]

名提案，命題他自propóse 提案，申請

greed [griːd]

名貪慾　形gréedy 貪慾的

spring [spriŋ]

⒝春，泉，跳躍，彈性⒟跳，產生

countenance [káuntinəns]

⒝容貌，表情，贊成 ⒟暗地鼓勵

craft [krɑːft]

⒝技能，職業，船，飛機，詭計 ⒡cráfty 狡滑的

diet [dáiət]

⒝食物 ⒟⒟給與規定飲食，（以治療，減肥為目的）cf. the Diet 國會

peculiarity [pikjuːliǽriti]

⒝特色，特性，奇癖，癖性⒡pecúliar 特有的，奇妙的

drought [draut]

⒝天乾，乾旱，乾燥

well-being [wélbíːiŋ]

⒝幸福，安寧(wélfare)

catastrophe [kətǽstrəfi]

⒝結局，悲劇的結局束，大災難

multitude [mʌ́ltitjuːd]

图多數，羣衆㊉múltiply 增加，乘

sport [spɔːt]

图運動，玩笑，被玩弄者
㊉㊉玩耍，賣弄

contagion [kəntéidʒən]

图傳染(病)(inféction) 圈contágious 傳染
性的

formula [fɔ́ːmjulə]

$$(x+y)^2 = x^2 + 2xy + y^2 \quad (x-y)^2 = x^2 - 2xy + y^2$$
$$(x+y)(x-y) = x^2 - y^2$$
$$y = ax + b. \quad a = \frac{y}{x} \quad y = \frac{a}{2} \quad a = xy.$$
$$S = \frac{\pi r x}{360}. \quad l = \frac{\pi r x}{180} \quad S = \frac{lr}{2}. \quad V = \frac{1}{3}sh.$$
$$S = 4\pi r^2 \quad V = \frac{4}{3}$$

图(數學，化學等)公式　㊉fórmu-
late 公式化

dictator [diktéitə]

图獨裁者，口授者㊉㊉dictáte　口授，
命令　　　　图dictátion 口述，命令

part [pɑːt]

图部份，成份，邊，(複)地方 ㊉㊉分開
圈pártial 部分的

craftsman [krɑ́ːftsmən]

图工匠，手藝人，技工

perfume [pə́ːfjuːm]

图香水，香味　㊉[pəfjúːm]擦香水

chemistry [kémistri]

图化學 形chémical 化學的 图chémist 化學家

bond [bɔnd]

图捆綁物，契約，束縛 働當抵押

access [ǽkses]

图接近，發作 形accéssible 易接近的

geography [dʒiógrəfi]

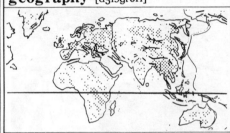

图地理(學) 形geográphical 地理學上的

pomp [pɔmp]

图華麗，豪華 形pómpous 豪華的，誇大的

proprietor [prəpráiətə]

图持有者，擁有者(ówner) 形propríetary 擁有的，有資產的

line [lain]

图線，釣絲，皺紋，繩，職業 働排列，劃線

malice [mǽlis]

图惡意，怨恨 形malícious 有惡意的

guilt [gilt]

[名]罪，犯罪 [形]gúilty 有罪的 (反) *innocence* 無罪

procedure [prəsí:dʒə]

[名]手續，進行 [自]procéed 進行，繼續

providence [prɔ́vidəns]

[名]神的眷顧 [Providence]神*(God)*

draft [drɑ:ft]

[名]草稿，設計圖[他]擬草稿，作設計圖

barbarian [bɑ:bέəriən]

[名]野蠻人 [形]野蠻的，殘酷的(反) *civilized* 文明的

outlook [áutluk]

[名]眺望*(prɔ́spect)*，見解，前途

credit [krédit]

[名][他]信用，名譽，信用貸款

defiance [difáiəns]

[名]挑戰，反抗[他]defý 挑戰，反抗

myth [miθ]

图神話，傳統　图mythólogy 神話（學）

disorder [disɔ́:də]

图無秩序，雜亂图disórderly 無秩序的
(反) órder 秩序

antiquity [æntíkwiti]

图古代（人）图antíque 古代的

perspective [pəspéktiv]

图遠近畫法，眺望，透視畫法图遠近畫法的

haven [héivn]

图港，避難所

creed [kri:d]

图信條，主義(príncíple)

caricature [kærikətjúə]

鳥的寃案

图（諷刺的）漫畫

vogue [voug]

图流行(fáshion)，名氣 cf. vague 漠然

165

satire [sǽtaiə]

ⓝ諷刺，挖苦 ⓕsatírical 諷刺的，挖苦的な

metropolis [mitrɔ́pəlis]

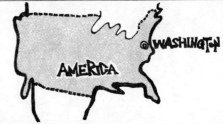

ⓝ首都，中心地 ⓕⓝmetropólitan 大都市的，都市人

monument [mɔ́njumənt]

36杯達成…！

ⓝ紀念碑（物），不朽的功績 ⓕmonuméntal 紀念的

anguish [ǽŋgwiʃ]

ⓝ激痛，苦悶

creature [kríːtʃə]

ⓝ創造物，生物（人） *a poor creature* 可憐傢伙

site [sait]

ⓝ用地，地基，位置 *(place)*

compliment [kɔ́mplimənt]

ⓝ稱讚，恭雅 （複）打招呼 *cf. cómpliment* 規定人數

murmur [mɔ́ːmə]

ⓝ喃喃私語，牢騷 ⓥ發牢騷，私語

sentiment [séntimənt]

名情緒，感情形sentiméntal 感傷性的

bomb [bɔm]

名炸彈 自他爆炸　　名bómber 轟炸機

pessimist [pésimist]

名悲觀論者(反) óptimist 樂天派 名péssi-
mism 悲觀　形pessimístic 厭世的

brute [bru:t]

名獸(beast)，畜生　　形brútal 獸性的，殘
忍的(crúel)

miniature [míniətʃə]

名縮圖，模型形極小型的

futility [fju:tíliti]

名無益，徒勞形fútile 無益的，徒勞的

net [net]

名網　形淨值的，純粹的　　cf. gross
總體的

ecstasy [ékstəsi]

名狂喜(rápture)，心醉神迷，忘形

cradle [kréidl]

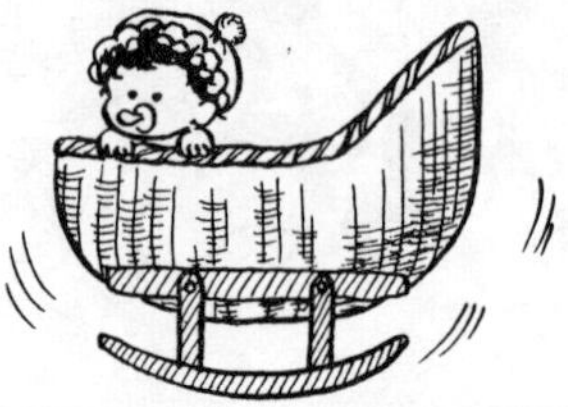

[名]搖籃

refrigerator [rifrídʒəreitə]

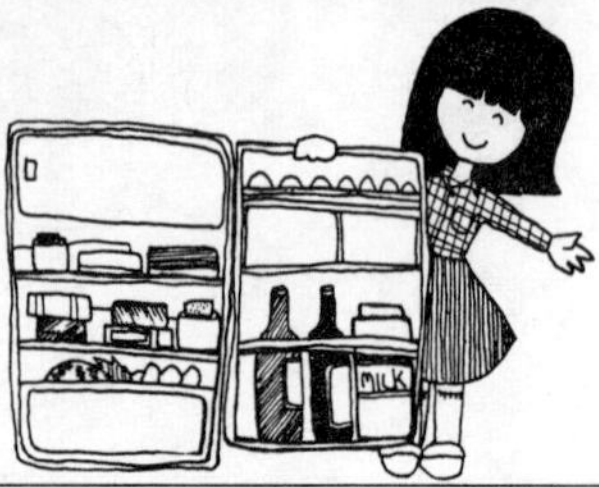

[名]電冰箱

compassion [kəmpǽʃən]

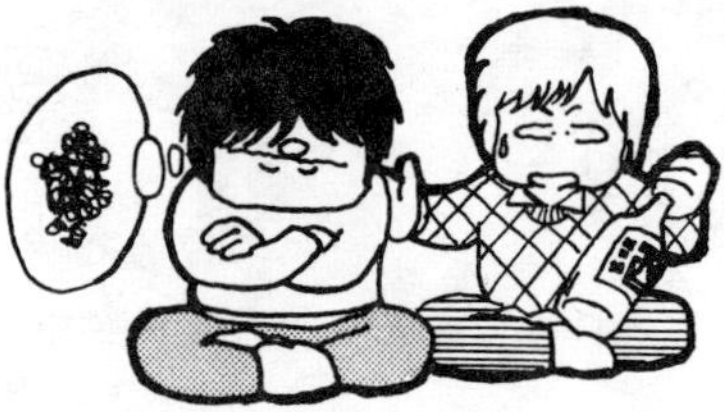

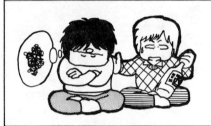

[名]同情*(sýmpathy)* ，慈悲 *(píty)*

insurance [inʃúərəns]

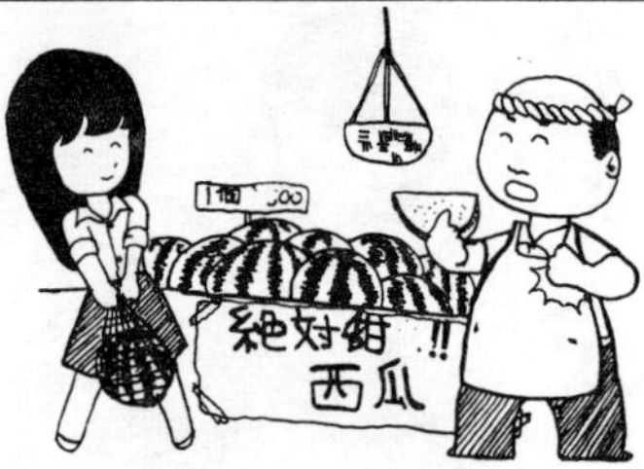

[名]保險，保證[他]insúre 保證

tip [tip]

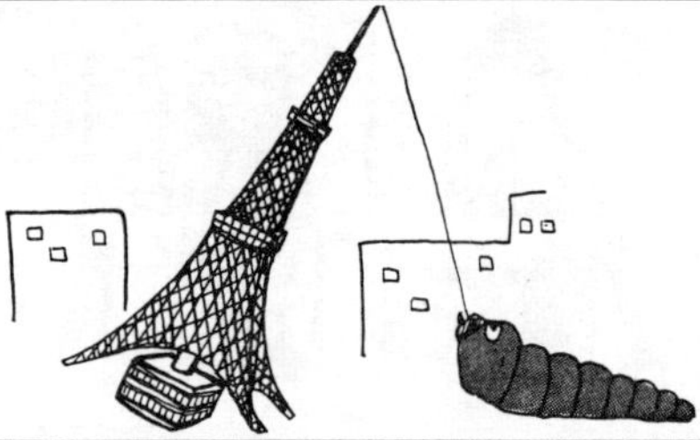

[名][他][自]裝頂端，(給)小費，翻倒

trend [trend]

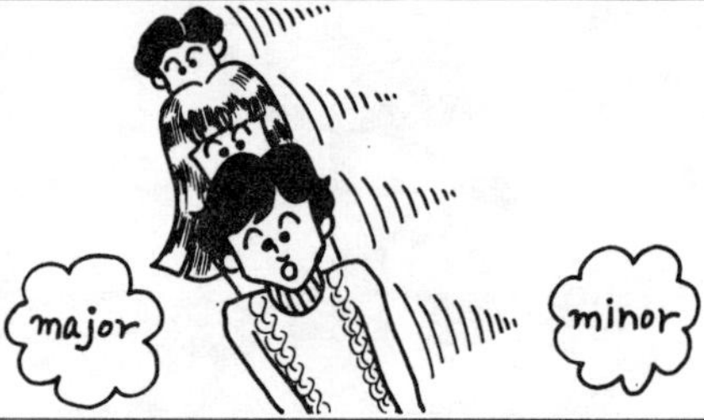

[名]傾向，情勢，風潮

commodity [kəmɔ́diti]

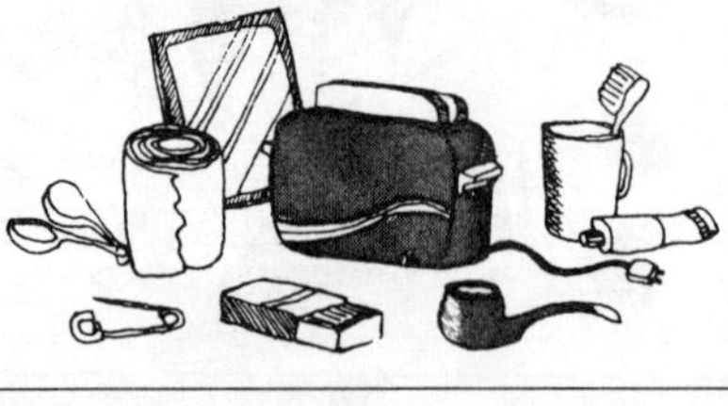

[名](複)日用品，商品

heap [hiːp]

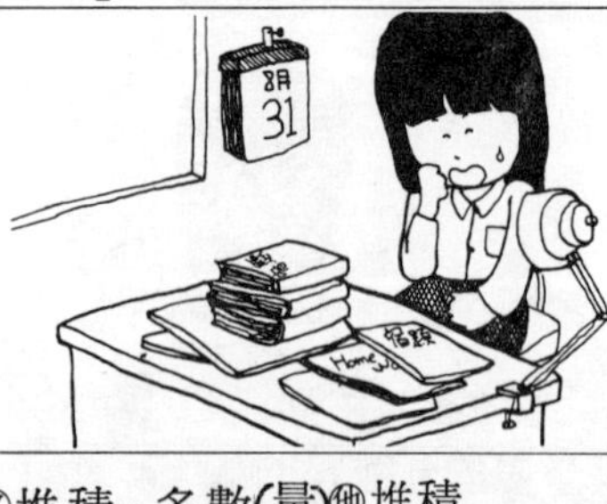

[名]堆積，多數(量)[他]堆積

phase [feiz]

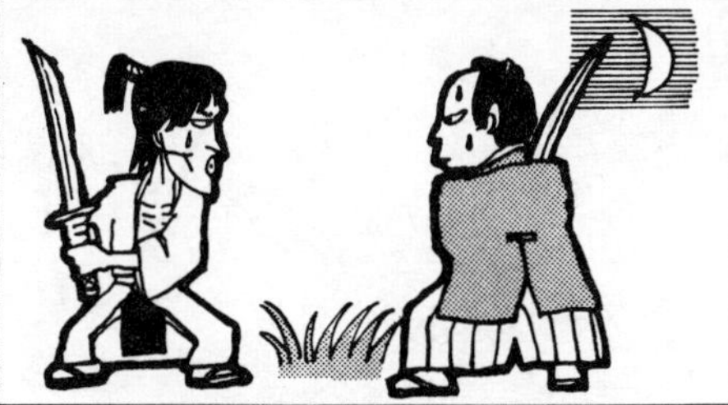

[名]局面，階段，狀態 [他]按順序實行

arithmetic [əríθmətik]

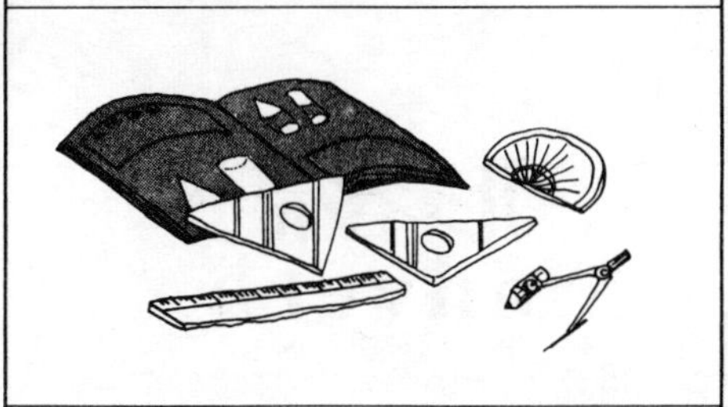

[名]算術，數學[形]arithmétical 數學的

mixture [míkstʃə]

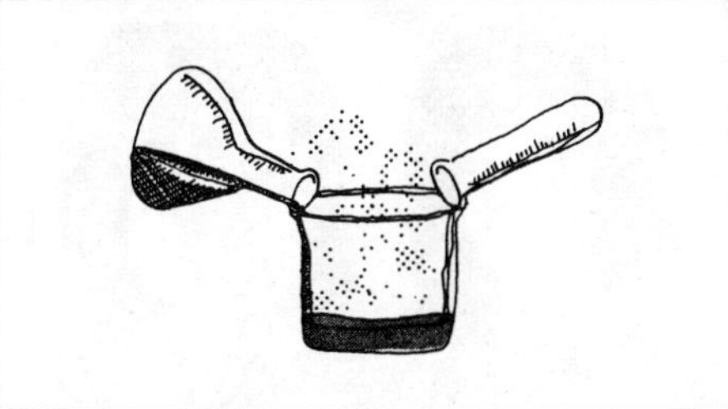

[名]混合物[他][自]mix 混合

stuff [stʌf]

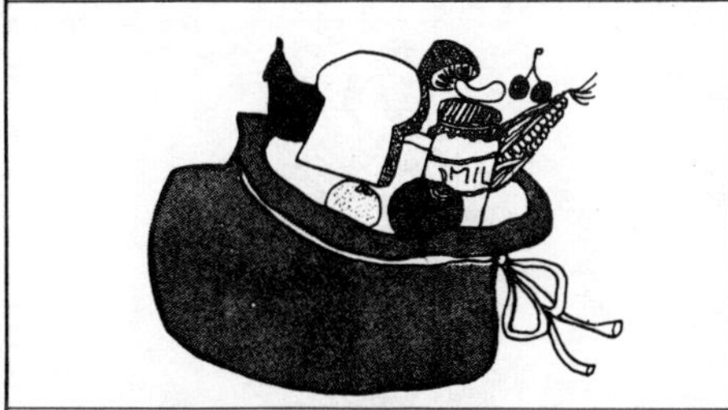

[名]材料，物質，廢物 [他]裝塡 *green stuff* 蔬菜類 *cf. staff* 職員

devil [dévl]

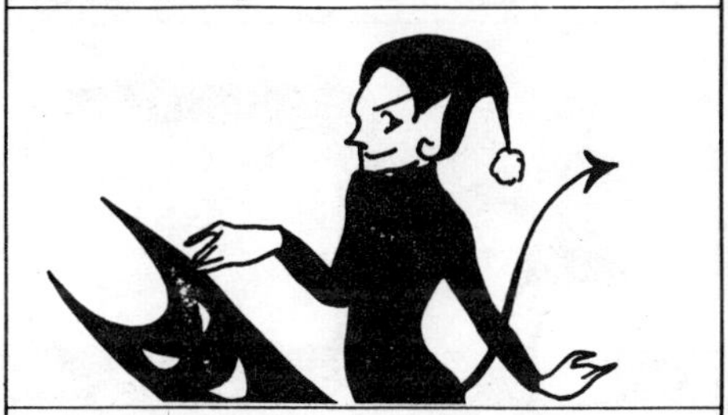

[名]惡魔*(démon)*

transition [trænsíʒən]

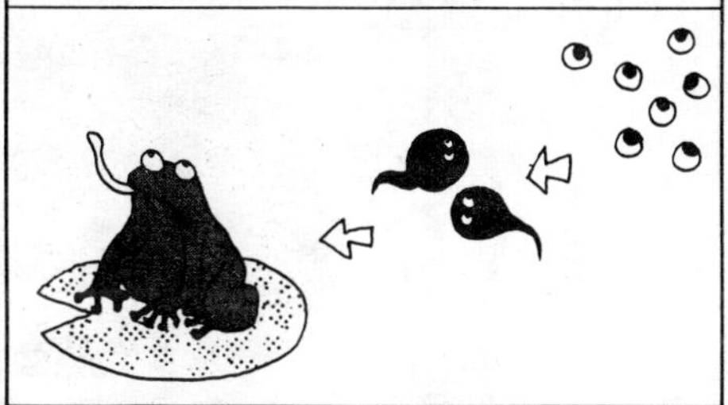

[名]變遷，推移，過渡期

editorial [editɔ́:riəl]

[名]社論 [形]編輯的 [他]édit 編輯 [名]éditor 編輯者 [名]edítion 版

office [ɔ́fis]

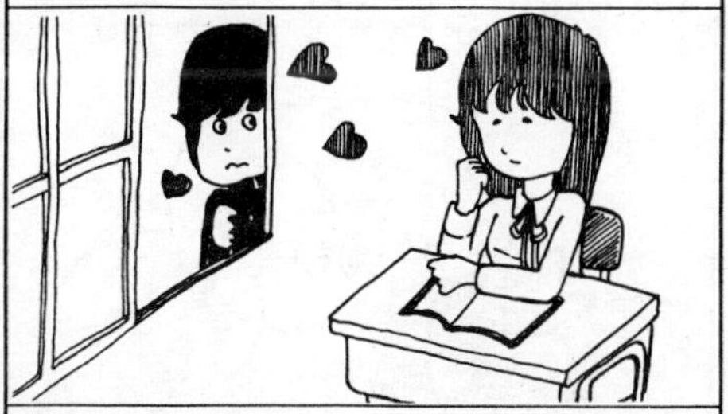

[名]辦公室，地址，(複) 幫助

形容詞
adverb

bare [bɛə]

㊟赤裸的，無裝飾的 ㊒bárely 赤裸裸地

medieval [medií:vəl]

㊟中世的

inherent [inhíərənt]

㊟天生的 *(inbórn)*，天賦的，固有的

visible [vízibl]

㊟看得見的，明白的 (反)invísible 看不見的

utter [ʌ́tə]

㊟完全的，絕對的 ㊢發出聲音 ㊐útterance 發言

ignorant [ígnərənt]

㊟無知的，無學問的 ㊐ígnorance 無知 ㊢ignóre 無視

tedious [tí:diəs]

㊟無聊的 *(tiresome)*，令人生厭的

170

gentle [dʒéntl]

圈 溫和的，寬大的，優雅的

slight [slait]

五分. 魂 !!

3.03cm

圈 些微，輕微　　働 輕視　　图 輕視

extravagant [ikstrǽvəgənt]

圈 奢侈的，無節制的　　图extrávagance
奢侈，浪費，過度

abstract [ǽbstrækt]

圈 抽象的　　働 [æbstrǽkt] 抽象
(反) cóncrete 具體的

acute [əkjúːt]

圈 尖銳(sharp, keen) (反. blunt 遲鈍)，激烈的

tremendous [triméndəs]

圈 恐怕的，重大的，驚人的

stupid [stjúːpid]

圈 愚蠢　　图 stupídity 愚笨行為

scanty [skǽnti]

圈 缺乏的(scarce)　(反) ámple 豐富的

171

awkward [ɔ́:kwəd]

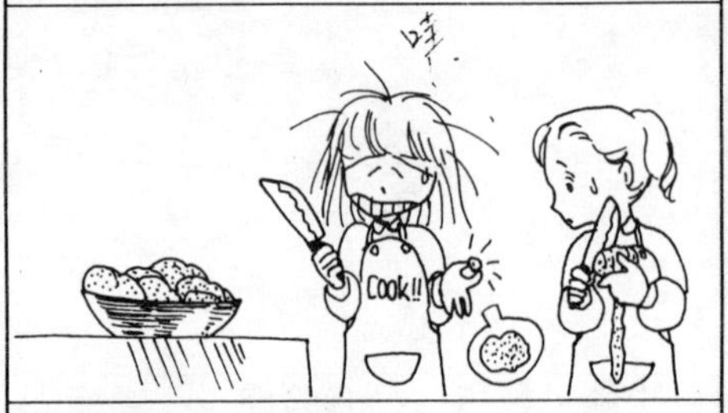

[形]笨拙的，不方便的

ignoble [ignóubl]

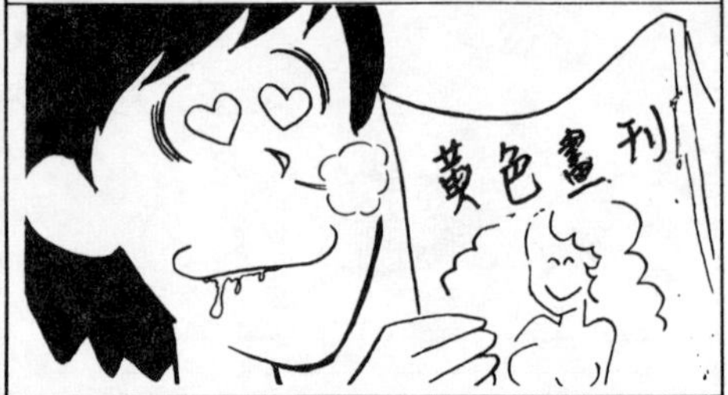

[形]卑賤的，卑鄙的(反) *nóble* 高貴的

maybe [méibiː]

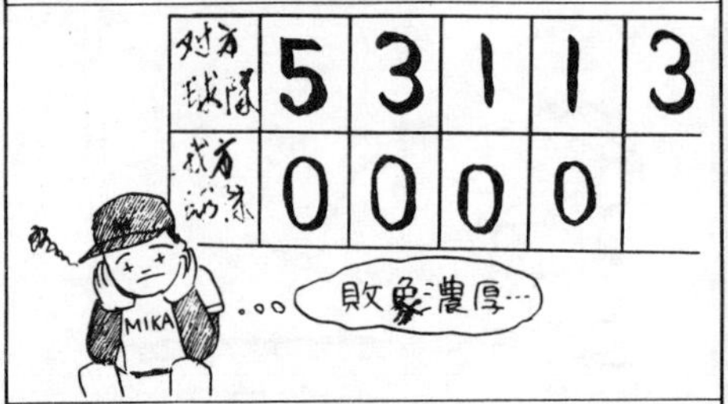

[副]也許 (*perháps*)

domestic [dəméstik]

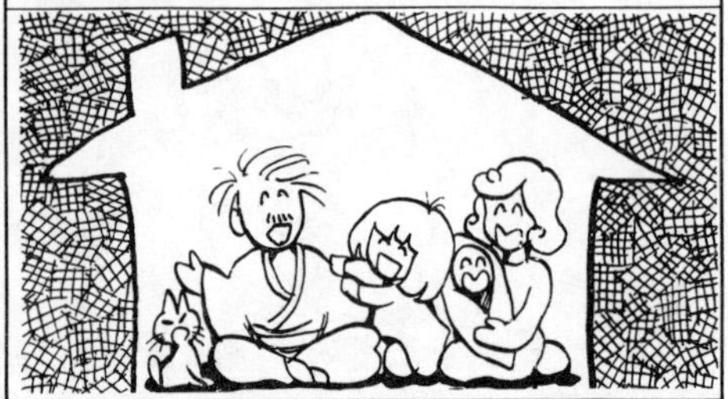

[形]家庭內的，國內的(反. *fóreign* 外國的)
[他]domésticate 養馴

alike [əláik]

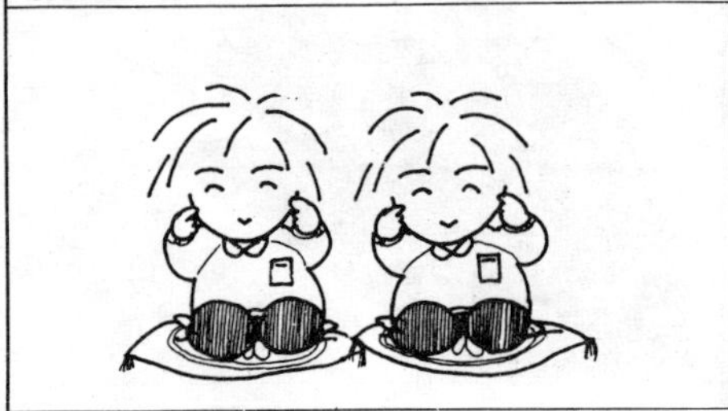

[副]一樣地[形]相似的

huge [hjuːdʒ]

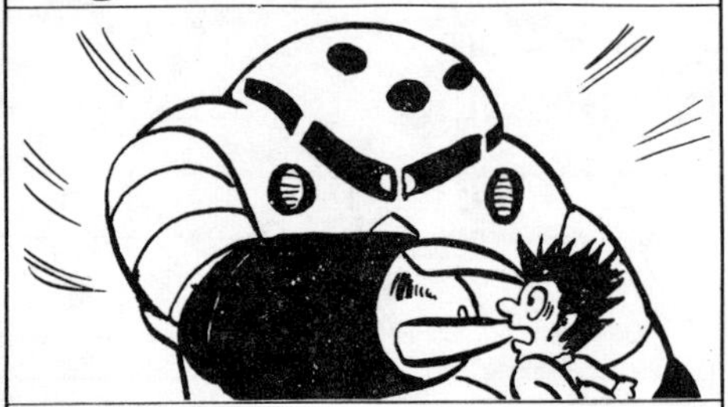

[形]龐大的，巨大的 (反) *tíny* 極小的

abroad [əbrɔ́:d]

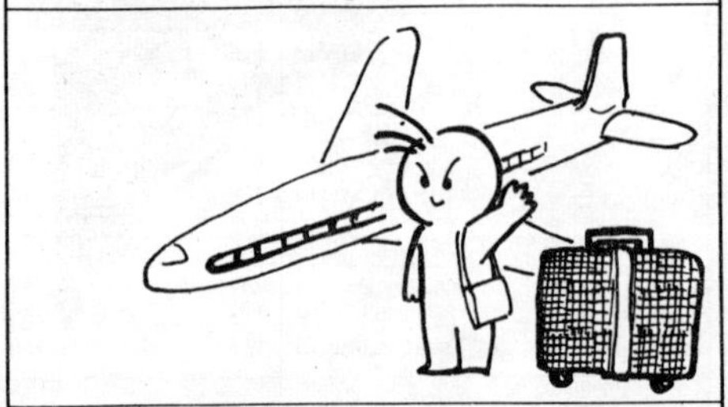

[副]往國外地，廣遠，戶外

academic [ækədémik]

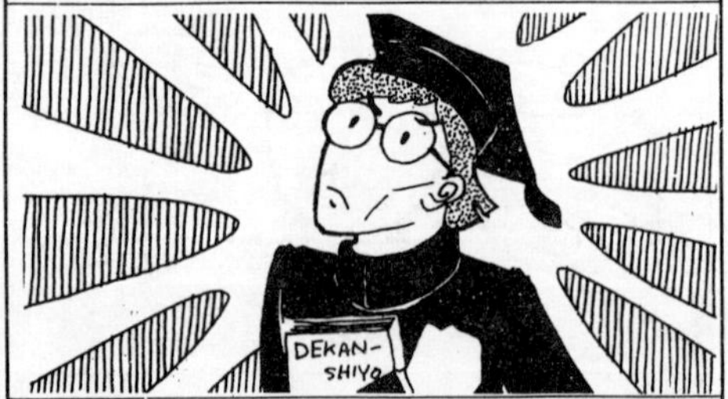

[形]學術的，大學的 [名]acádemy專科學校，學會

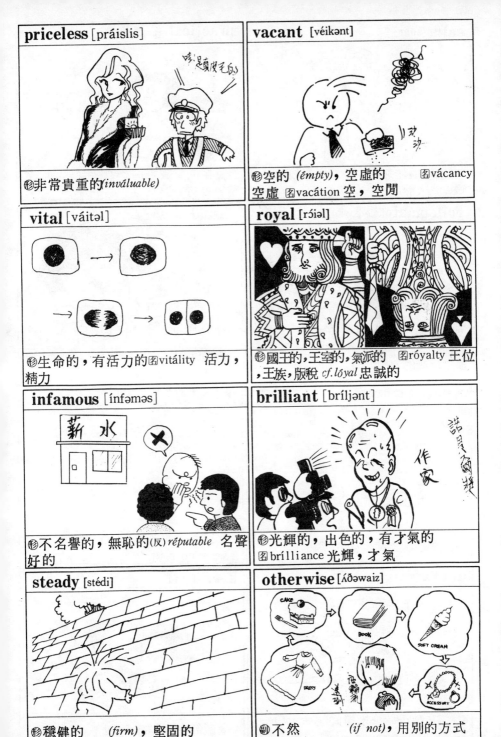

priceless [práislis]

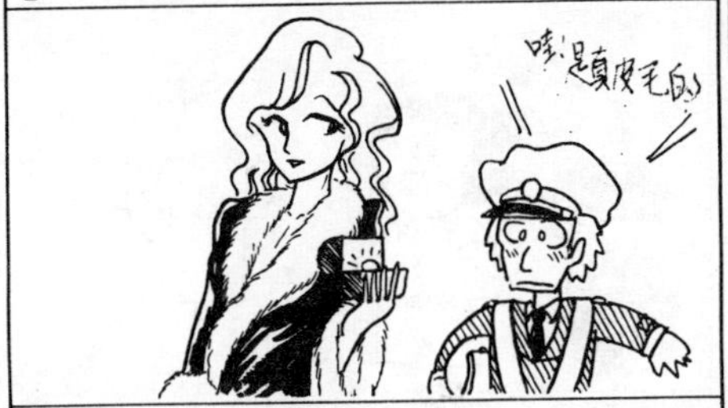

[形]非常貴重的(*inváluable*)

vacant [véikənt]

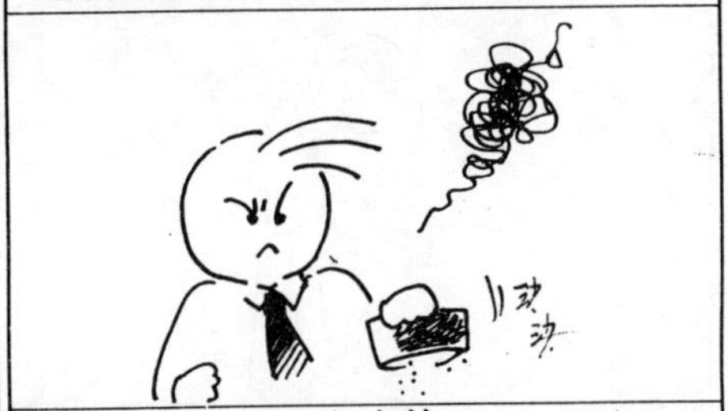

[形]空的 (*émpty*)，空虛的 [名]vácancy 空虛 [名]vacátion 空，空閒

vital [váitəl]

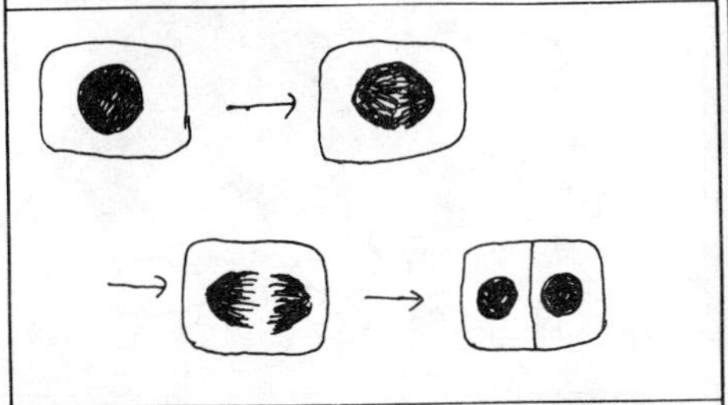

[形]生命的，有活力的[名]vitálity 活力，精力

royal [rɔ́iəl]

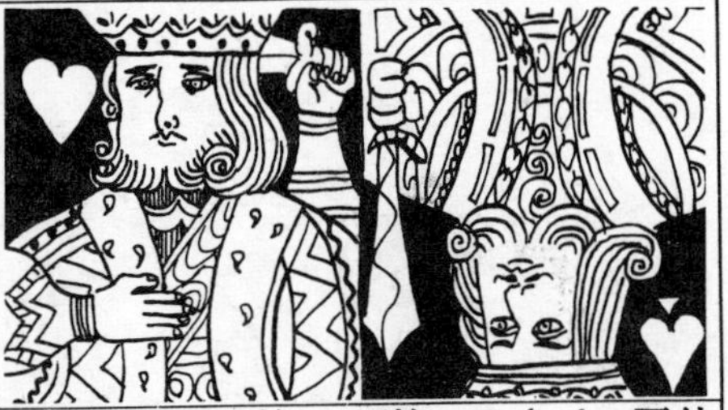

[形]國王的，王室的，氣派的 [名]róyalty 王位，王族，版稅 *cf.lőyal* 忠誠的

infamous [ínfəməs]

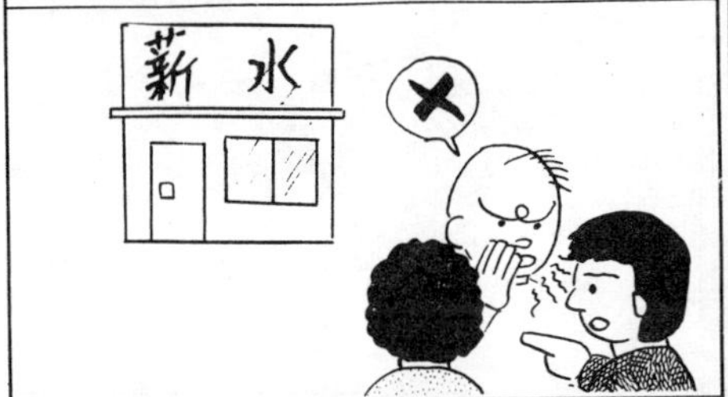
薪 水

[形]不名譽的，無恥的[反] *réputable* 名聲好的

brilliant [bríljənt]

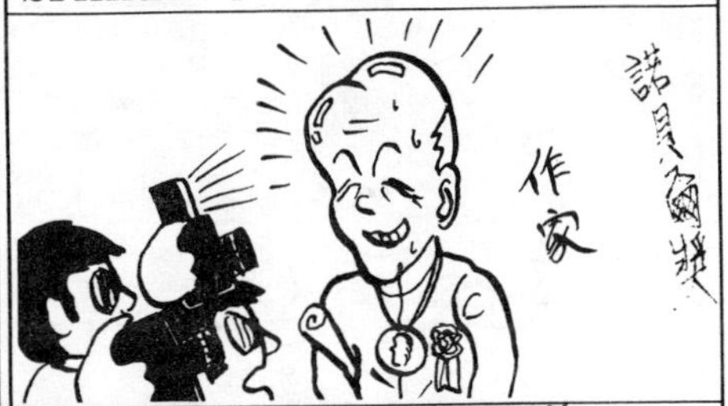
作家
諾貝爾獎

[形]光輝的，出色的，有才氣的 [名]brílliance 光輝，才氣

steady [stédi]

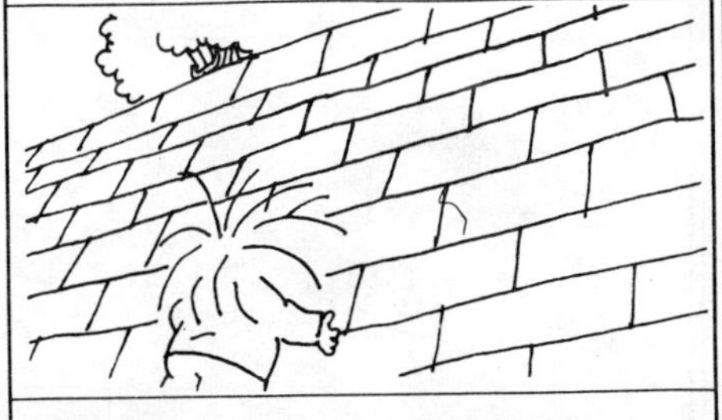

[形]穩健的 (*firm*)，堅固的

otherwise [ʌ́ðəwaiz]

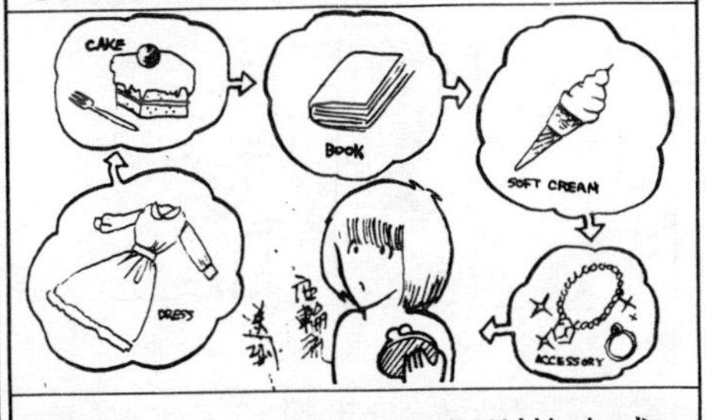
CAKE
BOOK
SOFT CREAM
ACCESSORY
DRESS

[副]不然 (*if not*)，用別的方式

calm [kɑ:m]

圈沈著的，冷靜的（反. *stórmy*暴風雨的）
他自使冷靜

practical [præktikəl]

圈實用的，實際的　图他自práctice　練
習，實行，開業

colloquial [kəlóukwiəl]

圈口語體的（反）*líterary* 文語的

casual [kǽʒuəl]

圈偶然的(*accidéntal*)，無意的　图cásualty
災難，（複）死傷人數

beloved [bilʌvd]

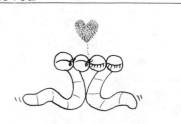

圈心愛的 图愛人　　*(dárling)*

perpetual [pəpétjuəl]

圈永遠的(*etérnal*)，不斷的．*(cónstant)*
图perpetúity永遠

apt [æpt]

圈適切的(*súitable*)，頭腦好的 *be apt to~*
易於…… 图áptitude 資質，適當性

keen [ki:n]

圈敏銳的，熱心的(*éager*)

continuous [kəntínjuəs]

空中回轉

[形]連續的 [他][自]contínue 繼續

imperial [impíəriəl]

NAPOLEON

[形]帝國的，皇帝的 [名]impérialism 帝國主義

spontaneous [spɔntéiniəs]

[形]自發的 *(vóluntary)*，自然的

[名] spontanéity 自然發生

tiny [táini]

[形] 極小的 *(very small)*

ashamed [əʃéimd]

烤蕃薯
謝々!

[形]羞恥的 *be ashamed of~* 羞恥

cf. shame 羞恥

foul [faul]

[形]不潔的，邪惡的 [名]犯規 [他]弄髒

[反] *fair* 美麗的

immoral [imɔ́rəl]

警察先生站着小便哪!

[形]不道德的[反] *móral* 道德的

shy [ʃai]

[形]害羞的，靦腆的 [自]畏縮不前

alternative [ɔ:ltə́:nətiv]

圈图二者擇一的，其他可採取之方法
圓匭álternate 交互的，輪流的

vain [vein]

圈無益的，徒然的，自誇的
图vánity 虛榮心

artistic [ɑ:tístik]

圈藝術的　图art 藝術，人工

odd [ɔd]

圈奇妙的(strange)，額外的(éxtra)，奇數的(反.
éven 偶數的)　cf.odds 不平等，差異

sceptical [sképtikəl]

圈深深懷疑的(dóubtful)，懷疑的
图scéptici·sm 懷疑

reluctant [rilʌ́ktənt]

圈嫌惡的，不情願的

slender [sléndə]

圈苗條的，不足爲憑的(反)stout 肥胖的
，健壯的

ugly [ʌ́gli]

圈醜的　(反)beáutiful 美麗的

credulous [krédjuləs]

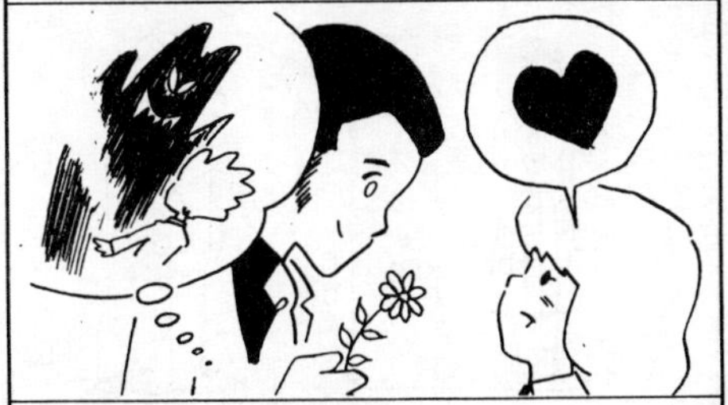

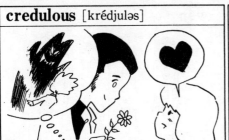

[形]輕信的，易受騙的

naked [néikid]

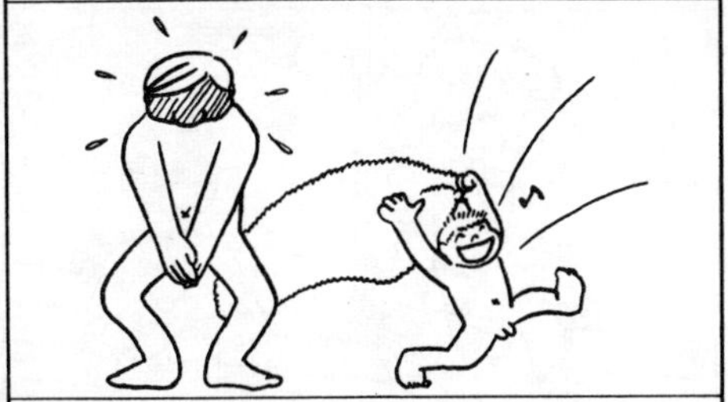

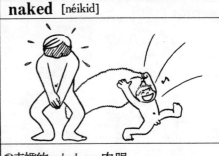

[形]赤裸的 *naked eye* 肉眼

last [lɑːst]

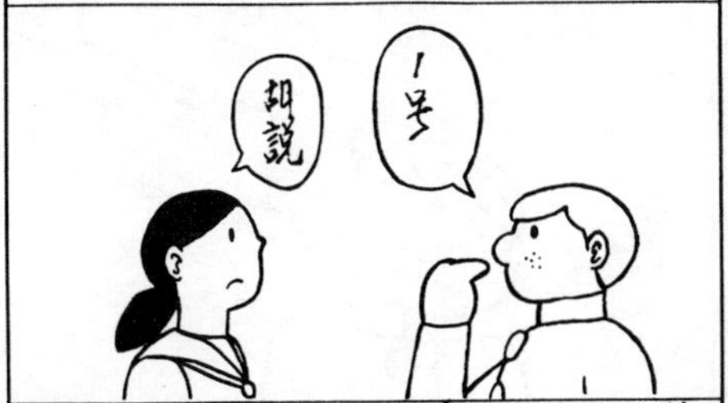

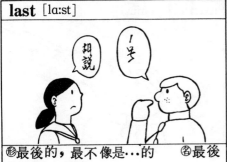

[形]最後的，最不像是…的　[名]最後
[自]持續，耐久

partial [pɑ́ːʃəl]

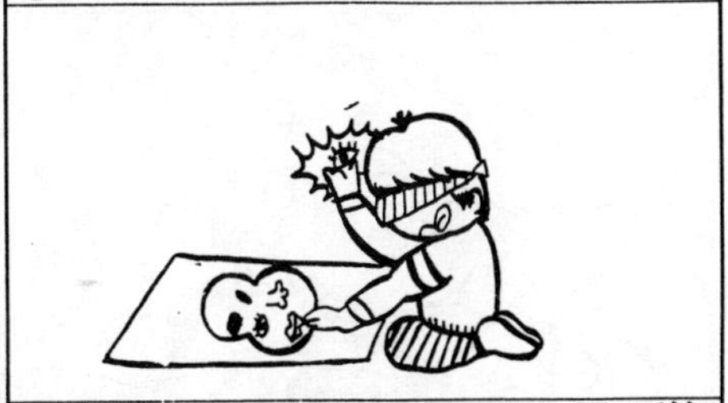

[形]部份的，不公平的 (反. *impártial* 公平的)
[名]partiálity 不公平

concerning [kənsə́ːniŋ]

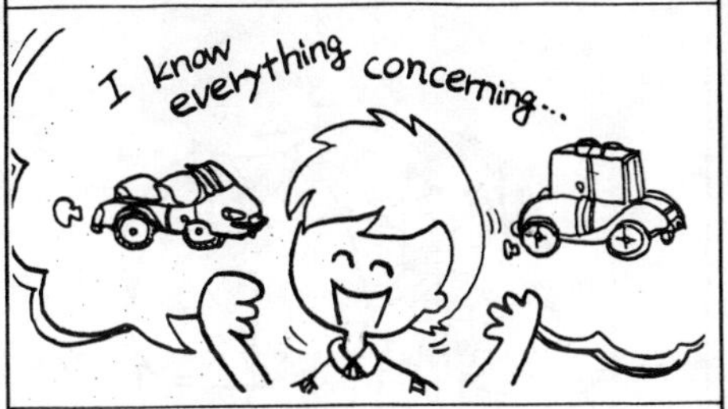

[前]與…有關 *(abóut)*

stiff [stif]

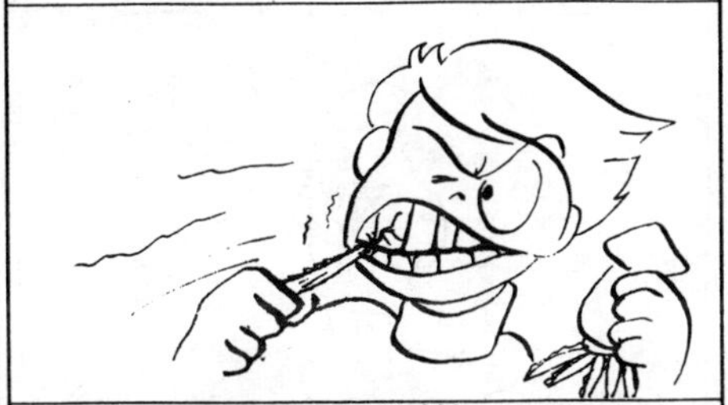

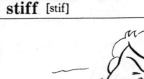

[形]硬的，凝結的，不靈活的　[他][自]stíffen 使變硬

abundant [əbʌ́ndənt]

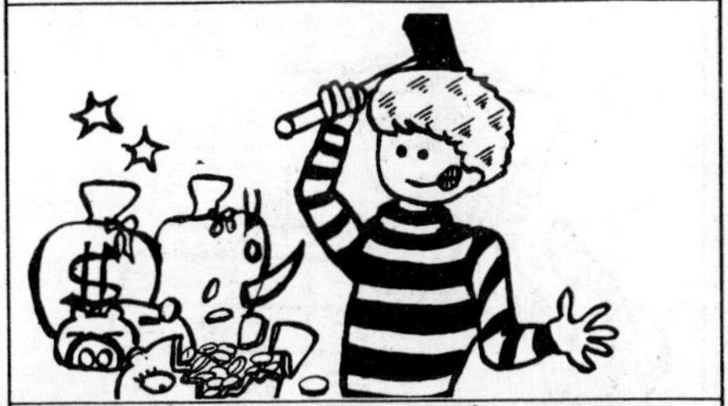

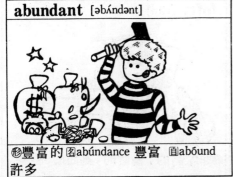

[形]豐富的 [名]abúndance 豐富　[自]abóund 許多

sour [sáuə]

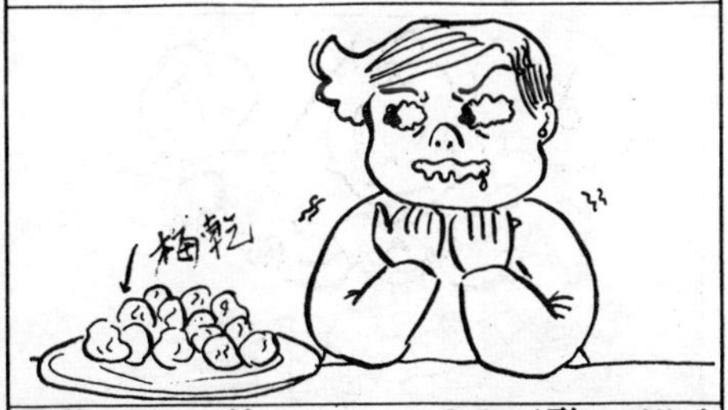

[形]酸，不悅的　[他][自]弄酸，變成彆扭脾氣　*sour grapes* 酸葡萄心理

senior [síːnjə]

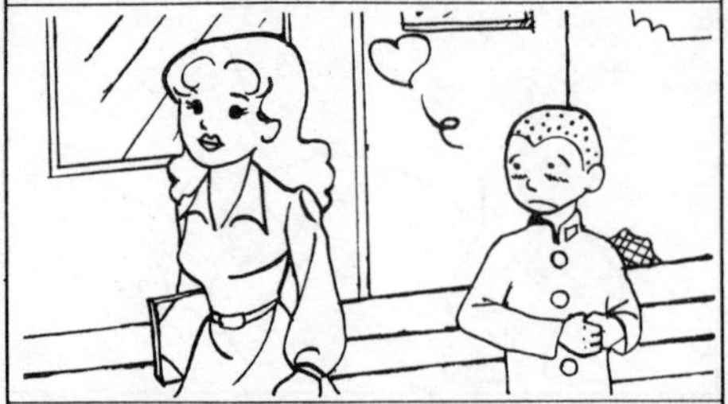

[形]年長的，前輩的 [名]年長者，前輩 (反) *júnior* 年少的(者)

even [íːvn]

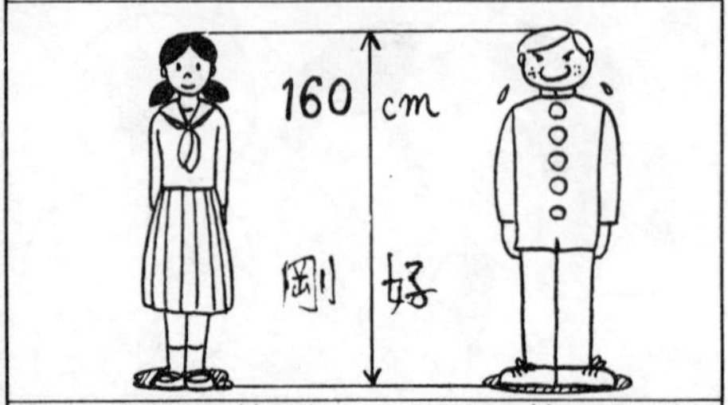

[副]一樣的，甚至　[形]平坦的，公平的 偶數的(反. *odd* 奇數的)

indispensable [indispénsəbl]

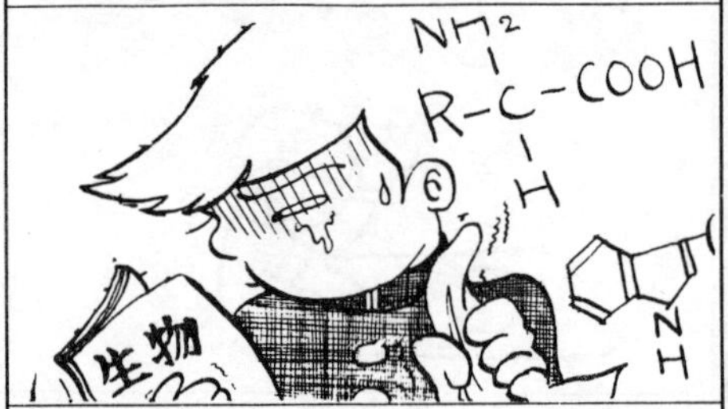

[形]必須的(*nécessary*)

annual [ǽnjuəl]

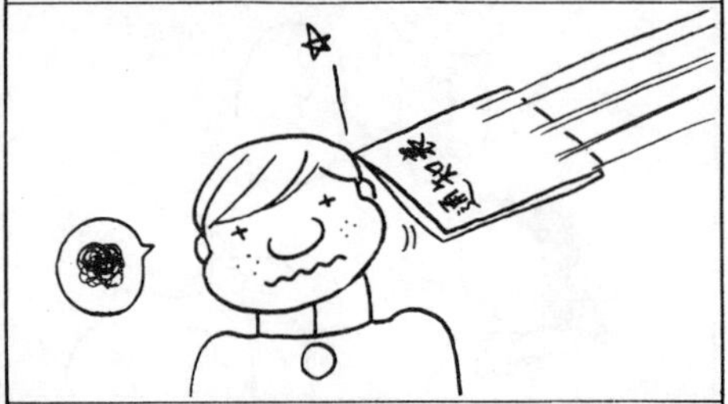

[形]一年一次的 (*yéarly*) [名]年鑑(*yéarbook*)，一年生植物

principal [prínsipəl]

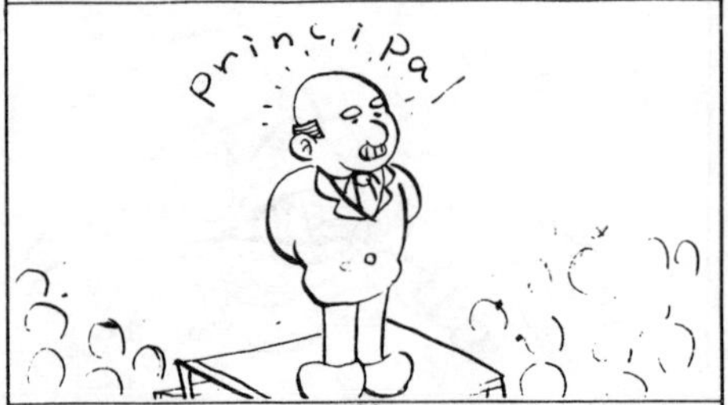

[形]最重要的，主要的 [名]校長 [副]príncipally 主要地

competent [kɔ́mpitənt]

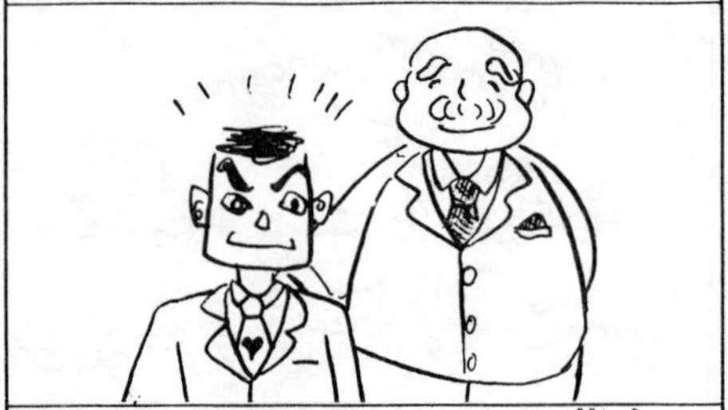

[形]有能的，十分的 [名]cómpetence 能力 (反) *incómpetent* 無能的

delicious [dilíʃəs]

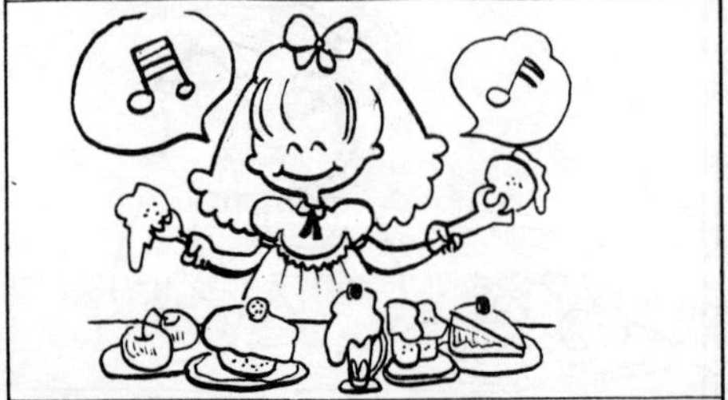

[形]好吃的

lofty [lɔ́fti]

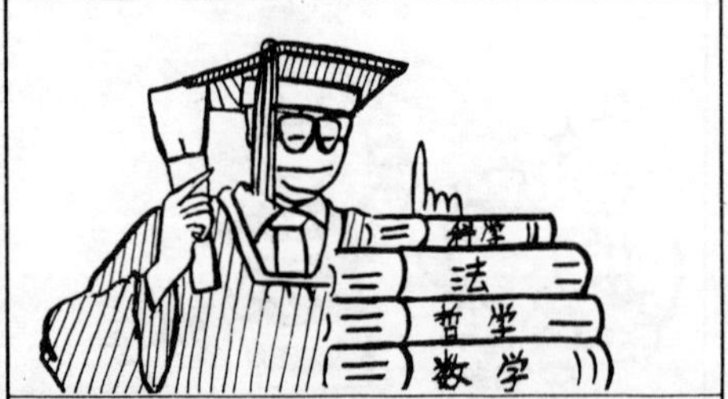

[形]非常高的，巍峨的，高尚的(*nóble*),

dumb [dʌm]

㊱啞的　cf.deaf 聾的　　blind 盲的

frugal [frúːgəl]

㊱節儉的，樸素的㊐frugálity 節儉
(反) wásteful 浪費

idealistic [aidiəlístik]

㊱理想主義的，觀念論的 ㊐idéalist 理
想主義者㊐idéalism 理想主義

capable [kéipəbl]

㊱有能力的[of～]～能够的　㊐capabílity
能力

ardent [áːdənt]

㊱熱心的，燃燒般的　㊐árdo(u)r 熱心

pathetic [pəθétik]

㊱悲哀的，悲傷的　㊐páthos 悲哀

coarse [kɔːs]

㊱粗野的，粗糙的　　(反) refined
高尚的

steadfast [stédfəst]

㊱隱固的，不動的

179

loyal [lɔ́iəl]

圈忠實的，（對政府）忠誠的
图lóyalty誠實，忠誠 *cf.róyal* 國王的

prone [proun]

圈易患⋯⋯的[to~]，平伏的　（反. *supíne*
仰臥的　）

concrete [kɔ́nkri:t]

圈具體的 (反. *ábstract* 抽象的)　图働用
混凝土凝固

lively [láivli]

圈活潑的，有朝氣的，有活力的

sincere [sinsíə]

圈誠實的，正直的　图sincérity 誠實

pacific [pəsífik]

圈和平的，穩定的 *cf.Pacific* 太平洋的

nuclear [njú:kliə]

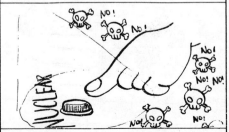

圈核子的*nuclear fuel*核子燃料

elaborate [ilǽbərit]

圈精巧的,精心結構的働[ilǽbəreit]盡心竭
力地作

till [til]

働 直到　　援 到………　働 耕種(cúltivate)

grave [greiv]

形重大的(sérious)，嚴肅的，莊重的
名墓，死 働彫刻，銘刻

ridiculous [ridíkjuləs]

形可笑的 (absúrd)，滑稽的名働rídicule
嘲笑

racial [réiʃəl]

形人種的 名働働race 賽跑，人種，民族

fine [fain]

形美好的 (nice)，晴朗的，纖細的(very small) 名働罰金

perpendicular [pə:pindíkjulə]

形垂直的，直立的 名垂直線　(反) horizóntal 水平的

inborn [ínbɔ́:n]

形天生的，先天的　(反) acquired
後天的

affirmative [əfə́:mətiv]

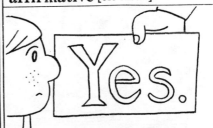

形肯定的　(反) négative 否定的
働国affírm 肯定

181

negative [négətiv]

形否定的（反. *affirmative* 肯定的），消極的 名動否定

selfish [sélfiʃ]

形自私的 （反）*sélfless* 無私心的(*unselfish*)

narrow [nǽrou]

形狹窄的（反. *broad* 寬大的）副nárrowly 狹窄地

official [əfíʃəl]

形公務上的，職務上的名公務員，職員

raw [rɔ:]

形生的，未加工的(反) *ripe* 熟的

fatal [féitəl]

形命運的，致命的 名fate 命運

momentary [móuməntəri]

形瞬間的，短暫的 名móment 瞬間

alien [éiljən]

形外國的(*fóreign*)，相異的名外國人（僑民）

indifferent [indífərənt]

®漠不關心的 ®indífference 漠不關心

tolerable [tólərəbl]

®能容忍的，相當的　®tólerate 寬
大處理，容忍

periodical [piəriɔ́dikəl]

®定期(發刊)的 ®定期刊物，雜誌

prime [praim]

®第一的(primary)，主要的，最上等的　®
最初，最盛時期

striking [stráikiŋ]

®顯著的，醒目的，驚人的

faint [feint]

®微弱的　　　　®®昏倒

typical [típikəl]

®典型的　®type 型，典型

solid [sɔ́lid]

®固體的，堅固的，團結的 ®固體 ®sol-
idárity 團結

183

unfortunate [ʌnfɔ́:tʃənit]

[形]倒霉的 (反) *fɔ̂rtunate* 幸運的 [副]unfórtunately 不幸的

holy [hóuli]

[形]神聖的 (*sâcred*) [名]hóliness 神聖

vivid [vívid]

[形]生動的，鮮明的

weary [wíəri]

[形]疲勞的 (*tíred*)，生厭的 [名]wéariness 疲倦，厭倦

liberal [líbərəl]

[形]自由的，大方的 [名]líberty 自由，大方 [名]líberalism 自由主義

sinister [sínistə]

[形]不吉利的，邪惡的

rural [rúərəl]

[形]鄉村的 (反) *úrban* 都市的

discreet [diskrí:t]

[形]有考慮的，謹慎的 [名]discrétion 識別，判斷

prompt [prɔmpt]

圈迅速的 (quick)，立刻的働 激勵，喚起

aggressive [əgrésiv]

圈攻擊的，攻勢的 (反) defénsive 防禦的

bitter [bítə]

圈苦的(反. sweet甜的),痛苦的(páinful)

tame [teim]

圈馴服的，溫順的　働馴服
(反) wild 野生的

reverse [rivə́:s]

圈相反的(ópposite)图相反 働成相反，使反轉

fierce [fiəs]

圈兇猛的 (反. tame 溫馴的)，激烈的 (víolent)

internal [intə́:nəl]

圈內部的，國內的(反) extérnal 外部的，對外的

intent [intént]

圈熱心的 [on, upon～]熱心
图意圖

185

sly [slai]

圈秘密的，狡猾的 *(cúnning)*

plausible [plɔ́:zibl]

圈似眞實的，似合理的

hideous [hídiəs]

圈可怕的，討厭的，不忍卒睹的

eccentric [ikséntrik]

圈異常的　图怪人　图eccentrícity奇行

unprecedented [ʌnprésidentid]

圈無先例的，空前的

capricious [kəpríʃəs]

圈善變的，任性的　图capríce 善變

complacent [kəmpléisənt]

圈自覺滿足的 *(sélf-sátisfied)*

erroneous [iróuniəs]

圈錯的，錯誤的　圄err[ə:] 錯誤
图érror 錯誤

mental [méntəl]	**secondhand** [sékəndhǽnd]

彤心的，精神的，智能的，精神病的*mental age* 智能年齡	彤中古的，間接的，二手貨的 *cf. firsthǽnd* 直接的
notable [nóutəbl]	**alert** [əlá:t]

彤著名的，顯著的，值得注目的	彤注意的，機敏的 图警戒 *on the alert* 注意
sterile [stérail]	**robust** [roubʎst]

彤不毛的(bárren)，不孕的(反)fértile 肥沃的，多產的	彤強健的，強韌的 (反) délicate 虛弱的
eager [í:gə]	**counter** [káuntə]

彤熱心的 圓éagerly 熱心地 图éagerness 熱心	彤反對的，相反的图計算器，櫃台，帳櫃 勵自還擊

settle [sétl]

@@解決，定居，使穩定
⑧séttlement 定居，固定

動 詞
v e r b

dislike [disláik]

@不喜歡，討厭 ⑧討厭

attach [ətǽtʃ]

@附上，使附帶於 ［~to~］ ⑧att-
áchment 附著，依戀 (反) detách 分離

accuse [əkjú:z]

@控告，責備 ［~of~］
⑧accusátion 控告，責備

exaggerate [igzǽdʒəreit]

@@誇張 ⑧exaggerátion 誇張

hang [hæŋ]

@@掛，吊，提，吊刑

alarm [əlá:m]

@驚慌，發警報 ⑧驚慌，
警報

cast [kɑːst]

[他]投 *(throw)*，鑄造 [名]鑄成品，派角色，種類

censure [sénʃə]

[他][名]責備

compose [kəmpóuz]

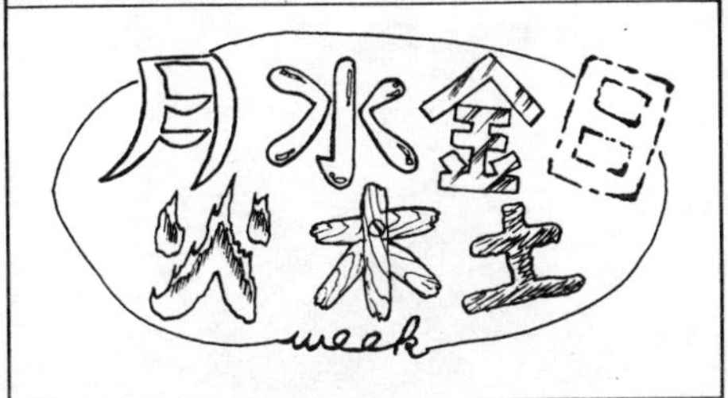

[他]構成，作文（作曲） [名]composítion 構成，作文（曲）

mo(u)ld [mould]

[他]在模中製造 [名]模子，性質，性格

stick [stik]

[他][自]刺，黏著，動彈不得 [名]棒，柱

remove [rimúːv]

[他][自]移動，遷居 [名]remóval 除去，移轉

upset [ʌpsét]

[他][自]顚覆 *(overtúrn)* [名][ʌ́pset]顚覆

deserve [dizə́ːv]

[他]值得 *(be worthy of)*

penetrate [pénitreit]

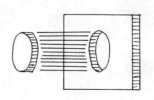

動貫通，穿透，浸透　　　　名penetrátion 貫通，浸透

conquer [kɔ́ŋkə]

動征服，克服　　　名cónquest 征服
名cónqueror 征服者

encounter [inkáuntə]

動相遇，碰見　　　　名遭遇

exceed [iksíːd]

動超過限度　*(go beyond)*，優於
形excéssive 過度的　名excéss 過度

amaze [əméiz]

動使吃驚，使驚嘆　　　名amázement 驚異

decline [diklái n]

自動傾斜，拒絕，辭退　（反.accépt 接受）　名傾斜，衰退

delay [diléi]

動自遲到　名延遲　*without delay*

perceive [pəːsíːv]

動知覺，了解
名percéption 知覺，認知

retire [ritáiə]

動退休　　　　　形retíred 退休的
名 retírement 退休

astonish [əstóniʃ]

哇！　呀！

他驚奇　名astónishment 驚奇　形astóni-
shing 驚異的

recall [rikɔ́:l]

他回憶，取消　*(cáncel)*，召回
名回憶，取消

propose [prəpóuz]

他自提議，申請　名propósal 提出
，申請 名proposítion 提議

classify [klǽsifai]

他分類　名classificátion 分類

celebrate [sélibreit]

他慶祝，舉行（儀式）　形célebrated 有
名的 名celebrátion 慶祝

employ [implɔ́i]

100.

他雇用　名emplóyment 雇用 名em-
plóyer 雇主

enchant [intʃɑ́:nt]

他魅惑　*(charm)*　名enchántment 魅惑，
魔法

entertain [entətéin]

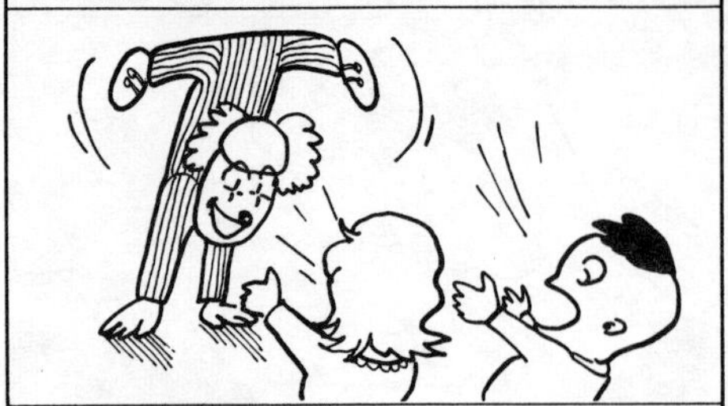

[他][自]使娛樂，款待　[名]entertáinment 招待，娛樂

exchange [ikstʃéindʒ]

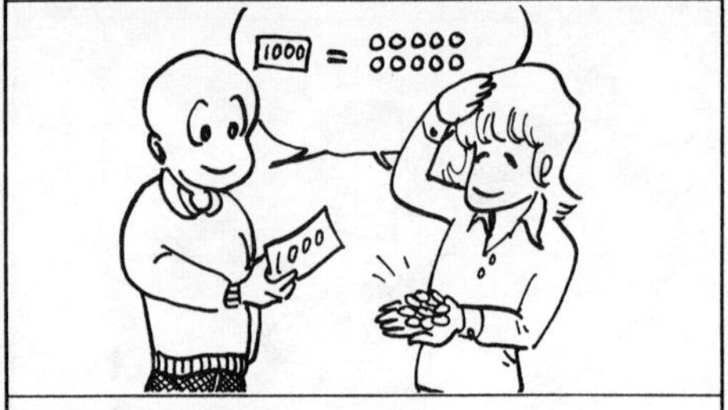

[他][名]交換，換錢

imitate [ímiteit]

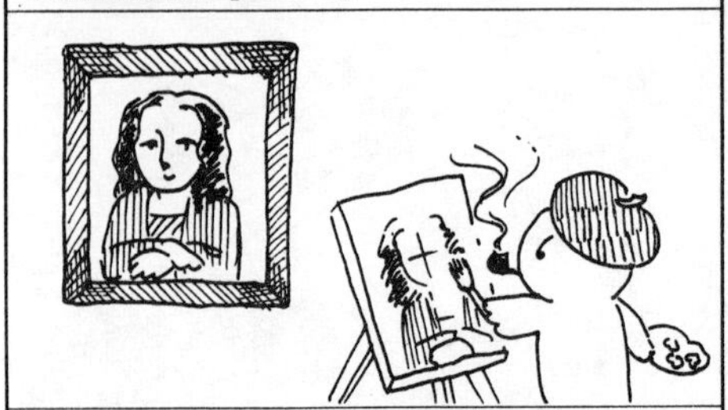

[他]模仿　[名]imitátion 模仿，仿製品

correspond [kɔrispɔ́nd]

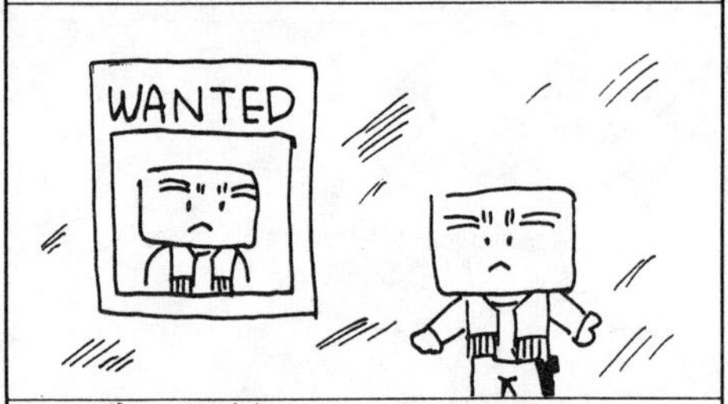

[自]一致，通信　[名]correspóndence 一致，通信

fade [feid]

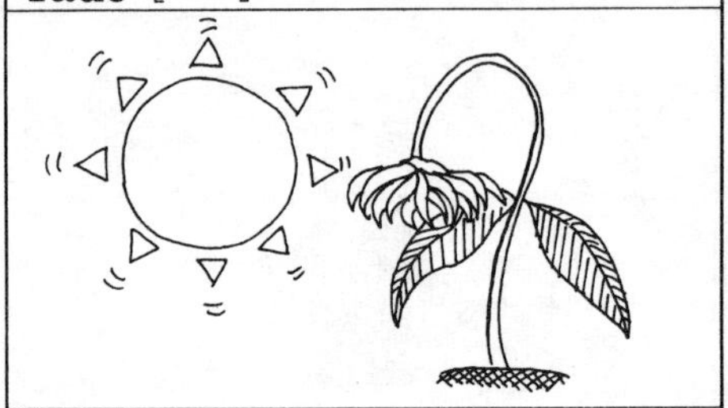

[自]褪色，凋萎，消失

trespass [tréspəs]

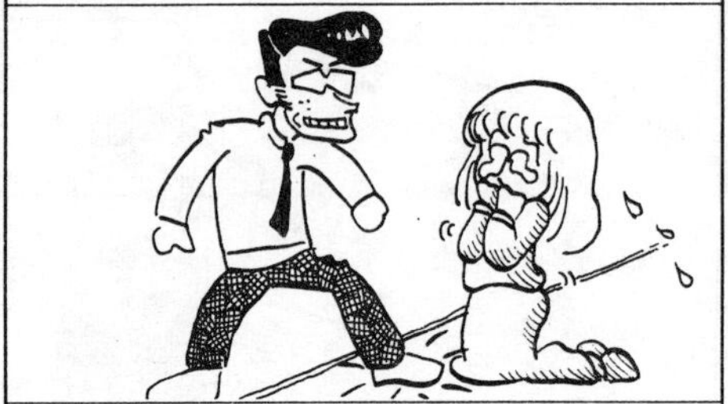

[自]侵害　[on, upon～]

swear [swεə]

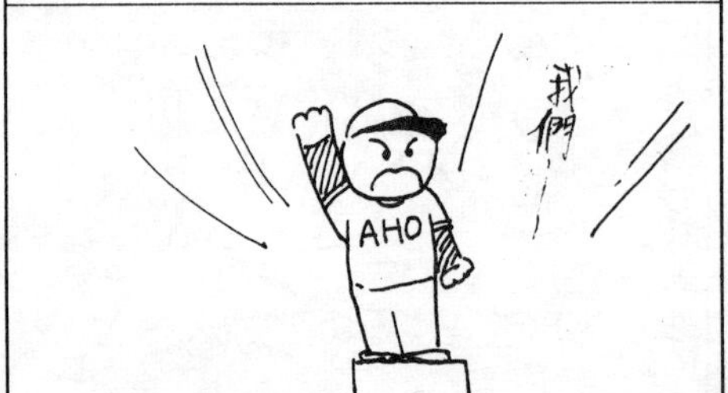

[他][自]發誓(*take oath*)，呪罵

combine [kəmbáin]

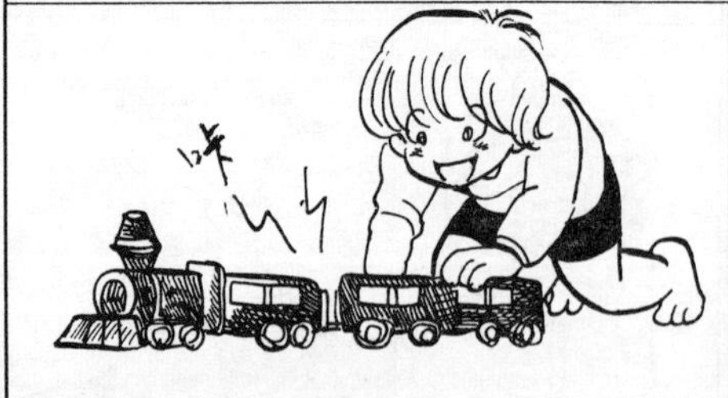

[自][他]結合，聯合　[名]combinátion 結合　(反)*séparate* 分離

connect [kənékt]

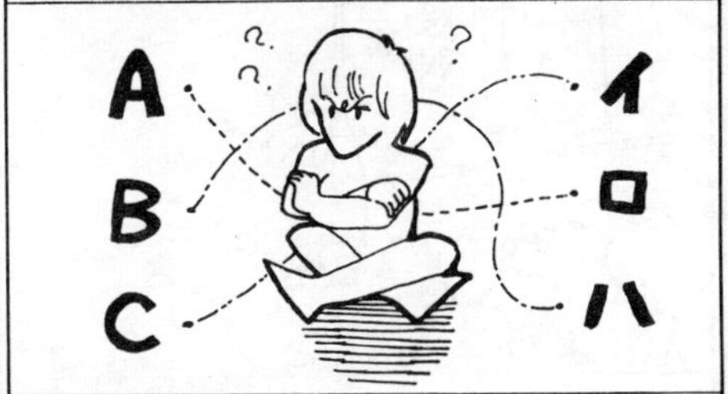

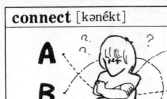

[他][自]連接，結合 [名]connéction 結合，關係

spare [spɛə]

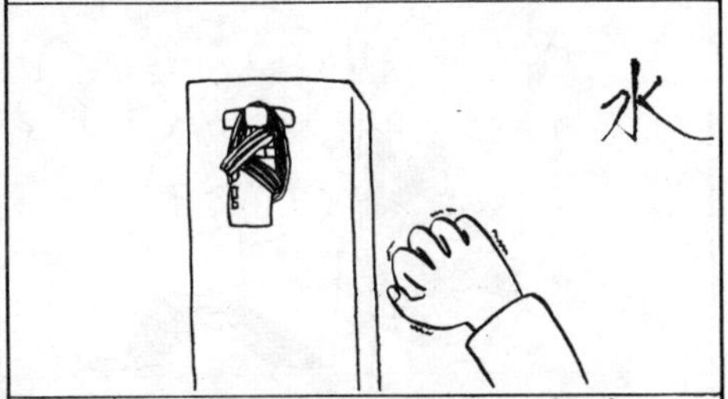

[他]節省（錢，時間），節約，挪出 [名][形]多餘的

deprive [dipráiv]

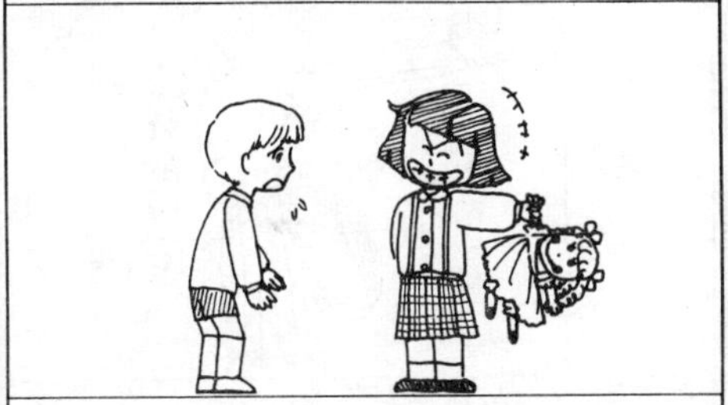

[他][deprive A of B] A 剝奪 B

borrow [bɔ́rou]

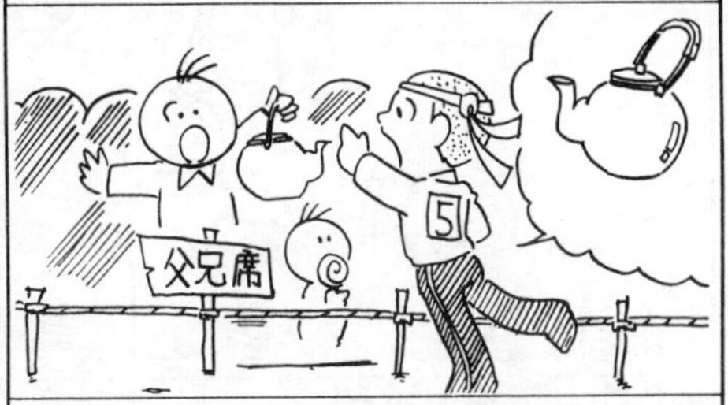

[他][自]借給，借用（反）*lend* 貸，借

reach [riːtʃ]

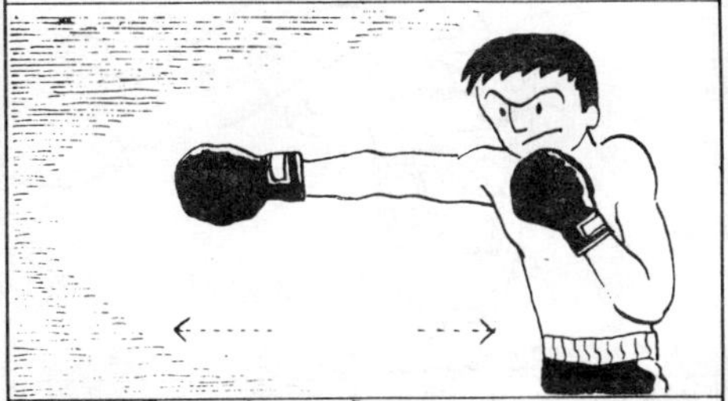

[他]到達，伸出（手） [名]手及之範圍

expose [ikspóuz]

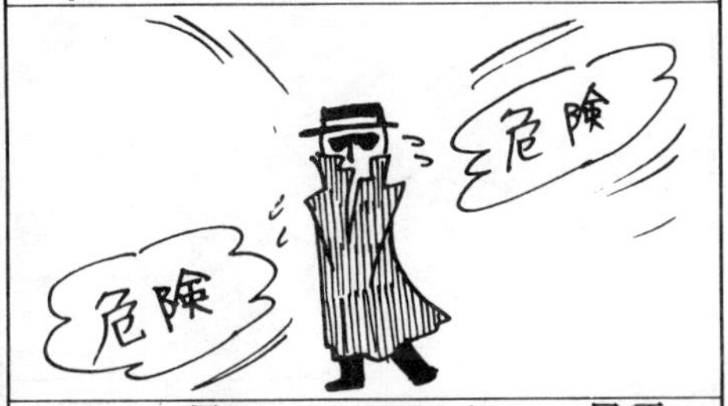

[他]顯露，暴露 [名]expósure 暴露，露出

transform [trænsfɔ́ːm]

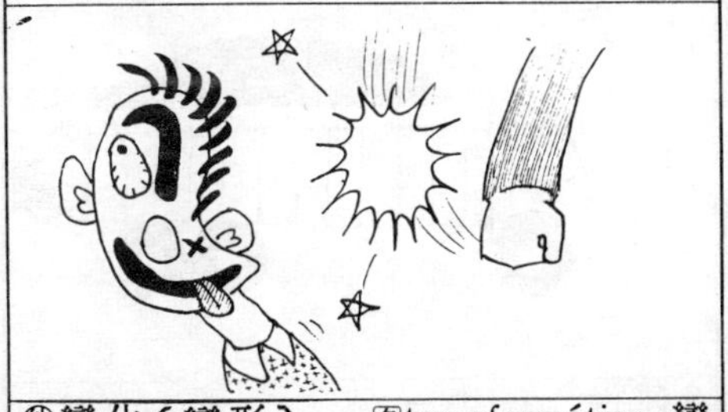

[他]變化（變形） [名]transformátion 變形，變化

identify [aidéntifai]

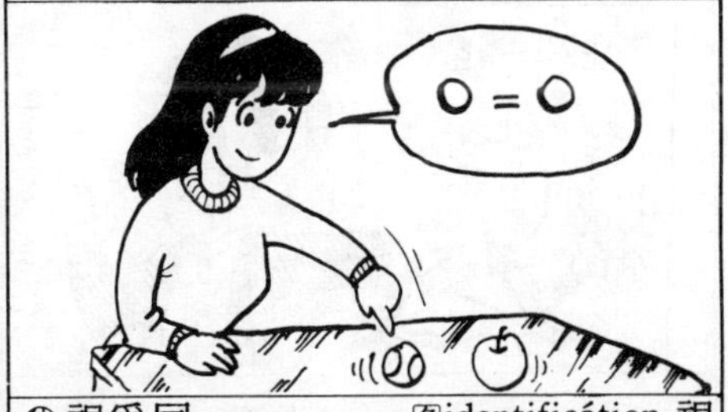

[他]視為同一 [名]identificátion 視為同一，身份證明 [形]idéntical 同一的

stimulate [stímjuleit]

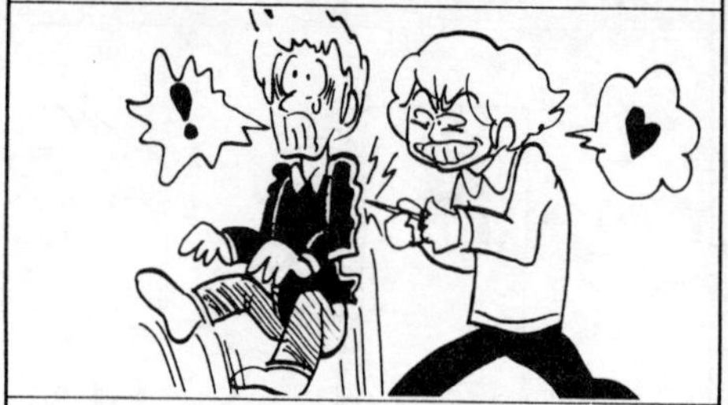

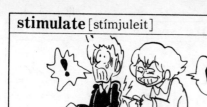

[他]刺激　[名]stimulátion 刺激

rejoice [ridʒɔ́is]

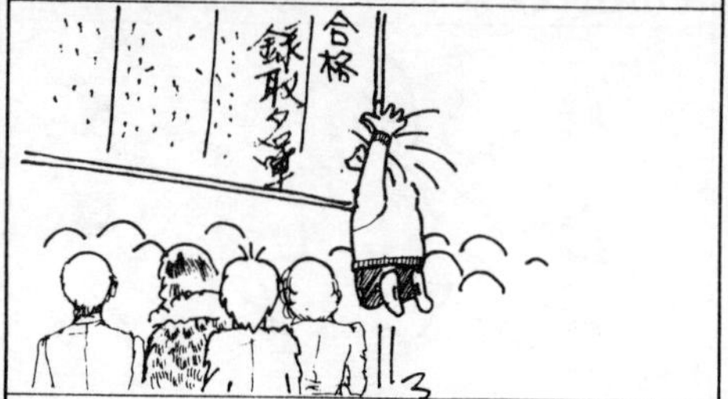

[自]大喜悅　[他]使喜悅

command [kəmá:nd]

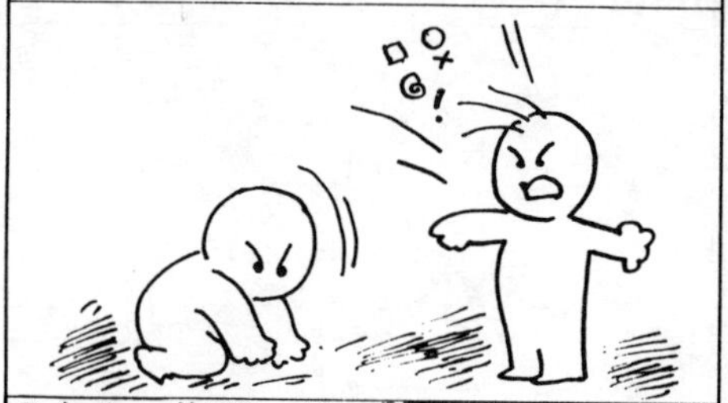

[他]命令，指揮，眺望　[名]命令，支配，眺望

bear [bɛə]

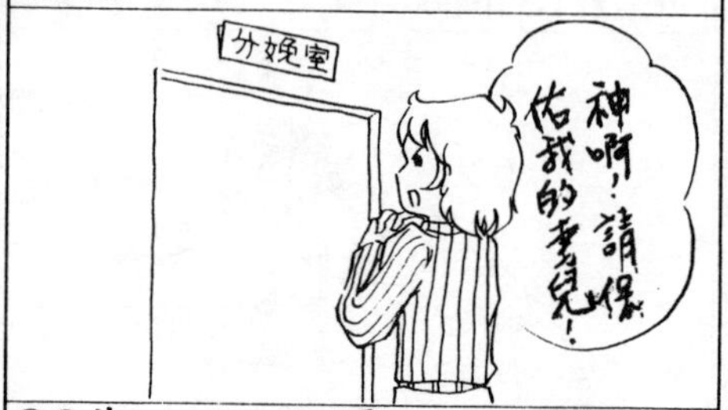

[他][自]生 *(yield)*，忍受 *(endúre)*，運 *(cárry)* [名]熊 [名]béaring 態度，忍耐

rescue [réskju:]

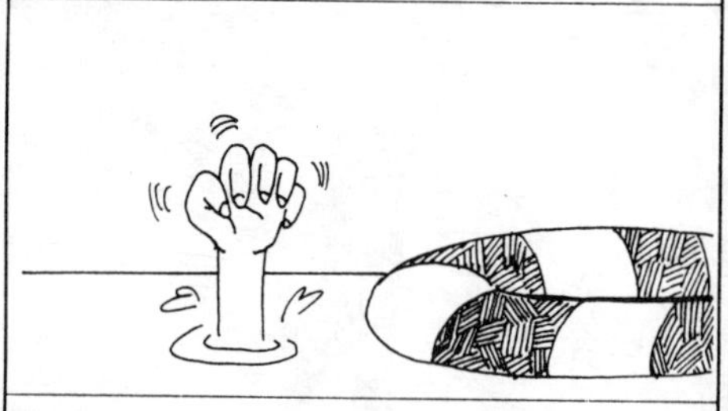

[他]解救　[名]救助

stir [stə:]

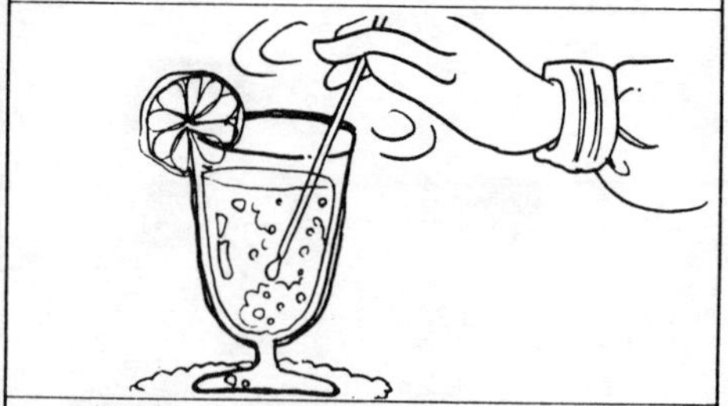

[他][自]攪拌，使動，使感動
[名]動，騷動

invite [inváit]

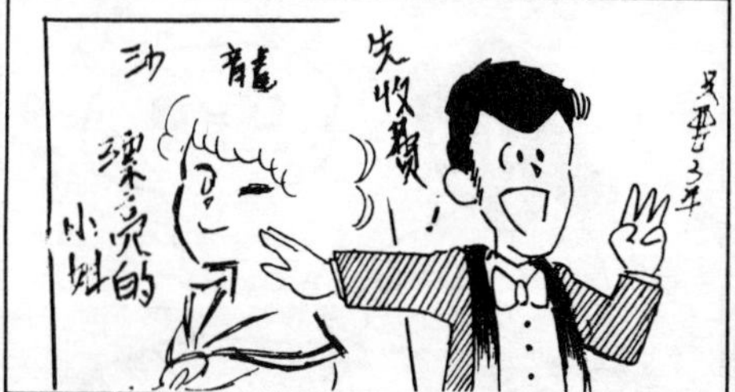

[他]招待　[名]invitátion招待，邀請（帖）

convey [kənvéi]

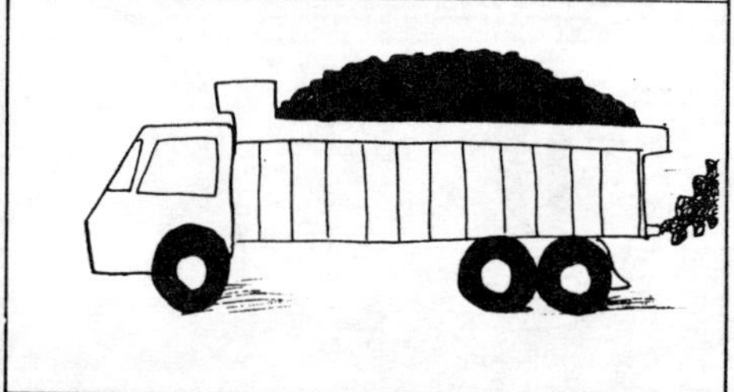

[他]運送 *(cárry)*，傳達　[名]convéyance 運搬，傳達

diminish [dimíniʃ]

自他 減少　　(decréase)　名 diminútion 減少

preach [priːtʃ]

自他 說教　　　名 préacher 講道者

fascinate [fǽsineit]

他 魅惑　　(charm)　名 fascinátion 魅惑

wither [wíðə]

自他 凋謝，枯萎

wear [wɛə]

他自 穿，磨滅，疲勞
名 穿着，衣服

pierce [piəs]

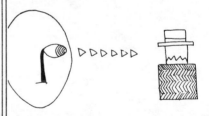

他自 刺穿，戳穿　　形 píercing 刺穿的
，貫穿的

disappoint [disəpóint]

他 失望　　名 disappóintment 失望

attend [əténd]

他 出席　　名 atténdance 出席　形 atténd-
ant 添加的

195

claim [kleim]

⑩㉿要求，主張

avail [əvéil]

⾃⑩有效，利用　　㉿效用，利益
㉽aváilable 能利用的

press [pres]

⑩⾃按，壓迫，迫近，堅持
　　　㉿壓迫，印刷，出版刊物

check [tʃek]

⑩㉿阻止，對號，檢查

decay [dikéi]

⾃㉿腐敗，衰退

explore [iksplɔ́ə]

⑩探險　　㉿explorátion 探險　㉿explɔ́-
rer 探險家

assure [əʃúə]

⑩保證，確信　　　㉿assúrance保證

compete [kəmpíːt]

⾃競爭　　㉽compétitive 競爭的 ㉿com-
petítion 競爭，比賽

196

protest [prətést]

（自）（他）抗議　　（名）[próutest]抗議
cf.Prótestant 新教徒

lean [li:n]

（自）（他）傾斜，依賴　　（形）瘦的　　（反. fat
胖的　）

illustrate [íləstreit]

（他）例解，圖解　　（名）illustráti-
on 插圖，實例

descend [disénd]

（自）（他）降下，傳下　　（名）descént
降下　（名）descéndant 子孫

cultivate [kʌ́ltiveit]

（他）耕作，栽培（名）cultivátion 耕作，教養
（形）cúltivated 被耕種的，有教養的

animate [ǽnimeit]

（他）使活潑，激發　　（形）[ǽnimit]活潑的
（名）animátion 有生氣，漫畫

bother [bɔ́ðə]

（自）（他）困惱，擔心　　*(wórry)*　（名）累贅

furnish [fə́:niʃ]

（他）[furnish A with B] 由 A 供給 B　*(pro-
vide)*，裝備　　*(equip)*

197

contradict [kɔntrədíkt]

⑩反駁，矛盾　　图contradíction
矛盾　图contradíctory 矛盾的

quote [kwout]

⑩圓引用　　图quotátion 引用文

excel [iksél]

圓⑩優於，勝過　　图éxcellent 優
秀的　图éxcellence 優秀

aid [eid]

⑩图援助　　(help)　first aid 急救

insult [insʌ́lt]

⑩侮辱　　图[ínsʌlt]侮辱

nourish [nʌ́riʃ]

⑩給與營養（物），飼養　　图nóuris-
hment 營養（物）

glance [glɑːns]

圓图一瞥，乍見

commit [kəmít]

⑩委任，犯罪　　图commíssion委任狀，
手續費 图commíttee 委員會

seclude [siklú:d]

動 隔離，隱退
名seclúsion 隔離　形seclúded 隱退的

recollect [rekəlékt]

動 回憶，回想　　名recolléction回憶，回想

dare [dɛə]

動自 敢，斷然　　　　　　　[to~]
形dáring 大膽的　cf.dárling 可愛的

constitute [kɔ́nstitju:t]

動 構成，制定　　名constitútion 構成，憲法形constítuent 構成的

surround [səráund]

動包圍　　　形名surróunding 周圍的，周圍的狀況，環境

leave [li:v]

動自 離去，留下，忘記帶走，許可
名離開，許可，休假

ascertain [æsətéin]

動確認

repair [ripéə]

動名修理　　(mend)　(反)impáir 損害

reckon [rékən]

㊀計算 *(count)*，料想

exhibit [igzíbit]

㊀展示，展覽 *(show)* ㊂展示品
㊂exhibítion 展覽會

frighten [fráitn]

㊀使駭怕 ㊂fright 恐怖，吃驚

confine [kənfáin]

㊀監禁，限制 ㊂[kɔ́nfain]邊界，境界

deliver [dilívə]

㊀遞送，移交 ㊂delívery 送達，交付

conceive [kənsí:v]

㊀㊀懷恨，想像 ㊂cóncept 概念 ㊂concéption 概念化，着想

remember [rimémbə]

㊀㊀想起，記起，致意
㊂remémbrance 記憶，紀念品

derive [diráiv]

㊀自…引得㊀出自 ［~from~］

200

disturb [distə́:b]

⑩攪亂 *(ágitate)*，妨礙 *(interrúpt)*
图disturbance 妨礙

appoint [əpɔ́int]

⑩任命，指定，約會　图appói-
ntment 任命，約會

interrupt [intərápt]

⑩妨礙，打斷　图interrúption 妨
礙

resist [rizíst]

⑩抵抗，反對　图resístance 反抗，
抵抗

abandon [əbǽndən]

⑩捨棄 *(give up)*

ascend [əsénd]

⑩⑥上昇 *(go up)*，登 *(climb)* 图ascént
攀登，上昇

pray [prei]

⑩⑥祈禱 *cf.prayer*[prɛə]祈求，[préiə]祈
禱者

emancipate [imǽnsipeit]

⑩解放 *(liberate)* 图emancipátion 解放

infect [infékt]

[他]感染，感化　[名]inféction 感染
[形]inféctious 傳染性的

acquaint [əkwéint]

[他]通知　[名]acquáintance 熟人，相識
be acquainted with~ 精通，熟知

pass [pɑːs]

[自][他]通過，消失，經過[名]山頂，山路，及格

guarantee [gærəntíː]

[他]保證　*(wárrant)*　[名]保證人，擔保

mock [mɔk]

[他][自]嘲笑　[名]嘲笑　[名]móckery 愚弄

supplement [sʌ́pliment]

[他]增加補充[名][sʌ́plimənt]補足，追加
[形]suppleméntary 追加的

contrive [kəntráiv]

[他][自]發明，企劃，巧妙設法
[名]contrívance 設計，發明(品)

reproduce [riːprədjúːs]

[他][自]再生，再生產，繁殖
[名]reprodúction 再生，繁殖

foster [fɔ́stə]

[他]培育，助成 [形]培育的 *foster parent* 養父毋

shift [ʃift]

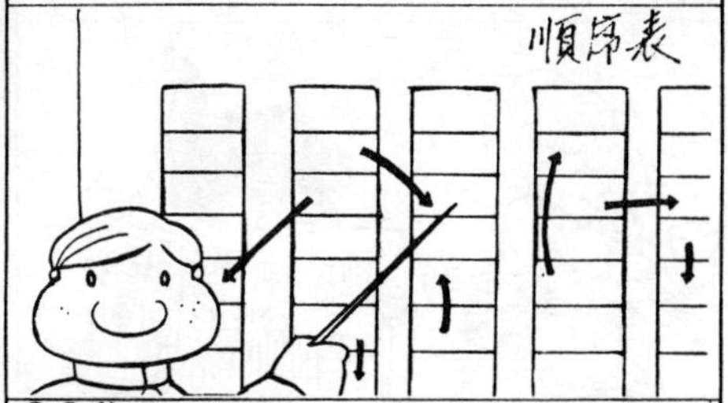

[他][自]移動，改變 *(change)* [名]手段，移動，變化

multiply [mʌ́ltiplai]

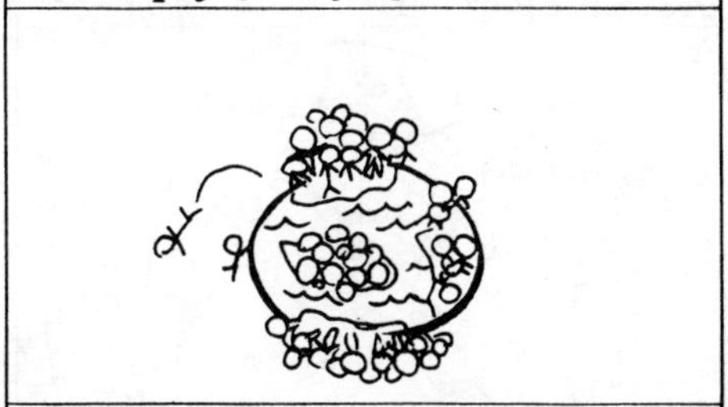

[他][自]增加，乘 [名]múltitude多數，群衆[名]multiplicátion 增加，繁殖

confirm [kənfə́:m]

[他]確認，強化 [名]confirmátion確認

administer [ədmínistə]

[他]管理 *(mánage)* [名]administrátion 管理，行政，經營

retain [ritéin]

[他]保留，保有

run [rʌn]

[自][他]跑，寫著，成爲，冒著危險 [名]奔跑，連續上演

consent [kənsént]

[自]同意 [to～] [名]同意 (反) *dissént* 意見不同

obey [əbéi]

自他服從　　　形obédient 服從的
名obédience 服從

incline [inkláin]

自他傾斜，傾心　　　名斜面，
斜坡名inclinátion 傾向，傾斜

profess [prəfés]

他聲言，公開宣稱　名proféssion 聲言，職
業　形proféssional 專門的，職業的

discard [diská:d]

他拋棄，脫棄

rebel [ribél]

自反叛　　(revólt)　名[rébl]反叛者
名rebéllion 叛亂　cf.lével 水平（準）

rely [riláil]

自依賴，信賴　　　　[on, upon～]
名relíance 信賴　形relíable能信賴的

arouse [əráuz]

他發生，喚起

refresh [rifréʃ]

他使清新，使精神振作，復新
名refréshment 恢復元氣

mingle [míŋgl]

⑩⑩混合

negotiate [nigóuʃieit]

⑩⑩交涉，談判 图negotiátion 交涉，談判

scream [skri:m]

⑩⑩作出尖叫聲　　图悲鳴

explode [iksplóud]

⑩⑩爆發　　　　图explósion 爆發
图explósive 爆發性的

undergo [ʌndəgóu]

⑩經驗，遭遇（困難），忍耐

confess [kənfés]

⑩⑩坦白供認　　　　图conféssion 供
認

punish [pʌniʃ]

⑩處罰　　图púnishment 處罰

retreat [ritrí:t]

⑩图退却　　　（反）advánce 前進

205

defy [difái]

⑩挑戰，藐視　　图defíance 挑戰，
藐視　形defíant 挑戰的

inspire [inspáiə]

⑩使鼓舞，給予靈感
图inspirátion 靈感，感化

gaze [geiz]

圓凝視　　图凝視 gaze at the stars
凝視星星

melt [melt]

圓⑩溶化，消失，（感情等）融洽

leap [li:p]

圓⑩跳 (jump)　图跳躍 leap year 潤年

differ [dífə]

圓 不同　　[from~]　形dífferent 不同的
图dífference 不同

reserve [rizə́:v]

⑩保存，預定　　图保存

freeze [fri:z]

⑩圓凍結 (反)melt 溶解　freezing point
冰點

206

impair [impέə]

[他]損害，傷害 (反) *repáir* 修理

entrust [intrʌ́st]

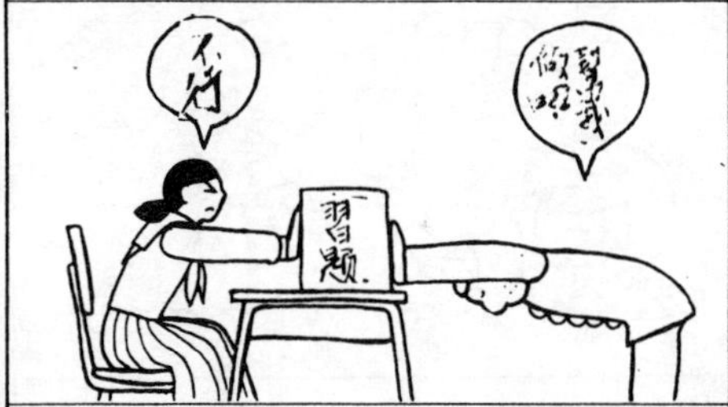

[他]委託，寄托

summon [sʌ́mən]

[他]召喚，召集，奮起

humiliate [hjuːmílieit]

[他]使羞愧 [名]humiliátion 侮辱
[名]humílity 謙遜

advertise [ǽdvətaiz]

[他][自]廣告 [名]advértisement 廣告

resent [rizént]

[他]憤慨，痛恨 [名]reséntment 憤慨 [形]reséntful 憤慨的

scatter [skǽtə]

[他][自]散佈 (反)*gáther* 集聚

provoke [prəvóuk]

[他]使激憤，挑撥 [名]provocátion 挑撥 [形]provócative 煽動的

intoxicate [intɔ́ksikeit]

他 使醉　　　名 intoxicátion 陶醉

contend [kənténd]

自他 論爭，競爭 [with~]，主張
名 conténtion 競爭，論爭

dwell [dwel]

自 居住，　[on, upon~] 思考，詳細陳述

thrive [θraiv]

自 繁榮（茂）(prósper)

anticipate [æntísipeit]

他 預期　(expéct)　名 anticipátion 預想，期望

oblige [əbláidʒ]

他 不得不，強迫
名 obligátion 義務，恩惠

dismiss [dismís]

他 解雇，解散　　名 dismíssal 解雇
　(反) emplóy 雇用

stoop [stuːp]

自他 彎下身，屈服

208

modify [mɔ́difai]

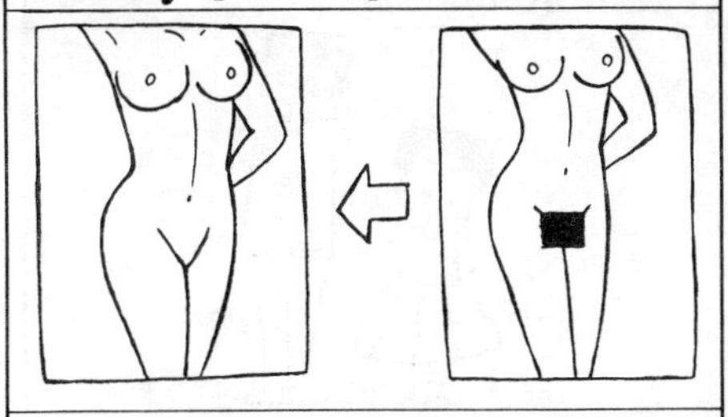

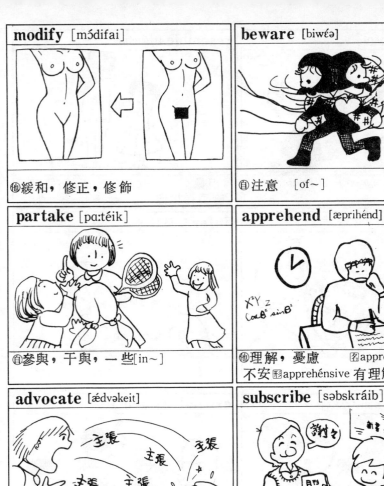

[他]緩和，修正，修飾

beware [biwέə]

[自]注意 [of～]

partake [pɑːtéik]

[自]參與，干與，一些[in～]

apprehend [æprihénd]

[他]理解，憂慮 [名]apprehénsion理解，不安[形]apprehénsive 有理解力的

advocate [ǽdvəkeit]

[他]主張，支持 *(suppórt)*
[名][ǽdvəkit]提倡者，支持者

subscribe [səbskráib]

[自][他]預約訂閱刊物，署名，捐獻 [名]subscríption署名，預約訂閱，捐獻

vanish [vǽniʃ]

[自]消失 *(disappéar)*

lurk [ləːk]

[自]隱藏，潛伏，埋伏

lament [ləmént]

⾃⾃⽥⿃悲嘆　　(grieve)　⿃lámentable 悲
傷的

resemble [rizémbl]

⽥相像　　　　　⿃resémblance 相似 (點)
臉長得相像

tempt [tempt]

⽥誘惑　　　⿃temptátion 誘惑

infer [infə́:]

⽥推論，推測　　　⿃ínference 推定

construct [kənstrʌ́kt]

⽥建設　　(反. destróy 破壞　　)
⿃constrúction 建築

expand [ikspǽnd]

⽥⾃擴張，擴大，伸張　　⿃expánsion
擴張　　(反)contráct 縮小

burst [bə́:st]

⾃⽥破裂　　　　[into~]突然
⿃破裂，突發

roll [roul]

⽥⾃回轉，（船）搖動
⿃回轉，搖動，捲物

PART III 重要單字征服階梯

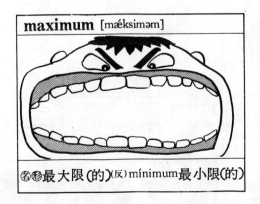

maximum [mǽksiməm]

名形 最大限(的) (反) mínimum 最小限(的)

名 詞
noun

botany [bɔ́təni]

图植物學 *botanical garden* 植物園
cf. zoólogy 動物學

utmost [ʌ́tmoust]

图形極度(的)，最大限度 *do one's utmost* 竭盡所能

uniformity [juːnifɔ́ːmiti]

图劃一，單調 形图úniform —律的，齊一的，軍服，制服

throne [θroun]

图王位，王權，王座

dialogue [dáiələɡ]

图對話(*conversátion*)

heretic [hérətik]

图異教徒，異端者 形herétical異端的，異教的 图héresy 異端，異教

orientation [ɔːrientéiʃən]

图方位，適應，指導，新生訓練

outcome [áutkʌm]

名結果(resúlt)

shepherd [ʃépəd]

名牧羊者 動看守羊群，領導

vessel [vésl]

名容器，船舶

mob [mɔb]

名群眾，暴徒(disorderly crowd) 動móbi!ize
動員

omen [óumen]

名前兆 形óminous 不吉利的

glimpse [glimps]

名一瞥 動瞥見，一瞥

hypothesis [haipɔ́θisis]

名傳說(assúmption) 形hypothétical 傳說的
(反)théory 學說

toe [tou]

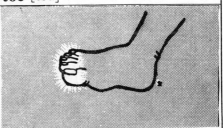

名腳趾，腳尖

213

adolescence [ædəlésəns]

⊗青年期 圈adoléscent 青年期的(人)

vein [vein]

⊗靜脈(*cf. ártery*動脈) 血管，鑛脈，氣質

allowance [əláuəns]

⊗給與，零用錢，酌量，許可 ⑩allów 許可，支給

hygiene [háidʒi:n]

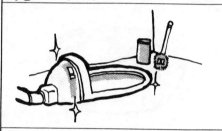

⊗衛生　　*public hygiene* 公共衛生

peninsula [pinínsjulə]

⊗半島 圈penínsular 半島的

decree [dikrí:]

⊗⑩命令，公告

shield [ʃi:ld]

⊗盾，保護(者)⑩保護

propriety [prəpráiəti]

⊗妥當，有禮節　　圈próper 適當的

214

bundle [bʌ́ndl]

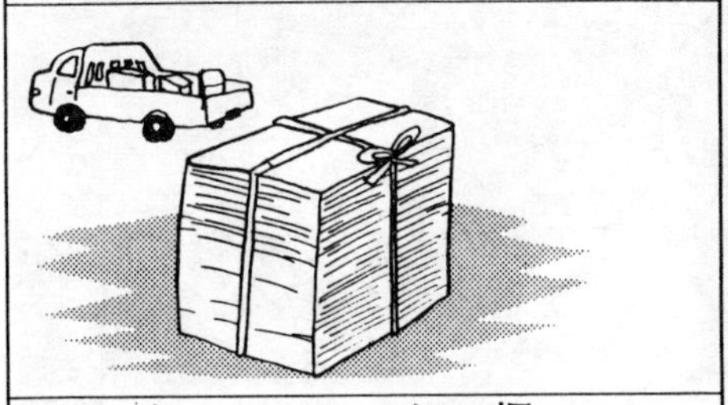

[名]捆，包 (*páckage*) [他]包，捆

hedge [hedʒ]

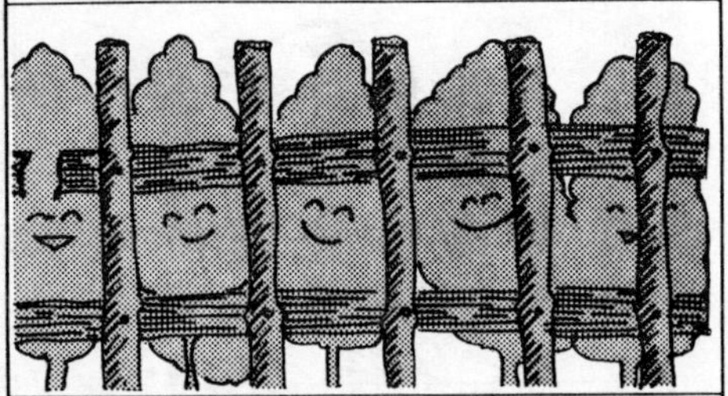

[名]籬巴，樹籬，障壁 [他]圍住，妨礙

patch [pætʃ]

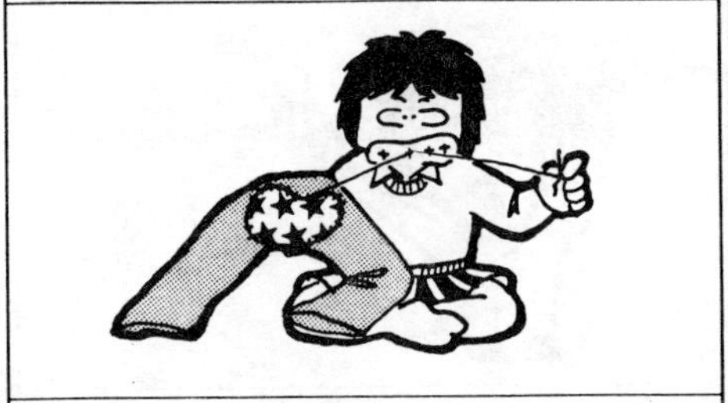

[名]補片 [他]補綴

statistics [stətístiks]

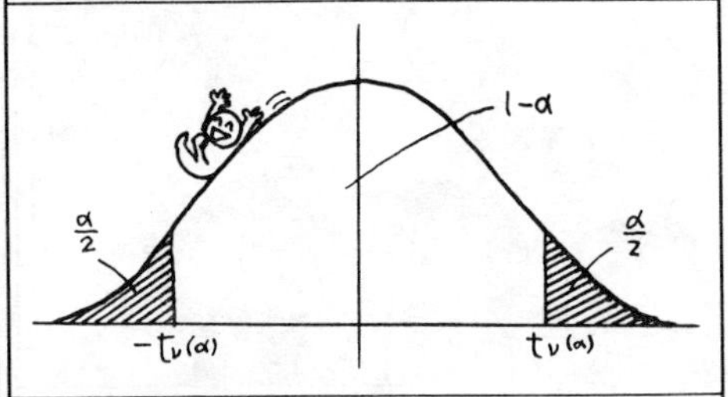

[名]統計(學)

adversity [ədvə́:siti]

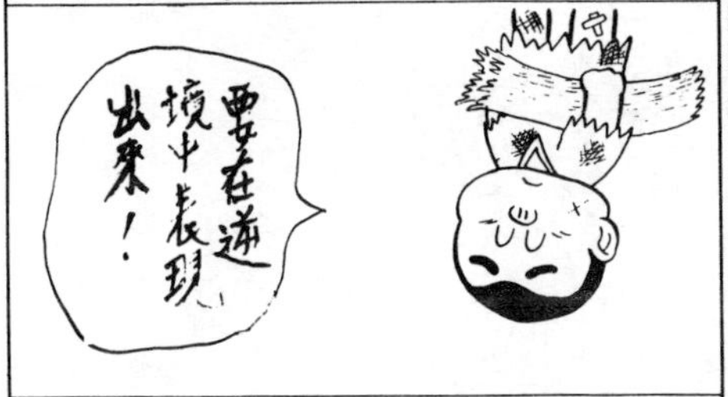

[名]逆境 [形]ádverse 相反的，不幸運的

limb [lim]

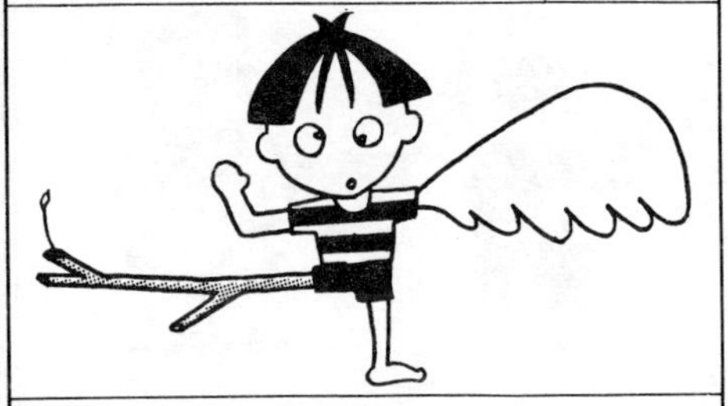

[名]肢，手足，翼，枝幹

solace [sɔ́lis]

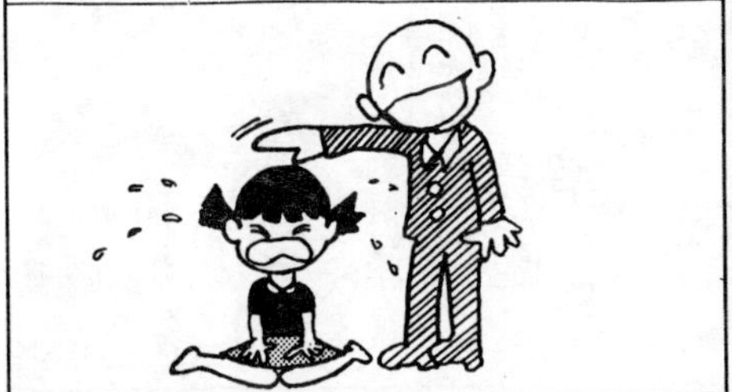

[名][他]安慰

weed [wi:d]

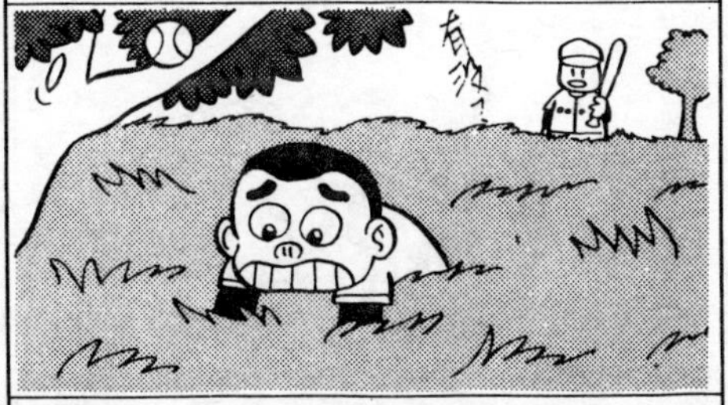

[名]雜草 [他]拔雜草，去除

trifle [tráifl]

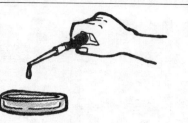

㊂瑣事，少量　　㊉開玩笑
㊍trífling 些許的

hazard [hǽzəd]

㊂危險，偶然 *(chance)*　㊍házardous危險的
public hazards 公害

fallacy [fǽləsi]

㊂錯誤　　㊍fallácious 錯誤的

prestige [prestí:ʒ]

㊂名聲，信望，威信

dismay [disméi]

㊂㊉狼狽

treason [trí:zn]

㊂叛逆，謀叛，背信

collision [kəlíʒən]

㊂(火車，船等)，(利害等之)碰撞，
抵觸

plea [pli:]

㊂辯解，申訴㊀㊉plead 辯護，申訴
[for~]

rapture [ræptʃə]

名高興，狂喜(écstasy) 形rapt 入迷的 cf. rúpture 破裂

treachery [trétʃəri]

名叛逆，背叛 形tréacherous 叛逆的，陰險的

calamity [kəlǽmiti]

名災難(misfórtune)

excursion [ikskə́:ʃən]

名遠足　　　　　(óuting)

fluid [flú:id]

名液體 形流動性的 (反) sólid 固體的

saw [sɔ:]

名他鋸子，格言

testimony [téstiməni]

名證據(proof)，證言 自他téstify 證言

means [mi:nz]

名方法，手段，財產

fund [fʌnd]

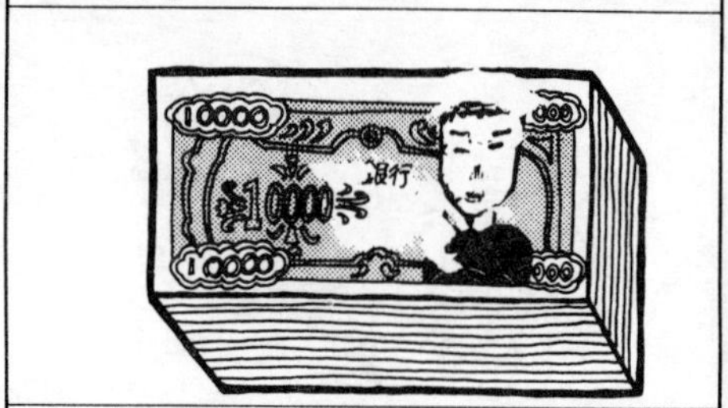

[名]基金，資金，豐富的知識（複）財源

location [loukéiʃən]

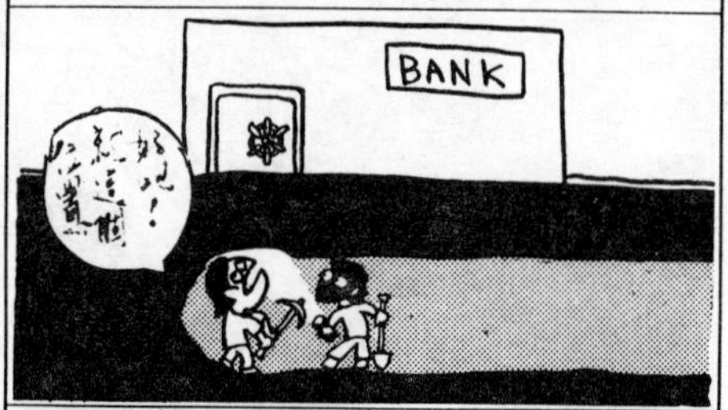

[名]位置，場所，野外攝影(地)　[他]locáte 固定場所，顯示位置

journal [dʒə́:nəl]

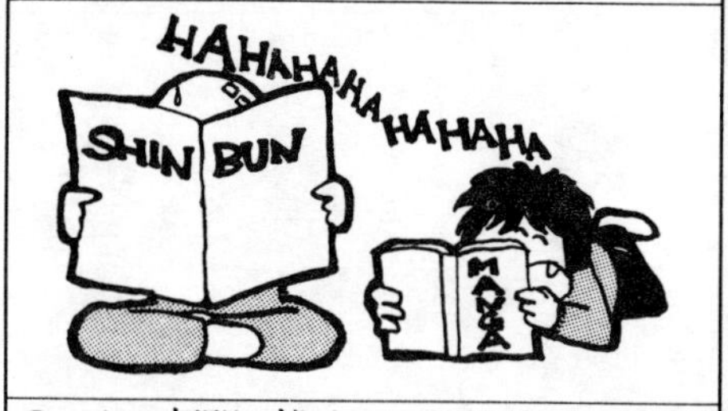

[名]日記，新聞，雜誌　[名]jóurnalism 新聞學

domain [douméin]

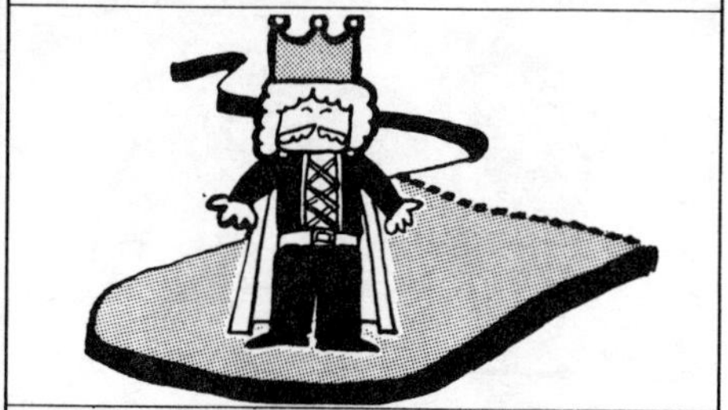

[名]領土，領域，範圍　[他][自]dóminate 支配　[形]dóminant 支配的，優勢的

benefactor [bénifæktə]

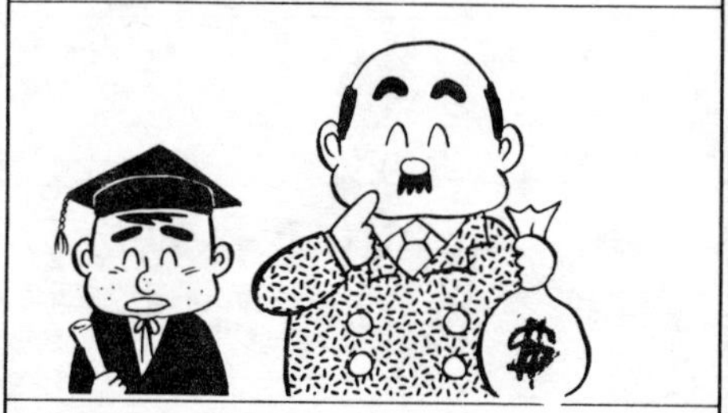

[名]捐助人，恩人

estate [istéit]

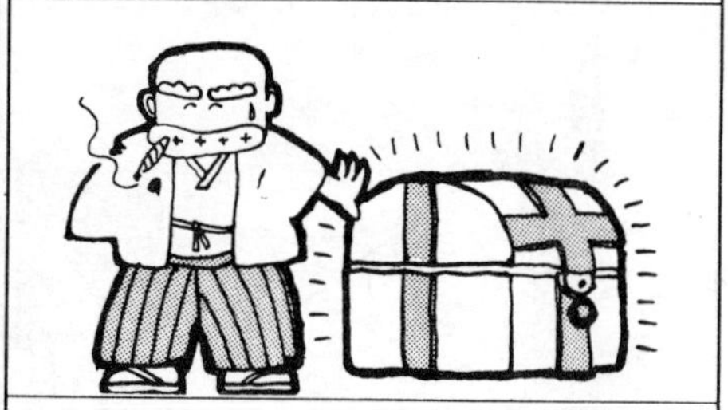

[名]財產，地產　*real estate* 不動產

layer [léiə]

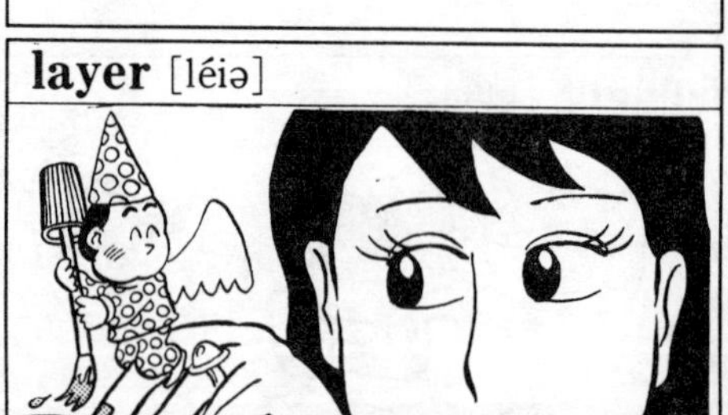

[名]層，重，塗層，生蛋雞

trap [træp]

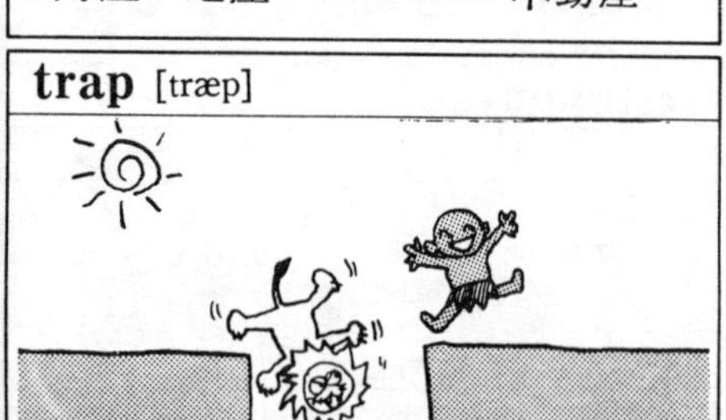

[名][他][自]陷井，防臭U字管

disciple [disáipl]

⑧弟子(fóllower)，門人

grace [greis]

⑧恩寵，優雅，優美 ㊰gráceful 優雅的
㊰grácious 仁慈的

cosmos [kɔ́zməs]

⑧宇宙 ㊰cósmic 宇宙的

plague [pleig]

⑧傳染病，天災㊉使苦難

hospitality [hɔspitǽliti]

⑧款待 ㊰hóspitable 親切款待的

quest [kwest]

⑧㊉探求

truce [truːs]

⑧停戰 flag of truce 停戰旗（白旗）

tact [tækt]

⑧機智，秘訣，機敏 ㊰táctful! 機智
的

output [áutput]

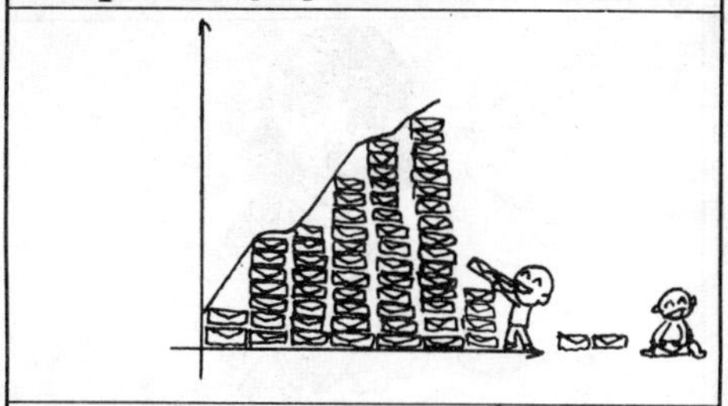

[名]出產量

nail [neil]

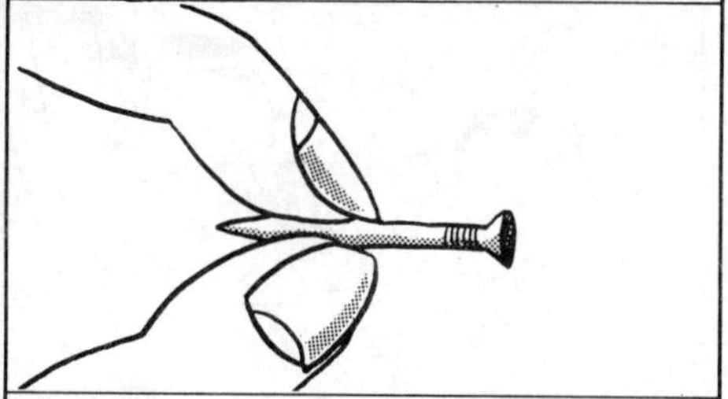

[名]指甲*(fingernail)*，釘　[他]釘住

patent [péitənt]

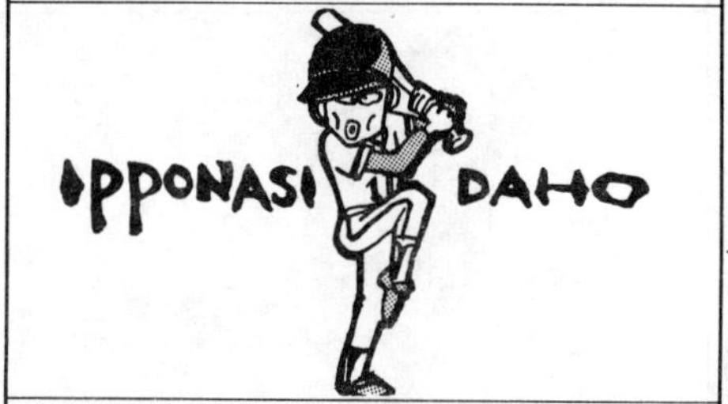

[名][形]專利(的) 明白(的)

priest [pri:st]

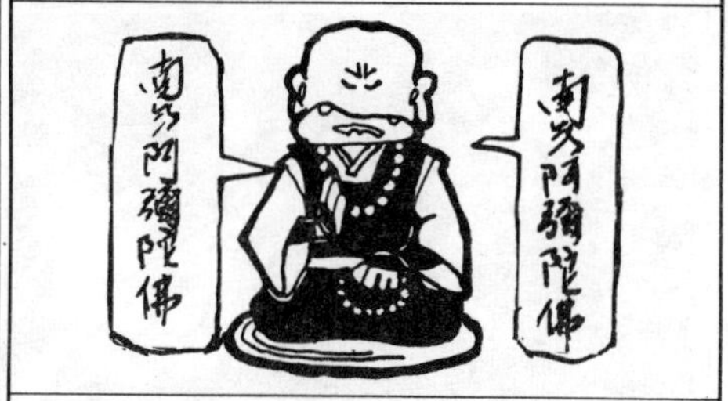

[名]僧侶，牧師*(minister)*

outlet [áutlet]

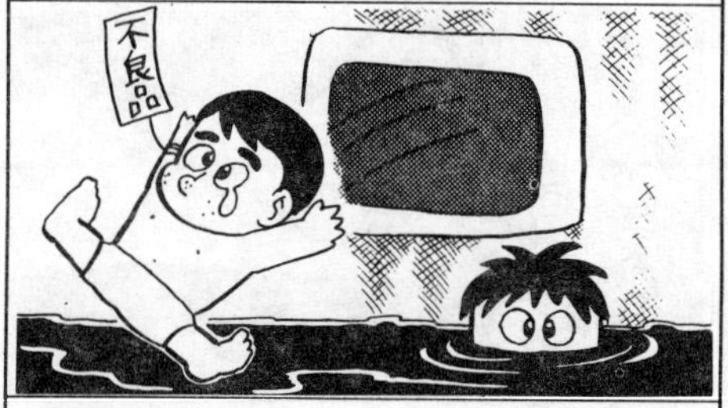

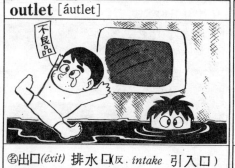

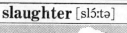

[名]出口*(éxit)* 排水口([反]. *íntake* 引入口)

masterpiece [má:stəpi:s]

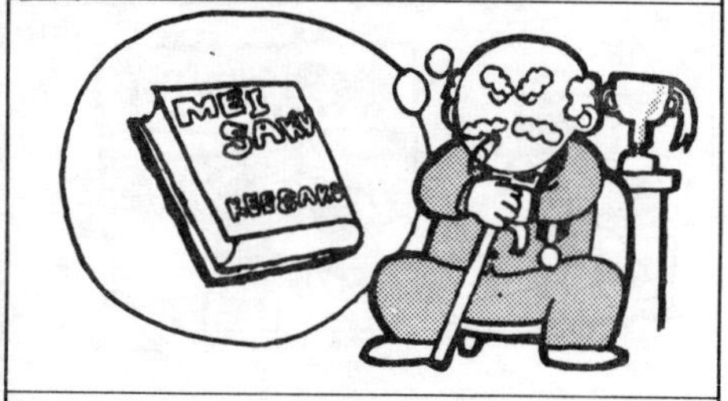

[名]傑作，偉大的業績，名作

slaughter [slɔ́:tə]

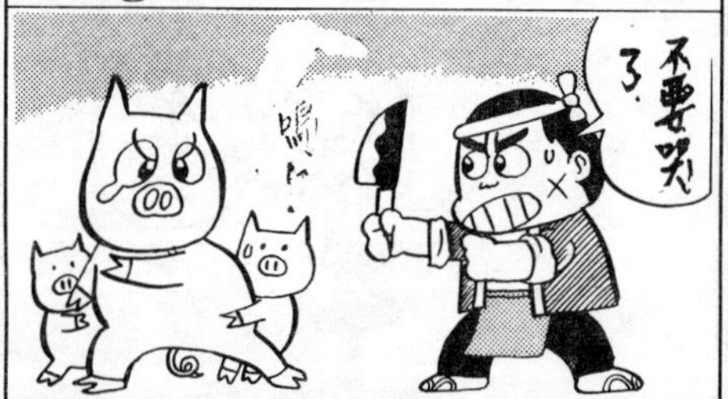

[名][他]殘殺，屠殺

snare [snɛə]

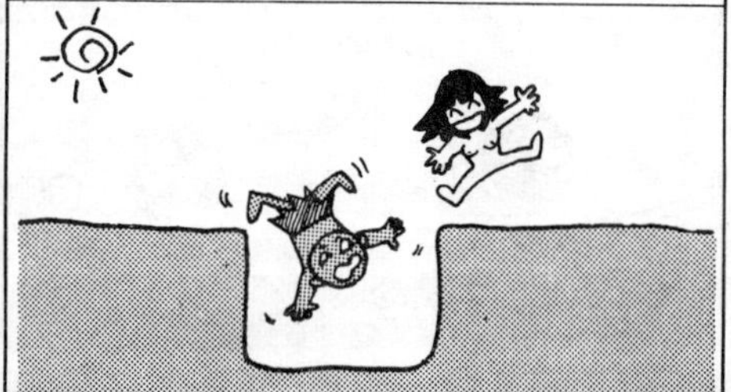

[名][他]陷井，誘惑

bulk [bʌlk]

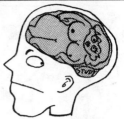

㊟大小，容積　　　*(the bulk)*大部分，
大牛 ㊟ 龐大　　㊙búlky 龐大的

friction [frík ʃən]

㊟摩擦，不和

feat [fiːt]

㊟功績，神速的手藝

renown [rináun]

㊟名聲*(fame)*　㊙renówned 有名的

maxim [mǽksim]

TIME IS MONEY

㊟格言

slumber [slʌ́mbə]

㊟㊙睡眠，打盹

edge [edʒ]

㊟邊，緣，銳利㊙㊟使銳利，使漸漸逼
進

bachelor [bǽtʃilə]

㊟單身漢，學士　　(反)*spinster*未婚女
人

suicide [súːisaid]

⑧自殺 (者)⑲suicídal 自殺的

idiot [ídiət]

⑧白痴，傻瓜⑲idiótic 白痴的

petroleum [pitróuliəm]

⑧石油 *crude(or raw) petroleum* 原油

bait [beit]

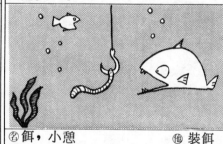

⑧餌，小憩　　　　　　⑩裝餌

lightning [láitniŋ]

⑧閃電　　　　⑲閃電的
lightning rod 避雷針

implement [ímplimənt]

⑧器具，工具

summary [sʌ́məri]

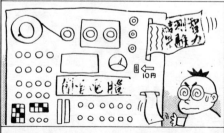

⑧⑲簡要 (的)⑩súmmarize 簡要

expenditure [ikspénditʃə]

⑧消費，支出⑩expénd 消費

accordance [əkɔ́:dəns]

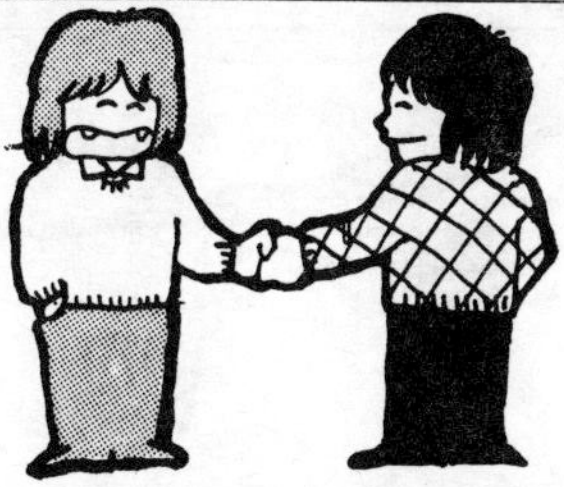

[名]一致，調和[自][名]accórd 一致
(反)*díscord* 不一致

verse [və:s]

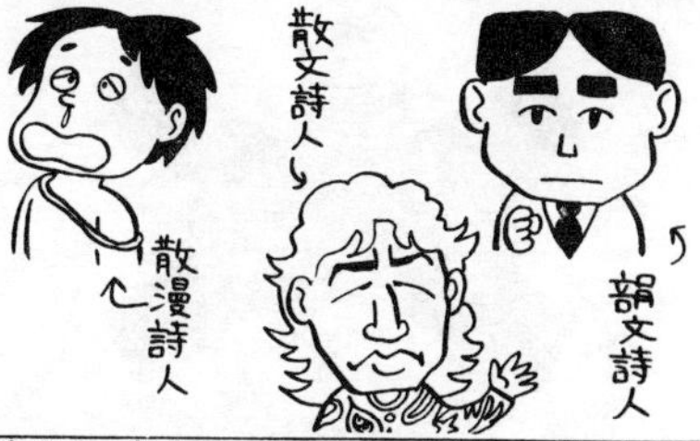

[名]詩(之一行) 韻文[自]vérsify 作詩
(反)*prose* 散文

usher [ʌ́ʃə]

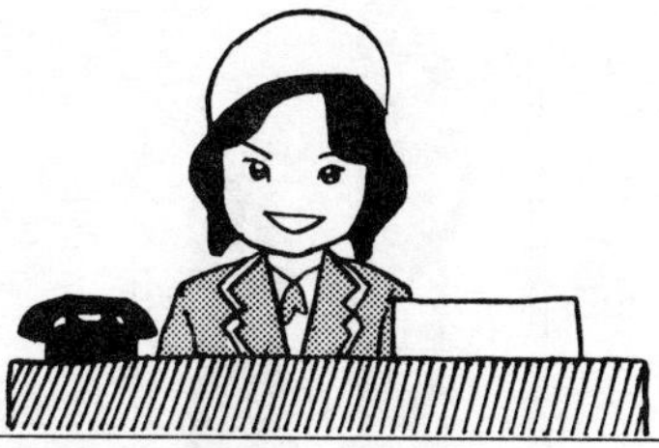

[名]引導員[他]引導

specimen [spésimin]

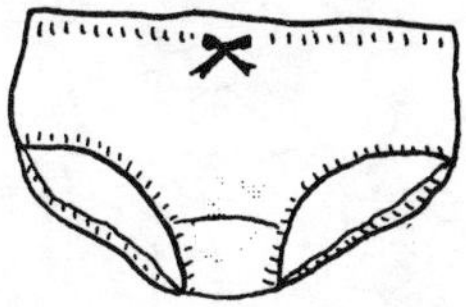

[名]樣本，標本，實例

myriad [míriəd]

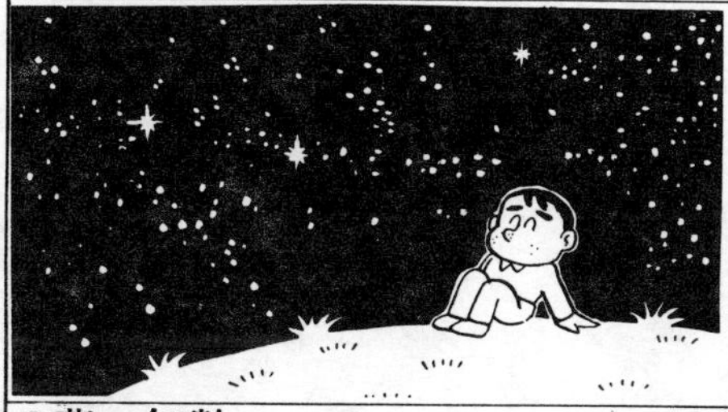

[名]萬，無數 [形]無數的

monarch [mɔ́nək]

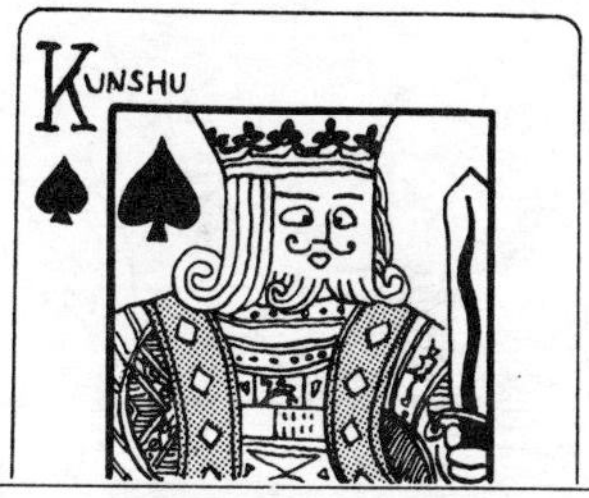

[名]君主 [名]mónarchy 君主(政體)

livelihood [láivlihud]

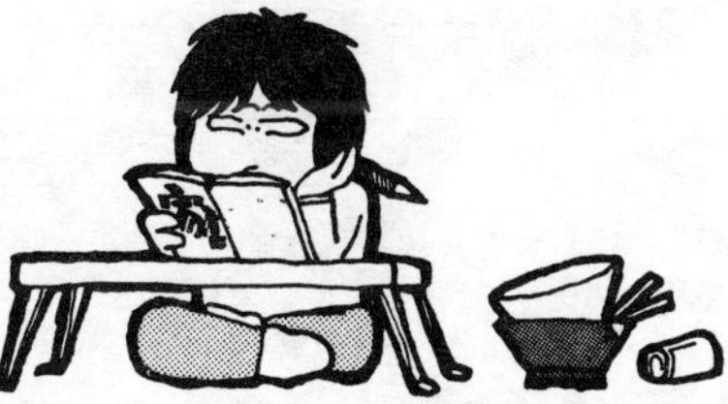

[名]生計，生活，生活費

surplus [sə́:pləs]

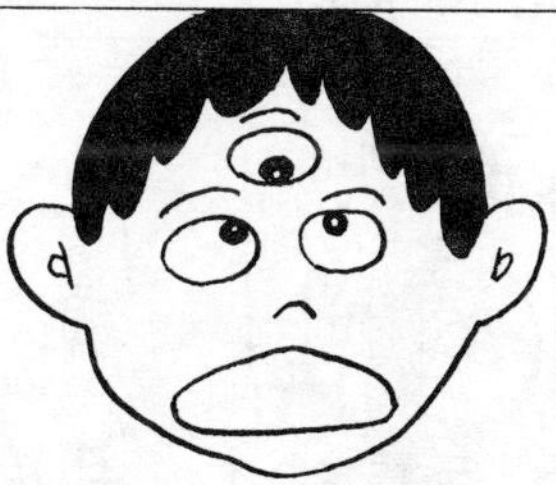

[名]剩餘 [形]過剩的 *in surplus* 過剩

temperance [témpərəns]

图節制，禁酒 形témperate 有節制的，穩健的，溫暖的

scissor [sízə]

图剪刀　　他剪

translation [trænsléiʃən]

图翻譯，譯文　他transláte 翻譯

stature [stǽtʃə]

图身長

statue [stǽtjuː]

图彫像，立像

rag [ræg]

图破布，（複）破衣服　形rágged 破爛的，粗糙的

sermon [sə́ːmən]

图說教，訓誡

Mediterranean [meditəréiniən]

图形地中海的

branch [brɑːntʃ]

㈜枝，支流，支店　㊌分歧的　㊀分枝，分歧

token [tóukn]

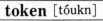

㈜表徵，紀念品，許可證

parcel [pɑ́ːsl]

㈜小包(páckage)　㊌區分　　[out~] parcel post 包裹郵件

magnitude [mǽgnitjuːd]

㈜大小，重要，(星的)光度，震度
㊌mágnify 擴大，誇張

traitor [tréitə]

㈜叛逆者，叛國者

pledge [pledʒ]

㈜㊌抵押，誓約，保證

dusk [dʌsk]

㈜黃昏 (twílight)

span [spæn]

㈜指距　　　　　　　　　　㊌
以手指量

225

pang [pæŋ]

(名)激痛，心痛

attic [ǽtik]

(名)閣樓　　*(gárret= áttic)*

paradox [pǽrədɔks]

(名)似非而是的議論(形)paradóxical 矛盾的

hydrogen [háidrədʒən]

(名)氫

vote [vout]

(名)投標，選舉權*(súffrage)*　(自)(他)投票
(名)vóter 投票者

reverie [révəri]

(名)空想，夢想

pulse [pʌls]

(名)脈搏，豆　　(自)脈跳，鼓動

fragment [frǽgmənt]

(名)破片，斷片(形)frágmentary 碎片的

pension [pénʃən]

㊂年俸，撫卹金㊌給與退休金 *old-age pensions* 養老年金

pain [pein]

㊂痛苦，(複)勞苦㊌㊁苦痛，勞苦
㊋páinful 苦痛的，勞苦的，悲痛的

dose [dous]

㊂(藥之)一回，一服分 ㊌下藥

irrigation [irigéiʃən]

㊂灌漑 　㊌írrigate 灌漑

gauge [geidʒ]

㊂標準尺寸，儀錶，規　　㊌計量，
評價

mission [míʃən]

㊂使節團，傳道，任務 ㊂㊋míssionary 傳
教師，傳道的

relic [rélik]

㊂遺物，遺跡，遺品

portion [pɔ́:ʃən]

㊂部分，一份 *(share)* ㊌分配　[out～]

形容詞
adverb

elderly [éldəli]

[形]頗老的，過了中年的

frivolous [frívələs]

[形]輕率的，愚蠢的 [名]frivólity 輕率

venerable [vénərəbl]

[形]應尊敬的 [他]vénerate 深爲尊敬
[名]venerátion 深深尊敬

transparent [trænspɛ́ərənt]

[形]透明的，(文體) 簡明的

forlorn [fəlɔ́:n]

[形]被捨棄的，孤獨的*(lốnely)*

petty [péti]

[形]小的，瑣碎的，下級的

equivalent [ikwívələnt]

[形]相等的[名]同等物，同義語

intricate [íntrikit]

⑯複雑的

neat [ni:t]

⑯乾淨的，整潔的　　　圖néatly 清
爽地

transient [trǽnziənt]

⑯一時的，虚幻的　　(反) pérmanent 永久
的

quaint [kweint]

⑯奇妙的，古雅的，奇怪的　　(queer)

short [ʃɔ:t]

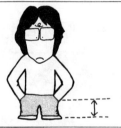

⑯短的,不充分的,不足的,簡單的　圖突然
地，不足地

akin [əkín]

⑯血族的,同族的,同類的[to～]

haughty [hɔ́:ti]

⑯傲慢的，不遜的　　(árrogant)

predominant [pridɔ́minənt]

⑯優勢的，壓倒的，卓越的

229

silly [síli]

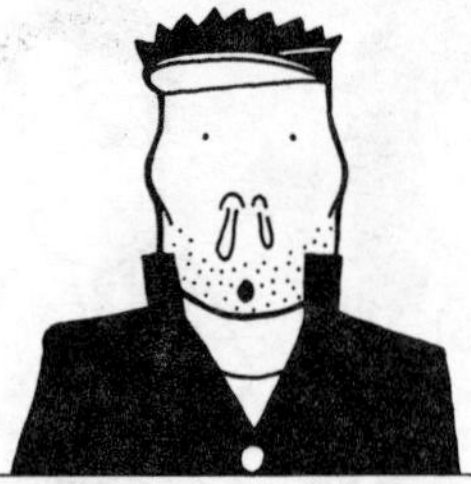

[形]愚蠢的，愚笨的(*fóolish*)

prominent [prɔ́minənt]

[形]顯著的 (*conspícuous*)，傑出的，突出的

vehement [víːimənt]

[形]激烈的，猛烈的，熱烈的

corrupt [kərʌ́pt]

[形]墮落的，腐敗的　[他][自]墮落，腐敗

outstanding [aut-stǽndiŋ]

[形]顯著的，顯眼的，傑出的

pertinent [pə́ːtinənt]

[形]適當的 (反) *impértinent* 不適當的，無禮的

exquisite [ékskwizit]

[形]絕妙的，精巧的，優雅的

sober [sóubə]

[形]沒有醉的，嚴肅的(*sérious*)

sagacious [səgéiʃəs]

圏賢明的，聰敏的 圉sagácity 聰明

indolent [índələnt]

圏怠惰的，懶惰的 *(lázy)*

appropriate [əpróupriit]

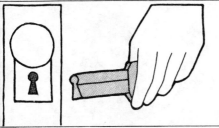

圏適當的，適切的 *(súitable)* 働[əpróuprieit]
供作私用，充當

oral [ɔ́:rəl]

圏口頭的 *oral examination* 口試
cf. áural 耳的

lunar [lúːnə]

圏月的 *cf.sólar* 太陽的

damp [dæmp]

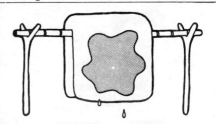

圏濕的 圉濕氣，沮喪働弄濕 *cf.*
dump 拋下

incredible [inkrédibl]

圏不相信的 (反)*crédible* 能信用的

compatible [kəmpǽtibl]

文武両道

圏可並立的，一致的 *(consístent)*
(反)*incompátible* 不能両立的

wholesome [hóulsəm]	**upright** [ʌ́prait]

形健康的，健全的	形直的，直立的，正直的

scarce [skɛəs]	**crude** [kru:d]

形貧乏的(scánty)，不足的名scárcity 缺乏，不足副scárcely 好不容易	形自然的，粗野的　　(反) refined 精練的　　crude manners 沒禮貌

prodigal [pródigəl]	**prudent** [prú:dənt]

形浪費的，放蕩的　prodigal son 回頭的浪人	形謹慎的(discréet)，細心的 名prúdence 謹慎　(反)imprúdent 輕率

practically [prǽktikəli]	**humble** [hʌ́mbl]

副實際的，事實上的，幾乎 (álmost) 形práctical 實際的	形下賤的，謙遜的　動貶抑

232

devoid [divɔ́id]

圈全無的，缺乏的 [of~]

abrupt [əbrʌ́pt]

圈突然的　　　圖abrúptly 猝然的地

incessant [insésənt]

圈不絕的　(céaseless)，連續的

massive [mǽsiv]

圈巨大的，重的，堅實的

sheer [ʃiə]

圈完全的(útter)　圖完全，全然

compulsory [kəmpʌ́lsəri]

圈強制的，義務的　圖compél 強制
圈compúlsion 強制

potent [póutənt]

圈有勢力的，有力的，有效能的　(反)imp-
otent 無氣力的

indebted [indétid]

圈負債的，受過人恩惠的 [to~]
圈負債，恩情

233

serene [siríːn]

[形]靜的，晴朗，隱定　[名]serénity 靜，晴朗

dreary [dríəri]

[形] 寂靜的，荒涼的

long [lɔŋ]

[形]長的，冗長的　[副]長久　[自]渴望 *(yearn)*, 熱望 [for, to do～]

righteous [ráitʃəs]

[形] 正直的，公正的

vertical [vəːtikəl]

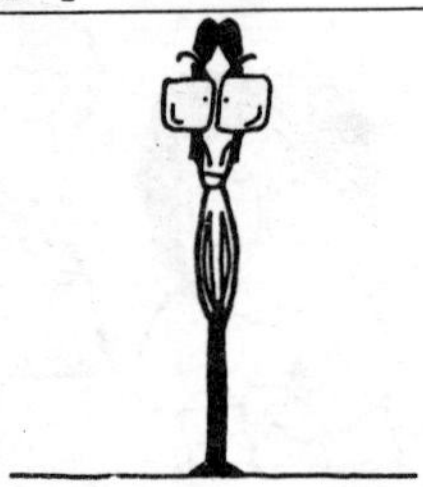

[形]垂直的(*perpendícular*)　(反) *horizóntal* 水平的

flexible [fléksibl]

[形] 易彎的，可通融的　[名]flexibílity 柔軟性

genial [dʒíːniəl]

[形](天氣等) 溫和的，親切的，溫柔的

concise [kənsáis]

[形]簡潔的(*brief*)

whimsical [hwímzikəl]

圏心情浮動的,反覆無常的 图whim 反覆無常，任性.

lesser [lésə]

圏[the lesser~] 較小的 較大的　　　　(反) greater

right [rait]

圏右的,正確，眞的 图 對，權利
他 正確　　圓正確, 恰巧地

ingenious [indʒí:njəs]

圏有發明才能,賢明的,巧妙的
cf. ingénuous 率直的，天眞的

potential [pəténʃəl]

圏潛在的， 可能的 图潛在能力,可能性

approximate [əprɔ́ksimit]

圏大約，近似的　　圓appróximately
大約

insolent [ínsələnt]

圏自豪的，自傲的　　(háughty, árrogant)

fluent [flú:ənt]

圏流暢的　圓flúently 流暢
图flúency 流暢

steep [sti:p]

[形] 險峻的，陡峭的 [名] 陡坡　*cf. stéeple* 尖塔

impudent [ímpjudənt]

[形] 厚臉皮的，冒失的

wistful [wístful]

[形] 渴望的，想望的

cordial [kɔ́:diəl]

[形] 眞心誠意的，懇摯的

rigid [rídʒid]

[形] 堅固，嚴格的 [名] rigídity 嚴格

linguistic [liŋgwístik]

[形] 言語(學)的 [名] lingúistics 言語學

initial [iníʃəl]

[形] 最初的　最初的文字，字首

fruitful [frú:tful]

[形] 多實的 (反. *frúitless* 不結果的) [名] fruit 水果

pensive [pénsiv]

圈沈思的，淒涼的

sanitary [sǽnitəri]

圈衞生的(*hygíenic*)

destitute [déstitjuːt]

圈缺乏 [of~]，窮困

clumsy [klʌ́mzi]

圈笨拙的(*unskíllful*)，不好看的 （反）
cléver 聰明的

naughty [nɔ́ːti]

圈惡作劇的，頑皮的

dismal [dízməl]

圈陰鬱 (*glóomy*)

gay [gei]

圈快樂的，華美的圐*gáiety* 快活

ruthless [rúːθlis]

圈無情的 (*mérciless*)，殘念的

237

mad [mæd]

[形]發瘋的，發狂的 [名]mádness 瘋狂

erect [irékt]

[形]直立的 [副] 筆直地 [他] 直立，建設

irrational [irǽʃənəl]

[形]不合理的，無理性 [反] *rátional* 合理的

vile [vail]

[形] 下賤 *(base)*

gallant [gǽlənt]

[形] 勇敢 *(brave)*

ample [ǽmpl]

[形] 十分的 [他]ámplify 擴大，(細說)

lame [leim]

[形]跛的 [他] 使跛

stout [staut]

[形]強健的，勇敢的，肥胖的 [名]強烈黑啤酒

dim [dim]

[形]微暗的，看不清楚 [自][他] 微暗
(反) *bright*, *clear* 明亮的

bald [bɔ:ld]

[形] 禿頭的，無毛的 *(bare)*

astray [əstréi]

[副] 迷（路）的

simultaneous [siməltéiniəs]

[形]同時的，同時發生的

nearby [níəbai]

[形] 極近的

rugged [rʌ́gid]

[形] 高低不平的，崎嶇的，刺耳的

shabby [ʃǽbi]

[形] 破爛的，破舊的

virtual [və́:tʃuəl]

[形]事實上的，實質上[副]vírtually
實質上地

動　詞
v e r b

accustom [əkʌ́stəm]

[他]慣於　*be accustomed to~* 習慣於

chase [tʃeis]

[他][名]追，追踪

import [impɔ́:t]

[他]輸入　([反]. *expɔ́rt* 輸出　)意義，價值
[名][ímpɔ:t] 輸入

revolt [rivóult]

[自][他]反抗，覺得反感　，噁心，反胃
[名]反叛，不快

defend [difénd]

[他]防御　[形]defénsive 防御的 [名]defénse(ce) 防御 ([反]*attáck* 攻擊　)

rub [rʌb]

[他][自][名]摩擦，接觸

assent [əsént]

[自]同意　*(agrée)* 同意，贊同

dispense [dispéns]

自他不須～而完成某事[with～], 分配
形dispénsable 不須～而完成某事

confer [kənfə́:]

他自授與 (bestów), 協議　名cónfer-
ence 會議，協議

collapse [kəlǽps]

自名崩壞，衰弱

repose [ripóuz]

他自名休息，使休息

confront [kənfrʌ́nt]

他使面對 (face), 對抗

injure [índʒə]

他損傷，傷害　名ínjury 損害

relish [réliʃ]

他吟味，享受　名風味，食欲，嗜好

inflict [inflíkt]

他給予（痛苦或刑罰）

tread [tred]

働働 踏 *(step)*, 踐踏而行

induce [indjú:s]

働 說服使　引誘致使做　引起
(cause)

compel [kəmpél]

働使　勉強做 [~to~]，強制　形
compúlsory 強制性的 名compúlsion 強制

throng [θrɔ:ŋ]

働働 群衆　名群衆，人群

enforce [infɔ́:s]

働實施，強行　名働force 力量，
勢力，勉強

refrain [rifréin]

働謹愼於 [from~]　名(詩, 歌結尾的
重複)

coincide [kouinsáid]

働一致 (符合) 名coíncidence 一致，
符合

exert [igzə́:t]

働出力，使用，發揮　名exértion
發揮，行使

242

degrade [digréid]

（自）（他）墮落　　（名）degradátion墮落，左傾

say [sei]

（他）（自）說，（命令形）例如，喂！

determine [ditə́:min]

（他）（自）決定，下決心　　（形）detérmined
斷然　　（名）determinátion 決意

complicate [kɔ́mplikeit]

（他）複雜化，使惡化　　（形）cómplicated
複雜地

whisper [hwíspə]

（他）（自）耳語，竊竊私語
　　（名）耳語，說悄悄話

dread [dred]

（他）極度的恐怖　（名）恐怖　（形）dréadful 可怕
地

capture [kǽptʃə]

（他）捕獲，逮捕　　　　（形）（名）cáptive
被捕（的），成爲（俘虜）

spoil [spɔil]

（他）無用，污染，　嬌寵　　　　（自）（蔬
菜等）腐爛　（名）（複數）掠奪品

243

scratch [skrætʃ]

⑩⑩搔，把···摟（耙），在一起⑧　擦（輕）傷，搔痒

proceed [prəsíːd]

⑩前進，繼續　⑧prócess過程，方法　⑧procédure 手續，進行

transmit [trænzmít]

⑩傳達，傳送 (send)　⑧transmíssion 傳達，送達

bow [bau]

⑩⑩⑧ 鞠躬　　　⑧船首 ⑧[bou]弓

exclaim [ikskléim]

⑩大聲喊叫　⑧exclamátion 哀號，感嘆的叫喊

subside [səbsáid]

⑩（暴風雨等）靜止，（地面等）下沈(sink)

deplore [diplɔ́ə]

⑩悲嘆

warrant [wɔ́rənt]

⑩⑧保證，認可

244

stifle [stáifl]

他自（使）窒息，壓抑

taint [teint]

他自污染 名污點

ascribe [əskráib]

他[ascribe A to B]A是B所做的結果，A是B所引起的

stretch [stretʃ]

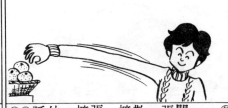

他自延伸，擴張，擴散，張開 名伸張

grudge [grʌdʒ]

他後悔，小氣吝嗇狀 名遺憾

reap [riːp]

他自割劃，收穫 （反）sow 播種

cling [kliŋ]

自固執，黏着，糾纏不放

reprove [riprúːv]

他責難，責罵 名reproof 指責，非難

245

ordain [ɔ:déin]

[他]命令，宿命

extract [ikstrǽkt]

[他]拔取　　[名][ékstrækt]拔粹，抽出物

enrich [inrítʃ]

[他]豐富，使富足

resume [rizjú:m]

[他][自]重新開始，取回　　[名]resúmption 回收

roam [roum]

[自][他]蹣跚，迷醉　　*(wánder)*

discriminate [diskrímineit]

[自][他]識別　　[名]discriminátion 識別

rebuke [ribjú:k]

[他][名]非難，背裏責難

review [rivjú:]

[他][名]複習，再檢討，評論
[名]reviéwer 評論家

detect [ditékt]

[他]發現，看穿，識破 [形][名]detéctive偵探(的)

verify [vérifai]

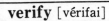

[他]確定，實證

transact [trænzǽkt]

[他]處理 (mánage)，交易
[名]transáction 處理，交易

haunt [hɔ:nt]

[他]糾纏，纏住 [名]常到的場所
[形]háunted 幽靈出現

assign [əsáin]

[他](分)配、派 [名]assígnment 分派，任務，習題

ponder [pɔ́ndə]

[他][自]深思熟慮 [on~] [形]pónderous 嚴肅的

compute [kəmpjú:t]

[他][自]計算，估計 [名]compúter 計算者，計算器

nod [nɔd]

[自][名]首肯，點頭，迷迷糊糊，搖擺

befall [bifɔ́:l]

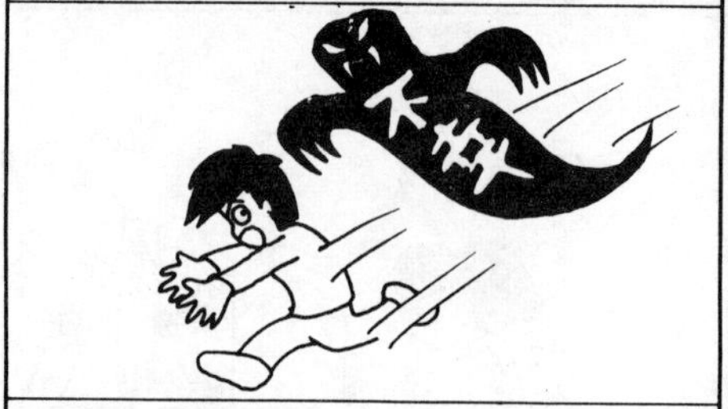

[他]發生在(身上)的事(*happen to*)

prescribe [priskráib]

[他][自]以（法律）等規定，開藥方
[名]prescríption 規定，處方箋

suppress [səprés]

[他]抑壓，禁止，隱藏　[名]suppréssion 抑壓

pitch [pitʃ]

[他][自]投球，搭（帳蓬）等，船前後顛簸 [名]投球，程度，傾斜度，高度，坡度

pant [pænt]

[自][他]喘氣　[for,after～]～渴望

retort [ritɔ́:t]

[他][自][名]回嘴，頂嘴，報仇（復）

startle [stá:tl]

[他]使驚訝　[形]stártling令人吃驚的

muse [mju:z]

[自]沈思　(*méditate*)

bloom [blu:m]

自他開 (花)

salute [səlú:t]

他自寒喧, 敬禮
名salutátion 寒喧, 敬禮

misunderstand [misʌndəstǽnd]

他誤解　　名misunderstánding 誤解

detach [ditǽtʃ]

他分離　(反. attách 結合)，派遣
形detáched 離別, 獨自(的)

cheat [tʃi:t]

他自欺騙, 騙取, 心術不正　　名 騙
子, 詐欺

disdain [disdéin]

他名輕蔑

allude [əlú:d]

自略微透露, 言及暗示，　名allúsion 暗示

revise [riváiz]

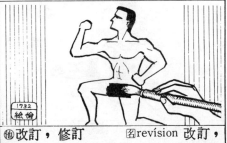

他改訂, 修訂　　名revísion 改訂,
修正

convert [kənvə́:t]

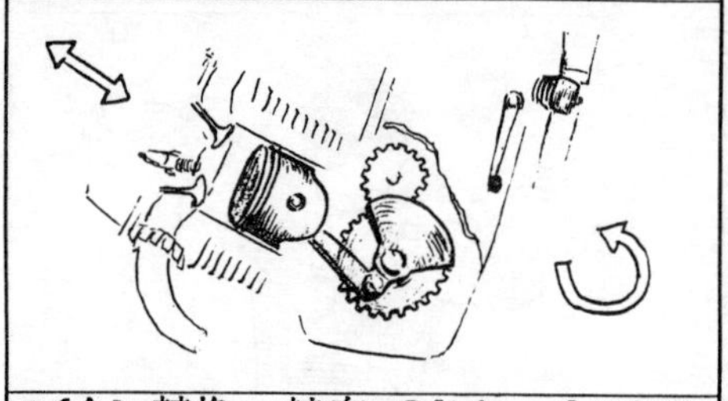

[他](令) 轉換，轉向 [名][kɔ́nvə:t] (宗教等)的改信者 [名]convérsion 轉換(向)

sow [sou]

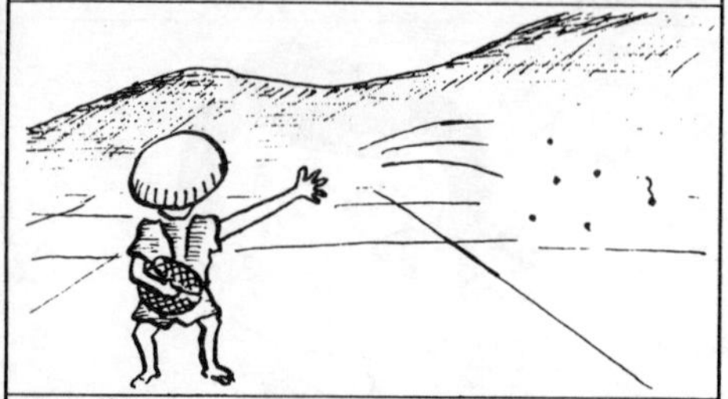

[他][自]撒種　　(反) *reap*收穫 *cf.sew*[sou] 縫　*saw*[sɔ:]鋸

presume [prizjú:m]

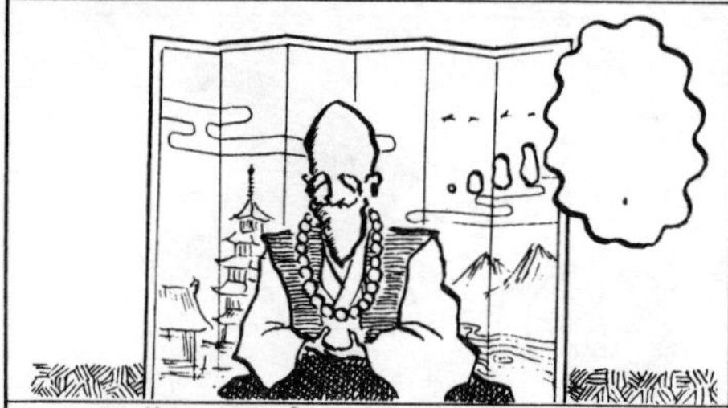

[他][自]想像，推定，好管閒事，出風頭 [名]presúmption 推定，無恥

telegraph [téligrɑ:f]

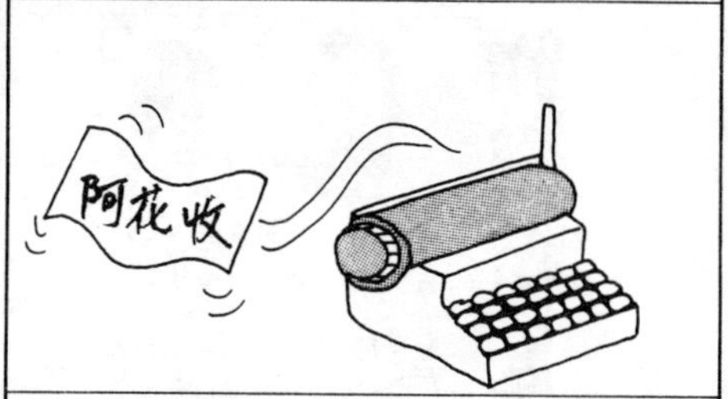

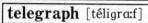

[自][他][名]打電報，電信機

allure [əljúə]

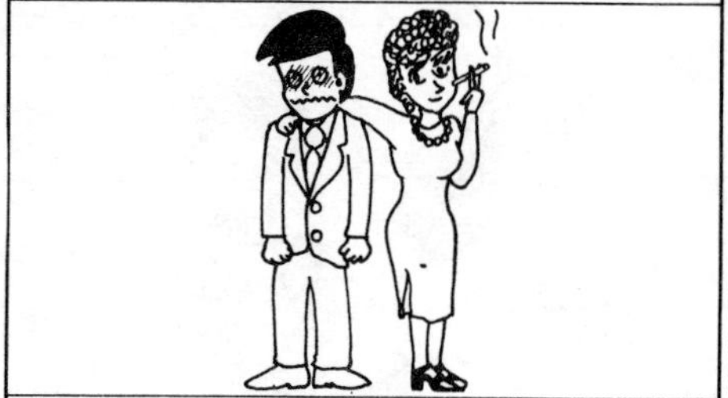

[他]誘惑，引誘，唆使

rattle [rǽtl]

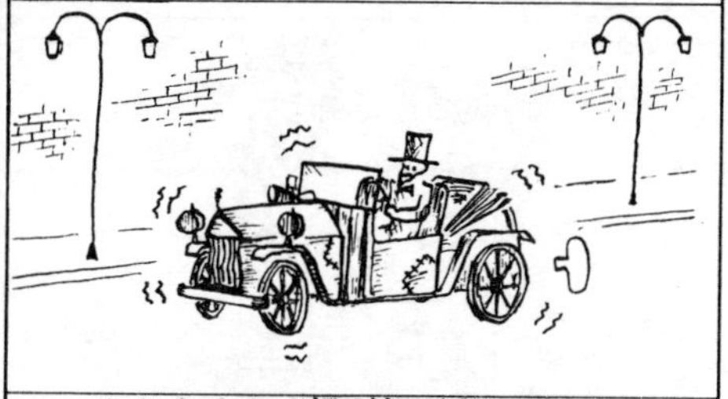

[自][他]發出咔噠咔噠聲(外國話等)說得很流暢 [名]咔噠咔噠音，饒舌，多嘴

rob [rɔb]

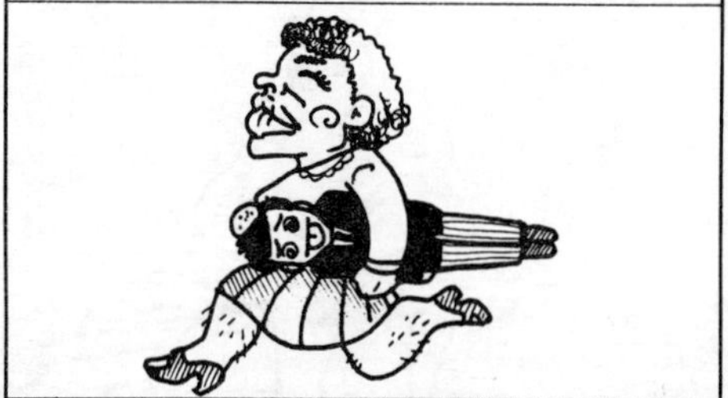

[他][rob A of B]從 A 處奪取 B [名]róbber 強盜 [名]róbbery 強奪

enhance [inhɑ́:ns]

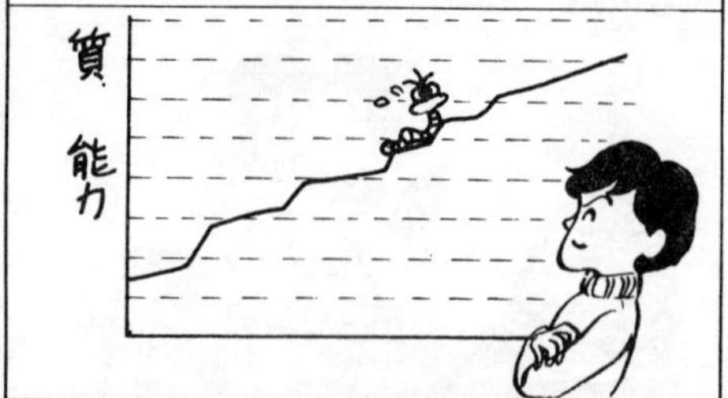

[他]強化，提高(價值)等

uphold [ʌphóuld]

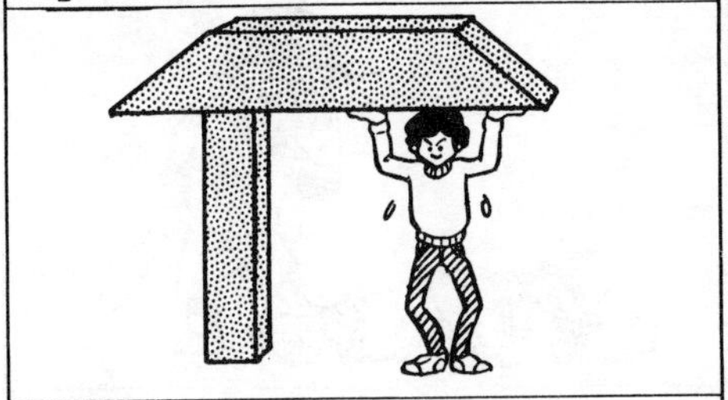

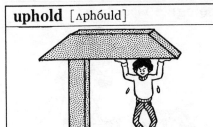

[他]擁護，支持

implore [implɔ́ə]

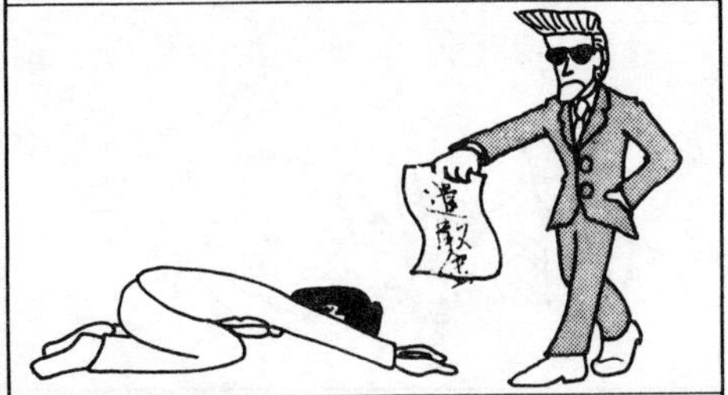

[他]請願，哀求

vouch [vautʃ]

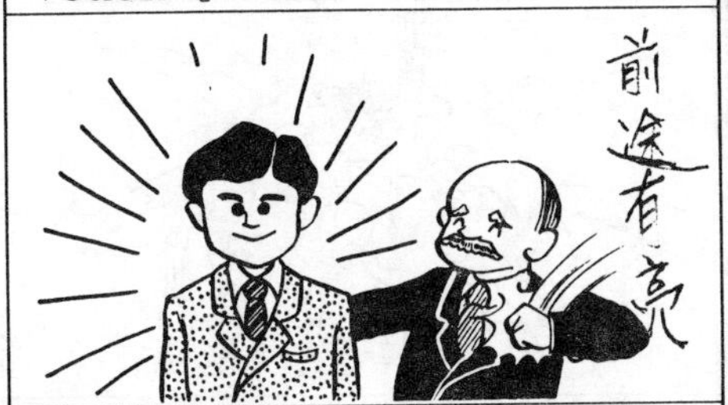

[自]保證，擔保　　[for～]

withstand [wiðstǽnd]

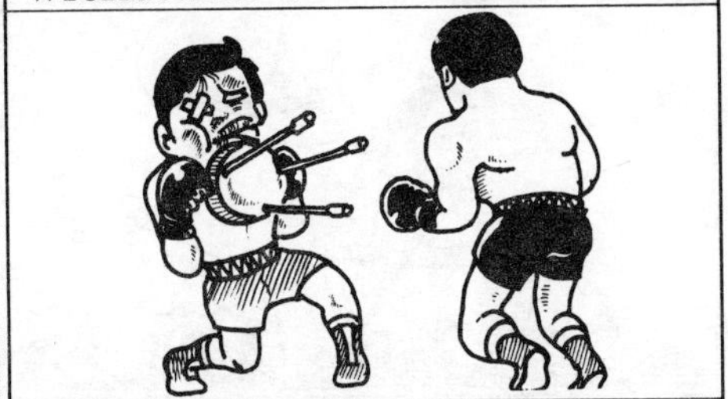

[他]抵抗，堅持，支持　*(endúre)*

overwhelm [ouvəhwélm]

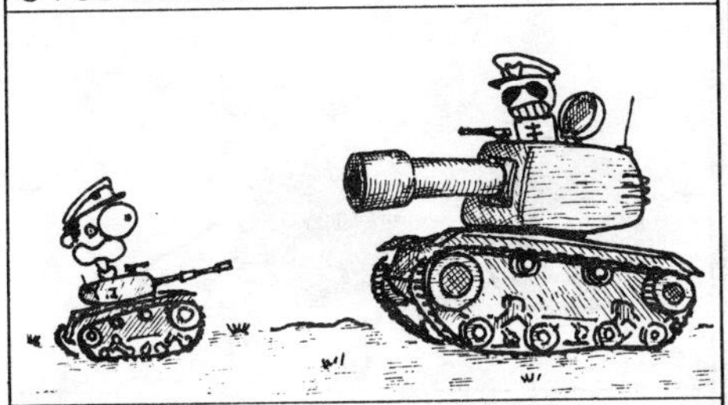

[他]壓倒，擊潰

register [rédʒistə]

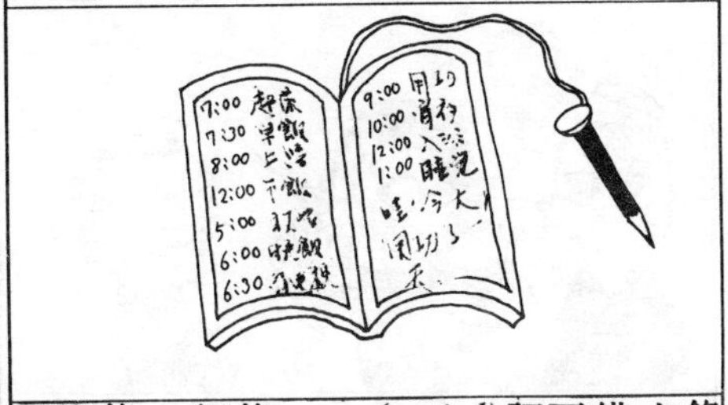

[他]登錄，記錄　*(recórd)* 記下備忘錄
[名]登錄 [名]registrátion 登錄，備忘錄

growl [graul]

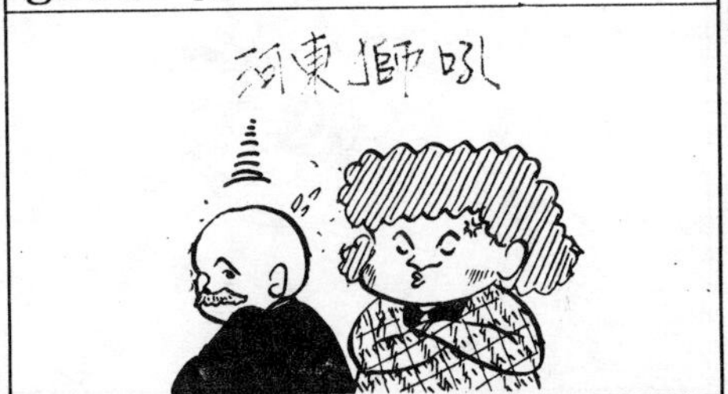

[自][他]（狗等）的吼叫，嚴厲指責貌[名]吼叫聲

banish [bǽniʃ]

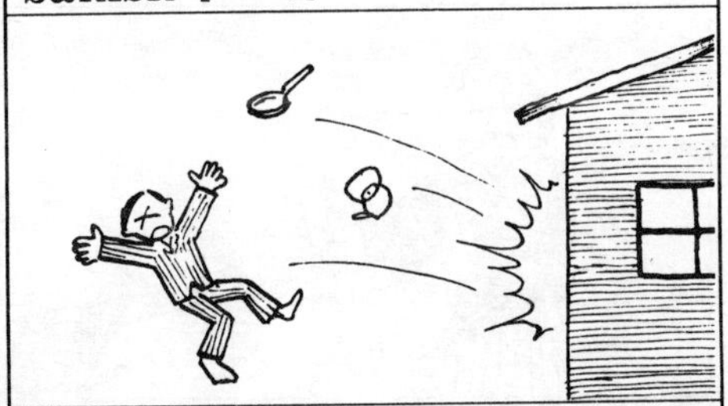

[他]放逐，趕出　[名]bánishment 收逐

spell [spel]

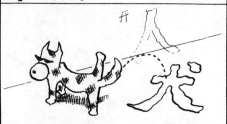

⊕㊀拼音，猜着讀，綴字㊁一段時間，魔力，咒語 cf.spélling 逐字地拼字

apologize [əpɔ́lədʒaiz]

㊀謝罪，辯解　　　㊝apólogy 謝罪

embark [imbáːk]

⊕㊀使（乘船）　　embark[on, upon ~]外出闖事業等

assemble [əsémbl]

㊀⊕集合，組織起來　　㊝assémbly 集合 assembly line 裝配綫

abuse [əbjúːz]

⊕亂用，說人家壞話　㊁[əbjúːs]亂用，壞話

mar [mɑː]

⊕受傷，傷害，損害

concede [kənsíːd]

⊕讓步，准予給予許可，　㊝concéssion 讓步 ㊝concéssive 讓步地

sting [stiŋ]

⊕㊀刺，痛　　㊁（蜂，蠍子等）的螫，被刺後的劇痛

252

deposit [dipɔ́zit]

㊉保存，保留，沈澱 ㊂存款，沈澱物

kneel [niːl]

㊀曲膝，下跪 ㊂knee 膝蓋

plead [pliːd]

㊀㊉請願 [for～]，辯護 ㊂plea 哀
求，辯解

accommodate [əkɔ́mədeit]

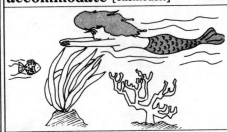

㊉使適應，收容 ㊂accommodátion
適應，住宿設備

decorate [dékəreit]

㊉裝飾 ㊂decorátion 裝飾

fetch [fetʃ]

㊉去將某(人物)帶來

chatter [tʃǽtə]

㊀喋喋不休的說話 ㊂多嘴
cf. chat 談笑

lure [ljuə]

㊉誘惑 ㊂魅惑

ally [əlái]

⑩同盟　㊋allíance 同盟　㊋allíed　結盟

portray [pɔːtréi]

⑩繪肖像　㊋pórtrait 肖像畫

boil [bɔil]

㊀⑩㊂沸騰，煮　*cf.stew* 文火慢煮，燜燉的東西

amuse [əmjúːz]

⑩使歡樂　㊋amúsement 娛樂

annihilate [ənáiəleit]

⑩使殲滅　㊋annihilátion 殲滅

accelerate [ækséləreit]

⑩促進，加速　㊋accélerator 加速器

execute [éksikjuːt]

⑩實行　㊋execútion 實行，遂行　㊋exécutive 執行公務，行政上的

rear [riə]

⑩養育，給予　㊂㊎後方的 *(back)*

invert [invə́:t]

⑩反轉，倒轉　　㊞invérsion 倒轉

thrust [θrʌst]

⑩㊒穿透，強壓　㊟按鈕

tease [ti:z]

⑩ 欺負　*(annóy)*，嘲笑，戲弄

adhere [ədhíə]

㊒固執，黏着　　[to～]　㊚adhérent
黏着　　㊞adhérence 固執

lade [leid]

⑩堆積，負重物　　㊚láden 堆積貨
物

imprison [imprízn]

⑩下獄

paralyze [pǽrəlaiz]

⑩ 使痲痺，無力

surmount [səmáunt]

⑩戰勝(困難等)，克服，超越，凌駕

sob [sɔb]

[自][他][名]啜泣

recede [risí:d]

[自]後退，拉手 [名]recéss 休憩，休會，（複）深處

confound [kənfáund]

[他]混同 (confúse)，使狼狽（驚慌）

insert [insə́:t]

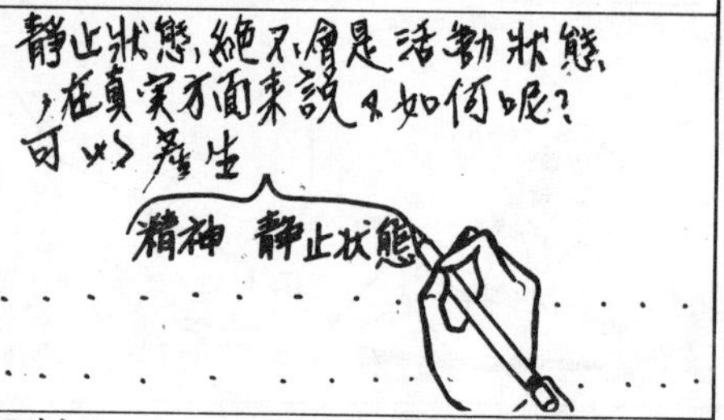

靜止狀態，絕不會是活動狀態，在真實方面來說又如何呢？
可以產生
精神 靜止狀態

[他]射入 [名]insértion 揷入，揷入的廣告

steer [stiə]

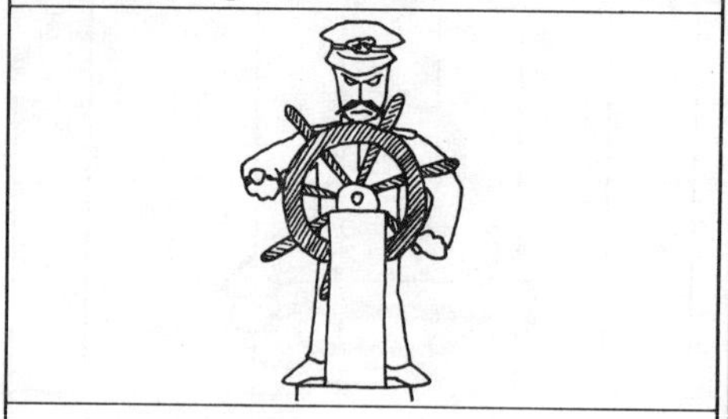

[他][自]操舵，操縱

glow [glou]

[自]紅赤，白熱 [名]光輝，熱情

unfold [ʌnfóuld]

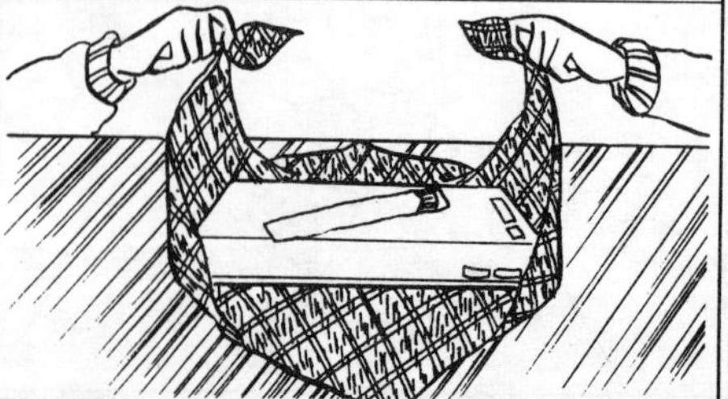

[他][自]將折好的物品攤開，坦白，說實話

withdraw [wiðdrɔ́:]

[自][他]退縮，畏縮，撤退 [名]withdráwal 撤退

award [əwɔ́:d]

㊧審查後授予　　㊜獎品

accumulate [əkjú:mjuleit]

㊧㊨積蓄　　㊞accumulátion積蓄
(反)díssipate 浪費

throb [θrɔb]

㊨㊞動悸，鼓動

embrace [imbréis]

㊧緊抱，受容　　㊞擁抱

conclude [kənklú:d]

㊧給(故事，事件等)下結語，斷定
㊞conclúsion 結尾

allot [əlɔ́t]

㊧分派，分配(assign)

distort [distɔ́:t]

㊧(使)歪曲,扭曲,曲解 ㊞distórtion 歪曲
distorted view 偏見

mislead [misli:d]

㊧使迷惑，使誤解　　㊞misléading 使
迷惑

preoccupy [priːɔ́kjupai]

働先取，熱衷，着迷　图preoccupáti-
on 先取，熱衷沈迷

sustain [səstéin]

働一再地堅忍，支撐，維持，固執
图sústenance 食物，生活的維持

polish [pɔ́liʃ]

働自摩擦，出現光澤　图磨光，精練，
光亮，光澤

regulate [régjuleit]

働規定，調整　　　图regulátion 規則
，取締

console [kənsóul]

働安慰　图consolátion 安慰

conform [kənfɔ́ːm]

働自(使)一致，(使)服從順從
图confórmity 一致，順應

beguile [bigáil]

働欺騙，瞞騙(decéive)

discern [disə́ːn]

働自區別(差異)　(distínguish)

dash [dæʃ]

㉠㉣突進，猛撞　　㊋突進 *a dash of* ～少量的

consult [kənsʌ́lt]

㉠㉣商討，調查，考慮，接受診療　㊋consultátion 商談，診察

withhold [wiðhóuld]

㉣謹慎，避免，保留

kindle [kíndl]

㉣㉠點火，燃燒

depress [diprés]

㉣抑壓，不景氣　　㊋depréssion 憂鬱，不景氣㊌depréssing 憂鬱的

drift [drift]

㉠㉣漂流(湊)刮在一起㊋漂流，被風刮到一處的雪堆

stroll [stroul]

㉠㉣㊋東幌西幌，散步

scare [skɛə]

㉣使驚恐，使害怕　　　㊋不安，恐怖

259

revolve [rivɔ́lv]

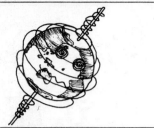

⾃⃝⃝(使)回轉，反轉⃝revolútion 革命，回轉

renounce [rináuns]

⃝放棄　(abándon)，否認

repel [ripél]

⃝擊退，拒絕，辭退　(反)attráct引誘，誘惑

fling [fliŋ]

⃝投擲　⃝投擲　(rush)　⃝突進

bid [bid]

⃝⃝命令，敍述，定價值　⃝拍賣價格，投標價格

dissolve [dizɔ́lv]

⃝⃝溶解，解散　⃝dissolútion 分解，散開

aspire [əspáiə]

⃝熱望　⃝aspirátion 熱望

intervene [intəvíːn]

⃝介入，仲裁　⃝intervéntion調停
cf. ínterview 會見

drag [dræg]

®®曳引重物，冗長不休

precede [pri:sí:d]

®先行，優先　図precéding 前端，前面
(的)　図précedent 先例

crawl [krɔ:l]

®爬 *(creep)*，慢行，緩慢地走路

carve [kɑ:v]

®彫刻，把肉切開

beckon [békən]

®®招手，信號

renew [rinjú:]

®一新，更新　　図renéwal 更新

splash [splæʃ]

®®濺起（水或水泥）図污垢，污點

adorn [ədɔ́:n]

®裝飾

hinder [híndə]

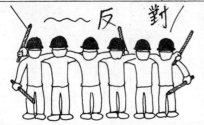

㉰妨害　　㈎híndrance 妨害（物）

avenge [əvéndʒ]

㉰復仇

toil [tɔil]

㉾盡力努力地工作㉰勞苦　㈎tóilsome 盡力，拼命㊐ rest 休息

swell [swel]

㉾㉰膨脹，增大　　(incréase)　㈎膨脹，增大

generate [dʒénəreit]

㉰產生，使發生　㈎generátion 世代，發生

shrink [ʃriŋk]

㉾㉰縮小，減小，後退，躊躇 cf.shriek [ʃriːk] 哇地大叫

search [səːtʃ]

㉰㉾㈎搜索，探索，調査

agitate [ædʒiteit]

㉰㉾動搖，煽動　　㈎ágitator 煽動者

lessen [lésn]

⑩⑩變小，小，少，變少
cf.lesson[lésn]教學

overtake [ouvətéik]

⑩追上　*(catch up with)*，突然攻擊

commend [kəménd]

⑩誇獎，稱贊，推薦，委託

entitle [intáitl]

⑩給予權利(資格)，給(授)予稱號

sneer [sniə]

⑩⑩冷笑，嘲笑[at~]　⑫ 冷笑

subdue [səbdjú:]

⑩征服，減輕(弱) 聲音等

crush [krʌʃ]

⑩⑩壓碎，壓破，輾碎*cf.crash*[kræʃ]轟隆
隆地破碎

tolerate [tóləreit]

⑩寬大處理，寬容　　㊝tólerant寬容的
㊝tólerance 寬容

astound [əstáund]

働使大吃一驚

proclaim [prəkléim]

戰爭已經結束了

働宣言，公佈　图proclamátion 宣言

offend [əfénd]

働倒使 憤怒，犯罪　图offénse罪，生氣，憤怒

dominate [dɔ́mineit]

働倒支配，君臨　图dóminant 支配性的 图domínion 主權

inhabit [inhǽbit]

働住於　(live in)　图inhábitant 住民

arrest [ərést]

働逮捕　(seize)，停止進行，阻止　图拘留

sway [swei]

働倒搖幌，震動，動搖，支配　图動搖，支配力

render [réndə]

働竭盡力量　(do)，助力，回報，使………　(make)

distribute	105	enchant	191	expedition	61	flexible	234	gentle	171
district	153	encounter	190	expenditure	222	flight	58	genuine	72
disturb	201	encourage	121	expense	154	fling	260	geography	163
divine	91	endeavo(u)r	66	experience	31	flock	149	geometry	66
division	57	endure	114	experiment	30	flood	22	germ	140
doctrine	19	enemy	51	explanation	159	flour	144	gigantic	99
domain	218	energy	145	explode	205	flourish	131	glacier	18
domestic	172	enforce	242	exploit	47	flow	130	glance	198
dominate	264	enhance	250	explore	196	fluent	235	glimpse	213
doom	141	enormous	89	export	108	fluid	217	globe	157
dose	227	enrich	246	expose	193	focus	64	glory	19
doubt	112	enterprise	44	express	109	folk	47	glow	256
draft	164	entertain	192	exquisite	230	folly	46	good	73
drag	261	enthusiasm	42	extend	126	forbear	121	government	37
dread	243	entire	96	extent	46	forbid	112	grace	219
dreary	234	entitle	263	extract	246	foreign	72	grade	143
drift	259	entrust	207	extravagant	171	forgive	104	gradual	87
drought	161	environment	22	extreme	74	forlorn	228	graduate	136
drown	128	envy	16			formal	92	grand	79
due	77	epidemic	53	**F**		former	88	grant	133
dull	91	equator	71			formula	162	grasp	119
dumb	179	equip	134	facility	144	forsake	101	gratitude	29
dusk	225	equivalent	228	factor	25	fortune	52	grave	181
dwell	208	era	149	faculty	30	foster	203	gravity	47
		erect	238	fade	192	foul	175	greed	160
E		erroneous	186	fail	108	foundation	41	grief	141
		escape	119	faint	183	fragment	226	ground	29
eager	187	essential	85	fair	94	frame	70	growl	251
earn	126	establish	117	faith	54	frank	75	growth	45
earnest	80	estate	218	fallacy	216	free	75	grudge	245
ease	142	esteem	130	false	87	freeze	206	guarantee	202
eccentric	186	estimate	101	fame	17	freight	153	guilt	164
economy	46	eternal	90	familiar	86	frequently	86		
ecstasy	167	ethical	81	famine	32	friction	221	**H**	
edge	221	even	178	fancy	60	frighten	200		
editorial	169	event	36	fare	151	frivolous	228	habit	26
education	23	evidence	38	fascinate	195	frugal	179	hang	188
effect	148	evident	73	fast	72	fruitful	236	hardship	146
efficiency	54	evil	77	fatal	182	frustration	30	harm	62
effort	13	evolution	38	fatigue	15	fuel	160	harmony	20
elaborate	180	exact	91	fault	58	fulfil	106	haste	153
elderly	228	exaggerate	188	favo(u)r	50	function	13	hatred	13
election	144	examine	127	feat	221	fund	218	haughty	229
electricity	58	example	15	feature	57	fundamental	74	haunt	247
element	30	exceed	190	feed	135	furnish	197	haven	165
eloquence	23	excel	198	fertile	95	furniture	142	hazard	216
emancipate	201	exception	61	fetch	253	fury	51	heal	123
embark	252	excess	143	feudal	96	futility	167	heap	168
embarrass	130	exchange	192	fever	144			heaven	52
embody	110	excitement	59	fiction	69	**G**		hedge	215
embrace	257	exclaim	244	fierce	185			height	24
emerge	133	exclude	116	figure	23	gain	122	heir	51
emergency	54	excursion	217	finance	40	gallant	238	hell	55
emigrant	146	execute	254	fine	181	gauge	227	help	104
eminent	93	exercise	20	firm	95	gay	237	heredity	56
emotion	20	exert	242	fit	88	gaze	206	heretic	212
emphasis	31	exhaust	103	fix	136	general	77	heritage	141
empire	18	exhibit	200	flat	97	generate	262	hesitate	121
employ	191	exist	108	flatter	115	generosity	42	hideous	186
empty	93	expand	210	flavo(u)r	159	genial	234	hinder	262
enable	115	expectation	69	flesh	155	genius	45	history	27

271

大展出版社有限公司　圖書目錄

地址：台北市北投區11204
致遠一路二段12巷1號
郵撥： 0166955～1

電話：(02) 8236031
8236033
傳眞：(02) 8272069

・法律專欄連載・電腦編號58

台大法學院 法律學系／策劃
法律服務社／編著

①別讓您的權利睡著了[1]	200元
②別讓您的權利睡著了[2]	200元

・秘傳占卜系列・電腦編號14

①手相術	淺野八郎著	150元
②人相術	淺野八郎著	150元
③西洋占星術	淺野八郎著	150元
④中國神奇占卜	淺野八郎著	150元
⑤夢判斷	淺野八郎著	150元
⑥前世、來世占卜	淺野八郎著	150元
⑦法國式血型學	淺野八郎著	150元
⑧靈感、符咒學	淺野八郎著	150元
⑨紙牌占卜學	淺野八郎著	150元
⑩ＥＳＰ超能力占卜	淺野八郎著	150元
⑪猶太數的秘術	淺野八郎著	150元
⑫新心理測驗	淺野八郎著	160元
⑬塔羅牌預言秘法	淺野八郎著	200元

・趣味心理講座・電腦編號15

①性格測驗１	探索男與女	淺野八郎著	140元
②性格測驗２	透視人心奧秘	淺野八郎著	140元
③性格測驗３	發現陌生的自己	淺野八郎著	140元
④性格測驗４	發現你的真面目	淺野八郎著	140元
⑤性格測驗５	讓你們吃驚	淺野八郎著	140元
⑥性格測驗６	洞穿心理盲點	淺野八郎著	140元
⑦性格測驗７	探索對方心理	淺野八郎著	140元
⑧性格測驗８	由吃認識自己	淺野八郎著	140元

・青 春 天 地・電腦編號 17

㉗趣味的科學魔術　　　　　林慶旺編譯　　150元
㉘趣味的心理實驗室　　　　李燕玲編譯　　150元
㉙愛與性心理測驗　　　　　小毛驢編譯　　130元
㉚刑案推理解謎　　　　　　小毛驢編譯　　130元
㉛偵探常識推理　　　　　　小毛驢編譯　　130元
㉜偵探常識解謎　　　　　　小毛驢編譯　　130元
㉝偵探推理遊戲　　　　　　小毛驢編譯　　130元
㉞趣味的超魔術　　　　　　廖玉山編著　　150元
㉟趣味的珍奇發明　　　　　柯素娥編著　　150元
㊱登山用具與技巧　　　　　陳瑞菊編著　　150元

・健 康 天 地・ 電腦編號 18

①壓力的預防與治療　　　　柯素娥編譯　　130元
②超科學氣的魔力　　　　　柯素娥編譯　　130元
③尿療法治病的神奇　　　　中尾良一著　　130元
④鐵證如山的尿療法奇蹟　　　廖玉山譯　　120元
⑤一日斷食健康法　　　　　葉慈容編譯　　150元
⑥胃部強健法　　　　　　　陳炳崑譯　　　120元
⑦癌症早期檢查法　　　　　　廖松濤譯　　160元
⑧老人痴呆症防止法　　　　柯素娥編譯　　130元
⑨松葉汁健康飲料　　　　　陳麗芬編譯　　130元
⑩揉肚臍健康法　　　　　　永井秋夫著　　150元
⑪過勞死、猝死的預防　　　卓秀貞編譯　　130元
⑫高血壓治療與飲食　　　　藤山順豐著　　150元
⑬老人看護指南　　　　　　柯素娥編譯　　150元
⑭美容外科淺談　　　　　　楊啟宏著　　　150元
⑮美容外科新境界　　　　　楊啟宏著　　　150元
⑯鹽是天然的醫生　　　　　西英司郎著　　140元
⑰年輕十歲不是夢　　　　　梁瑞麟譯　　　200元
⑱茶料理治百病　　　　　　桑野和民著　　180元
⑲綠茶治病寶典　　　　　　桑野和民著　　150元
⑳杜仲茶養顏減肥法　　　　西田博著　　　150元
㉑蜂膠驚人療效　　　　　　瀨長良三郎著　180元
㉒蜂膠治百病　　　　　　　瀨長良三郎著　180元
㉓醫藥與生活　　　　　　　鄭炳全著　　　180元
㉔鈣長生寶典　　　　　　　落合敏著　　　180元
㉕大蒜長生寶典　　　　　木下繁太郎著　　160元
㉖居家自我健康檢查　　　　石川恭三著　　160元
㉗永恒的健康人生　　　　　李秀鈴譯　　　200元
㉘大豆卵磷脂長生寶典　　　劉雪卿譯　　　150元

⑩肝臟病預防與治療	劉名揚編著	180元
⑪腰痛平衡療法	荒井政信著	180元
⑫根治多汗症、狐臭	稻葉益巳著	220元
⑬40歲以後的骨質疏鬆症	沈永嘉譯	180元
⑭認識中藥	松下一成著	180元
⑮認識氣的科學	佐佐木茂美著	180元
⑯我戰勝了癌症	安田伸著	180元
⑰斑點是身心的危險信號	中野進著	180元
⑱艾波拉病毒大震撼	玉川重德著	180元
⑲重新還我黑髮	桑名隆一郎著	180元
⑳身體節律與健康	林博史著	180元
㉑生薑治萬病	石原結實著	180元

•實用女性學講座• 電腦編號 19

①解讀女性內心世界	島田一男著	150元
②塑造成熟的女性	島田一男著	150元
③女性整體裝扮學	黃靜香編著	180元
④女性應對禮儀	黃靜香編著	180元
⑤女性婚前必修	小野十傳著	200元
⑥徹底瞭解女人	田口二州著	180元
⑦拆穿女性謊言88招	島田一男著	200元
⑧解讀女人心	島田一男著	200元

•校 園 系 列• 電腦編號 20

①讀書集中術	多湖輝著	150元
②應考的訣竅	多湖輝著	150元
③輕鬆讀書贏得聯考	多湖輝著	150元
④讀書記憶秘訣	多湖輝著	150元
⑤視力恢復！超速讀術	江錦雲譯	180元
⑥讀書36計	黃柏松編著	180元
⑦驚人的速讀術	鐘文訓編著	170元
⑧學生課業輔導良方	多湖輝著	180元
⑨超速讀超記憶法	廖松濤編著	180元
⑩速算解題技巧	宋釗宜編著	200元
⑪看圖學英文	陳炳崑編著	200元

•實用心理學講座• 電腦編號 21

①拆穿欺騙伎倆	多湖輝著	140元

②創造好構想　　　　　　　　多湖輝著　140元
③面對面心理術　　　　　　　多湖輝著　160元
④偽裝心理術　　　　　　　　多湖輝著　140元
⑤透視人性弱點　　　　　　　多湖輝著　140元
⑥自我表現術　　　　　　　　多湖輝著　180元
⑦不可思議的人性心理　　　　多湖輝著　150元
⑧催眠術入門　　　　　　　　多湖輝著　150元
⑨責罵部屬的藝術　　　　　　多湖輝著　150元
⑩精神力　　　　　　　　　　多湖輝著　150元
⑪厚黑說服術　　　　　　　　多湖輝著　150元
⑫集中力　　　　　　　　　　多湖輝著　150元
⑬構想力　　　　　　　　　　多湖輝著　150元
⑭深層心理術　　　　　　　　多湖輝著　160元
⑮深層語言術　　　　　　　　多湖輝著　160元
⑯深層說服術　　　　　　　　多湖輝著　180元
⑰掌握潛在心理　　　　　　　多湖輝著　160元
⑱洞悉心理陷阱　　　　　　　多湖輝著　180元
⑲解讀金錢心理　　　　　　　多湖輝著　180元
⑳拆穿語言圈套　　　　　　　多湖輝著　180元
㉑語言的內心玄機　　　　　　多湖輝著　180元

・超現實心理講座・電腦編號 22

①超意識覺醒法　　　　　　　詹蔚芬編譯　130元
②護摩秘法與人生　　　　　　劉名揚編譯　130元
③秘法！超級仙術入門　　　　陸　明譯　150元
④給地球人的訊息　　　　　　柯素娥編著　150元
⑤密敎的神通力　　　　　　　劉名揚編著　130元
⑥神秘奇妙的世界　　　　　　平川陽一著　180元
⑦地球文明的超革命　　　　　吳秋嬌譯　200元
⑧力量石的秘密　　　　　　　吳秋嬌譯　180元
⑨超能力的靈異世界　　　　　馬小莉譯　200元
⑩逃離地球毀滅的命運　　　　吳秋嬌譯　200元
⑪宇宙與地球終結之謎　　　　南山宏著　200元
⑫驚世奇功揭秘　　　　　　　傅起鳳著　200元
⑬啟發身心潛力心象訓練法　　栗田昌裕著　180元
⑭仙道術遁甲法　　　　　　　高藤聰一郎著　220元
⑮神通力的秘密　　　　　　　中岡俊哉著　180元
⑯仙人成仙術　　　　　　　　高藤聰一郎著　200元
⑰仙道符咒氣功法　　　　　　高藤聰一郎著　220元
⑱仙道風水術尋龍法　　　　　高藤聰一郎著　200元

⑲仙道奇蹟超幻像　　　　高藤聰一郞著　200元
⑳仙道鍊金術房中法　　　　高藤聰一郞著　200元
㉑奇蹟超醫療治癒難病　　　深野一幸著　　220元
㉒揭開月球的神秘力量　　　超科學研究會　180元
㉓西藏密敎奧義　　　　　　高藤聰一郞著　250元

・養 生 保 健・電腦編號 23

①醫療養生氣功　　　　　　黃孝寬著　　　250元
②中國氣功圖譜　　　　　　余功保著　　　230元
③少林醫療氣功精粹　　　　井玉蘭著　　　250元
④龍形實用氣功　　　　　　吳大才等著　　220元
⑤魚戲增視強身氣功　　　　宮　嬰著　　　220元
⑥嚴新氣功　　　　　　　　前新培金著　　250元
⑦道家玄牝氣功　　　　　　張　章著　　　200元
⑧仙家秘傳祛病功　　　　　李遠國著　　　160元
⑨少林十大健身功　　　　　秦慶豐著　　　180元
⑩中國自控氣功　　　　　　張明武著　　　250元
⑪醫療防癌氣功　　　　　　黃孝寬著　　　250元
⑫醫療強身氣功　　　　　　黃孝寬著　　　250元
⑬醫療點穴氣功　　　　　　黃孝寬著　　　250元
⑭中國八卦如意功　　　　　趙維漢著　　　180元
⑮正宗馬禮堂養氣功　　　　馬禮堂著　　　420元
⑯秘傳道家筋經內丹功　　　王慶餘著　　　280元
⑰三元開慧功　　　　　　　辛桂林著　　　250元
⑱防癌治癌新氣功　　　　　郭　林著　　　180元
⑲禪定與佛家氣功修煉　　　劉天君著　　　200元
⑳顚倒之術　　　　　　　　梅自強著　　　360元
㉑簡明氣功辭典　　　　　　吳家駿編　　　360元
㉒八卦三合功　　　　　　　張全亮著　　　230元
㉓朱砂掌健身養生功　　　　楊　永著　　　250元
㉔抗老功　　　　　　　　　陳九鶴著　　　230元

・社會人智囊・電腦編號 24

①糾紛談判術　　　　　　　清水增三著　　160元
②創造關鍵術　　　　　　　淺野八郞著　　150元
③觀人術　　　　　　　　　淺野八郞著　　180元
④應急詭辯術　　　　　　　廖英迪編著　　160元
⑤天才家學習術　　　　　　木原武一著　　160元
⑥貓型狗式鑑人術　　　　　淺野八郞著　　180元

⑦逆轉運掌握術	淺野八郎著	180元
⑧人際圓融術	澀谷昌三著	160元
⑨解讀人心術	淺野八郎著	180元
⑩與上司水乳交融術	秋元隆司著	180元
⑪男女心態定律	小田晉著	180元
⑫幽默說話術	林振輝編著	200元
⑬人能信賴幾分	淺野八郎著	180元
⑭我一定能成功	李玉瓊譯	180元
⑮獻給青年的嘉言	陳蒼杰譯	180元
⑯知人、知面、知其心	林振輝編著	180元
⑰塑造堅強的個性	坂上肇著	180元
⑱爲自己而活	佐藤綾子著	180元
⑲未來十年與愉快生活有約	船井幸雄著	180元
⑳超級銷售話術	杜秀卿譯	180元
㉑感性培育術	黃靜香編著	180元
㉒公司新鮮人的禮儀規範	蔡媛惠譯	180元
㉓傑出職員鍛鍊術	佐佐木正著	180元
㉔面談獲勝戰略	李芳黛譯	180元
㉕金玉良言撼人心	森純大著	180元
㉖男女幽默趣典	劉華亭編著	180元
㉗機智說話術	劉華亭編著	180元
㉘心理諮商室	柯素娥譯	180元
㉙如何在公司頭角崢嶸	佐佐木正著	180元
㉚機智應對術	李玉瓊編著	200元
㉛克服低潮良方	坂野雄二著	180元
㉜智慧型說話技巧	沈永嘉編著	元
㉝記憶力、集中力增進術	廖松濤編著	180元

・精 選 系 列・電腦編號 25

①毛澤東與鄧小平	渡邊利夫等著	280元
②中國大崩裂	江戶介雄著	180元
③台灣・亞洲奇蹟	上村幸治著	220元
④7-ELEVEN高盈收策略	國友隆一著	180元
⑤台灣獨立	森詠著	200元
⑥迷失中國的末路	江戶雄介著	220元
⑦2000年5月全世界毀滅	紫藤甲子男著	180元
⑧失去鄧小平的中國	小島朋之著	220元
⑨世界史爭議性異人傳	桐生操著	200元
⑩淨化心靈享人生	松濤弘道著	220元
⑪人生心情診斷	賴藤和寬著	220元

⑫中美大決戰　　　　　　　　　檜山艮昭著　220元

・運動遊戲・電腦編號 26

①雙人運動　　　　　　　　　李玉瓊譯　160元
②愉快的跳繩運動　　　　　　廖玉山譯　180元
③運動會項目精選　　　　　　王佑京譯　150元
④肋木運動　　　　　　　　　廖玉山譯　150元
⑤測力運動　　　　　　　　　王佑宗譯　150元

・休閒娛樂・電腦編號 27

①海水魚飼養法　　　　　　　田中智浩著　300元
②金魚飼養法　　　　　　　　曾雪玫譯　250元
③熱門海水魚　　　　　　　　毛利匡明著　480元
④愛犬的敎養與訓練　　　　　池田好雄著　250元

・銀髮族智慧學・電腦編號 28

①銀髮六十樂逍遙　　　　　　多湖輝著　170元
②人生六十反年輕　　　　　　多湖輝著　170元
③六十歲的決斷　　　　　　　多湖輝著　170元

・飲食保健・電腦編號 29

①自己製作健康茶　　　　　　大海淳著　220元
②好吃、具藥效茶料理　　　　德永睦子著　220元
③改善慢性病健康藥草茶　　　吳秋嬌譯　200元
④藥酒與健康果菜汁　　　　　成玉編著　250元

・家庭醫學保健・電腦編號 30

①女性醫學大全　　　　　　　雨森艮彥著　380元
②初爲人父育兒寶典　　　　　小瀧周曹著　220元
③性活力強健法　　　　　　　相建華著　220元
④30歲以上的懷孕與生產　　　李芳黛編著　220元
⑤舒適的女性更年期　　　　　野末悅子著　200元
⑥夫妻前戲的技巧　　　　　　笠井寬司著　200元
⑦病理足穴按摩　　　　　　　金慧明著　220元
⑧爸爸的更年期　　　　　　　河野孝旺著　200元
⑨橡皮帶健康法　　　　　　　山田晶著　200元

⑩33天健美減肥	相建華等著	180元
⑪男性健美入門	孫玉祿編著	180元
⑫強化肝臟秘訣	主婦の友社編	200元
⑬了解藥物副作用	張果馨譯	200元
⑭女性醫學小百科	松山榮吉著	200元
⑮左轉健康秘訣	龜田修等著	200元
⑯實用天然藥物	鄭炳全編著	260元
⑰神秘無痛平衡療法	林宗駛著	180元
⑱膝蓋健康法	張果馨譯	180元

・心 靈 雅 集・電腦編號 00

①禪言佛語看人生	松濤弘道著	180元
②禪密敎的奧秘	葉逯謙譯	120元
③觀音大法力	田口日勝著	120元
④觀音法力的大功德	田口日勝著	120元
⑤達摩禪106智慧	劉華亭編譯	220元
⑥有趣的佛敎研究	葉逯謙編譯	170元
⑦夢的開運法	蕭京凌譯	130元
⑧禪學智慧	柯素娥編譯	130元
⑨女性佛敎入門	許俐萍譯	110元
⑩佛像小百科	心靈雅集編譯組	130元
⑪佛敎小百科趣談	心靈雅集編譯組	120元
⑫佛敎小百科漫談	心靈雅集編譯組	150元
⑬佛敎知識小百科	心靈雅集編譯組	150元
⑭佛學名言智慧	松濤弘道著	220元
⑮釋迦名言智慧	松濤弘道著	220元
⑯活人禪	平田精耕著	120元
⑰坐禪入門	柯素娥編譯	150元
⑱現代禪悟	柯素娥編譯	130元
⑲道元禪師語錄	心靈雅集編譯組	130元
⑳佛學經典指南	心靈雅集編譯組	130元
㉑何謂「生」　阿含經	心靈雅集編譯組	150元
㉒一切皆空　般若心經	心靈雅集編譯組	150元
㉓超越迷惘　法句經	心靈雅集編譯組	130元
㉔開拓宇宙觀　華嚴經	心靈雅集編譯組	180元
㉕真實之道　法華經	心靈雅集編譯組	130元
㉖自由自在　涅槃經	心靈雅集編譯組	130元
㉗沈默的敎示　維摩經	心靈雅集編譯組	150元
㉘開通心眼　佛語佛戒	心靈雅集編譯組	130元
㉙揭秘寶庫　密敎經典	心靈雅集編譯組	180元

㉚坐禪與養生	廖松濤譯	110元
㉛釋尊十戒	柯素娥編譯	120元
㉜佛法與神通	劉欣如編著	120元
㉝悟（正法眼藏的世界）	柯素娥編譯	120元
㉞只管打坐	劉欣如編著	120元
㉟喬答摩・佛陀傳	劉欣如編著	120元
㊱唐玄奘留學記	劉欣如編著	120元
㊲佛教的人生觀	劉欣如編譯	110元
㊳無門關（上卷）	心靈雅集編譯組	150元
㊴無門關（下卷）	心靈雅集編譯組	150元
㊵業的思想	劉欣如編著	130元
㊶佛法難學嗎	劉欣如著	140元
㊷佛法實用嗎	劉欣如著	140元
㊸佛法殊勝嗎	劉欣如著	140元
㊹因果報應法則	李常傳編	180元
㊺佛教醫學的奧秘	劉欣如編著	150元
㊻紅塵絕唱	海　若著	130元
㊼佛教生活風情	洪丕謨、姜玉珍著	220元
㊽行住坐臥有佛法	劉欣如著	160元
㊾起心動念是佛法	劉欣如著	160元
㊿四字禪語	曹洞宗青年會	200元
51妙法蓮華經	劉欣如編著	160元
52根本佛教與大乘佛教	葉作森編	180元
53大乘佛經	定方晟著	180元
54須彌山與極樂世界	定方晟著	180元
55阿闍世的悟道	定方晟著	180元
56金剛經的生活智慧	劉欣如著	180元

・經　營　管　理・電腦編號 01

◎創新經營管理六十六大計（精）	蔡弘文編	780元
①如何獲取生意情報	蘇燕謀譯	110元
②經濟常識問答	蘇燕謀譯	130元
④台灣商戰風雲錄	陳中雄著	120元
⑤推銷大王秘錄	原一平著	180元
⑥新創意・賺大錢	王家成譯	90元
⑦工廠管理新手法	琪　輝著	120元
⑨經營參謀	柯順隆譯	120元
⑩美國實業24小時	柯順隆譯	80元
⑪撼動人心的推銷法	原一平著	150元
⑫高竿經營法	蔡弘文編	120元

㊴成功的店舖設計	鐘文訓編著	150元
�企管回春法	蔡弘文編著	130元
㊲小企業經營指南	鐘文訓編譯	100元
㊳商場致勝名言	鐘文訓編譯	150元
㊴迎接商業新時代	廖松濤編譯	100元
㊻新手股票投資入門	何朝乾 編	200元
㊼上揚股與下跌股	何朝乾編譯	180元
㊽股票速成學	何朝乾編譯	200元
㊾理財與股票投資策略	黃俊豪編著	180元
㊿黃金投資策略	黃俊豪編著	180元
⑦厚黑管理學	廖松濤編譯	180元
⑦股市致勝格言	呂梅莎編譯	180元
⑦透視西武集團	林谷燁編譯	150元
⑦巡迴行銷術	陳蒼杰譯	150元
⑦推銷的魔術	王嘉誠譯	120元
⑦60秒指導部屬	周蓮芬編譯	150元
⑦精銳女推銷員特訓	李玉瓊編譯	130元
⑧企劃、提案、報告圖表的技巧	鄭 汶 譯	180元
⑧海外不動產投資	許達守編譯	150元
⑧八百伴的世界策略	李玉瓊譯	150元
⑧服務業品質管理	吳宜芬譯	180元
⑧零庫存銷售	黃東謙編譯	150元
⑧三分鐘推銷管理	劉名揚編譯	150元
⑧推銷大王奮鬥史	原一平著	150元
⑧豐田汽車的生產管理	林谷燁編譯	150元

・成 功 寶 庫・電腦編號 02

①上班族交際術	江森滋著	100元
②拍馬屁訣竅	廖玉山編譯	110元
④聽話的藝術	歐陽輝編譯	110元
⑨求職轉業成功術	陳 義編著	110元
⑩上班族禮儀	廖玉山編著	120元
⑪接近心理學	李玉瓊編著	100元
⑫創造自信的新人生	廖松濤編著	120元
⑭上班族如何出人頭地	廖松濤編著	100元
⑮神奇瞬間瞑想法	廖松濤編譯	100元
⑯人生成功之鑰	楊意苓編著	150元
⑲給企業人的諍言	鐘文訓編著	120元
⑳企業家自律訓練法	陳 義編譯	100元
㉑上班族妖怪學	廖松濤編著	100元

⑦做一枚活棋	李玉瓊編譯	130元
⑧面試成功戰略	柯素娥編譯	130元
⑨自我介紹與社交禮儀	柯素娥編譯	150元
⑧說NO的技巧	廖玉山編譯	130元
⑧瞬間攻破心防法	廖玉山編譯	120元
⑧改變一生的名言	李玉瓊編譯	130元
⑧性格性向創前程	楊鴻儒編譯	130元
⑧訪問行銷新竅門	廖玉山編譯	150元
⑧無所不達的推銷話術	李玉瓊編譯	150元

・處 世 智 慧・電腦編號 03

①如何改變你自己	陸明編譯	120元
⑥靈感成功術	譚繼山編譯	80元
⑧扭轉一生的五分鐘	黃柏松編譯	100元
⑩現代人的詭計	林振輝譯	100元
⑫如何利用你的時間	蘇遠謀譯	80元
⑬口才必勝術	黃柏松編譯	120元
⑭女性的智慧	譚繼山編譯	90元
⑮如何突破孤獨	張文志編譯	80元
⑯人生的體驗	陸明編譯	80元
⑰微笑社交術	張芳明譯	90元
⑱幽默吹牛術	金子登著	90元
⑲攻心說服術	多湖輝著	100元
⑳當機立斷	陸明編譯	70元
㉑勝利者的戰略	宋恩臨編譯	80元
㉒如何交朋友	安紀芳編著	70元
㉓鬥智奇謀（諸葛孔明兵法）	陳炳崑著	70元
㉔慧心良言	亦 奇著	80元
㉕名家慧語	蔡逸鴻主編	90元
㉗稱霸者啟示金言	黃柏松編譯	90元
㉘如何發揮你的潛能	陸明編譯	90元
㉙女人身態語言學	李常傳譯	130元
㉚摸透女人心	張文志譯	90元
㉛現代戀愛秘訣	王家成譯	70元
㉜給女人的悄悄話	妮倩編譯	90元
㉞如何開拓快樂人生	陸明編譯	90元
㉟驚人時間活用法	鐘文訓譯	80元
㊱成功的捷徑	鐘文訓譯	70元
㊲幽默逗笑術	林振輝著	120元
㊳活用血型讀書法	陳炳崑譯	80元

國家圖書館出版品預行編目資料

看圖學英文／陳炳崑編著，—2版

—臺北市；大展，民86

面；　　公分，—（校園系列；11）

含索引

ISBN 957-557-723-x（平裝）

1. 英國語言—詞彙

805.12　　　　　　　　　　　86006489

【版權所有・翻印必究】

看圖學英文

ISBN 957-557-723-X

編 著 者／陳　炳　崑
發 行 人／蔡　森　明
出 版 者／大展出版社有限公司
社　　址／台北市北投區（石牌）致遠一路二段12巷1號
電　　話／(02) 8236031・8236033
傳　　眞／(02) 8272069
郵政劃撥／0166955－1
登 記 證／局版臺業字第2171號
承 印 者／國順圖書印刷公司
裝　　訂／嶸興裝訂有限公司
排 版 者／千兵企業有限公司
電　　話／(02) 8812643
初版1刷／1989年（民78年）5月
2版1刷／1997年（民86年）8月

定　　價／200元

●本書若有破損缺頁敬請寄回本社更換●

大展好書 ✖ 好書大展